Der Niemandsgarten

Michael Ende

Der Niemandsgarten

Aus dem Nachlass

ausgewählt und

herausgegeben von

Roman Hocke

Weitbrecht

VORBEMERKUNG

»Aber das ist eine andere Geschichte und soll ein andermal erzählt werden.« Wir alle kennen diese zentrale Wendung aus DIE UNENDLICHE GESCHICHTE, und viele Leser, vor allem seine zahlreichen jungen Freunde, wünschten sich, Michael Ende hätte diese Geschichten noch selbst erzählt. In dem vorliegenden Band wird ein erster Teil jener Erzählungen vorgestellt, die Michael Ende noch selbst fertig geschrieben hätte, hätte seine Lebenszeit dazu ausgereicht.

Michael Endes Kosmos an Einfällen ist schier unerschöpflich und belegt eine beeindruckende Imaginationskraft. Diese Leichtigkeit des Erfindens hat er im Laufe seines Lebens Zug um Zug bewusst entwickelt. »Die Kunst, Bildeinfälle zu haben, kann trainiert werden«, gab Michael Ende gern als Antwort, wenn er bei Lesungen auf den Einfallsreichtum in seinen Geschichten angesprochen wurde. Wer Rat suchte, dem empfahl er hierfür Raum im Bewusstsein zu schaffen und einen Zustand der Hellhörigkeit herzustellen, damit den unendlichen Ketten von Assoziationen gelauscht werden könne, die ein erster Einfall freisetzt.

Wegen seiner erstaunlichen Imaginationskraft ist Michael Ende zeitlebens die Rolle des »Märchenonkels der Nation« angetragen worden. Beharrlich hat er sich gegen dieses Zerrbild gewehrt: ein weiser Mann mit weißem Haar und Bart, der wundersame Kindergeschichten erzähle, ansonsten aber jeglicher Realität entrückt sei. Denn Michael Ende war keineswegs der harmlose und weltfremde Träumer, als welcher er in der Öffentlichkeit noch immer dargestellt wird. Er selbst verstand sich vielmehr als Schriftsteller, dem das Schicksal der Menschen und ihrer Welt am Herzen lag – und der mit seiner Kunst die Welt durchaus auch verändern wollte.[1]

1 Mehr über Leben und Werk von Michael Ende in: Hocke, Roman; Kraft, Thomas: MICHAEL ENDE UND SEINE PHANTASTISCHE WELT. DIE SUCHE NACH DEM ZAUBERWORT, Stuttgart 1997.

Auf das Erfinden von merkwürdigen Märchengestalten und phantastischen Begebenheiten kam es Michael Ende gar nicht so sehr an. Wesentlich größeren Wert legte er auf eine komplexere Leistung seiner Phantasie, die er bei seiner Arbeit für viel entscheidender hielt: Phantasie sei nämlich die schöpferische Kraft an sich und nicht allein Quelle phantastischer Einfälle und Bilderwelten. Sie sei vor allem der Ort, an dem einzelnen Bildern oder Gedanken neue Bedeutungen zugeordnet werden, neue Zusammenhänge und sogar – das hat mich immer erstaunt – Werte entstehen. Der Welt ihre Bedeutung zu geben, das also ist für Michael Ende eine ureigene Leistung der Phantasie.

Das Archiv, das Michael Ende als literarischen Nachlass hinterlassen hat, ist wesentlich umfangreicher als seine Veröffentlichungen. Man darf es sich nicht in der Art eines jener heute üblichen Ablagesysteme vorstellen. Wenn überhaupt von einer Ordnung zu sprechen ist, dann ist es wohl eher von einem assoziativen Prinzip geprägt. Seine Aufzeichnungen sind zwar einzelnen Buchplänen zugeordnet, doch befinden sich in solchen Aktenordnern Unterlagen ganz unterschiedlicher Art aus ganz unterschiedlichen Zeiten: Zettel mit ersten Gedankennotizen und Einfallskizzen, Entwürfe erster Szenen oder Kapitel, verworfene Fassungen, Erläuterungen zur Bedeutung der Buchidee oder einzelner Szenen wie auch lange Wort- und Reimlisten. Man findet aber auch Einkaufszettel, Telefonrechnungen oder Privatkorrespondenz darin, deren Zusammenhang mit dem jeweiligen Buchplan auf den ersten Blick nicht unbedingt ersichtlich ist. Erst bei genauerer Betrachtung ist ein in kleinster Handschrift notierter Satz Michael Endes festzustellen, der sich auf das jeweilige Projekt bezieht. Festgehalten hat er seine Einfälle und Gedanken auf jede Art von Papier, die Tinte hält: auf Schreibmaschinenpapier, Briefkuverts, Packpapier, Notizzettel, Malpapier und Buchumschlägen.

Das vorliegende Buch ist das erste, das aus Michael Endes literarischem Nachlass eine Auswahl wichtiger Schriften vorstellt. Auch wenn sich in dem Nachlass zu unser aller Bedauern nicht das Manuskript eines großen Romans verbirgt, so ist doch erstaunlich, was für faszinierende Texte es da gibt: Erzählungen und Theaterstücke, Romanfragmente und Hörspiele, Gedichte und Lieder, Betrachtungen und Aphorismen, notiert und gesammelt ein Leben lang. Der Band enthält ausschließlich Unveröffentlichtes: Von dem Kindergedicht über das Rätsel bis hin zur Geistergeschichte kommt noch einmal die Bandbreite der erzählerischen Möglichkeiten und thematischen Interessen Michael Endes zum Vorschein, so wie sie für sein Gesamtwerk typisch ist. Da es sich vorwiegend um Unvollendetes handelt, vom Autor zu seinen Lebzeiten nicht für eine Veröffentlichung freigegeben, findet der interessierte Leser im Anhang des Buches, überall dort, wo es angebracht schien, Erläuterungen zu Hintergrund und Entstehungsgeschichte der einzelnen Texte.

Nur wer Michael Ende persönlich kennen gelernt hat, wird wissen, was für strenge Ansprüche er an sich selbst und seine Arbeit stellte, wird verstehen, aus welchem Grund er so vieles unter Verschluss gehalten hat: Zum einen handelt es sich um Buchpläne, an denen er noch bis zu seinem Tod gearbeitet hat, deren Verwirklichung ihm also am Herzen lag. Zum anderen sind das Schriften, die aus seiner Sicht noch zu stark mit seinem Leben verbunden waren: Michael Ende war erst zufrieden, wenn eine Geschichte von allem Persönlichen, Biographischen befreit war. Erst dann, so meinte er, wirke sie als Sinnbild. Schließlich – und das ist wohl die interessanteste Gruppe von Texten – handelt es sich auch um Erzählungen, die zwar eine überzeugende, stimmige Handlungsidee aufweisen, deren Bedeutungsebene aber noch nicht zu seiner Zufriedenheit ausgestaltet war. Das schönste Beispiel hierfür ist wohl das Romanfragment DER NIEMANDSGARTEN, eine Vorstufe zu DIE UNENDLICHE GESCHICHTE, wie der Leser gegen Schluss der Erzählung feststellen wird.

Das vorliegende Buch, ein Lese- und Vorlesebuch für alle Freunde von Michael Ende, will nicht nur Lesevergnügen sein. Es gewährt, wie ich meine, einen aufschlussreichen Einblick in die Schreibwerkstatt von Michael Ende und darüber hinaus eben auch in seine eigene originelle Wirklichkeit aus persönlichen Meinungen und Erfahrungen. Ich habe die Texte in diesem Buch nicht chronologisch angeordnet, sondern eher musikalische bzw. melodische Kriterien zugrunde gelegt – so wie sich das Michael Ende auch bei der Zusammenstellung im ZETTELKASTEN gewünscht hatte.

Nur wenige Leser wissen, dass Michael Ende seinen Stift nicht allein zum Schreiben, sondern gelegentlich auch zum Malen nutzte. Kein Wunder, denn seine Elternstube war die eines Malers: Sein Vater Edgar Ende hat in der Kunstwelt einen Namen für seine phantastischen und visionären Gemälde, Gouachen und Zeichnungen. Von Michael Ende stammen beispielsweise sämtliche Illustrationen aus dem Märchenroman MOMO, und zwar selbst das Motiv auf dem Schutzumschlag. In seinem Nachlass befinden sich zahlreiche unveröffentlichte Zeichnungen, unter anderem auch Illustrationen zu einzelnen Szenen aus DIE UNENDLICHE GESCHICHTE. Um auch diese unbekannte Seite des Autors vorzustellen, haben wir zwischen den Texten einige seiner Zeichnungen eingestreut.

Neben allem Heiteren und Humorvollen, Abenteuerlichen und Wunderbaren will das Buch nachdenklich machen, indem es den Leser zu kleinen Expeditionen in geistige Welten einlädt, die gerade in unserer Zeit von Verwüstung bedroht sind. Von wo sonst, wenn nicht aus der Imagination, sollen wir die Kraft zur überfälligen Erneuerung unserer Außenwelt beziehen? Das war es, was Michael Ende mit seinen Büchern wollte.

Roman Hocke
Genzano di Roma, im Januar 1998

M. ENDE 88
Spukstadt

EDITORISCHE NOTIZ

Die in diesem Band versammelten Texte aus dem Nachlass von Michael Ende wurden für den Druck nach folgenden Kriterien bearbeitet: In Briefen Michael Endes erwähnte Namen wurden aus Gründen des Persönlichkeitsschutzes unkenntlich gemacht, Orthografie und Interpunktion den Regeln der reformierten Rechtschreibung angeglichen, offensichtliche Flüchtigkeitsfehler stillschweigend berichtigt. Vom Herausgeber vorgenommene Kürzungen sind durch Auslassungszeichen (…) gekennzeichnet, nachträglich eingefügte Überschriften kursiviert. Dagegen stammen die halbfett gesetzten Titel ausnahmslos von Michael Ende selbst.

Alle Leser, die einen Blick in die Schreibwerkstatt von Michael Ende werfen wollen und an zusätzlichen Informationen zu den einzelnen Texten interessiert sind, finden im Anhang des Buches entsprechende Anmerkungen.

Der Herausgeber

RAUBRITTER RODRIGO RAUBEIN UND KNIRPS, SEIN KNAPPE

FRAGMENT EINES ROMANS

ERSTES KAPITEL,
in welchem die Hauptperson fehlt – und zwar plötzlich

Mitten im finsteren Mittelalter, an einem Mittwoch und obendrein noch um Mitternacht, rumpelte und holperte ein hoher, kastenförmiger Wagen, der von drei Eseln gezogen wurde, über eine Landstraße voller Schlaglöcher und Pfützen. Ein schreckliches Gewitter tobte, Blitze und Donner folgten einander so schnell, dass man nicht mehr feststellen konnte, welcher Donner zu welchem Blitz gehörte. Es regnete wie aus Gießkannen und der Sturmwind pfiff.

Wenn man sagt »im finsteren Mittelalter«, so bedeutet das eine Zeit, in der das elektrische Licht noch nicht erfunden war, das heißt also, bevor eure Großeltern kleine Kinder waren. Und das ist unvorstellbar lange her. Damals gab es weder Glühbirnen noch Autoscheinwerfer, noch Taschenlampen und natürlich erst recht keine Straßenbeleuchtung. Man kann sich leicht vorstellen, wie kohlpechrabenduster es auf jener Landstraße mitten in der Nacht war.

Hätte es zu dieser Stunde ein Wanderer gewagt, auf der Landstraße zu gehen, und wäre er dabei dem Wagen begegnet, so hätte er allerdings schon von weitem durch das Donnergetöse das Klingen von Glöckchen gehört, die am Zaumzeug und an den Zügeln der drei Esel hingen. Und im Schein der Blitze hätte er gesehen, dass der Wagen aussah wie ein kleines Haus auf vier Rädern, dessen Wände über und über mit lusti-

zur Entstehungsgeschichte siehe Seite 312

gen Figuren bemalt waren. Aus dem spitzen Dach ragte ein blecherner Schornstein heraus, links und rechts an den Seiten waren Fenster mit Geranienkästen und an der Rückseite gab es eine Haustür mit einem kleinen Extradach darüber. Über den Fenstern zu beiden Seiten stand in großen geschnörkelten Buchstaben:

PAPA DICKS PUPPENTHEATER

Der Herr Direktor, ein rundlicher kleiner Mann, saß, in einen riesigen, regenfesten Mantel eingemummelt, auf dem Kutschbock. Das Wasser troff von seinem breitkrempigen Hut, sein Kopf wackelte im Takt der rumpelnden Räder hin und her, sein rosiges, rundes Gesicht sah ungemein friedlich und freundlich aus. Er war nämlich eingeschlafen und schnarchte geruhsam vor sich hin. Die Donnerschläge schienen ihn dabei kein bisschen zu stören. Ebenso unbekümmert zockelten die drei Esel fürbass. Sie waren offenbar daran gewöhnt, sich ihre Straße allein zu suchen.

Das Innere des Wagens war nur durch das schwache Licht einer kleinen Ölfunzel erleuchtet, die an einer kurzen Kette von der Decke baumelte. In einer Ecke gab es einen Herd, an der Wand dahinter hingen allerhand Pfannen, Töpfe und Kochlöffel. Gleich daneben befand sich eine Essnische mit einem Tischchen, einer Bank und zwei Stühlen, alles sehr praktisch und klein. In der anderen Ecke war ein Etagenbettgestell eingebaut, unten ein breites Ehebett, obendrüber, gleich unter der Decke und nur durch eine Leiter erreichbar, ein schmales, kleineres.

Der ganze übrige Raum war angefüllt mit Marionettenpuppen, die an ihren Fäden von der Decke oder von Gestellen herabbaumelten. Da gab es Prinzessinnen und Könige, Bürger, Bauern und Hexen, Zauberer, Tod und Teufel, Hanswurste, Türken, Pferde und Drachen und viele, viele Ritter. Auf dem Boden stapelten sich Kisten und Körbe, in denen die Kulissen aufbewahrt wurden und all die kleinen Sachen, die im Puppenspiel vorkamen, die Säbelchen und Schilde, die Königszepter und Tellerchen und Stühlchen und Bäumchen und Schiffchen und vieles andere mehr.

Die Puppen sahen in diesem flackernden Licht seltsam lebendig aus, wie sie so hin und her schaukelten, als ob sie miteinander tanzten.

Auf der Gardinenstange über dem Esstisch saß ein kleiner, sehr bunter Papagei, der den Kopf unter den Flügel gesteckt hatte und schlief. In dem breiten, unteren Bett lag Mama Dick unter einem rot karierten Plumeau und schnarchte ebenso hingebungsvoll wie ihr Mann draußen auf dem Kutschbock, nur viel zierlicher und melodischer.

Das obere, kleine Bett war leer. Und die Haustür in der Rückwand des Wagens schlug vom Winde bewegt auf und zu, auf und zu und immer wieder auf und zu.

Offenbar hatte jemand vergessen sie ordentlich zu schließen.

Plötzlich gab es einen mächtigen Rums, als ob die Räder des Wagens gegen einen großen Stein gefahren wären, das ganze Gefährt neigte sich und kippte auf die Seite. Alles fiel scheppernd und polternd durcheinander. Auch Mama Dick purzelte aus dem Bett. Der Papagei konnte sich gerade noch mit seinen Krallen an der Gardinenstange fest halten, aber er hing kopfunter.

»Oh Schreck, lass nach!«, kreischte er. »Was war denn das?«

Mama Dick arbeitete sich unter einem Haufen Puppen hervor und rief laut: »He, Papa Dick, was ist denn passiert?«

Von draußen hörte sie ihres Mannes Stimme durch das Windsausen: »Dolly, Willy und Ully haben wohl wieder mal ein bisschen im Laufen gedöst und sind in den Straßengraben gefahren.«

»Ephraim Emanuel Dick«, antwortete seine Frau wütend, »schäm dich was! Du schiebst es auf die drei unschuldigen Esel, dabei hast du wahrscheinlich selbst geschlafen. Wie kann man nur so verantwortungslos sein!«

Wenn sie ihn bei seinem ganzen ausführlichen Namen nannte, so war das immer ein alarmierendes Zeichen für Papa Dick. Er guckte zur Wagentür herein und machte ein äußerst besorgtes Gesicht.

»Hast du dir etwa wehgetan, lieber Schatz?«

»Nicht der Rede wert«, antwortete der Papagei. »Sokrates hat sich bloß 'ne Schwanzfeder geknickt.«

»Halt du jetzt mal den Schnabel, Sokrates«, sagte Papa Dick, »dich habe ich nicht gemeint. Wie geht es dir, liebe Frau? Ist alles in Ordnung?«

Mama Dick zwängte sich aus der klemmenden Wagentür heraus. Sie war ebenso rosig und rundlich wie ihr Mann und nur mit einem Nachthemd und einem Schlafhäubchen bekleidet. Nachdem sie ihrem Mann einen versöhnlichen Kuss gegeben hatte, besah sie sich seufzend den umgestürzten Wagen.

»Glaubst du«, fragte sie dann, »wir können ihn wieder auf die Räder stellen?«

»Wir müssen's versuchen. In dieser gottverlassenen Gegend werden wir keine fremde Hilfe finden. Zum Glück scheint nichts kaputt zu sein. Zu dritt werden wir's schon schaffen. Knirps muss auch helfen. Wo steckt er denn? Ist er noch drin?«

»Ich glaube nicht«, antwortete Mama Dick beunruhigt, »ich dachte, er war die ganze Zeit bei dir vorn.«

»Nein, bei mir war er nicht«, sagte Papa Dick.

Sie wechselten einen erschrockenen Blick, dann riefen sie gleichzeitig ins Innere des Wagens hinein: »Hallo, Knirps! Junge! Kind! Bist du da drin? Ist dir was geschehen? Sag doch was, Söhnchen! Lebst du noch? Knirps, antworte uns bitte!«

»Hier drin ist niemand«, schnarrte der Papagei, »außer bloß Sokrates.«

»Um Himmels willen«, rief Mama Dick und schlug die Hände zusammen, »wo ist er dann? Wo ist mein armes Kind? Wir haben ihn unterwegs verloren, aber wann und wo? Was ist ihm geschehen?«

Und dann rannten beide eine Weile in der Dunkelheit herum und schrien, so laut sie konnten, nach allen Seiten in den Sturmwind: »Knirpschen! Junge! Bübchen! Antworte uns doch, wenn du uns hörst! Wo steckst du denn? Komm zurück, Söhnchen!«

Aber die einzige Antwort war das Sausen des Windes und das Grollen des Donners.

Eigentlich hieß der Junge natürlich nicht Knirps. Getauft war er auf die Namen Hastrubel Anaximander Chrysostomos. Diese Namen stammten aus einem uralten Geschichtenbuch, aus dem Papa Dick die Stoffe für seine Theaterstücke entnahm.

Aber solche komplizierten Namen konnte kein Mensch aussprechen und noch weniger behalten, nicht mal die Eltern selbst. Deshalb nannten sie ihn zeit seines Lebens einfach nur Knirps, und das werden wir in der ganzen folgenden Geschichte auch so halten. Man kann diese Namen also getrost wieder vergessen.

Mama Dick begann zu weinen. »Er ist ein so unerschrockener kleiner Kerl«, schluchzte sie, »hoffentlich hat er nicht irgendwas auf eigene Faust unternommen …«

»Nun«, meinte Papa Dick, »sagen wir's ehrlich. Er ist der störrischste und unverständigste Sohn, den wir je hatten.«

»Aber wir haben doch gar keinen anderen …«, jammerte Mama Dick.

Papa Dick nahm sie beruhigend in die Arme und streichelte ihr übers Haar, wobei er das Nachthäubchen in Unordnung brachte. »Beruhige dich, mein altes Mädchen«, murmelte er, »er taucht bestimmt bald wieder auf. So einem wie ihm passiert schon nichts. Wir finden ihn gewiss wieder und dann werde ich ihm doch endlich mal den Hosenboden ordentlich stramm ziehen.«

»Das wirst du nicht tun!«, heulte Mama Dick. »Du bist ein Rabenvater. Und überhaupt – was ist, wenn er nun von Räubern entführt worden ist?«

»Ach was«, sagte Papa Dick, »wir sind doch extra bei dunkler Nacht gefahren, damit uns niemand sieht. Und außerdem, bei diesem verdammten Wetter legt sich doch kein Räuber auf die Lauer.«

»Das glaubst du doch selbst nicht«, rief Mama Dick immer verzweifelter. »Es wimmelt in dieser Gegend nur so von Galgenvögeln.«

»Na gut, aber warum sollten sie so was tun?«, wandte Papa Dick, nun selbst schon ziemlich unsicher, ein. »Wir sind doch nur arme Puppenspieler. Wir können doch überhaupt kein Lösegeld zahlen. Warum sollte jemand unsern Knirps entführen?«

Mama Dick entzog sich der Umarmung ihres Mannes und trat einen Schritt zurück. Sie war sehr blass geworden. »Hier irgendwo in den Wäldern«, brachte sie mit Mühe hervor,

»haust doch Rodrigo Raubein, und das ist der schlimmste und grausamste aller Raubritter. Das ist ein vollkommen herzloser Mensch. Er tut Böses, weil es ihm Spaß macht, Böses zu tun. Er will gar nichts dafür. Und wenn er unseren Knirps …«

Sie konnte nicht weitersprechen. Und nun fing auch Papa Dick zu weinen an. Sie hielten sich gegenseitig in den Armen und der Regen rann ihnen über die Gesichter.

»Oh Schreck lass nach!«, krächzte Sokrates aus dem Inneren des Wagens, »das wär' eine schöne Bescherung. Aber ihr solltet nicht gleich den Kopf verlieren. Vielleicht ist Knirps nur mal eben ausgestiegen, um Pipi zu machen oder so was.«

»In solchen Fällen«, antwortete Papa Dick, von Schluchzern unterbrochen, »pflegt er aber zu rufen, damit man anhält und auf ihn wartet.«

»Aber wenn du doch geschlafen hast, du Schlafmütze«, fuhr Mama Dick ihren Mann an und schüttelte ihn, »dann hast du überhaupt nichts gehört. Und das arme Kind irrt nun in der Nacht herum.«

»Du hast ja auch geschlafen«, erwiderte Papa Dick kleinlaut, »sonst hättest du's gemerkt, wenn er aussteigt.«

»Zum Kuckuck!«, kreischte der Papagei erbost. »Würde vielleicht jemand so freundlich sein und den Wagen wieder auf die Räder stellen? Sokrates hängt hier noch immer kopfunter an der Gardinenstange und sehen kann er auch nichts, weil die Funzel ausgegangen ist, und überhaupt. Wir bleiben eben hier und morgen früh, wenn die Sonne aufgeht, wird Sokrates in der ganzen Gegend herumfliegen und Knirps suchen. Und ihr könnt dasselbe zu Fuß machen. Aber jetzt können wir alle miteinander gar nichts tun als warten, ob er von selbst kommt. Also, stellt jetzt gefälligst den Wagen wieder auf, damit Sokrates wenigstens vernünftig nachdenken kann.«

Dieser Papagei war, wie man sieht, ein außerordentlich nüchtern veranlagter Vogel und nicht leicht aus der Fassung zu bringen. Er gehörte einer Rasse an, die besonders klein und besonders bunt war; er sah aus wie ein Clown – was er allerdings nicht sehr gern hörte. Außerdem war er, wie das bei Papageien öfter vorkommt, erstaunlich alt, schon fast hundert Jahre, also ungemein lebenserfahren. Dass er so perfekt zu sprechen verstand, lässt sich einleuchtend erklären: Er war nicht nur mit Papa Dick und Mama Dick, sondern schon mit Großvater Dick und Großmutter Dick, die ebenfalls Puppenspieler waren, durch die Lande gezogen und hatte alle Theaterstücke hunderte und hunderte von Malen gehört, bis er sie fehlerlos nachsprechen konnte. Und da er ein außerordentlich gescheiter Vogel war, weshalb er übrigens auch den Namen eines berühmten griechischen Philosophen trug, konnte er inzwischen mit diesem enormen Wortschatz ebenso gut umgehen wie irgendein Professor.

Papa Dick fand einen starken langen Ast, den er als Hebel benutzte. Mama Dick packte ordentlich mit zu und stemmte sich unter den Wagen. Willy, Ully und Dolly, die drei Esel, legten sich mit aller Kraft ins Geschirr – und nach einigen Versuchen gelang es, den Wagen wieder auf die Räder zu stellen. Die Seite, die unten gelegen hatte, war ziemlich schmutzig, aber das wusch der Regen bald ab. Sonst war nichts beschädigt.

Das Ehepaar stieg hinein und zündete die Funzel wieder an. Dann räumten sie die durcheinander gefallenen Sachen auf und verstauten alles sorgfältig. Als das getan war, setzten sie sich einander gegenüber an den kleinen Tisch in der Essecke, hielten sich bei den Händen und blickten sich gegenseitig bekümmert an. Keiner von beiden hatte Lust sich schlafen zu legen.

Mama Dick seufzte ab und zu und sagte immer wieder: »Was können wir nur tun, Papa Dick?«

Und Papa Dick antwortete jedes Mal: »Ich weiß es nicht.«

Schließlich schüttelte Sokrates sein Gefieder und plusterte sich. »Abwarten und Tee trinken!«, schnarrte er.

Und das taten sie dann auch, denn etwas Sinnvolleres gab es in der Tat vorerst nicht zu tun.

Vor dem Wagen draußen standen Ully, Dolly und Willy im Regen und Sturm. Das störte sie nicht, sie waren es gewohnt. Aber diesmal ließen sie die Köpfe und die Ohren hängen.

ZWEITES KAPITEL

Während weit, weit fort auf der Landstraße Papa und Mama Dick in ihrem Wagen saßen, Tee tranken und sich um ihr Kind sorgten, bahnte sich Knirps einen Weg durch das dichteste Dickicht eines Waldes. Zu jener Zeit gab es auch bei uns zu Lande noch richtige Urwälder mit tausendjährigen Baumriesen, mit Schluchten, die noch keines Menschen Fuß je betreten hatte, mit Schlingpflanzen und Sümpfen, in denen Irrlichter auf und nieder tanzten. Und der riesige Wald, um den es sich in dieser Geschichte handelt, hieß der Bangewald, denn er war ganz besonders unheimlich. Es hieß, dass es dort nicht nur Bären und Riesenschlangen gäbe, sondern auch Waldgeister, schlimme Kobolde und alle möglichen anderen Ungeheuer. Vor allem aber lebte hier, irgendwo in seiner unnahbaren Burg versteckt, jener gefürchtetste aller Raubritter, den Mama Dick schon mit solcher Ängstlichkeit erwähnt hatte: Rodrigo Raubein.

Niemand im ganzen Land wagte seinen Namen anders auszusprechen als hinter vorgehaltener Hand und in flüsterndem Ton, denn schon allein seine Erwähnung galt als gefährlich. Über die Wildheit und Bosheit dieses Unmenschen gab es zahllose Geschichten. Vor allem aber erzählte man sich geradezu unglaubliche Dinge über seine gewaltige Kraft im Kampf, die ihn ganz und gar unbezwinglich machte. Selbst die tapfersten Recken und kühnsten Draufgänger zogen es vor, sich Erfolg versprechenderen Abenteuern zuzuwenden und um den Bangewald einen möglichst großen Bogen zu machen.

Trotzdem – oder vielmehr gerade deshalb – hatte Knirps beschlossen diesen Mann aufzusuchen.

Diese erstaunliche Absicht soll auf der Stelle erklärt werden, denn sonst könnte sich möglicherweise jemand ein ganz falsches Bild von Knirps machen und ihn für ungeheuer mutig oder gar für einen Helden halten. Aber das war er nicht. Denn mutig ist jemand, der Angst hat und seine Angst überwindet. Aber Knirps wusste überhaupt nicht, was Angst ist, und deswegen brauchte er auch nichts zu überwinden. Angst hat nämlich nur einer, der das Böse kennt, was in ihm steckt, und es deshalb nicht sucht. Und auch davon wusste Knirps nichts. Er konnte sich einfach nichts Richtiges darunter vorstellen. Deshalb war das keine Tugend, sondern ein Fehler. Er hatte keine Ahnung, was man gegen einen solchen Fehler tun konnte. Er hatte gehört: Wer nicht zwischen Gut und Böse unterscheiden kann, der bleibt ewig ein Kind. Aber das wollte Knirps nicht, er wollte gerne erwachsen werden und deshalb war er ausgerissen und nun auf dem Wege zu Rodrigo Raubein, der ja zweifellos ein Fachmann auf dem Gebiet des Bösen war.

Noch immer tobte das Donnerwetter, der Regen stürzte in Bächen hernieder, Blitze zuckten und Donner krachten und der Sturmwind brachte den ganzen Wald in wilden Aufruhr. Knirps war nicht gerade richtig angezogen für seine Expedition. Seine kleine, magere Gestalt steckte in einem Harlekins-Anzug, den Mama Dick für ihn aus all den Reststückchen genäht hatte, die ihr beim Schneidern der Kostüme für die Marionettenpuppen übrig geblieben waren. Kleine bunte Flecken aus Samt, aus Leder, aus Goldstoff, aus Fell, aus Seide, aus Filz oder Wolle. Natürlich war der Anzug schon völlig durchnässt und klebte ihm an den Gliedern. Einen Hut hatte er auch nicht und seine fuchsroten Haare standen ihm verstrubbelt um den Kopf. Sein sommersprossiges Gesicht und seine blauen Augen sahen aus, als wäre er geradewegs vom Himmel gefallen.

Im Schein der zuckenden Blitze erschienen die riesigen, knorrigen Baumstämme wie allerlei seltsame Gestalten mit verkrümmten Armen und Beinen, wie Gesichter mit glotzenden Augen, knorpeligen Nasen und aufgerissenen Mündern. Das vielstimmige Brausen und Heulen des Sturmwinds klang wie ein Chor jammernder oder drohender Stimmen. Aber Knirps marschierte weiter ohne sich davon im Geringsten beeindrucken zu lassen. Ab und zu knallte er in der Dunkelheit mit dem Kopf gegen einen Ast, den er nicht gesehen hatte, oder er purzelte über dicke Wurzelstrünke. Aber er rappelte sich wieder auf und setzte seine Wanderung unverzagt fort. Ein paar Mal geschah es sogar, dass der Wind Bäume entwurzelte, die krachend umfielen und andere Bäume mitrissen. Knirps kletterte über die dicken Stämme hinweg, die ihm im Weg lagen, und bahnte sich weiter seinen Pfad durch das Dickicht.

Einmal geriet er mit dem Fuß in etwas, das ihn festhielt. Er zog und zog und konnte doch nicht loskommen. Es sah so aus, als hätte eine Wurzelhand zugegriffen, denn der Fuß konnte eigentlich gar nicht anders zwischen diese Krallen gekommen sein. Knirps zog und zerrte mit aller Kraft, aber das Ding gab nicht nach. Vielleicht war es einer der boshaften Wurzelgnome.

»Hör mal«, rief Knirps, »lass mich los, ich muss doch zu Herrn Rodrigo Raubein.«

Kaum hatte er diesen Namen ausgesprochen, als sein Fuß auch schon frei war. Sollten sogar die Waldgeister und die Bäume sich vor ihm fürchten? Oder war es einfach nur Zufall gewesen?

Kaum war er ein paar Dutzend Schritte weitergegangen, als ein gewaltiger Blitz genau in die Stelle einschlug, wo er noch vor kurzem gestanden hatte.

»Hat das mir gegolten?«, fragte Knirps. »Das fände ich aber nicht nett, wo ich doch bloß seinen Namen gesagt hab.«

Selbst die unheimlich aussehenden Bäume schienen vor so viel Unbekümmertheit zu erschrecken. Ihre Gesichter sahen plötzlich ziemlich entrüstet aus und es war, als ob sie miteinander flüsterten und tuschelten.

»Schon gut«, sagte Knirps, »ich bin ja schon still.«

Und er stapfte seelenruhig weiter.

Ein wenig später ließ das Unwetter endlich nach, nur der Wind dauerte noch an und blies Wolkenfetzen an dem vollen Mond vorüber, sodass es abwechselnd hell und dunkel wurde. Doch unten auf dem Boden des Bangewaldes, wo Knirps sich seinen Weg suchte, war davon nicht viel zu bemerken. Die riesigen Baumkronen ließen kaum das fahle Licht durch.

Dann hörte plötzlich auch der Wind auf und es wurde totenstill. Nur das leise Geräusch der Tropfen, die von den Blättern fielen, war noch zu hören. Nebel stiegen aus dem Boden auf. Die Nachttiere, die sich bis jetzt in ihren Schlupflöchern verkrochen hatten, kamen nach und nach hervor und beobachteten mit ihren glühenden Augen von überall her den kleinen Wanderer, der da so ungeniert in ihr Revier eingedrungen war.

Der Boden wurde immer sumpfiger und an vielen Stellen wuchsen riesige Pilze. Manche davon waren größer als Knirps. Der Boden stieg jetzt merklich an und der Baumbestand wurde lichter. Man konnte sogar schon ab und zu den Mond durch die Baumkronen sehen.

Nachdem Knirps längere Zeit immer höher und höher gestiegen war, hörte er plötzlich in der Stille ein Knacken und dann wieder und noch einmal. Er ging dem Geräusch nach und entdeckte unter einem großen Haselstrauch einen Bären, der dort Nüsse knackte.

»Hallo, Bär!«, sagte Knirps und ging auf ihn zu. »Lass mir auch welche übrig. Ich hab Hunger.«

Der Bär drehte sich um und richtete sich brummend auf den Hinterbeinen auf. Er war mehr als dreimal so groß wie Knirps und blickte verwundert auf den winzigen Kerl in seinem sonderbaren bunten Anzug herunter.

»Ich tu dir schon nichts«, sagte Knirps.

Sei es nun, dass der Bär schon satt war, sei es, dass ihn so viel Unverschämtheit verwirrte, er ließ sich jedenfalls wieder auf alle viere nieder und trottete brummend davon. Knirps blickte ihm freundlich nach und rief: »Danke!« Dann sammelte er alle Nüsse auf, die er finden konnte, stopfte sie in die weiten Taschen seines Mantels und machte sich wieder auf den Weg, wobei er unterwegs eine Nuss nach der anderen mit den Zähnen knackte und aufaß.

Der Mond war schon ein gutes Stück weitergewandert, als sich der Wald vor Knirps plötzlich öffnete und ihm den Blick auf einen kahlen Felsenberg freigab, der schroff und vielzackig emporragte. Ganz oben auf der höchsten Spitze war im fahlen Licht eine Burg zu erkennen, deren Anblick selbst aus dieser Entfernung wohl jedem anderen eine Gänsehaut über den Rücken gejagt hätte – jedem, nur nicht Knirps, der befriedigt nickte und einen bewundernden Pfiff ausstieß. Er war sicher, dass er hier nun endlich an der richtigen Postadresse angelangt war: Raubritter Rodrigo Raubein, wohnhaft in der Schauderburg auf dem Haarzuberg im Bangewald.

Die Burg war aus schwarzen Steinblöcken errichtet und hatte fünf verschieden hohe Türme, die alle irgendwie schief und krumm wirkten. Die wenigen Fenster, die nach außen gingen, da die Außenmauern direkt in die senkrecht abfallenden Felsen übergingen, sahen aus wie leere Augenhöhlen. Einen Burggraben gab es nicht, nur auf einer Seite gab es ein Tor, doch war von unten nicht zu erkennen, ob es offen oder geschlossen war. Im Ganzen machte diese Burg einen reichlich heruntergekommenen Eindruck.

Knirps begann den Aufstieg. Der Weg war ein schmaler Felsenpfad ohne Geländer, der sich in kuriosen Windungen um die hohen Felsnadeln schlängelte. Überall unterwegs, wo ein bisschen Platz dafür war, stieß Knirps auf Gräber, deren Steinkreuze schräg im Boden steckten. Auf den Grabplatten entzifferte er mühsam Inschriften der folgenden Art:

Hier liegt begraben Ritter Bogumil Drohmir,
erschlagen von Rodrigo Raubein
nach dreitägigem Kampf.
Wanderer, hüte dich weiterzugehen!

Oder:

Hier ruhen die mühsam eingesammelten Gebeine
des Riesen Untam Menuwel,
der das Pech hatte
Rodrigo Raubein zu missfallen.
Wanderer, nimm die Beine in die Hand!

Oder:

Das bisschen, was noch übrig blieb,
von den dreizehn Banditen
der Berserker-Bande,
die Rodrigo Raubein in die Quere kamen,
liegt hier in einem Blumentopf begraben.
Fremder, fliehe flugs von hinnen!

Beim Höhersteigen stolperte Knirps mehrmals über herumliegende Totenschädel und Knochenhaufen. Einmal musste er sogar an einem ganzen Spalier von menschlichen Gerippen entlangmarschieren, die mit verrosteten Ketten an die Felswand geschmiedet waren und Helme aufhatten. Offenbar hatte es sich da um eine ganze Rittergesellschaft gehandelt, die hier von Rodrigo Raubein dafür bestraft worden war, dass sie versucht hatten ihm einen Besuch ohne Einladung zu machen. Jeden anderen hätte diese Ehrenformation wahrscheinlich auf den Gedanken gebracht, dass es doch im Grund zu Hause viel schöner und gemütlicher sei und deshalb höchste Zeit umzukehren. Aber nicht so Knirps.

Als er schließlich ganz oben angekommen war, sah er, dass der Weg auf einer Felsenzinne endete. Eine Zugbrücke führte über einen gähnenden Abgrund hinüber zum Tor der Burg. Diese Brücke war so morsch und die gewaltigen Ketten so rostzerfressen, dass es mehr als fraglich schien, ob sie überhaupt noch halten würde, wenn man darüber ging. Außerdem war das riesige Tor geschlossen. Knirps setzte seinen Fuß auf die Bohlen der Brücke. Es knackte und knisterte und irgendetwas rutschte und fiel in die Tiefe. Aber Knirps ging weiter. Einmal musste er über ein Loch zwischen den Planken springen. Die ganze Konstruktion schwankte auf und ab und die Ketten knirschten. Aber dann stand er schließlich vor dem Tor.

In der Mitte war ein Türklopfer in Gestalt einer Teufelsfratze, die einen dicken Eisenring im Maul trug. Knirps bewegte den Ring und klopfte ein paar Mal. Er hörte, wie das Geräusch im Inneren der Burg gespenstisch widerhallte, sonst blieb es mucksmäuschenstill. Er klopfte noch einmal kräftiger. Dann schrie er durch die hohlen Hände: »He, hallo! Herr Raubritter Rodrigo Raubein, kann ich bitte reinkommen?«

Keine Antwort war zu hören und niemand kam.

Knirps klopfte noch eine ganze Weile weiter, aber vergebens. Allmählich wurde er müde, schließlich war er ja schon die ganze Nacht auf den Beinen gewesen. Die Augen fielen ihm fast zu.

»Vielleicht«, sagte er sich, »ist er nur gerade mal weggegangen, um eine Besorgung zu machen. Er wird bestimmt bald zurückkommen, sonst hätte er doch einen Zettel an die Tür gemacht ›Bin im Urlaub‹ oder so was. Ich setz mich jetzt einfach hierher und warte mal ein bisschen.«

Er kauerte sich also in die Ecke des Tores und war im nächsten Moment schon friedlich eingeschlafen.

DRITTES KAPITEL

Der Raubritter Rodrigo Raubein war keineswegs verreist. Er verreiste überhaupt nie und er ging auch nie aus, um Besorgungen zu machen. Nein, er war zu Hause und hatte das Klopfen durchaus gehört. Aber er wollte um keinen Preis öffnen.

In Wahrheit war Rodrigo Raubein nämlich alles andere als das, was die Leute glaubten. Zwar war er tatsächlich fast zwei Meter groß und von hünenhafter Gestalt und sein Gesicht umrahmte ein struppiger schwarzer Vollbart, aber das war nur äußerlich. In Wirklichkeit konnte er keiner Fliege etwas zuleide tun. Wie man so sagt: Er hatte das Aussehen eines bösen Fleischerhundes und die Seele eines Gänseblümchens.

All die Geschichten über seine fürchterliche Wildheit und Ruchlosigkeit waren nur Gerüchte, die er selbst unter die Leute gebracht hatte. Und die hatten sie, natürlich mit eigenen Ausschmückungen, weitererzählt. Das war ihm nur recht, denn er legte Wert auf einen möglichst schlechten Ruf. Aber alles das war nur Tarnung, hinter der er sich versteckte, um in Ruhe gelassen zu werden.

Rodrigo Raubein war nämlich nicht nur ein zart besaiteter, sondern auch ein sehr ängstlicher Mensch. Das Leben schien ihm voller Gefahren und die Welt voller Bösewichter, die alle nur darauf aus waren, ihn zu überfallen, auszurauben oder gar totzustechen. Davon konnte man sie nur abhalten, meinte er, wenn man ihnen noch mehr Angst machte, als man selber hatte. Und tatsächlich war es ihm durch diese Methode gelungen, bisher ein ziemlich ungestörtes, wenn auch recht einsames Leben zu führen.

Es hatte ihn jahrelange Arbeit gekostet, all die Kreuze und Grabsteine selber zu machen und aufzustellen. Darunter lag überhaupt niemand und hatte auch nie jemand gelegen. Die Gerippe und Knochen und Totenschädel stellte er aus Gips und Lehm in einer Werkstatt her, die er sich eigens dafür eingerichtet hatte. Leider waren diese bildhauerischen Meisterwerke nicht besonders haltbar. Im Regen und Schnee weichten sie oft auf oder zerbröselten, dann musste er die Sachen tagelang reparieren oder ganz neu basteln, musste verblasste Inschriften nachmalen oder Grabkreuze wieder aufrichten. Dabei durfte ihn natürlich niemand sehen, sonst wäre ja möglicherweise alles herausgekommen. Am besten hätte man die Angelegenheit also bei Dunkelheit erledigt. Das Problem war nur: Er gruselte sich selbst so sehr davor, dass keine zehn Pferde ihn bei Nacht vor die Burg hinausgebracht hätten. Nur bei strahlendem Sonnenschein wagte er sich ins Freie, um die notwendigen Reparaturen vorzunehmen.

Die Schauderburg hatte er übrigens von seinen Vorfahren geerbt, die tatsächlich ziemlich schlimme Raubritter gewesen waren. Als Letzter des Geschlechts bewohnte er sie nun allein, aber er benutzte nur einen ganz kleinen Teil davon. Die großen Rittersäle und Korridore und Treppen betrat er schon seit Jahrzehnten nicht mehr. Er hatte die Türen abgeschlossen, weil er Angst vor Gespenstern hatte.

Im Hof der Burg zog er Kartoffeln und Gemüse und davon ernährte er sich. Er selbst wohnte in einem kleinen sonnigen Gemach im Südturm, dem einzigen, der noch halbwegs instand war. In diesem Zimmer stand sein Bett, in einem offenen Kamin kochte er sich seine Mahlzeiten, meistens Gemüsesuppe, und vor allem oblag er hier seiner Lieblingsbeschäftigung, nämlich dem Züchten von Kakteen. Vor allem die kleinen kugelförmigen liebte er, als wären sie seine Kinder. Jede Einzelne hatte ihren Namen und er konnte sie stundenlang zärtlich betrachten. Er fühlte sich ihnen innerlich verwandt, weil sie so anspruchslos und unscheinbar waren, vor allem aber, weil sie die schönsten und zartesten Blüten hervorbrachten, die man sich denken kann – wenn man sie durch sorgsame Pflege dazu bringen konnte, zu blühen, was allerdings jahrelange Geduld erforderte.

Zu den Dingen, die Rodrigo Raubeins zartem Gemüt am meisten zusetzten, gehörten Blitz und Donner. Während des schrecklichen Unwetters in der vergangenen Nacht hatte er die ganze Zeit aufrecht in den Kissen seines Bettes gesessen und bleichen Angesichts sein Ende erwartet. Er hatte seine Ritterrüstung angelegt, damit er wenigstens respektabel aussähe, falls er zu seinen Ahnen gerufen werden würde. Sein dickes

M. Ende 88

Federbett hatte er bis zum Kinn hochgerafft und bei jedem Blitz zog er es sich ganz über Kopf und Helm. Als das Unwetter schließlich nachließ und abzog, war er erschöpft, aber seinem gnädigen Schicksal dankbar, in die Kissen zurückgesunken, hatte aber keinen Schlaf finden können.

Und dann erscholl plötzlich das laute Klopfen am Burgtor. Herr Rodrigo Raubein fuhr aus seinem Dämmerzustand empor und sein schwarzer Bart sträubte sich vor Schreck. Noch nie, noch nie in all den Jahren war es vorgekommen, dass jemand sich der Schauderburg zu nähern gewagt hätte. Und wer es zu dieser Nachtzeit und nach einem solchen Unwetter tat, konnte nur von der schlimmsten Sorte sein. Ein Überfall, das war Herrn Rodrigo klar. Er hielt sich mucksmäuschenstill, denn es war seine einzige Hoffnung die mordlüsterne Horde dort draußen zu täuschen. Wenn er so tat, als ob's ihn nicht gäbe, dann würden sie es vielleicht glauben und unverrichteter Dinge wieder abziehen.

Den Rest der Nacht verbrachte er damit, sich zu fürchten, als aber der Morgen kam, ohne dass das schreckliche Klopfen sich wiederholt hatte, schöpfte Rodrigo Hoffnung und zugleich übermannte ihn die Neugier. Er wollte nachsehen, ob vielleicht an irgendwelchen Spuren zu erkennen war, wer ihn da hatte besuchen wollen.

Er stieg die Wendeltreppe hinunter, ging über den Hof zum Tor und schob vorsichtig den dicken Eichenbalken zurück, der als Riegel diente. Knarrend öffnete sich der Torflügel einen Spalt und er lugte mit einem Auge hinaus, konnte aber nichts sehen. Doch dann wurde die Tür plötzlich von außen ziemlich unsanft aufgedrückt und Herrn Rodrigo blieb vor Verwunderung der Mund offen.

Was da hereinspaziert kam, war ein ziemlich durchnässter kleiner Junge in einem buntscheckigen Anzug und mit fuchsrotem, zerzaustem Haar. In der einen Hand schwenkte er einen großen Hut, mit der anderen ergriff er des Ritters riesige Pranke, schüttelte sie kräftig und sagte mit dem ernsthaftesten Gesicht von der Welt:

»Na endlich, Ihr habt offenbar sehr gut geschlafen. Guten Morgen, Herr Raubritter Rodrigo Raubein! Ich bin ab sofort

Euer neuer Knappe. Ich heiße Knirps. Und außerdem hab ich ziemlichen Hunger. Wann gibt's Frühstück?«

Danach nieste er einige Male laut und ungeniert.

»So, so«, sagte Rodrigo ziemlich verdattert, »aha. Nanu. Wieso?«

»Ihr habt doch nicht etwa schon einen anderen Knappen?«, fragte Knirps.

»Nein«, antwortete Rodrigo, »nicht dass ich wüsste.«

»Eben«, stellte Knirps zufrieden fest, »also braucht Ihr mich.«

»Überhaupt nicht«, erwiderte Rodrigo, »halt, hier geblieben, bleib stehen! Wo willst du denn hin?«

Knirps war schon an ihm vorbei in den Burghof gegangen und blickte anerkennend herum. »Hier gefällt's mir«, sagte er. »Wo ist denn mein Zimmer?«

»Hör mal, Knirps«, rief Rodrigo, »mach, dass du wegkommst, und zwar sofort! Hier ist kein Spielplatz für Kinder, nein, ganz und gar nicht.«

»Stimmt«, sagte Knirps, »gerade deswegen gefällt's mir ja hier.«

Und er nieste noch einmal.

»Könntest du vielleicht mal in eine andere Richtung niesen?«, meinte Rodrigo. »Wenn du erkältet bist, möchte ich mich nicht anstecken.«

»Macht Euch nur keine Sorgen um mich«, antwortete Knirps.

»Du solltest nach Hause gehen und Medizin nehmen«, schlug der Raubritter vor, »vielleicht bekommst du sonst Lungenentzündung.«

»Das macht mir überhaupt nichts», erklärte Knirps und stieg die Wendeltreppe zu Herrn Rodrigos Gemach hinauf. Der Ritter hatte Mühe ihm nachzukommen und war schon außer Atem.

»Wer sind denn deine Eltern?«, wollte er wissen.

Knirps zuckte geringschätzig die Achseln. »Ach, die! Zu denen geh ich nicht zurück. Nie mehr.«

»Warum denn nicht?«

»Sie verstehen mich nicht. Sie sind so ehrbar und kleinkariert und eben richtige Spießer. Ich stamme nämlich aus dem Geschlecht der Grafen von Fadenzupf.«

»Nie gehört«, murmelte Rodrigo, »und was stört dich daran?«

»Immer heißt es ›Das schickt sich nicht‹ und ›Das darf man nicht‹ und ›Tu dies nicht‹ und ›Tu das nicht‹. Ich will das blöde Getue nicht mehr mitmachen. Immer brav sein ist schrecklich langweilig. Ich will lieber ein freier und überall gefürchteter Kerl sein, so wie Ihr, der Schrecken aller Reisenden und Ritter.«

»Na ja, also ...«, warf Rodrigo ein, aber Knirps redete weiter:

»Ihr seid mein großes Vorbild, Herr Rodrigo Raubein. Alle haben immer zu mir gesagt: Wenn du so weitermachst, dann kannst du nur noch Raubritter werden. Und das werd ich eben jetzt.«

»Nun, das ist aber nicht so einfach«, versuchte Rodrigo zu widersprechen.

»Das weiß ich«, antwortete Knirps, »aber ich hab's nun mal beschlossen und daran ist nichts mehr zu ändern, weil ich nämlich einen enormen Dickkopf habe. Darf ich übrigens gleich du und Onkel Roddi zu dir sagen?«

»Nein«, schnaubte der Ritter, »auf keinen Fall!«

»Gut, Onkel Roddi«, fuhr Knirps ungerührt fort, »dann sind wir uns ja einig. Ich bin da und bleibe da. Jetzt bin ich Knirps, dein Knappe.«

Inzwischen waren sie in Rodrigos Turmzimmer angekommen. Knirps ging sofort auf die Kakteen am Fernsterbrett zu.

»Was sind denn das für komische Knollen?«

Er tippte eine mit dem Finger an. »Aua!«, sagte er und warf aus Versehen den Topf um, der in Scherben ging.

Jetzt nahm Rodrigo Raubein seine ganze Kraft zusammen. Er blies seinen gewaltigen Brustkorb auf und brüllte: »Das war Tusnelda, die Zarteste von allen! Mach, dass du rauskommst! Ich kann dich hier nicht brauchen! Und meine Kakteen rührst du nicht mehr an, verstanden!«

»Schon gut«, meinte Knirps begütigend, »reg dich nicht auf, Onkel Roddi, bloß weil ich mich ein bisschen gepikt habe. Das macht mir doch nichts.«

»Aber mir!«, schnaubte Rodrigo mit rollenden Augen. »Und

wenn du jetzt nicht auf der Stelle verschwindest, Bürschchen, dann schmeiße ich dich eigenhändig raus!«

Er packte Knirps, um seine Worte in die Tat umzusetzen, hielt aber plötzlich inne und machte ein bestürztes Gesicht.

»Du bist ja ganz heiß, Kind«, sagte er, »tatsächlich, du hast Fieber! Du musst dich ganz schrecklich erkältet haben heute Nacht.« Er legte ihm die Hand auf die Stirn. »Ja, kein Zweifel. Zeig mal die Zunge!«

Knirps streckte die Zunge heraus.

»Du bist krank«, stellte Rodrigo fest, »und zwar sehr. Du musst sofort ins Bett. Mit so was ist nicht zu spaßen.«

»Ich geh aber nicht ins Bett.«

»Doch, und zwar gleich.«

»Nein.«

»Das werden wir ja sehen.«

»Ich will nicht und ich tu's nicht!«

»Ein Knappe muss seinem Ritter auf jeden Fall gehorchen, ganz gleich, was ihm befohlen wird. Wenn ich sage ›Spring aus dem Fenster‹, dann springst du aus dem Fenster. Wenn ich sage ›Geh ins Bett‹, dann gehst du ins Bett, verstanden?«

Knirps blickte zweifelnd zu Rodrigo auf. »Ist das wirklich wahr oder sagst du das nur so, um mich rumzukriegen?«

»Das ist wahr, bei meiner Raubritterehre! Wenn du nicht gehorchen willst, dann kannst du kein Knappe werden.«

»Und wenn ich's tu, bin ich dann dein Knappe?«

»N... ja gut, meinetwegen«, sagte Rodrigo.

Wortlos zog Knirps seine nassen Sachen aus. Rodrigo machte das Bett und Knirps schlüpfte hinein. Er ließ sich sogar einen kalten Halswickel machen und schlürfte ohne Widerrede den Kamillentee mit Honig, den der Raubritter für ihn zubereitete.

In den nächsten Nächten schlief Rodrigo Raubein sitzend in seinem alten Ohrenbackensessel. Das war nicht besonders bequem, aber es war ja nur für kurze Zeit, sagte er sich. Sobald der Junge wieder auf den Beinen wäre, würde er ihn schon irgendwie loswerden.

Tagsüber erzählten sie sich von ihren Abenteuern, die sie angeblich bestanden hatten, und dabei logen sie sich gegenseitig an, dass sich die altersschwachen Balken in der Turmstube bogen. Erst erzählte Knirps von allen möglichen Streichen und Übeltaten, die er in Wirklichkeit natürlich nie begangen hatte. Er wollte bloß zeigen, dass in ihm das Zeug zu einem richtigen, gewissenlosen Raubritter steckte. Nach und nach kam auch Rodrigo in Fahrt und erfand die tollsten Geschichten, in denen er selbst immer die großartigste und furchterregendste Figur abgab. Er erzählte von wagemutigen Raubüberfällen auf fürstliche Kutschen, bei denen er ganz allein ein Fähnlein Ritter besiegt hatte; von Einbrüchen in königliche Schatzkammern, bei denen ihm Säcke voll Gold und Diamanten in die Hände gefallen waren; von Turnieren, bei denen er drei der gefährlichsten Gegner auf seine Lanze gespießt hatte wie Bratwürstchen; von einem Kartenspiel, bei dem es ihm gelungen war, den Teufel höchstpersönlich zu überlisten; von einem wilden Ritt auf einem Seeungeheuer, das er gezähmt hatte, und von fabelhaften Saufgelagen mit drei Eisriesen, die am Nordpol wohnten und die er alle drei unter den Tisch getrunken und dann bis aufs Hemd ausgeplündert hatte.

Knirps hörte zu und konnte gar nicht genug bekommen. Seine Augen glänzten und seine Ohren glühten, und das nicht vom Fieber (das schon längst vorbei war), sondern vor Begeisterung. Immer wieder sagte er: »Onkel Roddi, du bist wirklich der Größte. So wie du will ich auch mal werden.«

Rodrigo Raubein tat die Bewunderung seines jungen Gastes sichtlich gut. Er blühte ordentlich auf bei seinen Flunkereien. Dieser Knirps wurde ihm immer sympathischer.

Wirklich ein netter kleiner Kerl, dachte er bei sich, zu schade, aber ich muss ihn trotzdem so bald wie möglich loswerden, sonst entdeckt er noch meine Gipswerkstatt, und dann erzählt er's womöglich überall herum und mit meinem schlechten Ruf ist es endgültig vorbei.

Die Sache mit dem Loswerden war allerdings leichter gesagt als getan. Auf jeden Fall aber schloss er die Tür zur besagten Werkstatt sorgfältig ab und trug den Schlüssel Tag und Nacht bei sich. Als Knirps nach einigen Tagen wieder ganz gesund war, gab er ihm die Schlüssel zu allen anderen Türen der Burg, damit er sich umsehen konnte. Der Bund war so groß und schwer, dass Knirps ihn nur mit Mühe schleppen konnte. Trotzdem gelang es ihm, eine verschlossene Tür nach der anderen zu öffnen. So inspizierte er nun die Säle und Gemächer, in denen der Staub fingerdick lag und Spinnweben zwischen den Möbeln hingen, wanderte durch die langen Galerien und Korridore mit ihren halb vermoderten Wandteppichen und Ahnenbildern, auf denen kaum noch etwas zu sehen war. Natürlich öffnete er auch alle Schränke und Truhen und untersuchte deren Inhalt. Und schließlich geriet er in die ehemalige Waffenkammer.

Hier lagen und standen in Gestellen die Wände entlang zahllose Brünnen, Helme, Armschienen, Beinschienen, Schilde, Schwerter, stachelige Keulen, Hellebarden, Spieße, Turnierlanzen, Dolche, Panzerhandschuhe und was eben sonst noch alles zur Ausrüstung von Raubrittern gehörte.

Knirps fühlte sein Herz höher schlagen. Da der Raum keine Fenster hatte, holte er sich eine Fackel und unterzog dieses ganze Arsenal einer gründlichen Musterung. Viele von den Sachen waren schon viel zu verrostet, als dass man sie noch hätte brauchen können, aber schließlich fand er doch eine komplette Rüstung samt Schwert und Schild, die noch gut instand und in der Größe gerade richtig für ihn war. Man musste sie nur mal ordentlich putzen und einölen. Er zwängte sich in das Eisenkleid hinein, setzte sich den Helm auf, gürtete sich das Schwert um, hängte sich den Schild über den Arm und marschierte klirrend durch die Säle und Gänge zurück, die Wendeltreppe hinauf und in das Turmzimmer, wo Rodrigo Raubein mit seinen Kakteen beschäftigt war.

Der Raubritter schnappte zuerst nach Luft vor Schreck, denn Knirps hatte das Visier des Helms heruntergeklappt, sodass er ihn nicht erkannte.

»Onkel Roddi«, sagte Knirps und es klang etwas blechern, »schau mal, was ich gefunden hab.«

»Ach, du bist es!«, seufzte Rodrigo erleichtert, der schon geglaubt hatte, bei helllichtem Tag ein Gespenst zu sehen.

»Das gehört jetzt mir«, erklärte Knirps mit Bestimmtheit und klappte das Visier hoch.

In diesem Augenblick hatte Rodrigo Raubein eine Idee, wie

er es fertig bringen könnte, den Jungen wieder nach Hause zu schicken.

»Nein«, sagte er, »dazu müsstest du erst Ritter werden. Aber du hast noch nicht einmal deine Knappenprüfung abgelegt.«

»Knappenprüfung?«, fragte Knirps. »Was ist denn das?«

Rodrigo setzte sich auf seinen Lehnstuhl und erklärte: »Wenn du wirklich Raubritterknappe werden willst, dann musst du erst mal beweisen, dass du dazu finster entschlossen bist.«

»Bin ich doch«, sagte Knirps und versuchte finster auszusehen.

»Nun, das kann jeder sagen«, meinte Rodrigo, »aber du musst eine Probe ablegen, dass du vor nichts Angst hast und vor keiner Untat zurückschreckst. Du müsstest ganz allein und ohne fremde Hilfe ein möglichst gefährliches Verbrechen begehen – und das willst du doch bestimmt nicht.«

»Doch«, antwortete Knirps, »wird gemacht. Was soll ich zum Beispiel tun?«

Rodrigo kratzte sich hinterm Ohr. »Das kann ich dir nicht sagen, das müsstest du schon selber herausfinden. Darin besteht ja gerade die Probe. Du siehst also, es ist sehr schwer, viel zu schwer für einen wie dich. Also hör auf meinen Rat und lass es sein.«

Knirps legte schweigend die Rüstung ab, auch Schwert und Schild. Rodrigo nickte erfreut, weil er schon glaubte sein Ziel erreicht zu haben.

»Ich geh sofort los«, sagte Knirps entschlossen.

»Moment mal, mein Junge«, stotterte Rodrigo verwirrt, »was heißt das? Wohin willst du gehen?«

»Na, die Probe bestehen, wie du gesagt hast, Onkel Roddi.«

»Aber –« Rodrigo sah plötzlich ganz unglücklich aus. »Aber das meinst du doch nicht im Ernst. So was ist schließlich kein Sonntagsspaziergang.«

»Hoffentlich nicht«, antwortete Knirps, »und die Sachen da bleiben inzwischen hier, bis ich wiederkomme. Niemand anderer kriegt sie. Versprichst du mir das?«

»Nun ja …«, brachte Rodrigo heraus, »falls du dir's nicht doch noch unterwegs anders überlegst.« Er verwünschte sich innerlich wegen seines Einfalls. Dieser Knabe war offenbar durch nichts zu entmutigen.

»Du wirst stolz auf mich sein, Onkel Roddi«, versicherte Knirps und gab dem Ritter die Hand. »Also auf Wiedersehen, bis bald!«

Rodrigo schaute bekümmert in das sommersprossige Gesicht und schluckte ein-, zweimal, ehe er stammelte: »Wie denn? – Was denn? – Du willst einfach so losziehen? Jetzt gleich?«

»Je eher ich anfange«, antwortete Knirps, »desto eher bin ich zurück.«

Rodrigo wusste nicht mehr, was er sagen sollte. Er wühlte nur stumm in seinem struppigen schwarzen Bart herum.

Sie gingen zusammen zum Tor hinunter. Der Ritter öffnete es und ließ Knirps hinaus.

»Hör mal«, sagte er mit belegter Stimme, »ich hätte das vielleicht nicht erwähnen sollen, ich meine, die Probe und das alles. Wenn du es sein lässt, dann schenke ich dir die Rüstung. Was hältst du davon?«

Knirps schüttelte den Kopf. »Das gilt nicht, Onkel Roddi. Ich will aber ein wirklicher Raubritter werden. So einer wie du.«

»Knirps«, sagte Rodrigo, »also ich muss schon sagen, du bist ein ziemlich ungewöhnlicher Bursche.«

»Ich weiß«, antwortete Knirps und warf sich in die Brust, »mach dir nur keine Sorgen um mich.«

Er schwenkte seinen Hut, stülpte ihn sich auf seinen roten Haarschopf, drehte sich um und ging über den geschlängelten Felsenpfad den Haarzuberg hinunter, ohne sich noch einmal umzudrehen. Wenn er dabei links und rechts geguckt hätte, so wäre ihm vielleicht aufgefallen, dass viele von den Totenschädeln ein bisschen aufgeweicht aussahen, denn Rodrigo Raubein war ja inzwischen nicht dazu gekommen, sie zu reparieren. Aber Knirps war viel zu sehr in Gedanken an seine Raubritterknappenprüfung vertieft.

Rodrigo Raubein sah dem Jungen nach, bis sein kunterbuntes Flickenkleid zwischen den Felsen verschwunden war. Dann seufzte er tief.

»Na ja«, murmelte er vor sich hin, »jedenfalls bin ich ihn jetzt los. Das ist die Hauptsache. Ich bin froh.«

Aber er sah keineswegs froh aus, als er in die Schauderburg zurückging und das Tor hinter sich schloss.

DIE KINDER UND DAS LESEN

Viele Eltern gestehen ein, dass sie selbst überhaupt nicht zum Lesen kommen. In diesem Fall darf man sich nicht wundern, wenn die Kinder kein Interesse zeigen. Wenn beim Frühstück oder Abendbrot über Bücher diskutiert oder sogar gestritten wird, bekommen die Kinder große Ohren. Sie wollen teilnehmen und mitreden und lesen die Bücher dann von ganz allein. Wenn aber im Elternhaus nur von der Rate für den neuen Mercedes, dem letzten Fußballspiel und solchen Dingen gesprochen wird, warum sollen Kinder dann plötzlich das gute Buch entdecken?

zur Entstehungsgeschichte siehe Seite 313

WIE DIE ILLUSTRATIONEN ZU »MOMO« ENTSTANDEN

(…) Gestern bin ich mit der endgültigen Umschlagzeichnung fertig geworden. Auch hier habe ich mehrere gemacht, bis ich schließlich mit einer zufrieden war. Ich glaube, das Blatt ist recht schön geworden. In Sepia gezeichnet, also nicht in Tusche. Es sieht aus wie eines der alten englischen Kinderbücher, sozusagen in Kupfer gestochen. Das Bild geht um das ganze Buch herum: Auf der Vorderseite sieht man Momo, die dem Betrachter den Rücken zukehrt, mit der Schildkröte in Meister Horas riesigen Uhrensaal hineingehen. Im Hintergrund sieht man den Uhr-Wald aus Turmuhren usw. In Regalen und auf Tischen stehen und liegen wirklich hunderte von verschiedenen Uhren und man hat eine Menge zu betrachten. Dann – besonders raffiniert! – ist der Buchrücken zugleich die Schmalseite eines großen Regals, das, wenn man das Buch umdreht, perspektivisch in den Hintergrund hineinführt, wiederum mit hunderten von verschiedenen Uhren. Über allem, in ungewisser Höhe und Entfernung, schwebt ein gewaltiges Planetarium. Man kann also sozusagen um das Buch herumgehen, man kann aber auch den Einband ausbreiten und hat dann ein großes zusammenhängendes Bild. (…) Es war jedenfalls eine solche Geduldsarbeit, dass ich manchmal buchstäblich Nervenjucken bekam. Aber es hat doch großen Spaß gemacht.

Was die Illustrationen betrifft, bin ich nach einigen schlaflosen Nächten zu dem Ergebnis gekommen, dass viele Szenen des Buches durch bildliche Darstellung nicht nur nicht gewinnen, sondern sogar beeinträchtigt werden. Meister Hora zum Beispiel kann man nicht zeigen, weil er ja dauernd sein Alter ändert und durch eine Darstellung in der Vorstellung des

zur Entstehungsgeschichte siehe Seite 313

Lesers festgelegt würde. Die grauen Herren darf man nicht zeigen, denn das Unheimliche an ihnen ist ja, wie es heißt, dass man sie übersieht oder nicht in Erinnerung behalten kann. Eine Darstellung würde sie geradezu ungefährlich machen. Und schließlich habe ich gefunden, dass auch Momo selbst, auch wenn man sie noch so gut zeichnet, dadurch das eigentlich Geheimnisvolle verlieren muss, das sie hat, solange man sie sich vorstellt. Deshalb habe ich sie auf dem Umschlag eben auch von hinten gezeichnet.

Was blieb also noch? Ganz ohne Bilder wollte ich das Buch nicht lassen, denn so viel Vorstellungskraft traue ich dem Leser wieder nicht zu. Ich habe mich nun für etwas entschieden, das, glaube ich, ganz gut sein wird: Ich bringe ins Buch hinein nur zu den drei Hauptteilen jeweils ein »Bühnenbild«, also für *Momo und ihre Freunde* das Amphitheater, für *Die grauen Herren* die Neubauviertel und schließlich für *Die Stundenblumen* den traumhaften, weißen Stadtteil hinter der Zeitgrenze. Aber alles ohne Menschen. Das Ganze soll nur als eine Anregung für den Leser dienen sich diese »Bühnenbilder« selbst zu bevölkern und zu beleben. Ganz zuletzt hinter dem Nachwort will ich allerdings noch eine kleine Schlussvignette zeichnen: mich selbst, allein im nächtlichen Eisenbahnabteil. (...)

(Aus einem Brief an Helmuth Ende vom 8. März 1973)

GIGIS LOBLIED AUF MOMO

Wer traurig war, fasst wieder neuen Mut,
wer einsam war, fühlt sich nicht mehr gemieden.
Todfeinde lächeln und sind wieder gut,
wo Zwietracht herrschte, schließt man neuen Frieden.
Und will Verzweiflung, will dich Zorn zerstören:
Geh doch zu Momo! Sage ihr den Grund!
Niemand versteht wie sie dir zuzuhören,
wenn sie dir zuhört, wird dein Herz gesund!

Wer ängstlich war, vollbringt nun frei und kühn,
was er sein Leben lang zu tun versäumte.
Und wer für dumm galt, fühlt Gedanken sprühn,
von denen er bisher nicht einmal träumte!
Die Kinder alle kommen treu-beständig
zu tausend Spielen her von nah und weit.
Momo hört zu – und alles wird lebendig
und das Unmögliche wird Wirklichkeit.

Ich selber hab seit jenem goldnen Tag,
da ich mein erstes Lied ihr vorgesungen,
– erlaubt, dass ich es ganz bescheiden sag! –
zum wahren Dichter mich emporgeschwungen.
Wenn Momo lauscht – ich kann es euch beschwören!
Erwacht in mir ganz einfach das Genie!
Nur Momo ganz allein kann so zuhören,
und niemand, niemand hört so zu wie sie!

zur Entstehungsgeschichte siehe Seite 314

München 20. 2. 87

Liebe E. C.,

heute habe ich endlich seit langer Zeit einmal einen etwas geruhsameren Nachmittag und möchte ihn benutzen, um Ihnen auf Ihren lieben und offenherzigen Brief zu antworten. Das wollte ich schon seit einer ganzen Weile, aber in letzter Zeit ging es bei mir recht stürmisch zu, ich kam noch nicht einmal an meine eigentliche Arbeit und ich wollte Ihnen nicht sozusagen »zwischen Tür und Angel« antworten. Wie Sie richtig vermuten, habe ich obendrein auch noch eine gewaltige Menge von Post zu erledigen. Vieles davon kann ich freilich kurz abmachen, aber einen Brief wie den Ihren nicht.

Zuvörderst einmal herzlichen Dank für die Zusendung Ihrer Gedichte, die ich aber leider nicht lesen kann, weil mein Englisch dazu nicht ausreicht. Vor zwanzig Jahren konnte ich noch eine halbwegs ausreichende englische Konversation bestreiten, aber in den 15 Jahren, die ich nun in Italien gelebt habe, ist mir die Erinnerung daran fast ganz abhanden gekommen. Meine Zweitsprache ist jetzt Italienisch. Ihre Begegnung mit Celan hat mich sehr interessiert. Ich kann seine Schwierigkeiten, sich selbst zu erklären, gut begreifen. Mir wird es gleich nicht besser ergehen. Übrigens habe ich Celan persönlich nie kennen gelernt. Ich bin auch nicht so sicher wie Sie, dass ihm meine Bücher viel bedeutet hätten. Ich glaube, er stand in einer ganz anderen Problematik. Was selbstverständlich nichts an meiner Bewunderung für viele seiner Gedichte ändert. Wenn ich nun die Verse Ihres Briefes lese, so befällt mich in zunehmendem Maße Ratlosigkeit. Ich frage mich, wie ich Ihnen, die Sie offensichtlich so eine ganz andere Auffassung vom Beruf des Dichters oder Schriftstellers oder Künstlers haben als ich, die meine erklären kann, ohne Sie zu verwirren, ohne aber auch ein Zwanzigseitenelaborat zu verfassen (das wahrschein-

zur Entstehungsgeschichte siehe Seite 314

lich auch nicht mehr klären würde). Ich komme mir vor wie ein Handwerker, z. B. ein Steinmetz, der an einer Kathedrale mitarbeitet und der plötzlich Auskunft darüber geben soll, wieso er nach jener Heiligenfigur dort drüben nun plötzlich diesen teuflischen Wasserspeier gemacht hat.

Am besten halte ich mich wohl so dicht wie möglich an Ihre Fragen. Vielleicht ergibt sich dabei schon einiges an Antworten, die zumindest in die Richtung deuten, um die es mir geht.

Nein, das Schicksal Gigis ist nicht das meine. Machen Sie sich da bitte keine Sorgen. Das können Sie ja eigentlich schon daraus ersehen, dass ich nicht versucht habe die Welle von Sympathie, die MOMO hervorgerufen hat, auszunützen und weitere Bücher dieser Art zu schreiben. Die ungemütlichen Geschichten aus dem SPIEGEL IM SPIEGEL sind ja vielen Leuten, die in mir so eine Art Guru oder Tröster sehen wollten, quer im Hals stecken geblieben. Das ist auch gut so. Es gibt tröstliche Geschichten und es gibt untröstliche Geschichten – beide müssen geschrieben werden, denn beide stellen menschliche Erfahrungen dar. Und alles, was der Mensch erfährt, ist Gegenstand der Kunst und der Poesie. Himmel und Hölle. Tragödie und Komödie. Licht und Finsternis. Außerdem ist der Künstler oder Dichter, der das Heilige darstellt, nicht selbst heilig, der das Verbrechen darstellt, nicht selbst ein Verbrecher, der die Hoffnungslosigkeit darstellt, nicht selbst hoffnungslos. Die Darstellung des Unerträglichen, etwa in der griechischen Tragödie, ist ja selbst bereits die Überwindung des Unerträglichen – freilich nicht die Erklärung. Aber Kunst und Poesie erklären ja nicht die Welt, sie stellen sie dar. Sie brauchen nichts, was über sie hinausweist. Sie sind selbst ein Ziel. Ein gutes Gedicht ist nicht dazu da, die Welt zu verbessern – es ist selbst ein Stück verbesserte Welt. Es braucht daher keine »Botschaft«. Dieses Hinstarren auf die »Botschaft« (moralisch, religiös, politisch, sozial usw.) ist eine unselige Erfindung der Literaturprofessoren und Essayisten, die sonst nicht wüssten, worüber sie schreiben und schwätzen sollten. Die Stücke Shakespeares, die ODYSSEE, TAUSEND-UND-EINE-NACHT, der DON QUIXOTE – die größten Werke der Literatur haben keine Botschaft. Sie beweisen oder widerlegen nichts. Sie sind etwas, wie ein Berg oder ein Meer oder eine tödliche Wüste oder ein Apfelbaum. Damit beantwortet sich vielleicht auch Ihre andere Frage nach dem autobiografischen Charakter meiner Bücher. Es ist ja heute üblich, dass Schriftsteller und Dichter die Poesie dazu benützen wollen, zu sagen, wo es ihnen wehtut oder was sie lobenswert und erfreulich finden in ihrem Leben. Ich halte das für Dilettantismus. Der wirkliche Dichter benützt alle Erfahrungen, die er macht, die finsteren und die leuchtenden, wie ein Goldschmied seine Steine: Er setzt den richtigen an die richtige Stelle und es entsteht etwas Neues, etwas Schönes. Aber Schönheit hier natürlich nicht im Sinne von Beschönigung, sondern in einem viel größeren Sinn. Goyas ERSCHIESSUNG DER REBELLEN, Boschs HÖLLEN, Kafkas STRAFKOLONIE sind schön. Schön ist ja nicht nur die Gazelle, sondern auch der Tiger, der sie reißt.

Wenn ich nun Ihre Zeilen über die UNENDLICHE GESCHICHTE noch einmal lese, muss ich mich fragen, ob Sie dieses Buch nicht mit einer falschen Erwartungshaltung gelesen haben, nämlich der, eine weitere Version des MOMO-Themas zu finden. Sie finden, dass Mondenkind ein blasser, zweiter Aufguss der MOMO ist. Liebe E. – Mondenkind hat nichts, aber gar nichts mit MOMO zu tun. Es kommt mir vor, als wollten Sie Alice im Wunderland mit Turandot vergleichen, oder Gretchen mit Artemis. Kein Wunder, dass Ihnen dann viele Abenteuer Bastians beliebig vorkommen. MOMO ist ein charismatisches Menschenkind, so etwas wie eine kleine Heilige – ausgeliefert, preisgegeben, verwundbar. Die Kindliche Kaiserin ist eine Göttin in Gestalt eines kleinen Mädchens, unnahbar, mitleidlos, wie Götter und Göttinnen nun einmal zu sein pflegen. MOMO kämpft gegen das Böse in Gestalt der Grauen Herren. Mondenkind kämpft nicht. In ihrem Reich gilt das Gute und das Böse, das Schöne und das Hässliche, das Weise und das Törichte gleich. Ihr Reich wird auch nicht vom Bösen bedroht, sondern vom Nichts. Das Reich des Traums, der Phantasie, der Kunst ist kein moralisches Reich. Kunst und Poesie sind nicht moralisch. Sie, die Kindliche Kaiserin, schickt Bastian auf seine Reise durch dieses Reich (auf den Weg der Wünsche) und überlässt ihn seinem Schicksal, auf die Gefahr hin, dass er darin zugrunde geht und nie wieder herausfindet. Sie gibt ihm eine große Chance, aber diese Chance ist zugleich eine tödliche Gefahr. Bastian könnte auch im Wahnsinn enden. Sie würde keinen Finger rühren, um ihn zu retten. Sie meint es ernst, tödlich ernst. So sind die Götter und die Musen nun einmal. Der Umgang mit ihnen ist kein Kinderspiel und keine Veranstaltung auf Widerruf (d. h., wenn es allzu gefährlich wird, werden die Spielregeln aufgehoben). Bastian kann in seiner äußeren Welt nicht leben, weil dort nichts Bedeutung hat, nicht einmal der Tod seiner Mutter. Darum sucht er jene andere, innere Wirklichkeit – Phantásien –, wo alles Bedeutung hat. Das ist das Reich der Poesie, des Mythos, des Traumes, der Kunst. Aber der Umgang mit der Poesie ist kein Sonntagsnachmittagsvergnügen für höhere Töchter, kein Quell des Trostes und der Beglückung, sondern ein Abenteuer auf Leben und Tod. Viele kommen nicht wieder zurück und bleiben für immer dort. Viele kommen erst gar nicht hinein – sie haben Angst davor und zu Recht, denn wer nicht die Stärke und den Mut hat den Weg der Wünsche in Phantásien bis zu Ende zu gehen, Schöpfer und Zerstörer zugleich zu sein, der tut gut daran, sich erst gar nicht auf diesen Pakt mit Mondenkind einzulassen. Aber der wird natürlich auch das Wasser des Lebens niemals finden.

Freilich haben Sie Recht, wenn Sie sagen, die Unendliche Geschichte sei kein Kinderbuch mehr – noch weniger natürlich der Spiegel im Spiegel. Auch Momo ist kein Kinderbuch. Ich schreibe überhaupt nicht für Kinder. So wenig, wie Marc Chagall für Kinder malt, obwohl seine Malerei oft »kindlich« aussieht. Ich schreibe für »das Kind in uns allen«, das schöpferisch ist und fähig Schicksal zu erleben – wofür sonst lohnte es sich zu schreiben? Und worüber sonst?

Über den Spiegel im Spiegel will ich mich jetzt nicht ausführlicher äußern, da ich mir nicht einmal klar darüber bin, ob es mir gelungen ist, zur Unendlichen Geschichte wenigstens einige nützliche Hinweise zu geben. Der Spiegel im Spiegel geht noch einen ganzen Schritt weiter und erfordert einen mündigen Leser, der nicht mehr an der Hand geführt werden muss. Dieses Buch wird schon einmal verstanden werden – später.

Liebe E., verzeihen Sie mir, wenn ich Ihnen Unrecht tue, aber ich fürchte, Sie erwarten von der Literatur etwas, das nur die Religion geben kann, nämlich eine »Wahrheit« darüber, was gut oder böse, was recht oder falsch ist im menschlichen Leben. Aber welche »Wahrheit« dieser Art können Sie aus den Tragödien und Komödien Shakespeares entnehmen? Oder aus den Romanen Balzacs oder Dostojewskis? Oder aus den Werken Bachs oder Mozarts? Oder aus den Bildern Grünewalds oder Klees oder Van Goghs? Noch einmal: Große Werke der Kunst und der Poesie beweisen oder widerlegen nichts. Sie sind etwas. Sie argumentieren nicht. Aber der Irrtum, dass Kunst und Poesie irgendetwas lehren müsse, was über Kunst und Poesie hinausweist, ist ja in unserer Zeit ganz allgemein.

Ich danke Ihnen – und das sage ich ganz ohne Ironie –, dass Sie sich Sorgen um meine Rettung machen. Aber sind Sie denn sicher, dass Sie wirklich verstanden haben, worum es mir geht? Könnte es nicht sein, dass Sie mich gerade von etwas abhalten wollen, das wichtiger ist als das, was Sie meinen? Ich wundere mich offen gestanden ein wenig darüber, dass Sie (und Sie stehen damit nicht allein da) die MOMO zwar für ein Meisterwerk halten, aber dem Meister dieses Meisterwerks nicht mehr seine guten Gründe zugestehen wollen, wenn er etwas macht, das Ihren Einsichten nicht entspricht. Die MOMO ist mir ja nicht in den Schoß gefallen (ich habe sechs Jahre daran geschrieben), am SPIEGEL IM SPIEGEL habe ich über zehn Jahre gearbeitet (ich habe die meisten Geschichten darin vor der MOMO geschrieben, konnte das Buch aber erst nach der UNENDLICHEN GESCHICHTE beenden). Wäre es ein unannehmbares Ansinnen für Sie, wenn ich Ihnen vorschlage Ihre Sicherheit (auf Grund derer Sie mich für rettungsbedürftig halten) infrage zu stellen und sich freizumachen für andere Einsichten?

Hören Sie bitte aus diesen Fragen keine Gekränktheit heraus. Sie ist bei mir wirklich nicht vorhanden. Normalerweise würde ich auch höflicher und ausweichender antworten, aber Ihr Brief ist so herzlich und persönlich, dass ich ganz unverstellt antworten möchte – auf die Gefahr hin Sie zu kränken. Was ganz und gar nicht in meiner Absicht liegt.

Mit den besten Wünschen für Sie und Ihre Arbeit
bin ich Ihr Michael Ende

DER VERLORENE MENSCH

Er gibt sich selbst auf dem Fundbüro ab, setzt sich dort ins Regal. Ab und zu fragt er den Beamten, ob sich nicht ein Eigentümer gemeldet habe. Nach Jahr und Tag bekommt er sich selbst, da er ja der Finder ist.

zur Entstehungsgeschichte siehe Seite 314

DIE PÄONIENLATERNE

EINE JAPANISCHE GEISTERGESCHICHTE

*Hörspiel, frei nach einem Bericht von Lafcadio Hearn
über das gleichnamige japanische Schauspiel*

Personen:
Der Erzähler
Der junge Samurai Hagiwára Shinzabúro
O-Tsúyu, eine vornehme junge Dame
O-Yoné, die Dienerin O-Tsúyus
Hakuódo Yusai, ein alter Wahrsager
Ryoséki, der weise Abt des Klosters Shin-Banzui-In
Tomózo, der Diener des jungen Samurai
O-Miné, das Weib Tomózos
Yamamóto Shíjo, ein alter Arzt
Ein Mönch
(j ist zu sprechen wie italienisch gi)

Musik: Einleitung. Unter gespenstischen, faszinierenden Klängen, die gleichsam auf den Hörer zukommen, taucht mehrmals ein geisterhaft-süßes, klagendes Liebesmotiv auf, das jedoch immer wieder von Wellen des Grauens verschlungen wird.

Die Geschichte, meine sehr ehrenwerten Zuhörer, die ich Ihnen mit ihrer gütigen Erlaubnis erzählen möchte, ist eine sehr alte Geschichte, überliefert aus längst vergangenen Tagen. Ich muss daher befürchten, dass Sie, meine ehrenwerten Zuhörer, an der Wirklichkeit jener Ereignisse auf das Heftigste zweifeln werden, da Sie doch Kinder einer wissenschaftlichen und

zur Entstehungsgeschichte siehe Seite 315

überaus vernünftigen Zeit sind. Natürlich erlaube ich mir nicht die Richtigkeit Ihres Zweifels zu bezweifeln, indessen könnte es immerhin möglich sein, dass Sie anstelle der Wirklichkeit ein wenig Wahrheit in dieser Geschichte zu finden geneigt sein werden. Und wäre ein solcher Fund nicht auch der Mühe des Zuhörens wert? – Wenn Sie mir also Ihre gütige Aufmerksamkeit schenken wollen, so beginnen wir nun mit der »Geschichte von der Päonienlaterne«.

Musik: zwei oder drei Takte, gleichsam »Vorhang auf!«

Einst lebte im Distrikt Ushigomé in Jédo – so hieß in früheren Zeiten die Stadt Tokío – ein sehr vornehmer und strenger Herr namens Lijima Heizayémon. Er war einer jener angesehenen Samurais, die in Japan den Titel Hatamoto trugen. Dieser Samurai hatte eine Tochter, O-Tsúyu mit Namen, von ungewöhnlicher Schönheit. Man könnte sogar sagen, dass sie ihren Namen noch an Schönheit übertraf, und das will viel bedeuten, denn O-Tsúyu heißt zu Deutsch etwa »Morgentau«.

Als Fräulein O-Tsúyu sechzehn Jahre alt war, starb ihre Mutter und ein Jahr später nahm Lijima Heizayémon, ihr Vater, sich eine zweite Gattin. Aber nach kurzer Zeit bemerkte er, dass seine Tochter sich in der Nähe ihrer Stiefmutter nicht sehr glücklich zu fühlen schien, obgleich sie als wohlerzogenes Mädchen natürlich niemals gewagt hätte, ihrem Vater gegenüber ein Wort der Klage zu äußern oder gar ihre Gefühle zu zeigen.

Lijima aber sah es ihr an, denn er liebte seine Tochter. Also ließ er für sie in Yanagijima ein hübsches Landhaus errichten und damit sie eine Gefährtin um sich habe, gab er ihr eine treue, erprobte Dienerin mit, namens O-Yoné.

O-Tsúyu lebte glücklich und zufrieden in ihrem neuen Heim bis zu jenem Tage, da ihr der alte Hausarzt der Familie in Begleitung eines jungen Samurai, namens Hagiwára Shinzabúro, einen Besuch abstattete.

Musik: das Liebesmotiv, diesmal nicht geisterhaft, sondern zart, aber doch leidenschaftlich. Bleibt unter dem Folgenden.

Shinzabúro war ein schöner junger Mann mit den liebenswürdigsten und feinsten Umgangsformen, und der Besuch war noch nicht zu Ende, da hatten sich die beiden jungen Leute bereits glühend ineinander verliebt. Da der alte Arzt ein wenig schwerhörig war, gelang es den beiden, sich durch heimliche Worte und Zeichen ihre Liebe zu gestehen. Und als der Alte sie für einen Augenblick allein ließ, sagte der junge Samurai:

Shinzabúro: Was auch geschehen mag, O-Tsúyu, ich werde wiederkommen. Ich werde nicht ruhen, bis ich Sie wieder sehe. Werden Sie auf mich warten?

Da legte O-Tsúyu ihren Kopf an seine Schulter und flüsterte ihm ins Ohr:

O-Tsúyu: Eines sollen Sie wissen, Hagiwara Sama: Wenn Sie nicht wiederkommen, wenn ich Sie nie mehr sehen werde, so muss ich sterben, das weiß ich gewiss.

Unablässig klangen von nun an diese Worte Shinzabúro im Ohr. Wenn er des Tags auf einsamer Jagd durch die Berge ritt, so klang es ihm aus dem Rauschen der Bäume:

O-Tsúyu: Eines sollen Sie wissen, Hagiwára Sama: Wenn Sie nicht wiederkommen, wenn ich Sie nie mehr sehen werde, so muss ich sterben, das weiß ich gewiss …

Und wenn er des Abends im fröhlichen Kreis der Freunde saß, so drang es plötzlich durch das Stimmengewirr an sein Ohr:

O-Tsúyu: … wenn ich Sie nie mehr sehen werde, so muss ich sterben, das weiß ich gewiss …

Und wenn er nachts auf seinem Lager schlaflos lag, so war es ihm, als flüsterte es aus dem Geschrill der Zikaden:

O-Tsúyu: … so muss ich sterben, das weiß ich gewiss …

Wochen und Monate vergingen und die Sehnsucht, O-Tsúyu wieder zu sehen, peinigte den jungen Samurai Tag und Nacht. Die strenge Etikette seines Standes verbot ihm jedoch allein bei Fräulein O-Tsúyu einen Besuch zu machen. Unter allen Umständen musste er warten, bis sich wieder Gelegenheit bot den alten Arzt zu begleiten, der ihm versprochen hatte, ihn ein zweites Mal mitzunehmen.

Shinzabúro wusste nicht, wie vergeblich seine Hoffnung war. Der alte Herr war nämlich inzwischen zu einem anderen Entschluss gelangt.

Arzt: Je länger ich darüber nachdenke, desto sicherer scheint es mir, dass etwas mit den beiden geschehen ist. Fräulein O-Tsúyu schien mir nur mühsam ihre Erregung zu meistern und auch in den Augen meines jungen Freundes brannte ein seltsames Feuer. Und was sollte es gar bedeuten, dass die junge Dame, als ich den Raum wieder betrat, ihren Kopf an die Schulter Shinzabúros gelegt hatte und bei meinem Erscheinen verwirrt schien?

O man kennt das! Es besteht kein Zweifel, dass die beiden heftig ineinander verliebt sind. Falls nun daraus Verwicklungen irgendwelcher Art eintreten sollten, so wäre das in gewisser Weise durch meine Schuld gekommen und ihr Vater könnte mich zur Rechenschaft ziehen. Lijima Heizayemon ist aber dafür bekannt, dass er bei derartigen Gelegenheiten kurzen Prozess zu machen pflegt.

Nein, nein – je länger ich mir die Sache durch den Kopf gehen lasse, desto klarer wird mir, dass ich ohne die größte Gefahr für mich meinen jungen Freund auf keinen Fall ein zweites Mal mitnehmen darf. Außerdem ist anzunehmen, dass die beiden jungen Leute einander sowieso nach einiger Zeit vergessen haben werden. Man kennt das ja. Und so ist es wohl auch das Beste für uns alle …

Monat um Monat verging und O-Tsúyu, die sich die Ursache des Fernbleibens ihres Geliebten nicht erklären konnte, vermutete, er verschmähe ihre Liebe. Sie verzehrte sich in Kummer und Sehnsucht.

O-Yoné: Soll ich euch etwas vorspielen, Herrin?
O-Tsúyu: Ja, spiele etwas, O-Yoné.

Musik: Laute oder dergleichen. Bleibt unter dem Folgenden.

O-Tsúyu: O-Yoné?
O-Yoné: Ja, Herrin.
O-Tsúyu: Glaubst du, dass es möglich ist ...?
O-Yoné: Was, Herrin?
O-Tsúyu: Dass er mich vergessen hat?

Pause.

O-Yoné: Ihr dürft Euch nicht so grämen – meine liebe, junge Herrin!
O-Tsúyu: Glaubst du, er denkt bisweilen an mich?
O-Yoné: Ich glaube, er ist einfach ein leichtsinniger junger Mann, der längst an andere Dinge denkt.
O-Tsúyu *(beginnt zu schluchzen)*

Musik bricht ab.

O-Yoné: Ach, liebe Herrin, wollt ihr euch denn immer weiter so tiefen Kummer machen? Glaubt mir, er ist es nicht wert ...
O-Tsúyu: Ich kann es nicht glauben ... Es kann nicht sein ...
O-Yoné: Tröstet Euch doch, Herrin! – Er hat Euch vergessen. Denkt nicht mehr an ihn!
O-Tsúyu: Vielleicht hast du Recht, O-Yoné ...
O-Yoné: Sicher, Herrin.

Musik beginnt wieder.

O-Tsúyu: Aber wenn es so ist, wie du sagst, wenn er alles vergessen hat ...
O-Yoné: Glaubt mir, es ist so.
O-Tsúyu: Wie kann ich mich da trösten, O-Yoné?

Pause.

O-Yoné: Heute sind die neuen Kleider für Euch gekommen, Herrin. Sie sind wunderschön. – Wollt Ihr sie nicht einmal anprobieren? Das wird Euch bestimmt ein wenig fröhlicher machen. – Wir könnten dann einen kleinen Spaziergang machen – zu dem großen Weiher hinaus. Oder wir könnten zur Chrysanthemenschau gehen. – Es ist ein so hübscher Abend heute.
O-Tsúyu *(leise)*: O-Yoné?
O-Yoné: Ja, Herrin?
O-Tsúyu *(noch leiser)*: Ich werde bald sterben, O-Yoné.

Musik bricht ab.

O-Yoné: Ach, meine liebe junge Herrin, wenn Ihr sterbt, dann tötet Ihr auch mich.
O-Tsúyu: Wenn ich ihn nur einmal noch sehen dürfte – nur einmal noch! – – – Er wird nicht wiederkommen, ich weiß – – – ich werde ihn nicht mehr sehen – – aber ich muss dennoch ausharren – und warten – –

Musik setzt wieder ein, wird leiser, zögernder, und verklingt.

Nur kurze Zeit noch brannte die schwächer und schwächer flackernde Lampe ihres Lebens, bis sie schließlich erlosch. Bald darauf starb auch die treue Dienerin O-Yoné aus Gram über den Tod ihrer Herrin.

Beide wurden nebeneinander auf dem Friedhof zu Shin-Banzui-In in der Nähe des Tempels begraben, der bei Dango-Zaka steht – dort, wo alljährlich die berühmte Chrysanthemenschau stattfindet.

Musik: das Liebesmotiv, umgewandelt zur Musik einer Totenfeierlichkeit.

Shinzabúro hatte keine Ahnung von dem, was vorgefallen war. Aber durch die Heftigkeit seiner verheimlichten Leidenschaft,

durch die schwere Enttäuschung und die Sorge, was wohl Fräulein O-Tsúyu von ihm denken müsse, war er lange und schwer krank geworden.
Obgleich er endlich wieder auf dem Wege der Genesung war, fühlte er sich doch noch sehr schwach, als ihm eines Tages der Besuch Yamamóto Shíjos, des alten Arztes, gemeldet wurde.

Arzt: Ich muss tausendmal um Entschuldigung bitten, mein lieber junger Freund, dass ich mich so lange nicht mehr bei Ihnen habe sehen lassen, aber meine Pflichten erlaubten es mir einfach nicht. Ich wurde zu so vielen Kranken gerufen, dass ich beinahe Tag und Nacht zu tun hatte und kaum noch zum Schlafen kam. Dann musste ich in einer wichtigen Familienangelegenheit eine längere Reise unternehmen, die mich alten Mann so sehr erschöpfte, dass ich nach meiner Rückkehr erst einiger Wochen Erholung bedurfte, um wieder einigermaßen zu Kräften zu kommen. Ganz wiederhergestellt bin ich auch jetzt noch nicht. Ich hoffe, Sie werden mir verzeihen, dass ich erst heute den Weg zu Ihnen gefunden habe.

Shinzabúro: Seit Beginn des Frühjahrs bin ich krank gewesen und selbst jetzt bin ich kaum imstande ein paar Bissen zu essen. War es nicht unfreundlich von Ihnen, mich so ganz und gar im Stich zu lassen?
Ich habe gedacht, wir wollten noch einen Besuch bei Fräulein O-Tsúyu Lijima machen. Ich hatte nämlich vor ihr ein kleines Geschenk als Erkenntlichkeit für die liebenswürdige Aufnahme zu überreichen, die wir damals in ihrem Hause gefunden haben. Aber allein konnte ich doch unmöglich zu ihr gehen.

Arzt: Ich bin überaus betrübt Ihnen mitteilen zu müssen, dass die junge Dame gestorben ist.

Shinzabúro wurde blass bis in die Lippen, obgleich er keine Miene verzog. Er vermochte kein Wort hervorzubringen.

Auch der Arzt blieb eine Weile stumm und blickte vor sich nieder, als müsse er sich erst sammeln.

Endlich fuhr er fort:

Arzt: Ich habe einen großen Fehler begangen, als ich Sie damals im Hause der jungen Dame einführte, mein lieber junger Freund, denn es scheint, als habe Fräulein O-Tsúyu sich auf den ersten Blick in Sie verliebt. Ich muss sogar befürchten, Sie haben ihr irgendetwas gesagt, das ihre Zuneigung zu Ihnen ermutigen musste – ich meine, vielleicht, als Sie mit ihr für einen Augenblick allein waren. Man weiß ja, wie leicht entflammbar manche jungen Damen sind. Jedenfalls habe ich mit einiger Bestürzung bemerkt, dass sie sich an Ihre Schulter gelehnt hat. Nun, das hat mir natürlich zu denken gegeben. Was, so musste ich mich fragen, wenn ihr Vater davon erfährt? Sicherlich hätte er die ganze Schuld mir aufgeladen. Kurz und gut, um ganz offen zu sein: Ich entschloss mich Sie zu einem zweiten Besuch lieber nicht mitzunehmen. Das ist der wahre Grund, weshalb ich mich so lange nicht bei Ihnen habe blicken lassen.

Shinzabúro *(tonlos)*: Tot … Sie sagten soeben, dass O-Tsúyu tot ist.

Arzt: Ja. Vor einigen Tagen kam ich zufällig in Lijimas Haus und erfuhr dort, dass O-Tsúyu und kurze Zeit später auch ihre Dienerin O-Yoné gestorben ist.

Shinzabúro *(flüstert)*: O-Tsúyu …

Arzt *(nach einer kleinen Pause)*: Ich habe mir die Angelegenheit unablässig durch den Kopf gehen lassen und bin zu dem Ergebnis gekommen, dass die junge Dame aus Liebesgram um Sie gestorben ist. An gebrochenem Herzen. So etwas gibt es bisweilen.

Shinzabúro *(wie oben)*: O-Tsúyu …

Arzt: Aber lassen Sie die Toten den Toten, mein lieber junger Freund! Es ist zwecklos, über diese Angelegenheit noch weitere Worte zu verlieren. Es ist nichts mehr zu ändern. Das Einzige, was Sie für die Tote tun können, ist, die Totengebete für sie zu sprechen. Ja, das Einzige.
Aber nun muss ich gehen, meine Pflichten rufen mich. Leben Sie wohl!

Und hastig, um allen weiteren Gesprächen über die schmerzliche Begebenheit, an der er sich in gewissem Sinne schuldig fühlte, zu entgehen, entfernte sich der Arzt.

Musik: greller Schmerz, der sich langsam in Trauer auflöst.

Als Shinzabúro aus der todesähnlichen Erstarrung seiner Seele nach und nach wieder zu sich kam und klarer zu denken vermochte, schrieb er den Namen der toten Geliebten auf ein Sterbetäfelchen und heftete es an den buddhistischen Schrein seines Hauses. Tag für Tag stellte er Opfergaben davor und sprach die vorgeschriebenen Gebete.

Soweit die Höflichkeit es erlaubte, mied er von nun an alle Geselligkeit und lebte völlig zurückgezogen. Seine Tage vergingen eintönig und voller Schwermut.

Am dreizehnten Tage des siebenten Monats wird alljährlich das Bonfest gefeiert, der große Gedenktag für alle Toten.

Als dieser Tag herannahte, schmückte der junge Samurai sein Haus und hängte die Laternen heraus, die den Toten den Weg zeigen sollen, wenn sie in dieser einen Nacht unsichtbar wiederkehren. Er stellte kleine Schalen mit Speisen und Getränken darunter, wie es der Brauch ist. Der Vorabend des Bonfestes war herangekommen. Nach Sonnenuntergang zündete Shinzabúro eine kleine Lampe vor dem Sterbetäfelchen O-Tsúyus an und stellte Lichter in die Laternen vor dem Haus. Die Nacht war klar und drückend schwül.

Geräusch einblenden: Zirkadengeschrill.

Nur in ein leichtes Sommerkleid gehüllt, suchte Shinzabúro die Kühle seiner Veranda auf und saß dort lange, vor sich hin träumend, das Herz voller Gram. Zuweilen fächelte er sich ein wenig oder er warf ein wenig Räucherwerk auf die Kohlenpfanne, um die Moskitos zu vertreiben. Ringsum herrschte tiefste Ruhe. Nur das Schwirren der Nachtinsekten drang an Shinzabúros Ohr.

Zirkadengeschrill ganz aufblenden.
Nach einigen Sekunden ein zweites Geräusch: Erst noch entfernt, dann immer näher kommend, vernimmt man den melodischen Klang von zwei Paar hölzernen Frauensandalen, doch unwirklich, gespenstisch, etwas über Hall. Bleibt unter dem Folgenden.
Gedämpft:

Aber merkwürdig, was mochte das sein? Ein Klang durchbrach die Stille, der sich dem Hause des Samurai zu nähern schien – das melodische Klappern hölzerner Frauensandalen. So spät noch? Immer deutlicher tönte es herüber, nun war es an der Hecke, die den Garten umgab. Shinzabúro stand auf, um über die Büsche blicken zu können. Tatsächlich! Dort gingen zwei Frauengestalten, er irrte sich nicht. Die eine trug eine schöne, mit Päonienblüten geschmückte Laterne. Das war wohl eine Dienerin. Die andere war ein schlankes junges Mädchen in einem langen, mit Herbstblumen bestickten Schleppkleid. Wie auf ein Zeichen wandten plötzlich beide Frauen ihre Gesichter Shinzabúro zu – und blieben überrascht stehen.

Der Klang bricht ab.
In der folgenden Szene sprechen beide Frauen aus einer anderen Akustik, etwas über Hall. Ihre Stimmen wirken seltsam fahl. Der Samurai spricht mit natürlicher Außenakustik.

O-Tsúyu: Oh, wie seltsam! – – – Der Hagiwara Sama!
O-Yoné: Der Hagiwara Sama!
Shinzabúro: O-Yoné?! – Du bist doch O-Yoné! – Ich kann mich unmöglich irren!
O-Yoné: Er ist es! Aber wie ist denn das möglich, Herr? Man hat uns doch gesagt, Ihr seid tot!
Shinzabúro: Sonderbar! Und mir hat man gesagt, Sie beide seien gestorben.
O-Yoné: Ach, das ist ja abscheulich. Ihr solltet so hässliche Worte gar nicht wiederholen, Herr! Wer hat Euch denn so hinters Licht geführt?
Shinzabúro: Aber ich bitte doch, näher zu treten. Hier können wir besser sprechen. Das Gartentor ist offen.

Das Kara-Koron der Holzsandalen nähert sich, kommt ganz nach vorn, zugleich verliert sich mehr und mehr der gespenstische Hall.

Shinzabúro: Wollen Sie nicht bitte Platz nehmen, meine Damen?

O-Yoné: Gerne, wenn es erlaubt ist.

Shinzabúro: Ich bin auf das Äußerste überrascht, aber noch viel mehr erfreut, Sie zu sehen, meine Damen. Und ich muss zugleich vielmals um Entschuldigung bitten wegen meiner Unhöflichkeit, dass ich so lange keine Visite abgestattet habe. Aber, wie ich bereits vorhin erwähnte, hat mir Yamamato Shíjo, der alte Arzt, erzählt, Sie seien beide gestorben.

O-Yoné: Also der war's, der dieses Gerücht verbreitet hat! Oh, es ist niederträchtig von ihm, so etwas zu sagen. Denkt nur, Herr, uns hat er das Gleiche von Euch erzählt.

Shinzabúro: Was mag er nur für einen Grund gehabt haben mich so zu täuschen?

O-Yoné: Und leicht ist es ihm wohl auch noch gefallen, da Ihr doch so vertrauensvoll und unbefangen seid, nicht wahr?

Shinzabúro: In der Tat, ich habe ihm geglaubt.

O-Yoné: Wahrscheinlich hat meine Herrin ihre Neigung zu Euch mit irgendeinem unbedachten Wort verraten, das den Weg zum Ohre ihres Vaters fand. Und ohne Zweifel hat dann O-Kuni, ihre Stiefmutter, den alten Arzt dazu bewogen, Euch einzureden, wir seien gestorben, um ein Hindernis zwischen meine Herrin und Euch zu schieben.

Shinzabúro: Sollte das möglich sein!

O-Yoné: Als man uns mitteilte, Ihr seiet tot, war meine Herrin fest entschlossen sich das Haar abzuschneiden und ins Kloster zu gehen. Nur mit Mühe ist es mir gelungen, sie so weit umzustimmen, dass sie bloß im Herzen eine Nonne wurde. Dann später wollte ihr Vater, sie solle einen gewissen jungen Mann heiraten, aber sie weigerte sich aufs Entschiedenste. Es kam zu einem Zerwürfnis in der Familie, an dem wiederum O-Kuni, die Stiefmutter, die Schuld trug. Wir verließen unser Landhaus …

Ein leise, dunkel stöhnender Wind erhebt sich, bleibt unter dem Folgenden.

O-Yoné *(leise und monoton)*: Wir wohnen jetzt in einem sehr kleinen Haus in Yanako-no-Sasaki ... Dort leben wir recht kümmerlich und ernähren uns von allerlei kleinen Arbeiten ...

Der Wind hört auf.

Shinzabúro: Ich glaube, es beginnt ein wenig kühl zu werden, meine Damen. Wollen Sie mir nicht die Ehre erweisen in mein Haus einzutreten? Es könnte vielleicht ein Unwetter kommen.

O-Yoné: Ja, es war recht schwül heute Abend.

Shinzabúro: Wollen Sie nicht hereinkommen und abwarten?

O-Yoné: Wenn wir damit Eure Freundlichkeit nicht allzu sehr ausnützen, Herr.

Shinzabúro: Es wäre mir im Gegenteil eine große Ehre und Freude, meine Damen.

Sie gehen hinein, Schiebetüren werden geschlossen, das Grillenzirpen wird ganz leise.

O-Yoné: Ihr sollt wissen, Herr, meine Herrin hat ohne Unterlass die Totengebete für Euch gesprochen. Heute, am ersten Abend der Bonfeier, sind wir ausgegangen, um die Tempel zu besuchen. Wir waren gerade auf dem Heimweg, als wir im letzten Augenblick – wie seltsam! – mit Euch zusammentreffen.

Shinzabúro: Oh, wie überaus merkwürdig ist das alles! – Ist es denn Wirklichkeit oder ist es nur ein Traum? Ich kann es noch immer kaum glauben. Auch ich habe unaufhörlich die Totengebete für Sie gesprochen. Hier ist das Sterbetäfelchen, auf das ich den Namen O-Tsúyus geschrieben habe.

O-Yoné: Wirklich, Herr, wir sind Euch mehr als dankbar, dass Ihr unser so treu gedacht habt ... (lächelnd) will sagen, meiner Herrin so treu gedacht habt. – Und was Fräulein

O-Tsúyu betrifft, wie oft hat sie nicht gesagt, sie ließe sich Euretwegen von ihrem Vater gerne töten oder durch sieben Verkörperungen auf Erden von ihm verstoßen.

O-Tsúyu, die die ganze Zeit stumm und ernst dabeigesessen hatte, das Gesicht halb mit dem Zipfel ihres Ärmels verdeckt, errötete zart bei diesen Worten der Dienerin. Shinzabúro vermochte vor innerer Freude kaum zu sprechen. Mit stockender Stimme brachte er nur mühsam die Worte hervor:

Shinzabúro: Bleiben Sie doch noch ein wenig! – Aber bitte leise zu sprechen! Ich habe hier einen lästigen Nachbarn, einen gewissen Hakuódo Yusai, einen Glaslinsenschleifer, der den Leuten aus den Gesichtszügen wahrsagt. Er ist etwas neugierig und es wäre gut, wenn er keinen Verdacht schöpfte.

Die ganze Nacht blieben die beiden Frauen im Hause des jungen Samurai. Erst kurz vor Sonnenaufgang machten sie sich auf den Heimweg. Doch in der nächsten Nacht, zur selben Stunde, kamen sie wieder. Und so geschah es Nacht für Nacht. Und immer rettungsloser verlor Shinzabúro sein Herz an das junge Mädchen. Und sie hingen immer inniger aneinander, gefesselt durch jenes Band irdischer Täuschung, das schwerer zu zerreißen ist als eiserne Ketten.

Musik: Das Liebesmotiv verwandelt sich mehr und mehr ins Gespenstische, Grauenhafte.

Gleich neben Shinzabúros Haus wohnte ein Mann namens Tomózo mit seinem Weib O-Miné in einer kleinen Hütte. Das Ehepaar stand im Dienste des jungen Samurai, lebte dank seiner Freigebigkeit in recht guten Verhältnissen und war ihm überaus ergeben.

Eines Abends nun suchte Tomózo den alten Wahrsager und Glaslinsenschleifer Hakuódo Yusai auf, der nicht weit davon wohnte, um etwas mit ihm zu besprechen, das ihm auf dem Herzen lag.

Tomózo: Ich möchte Euch gerne um Euren Rat bitten, Hakuódo Yusai, und zwar in einer gewissen Angelegenheit, die ich mit meiner Frau nicht besprechen will. Ihr wisst ja selbst, wie schwatzhaft Frauen oft sind. Es handelt sich um eine Angelegenheit, die unseren Herrn, den Hagiwara Sama, betrifft. Daher bitte ich auch Euch strengstes Stillschweigen zu bewahren.

Hakuódo: Das ist selbstverständlich, wenn du es wünschst, Tomózo. Wenn ich dir mit meinem Rat behilflich sein kann, so stehe ich gern zu Diensten.

Tomózo: Vielen Dank, Hakuódo Yusai. – Seht Ihr, Ihr seid ein erfahrener Mann, der weit herumgekommen ist, und Ihr werdet meine Sorge sicher verstehen können. Ihr wisst ja, wie sehr ich und meine Frau dem Hagiwara Sama zu Dank verpflichtet sind und wie hoch wir ihn schätzen. Aber trotzdem lässt es sich nun einmal nicht leugnen, dass unser junger Herr einen gewissen Hang – nun, sagen wir einmal – zur Verliebtheit hat. In letzter Zeit war davon allerdings nichts mehr zu bemerken, er lebte sogar äußerst zurückgezogen. Aber nun scheint es, als sollte das alte Leben wieder beginnen.

Hakuódo: Weshalb meist du das, Tomózo?

Tomózo: In den letzten Nächten hörte ich mehrmals zu sehr später Stunde eine Frauenstimme in meines Herrn Schlafgemach. Und das verursacht mir ein gewisses Unbehagen, denn wenn mein Herr irgendeiner leichtfertigen Person ins Netz gegangen ist …

Hakuódo *(lachend)*: … so bedeutet das erfahrungsgemäß für die Diener mehr oder weniger Scherereien, nicht wahr?

Tomózo *(auch lachend)*: Ja, Hakuódo Yusai, ich wusste, dass Ihr mich verstehen würdet.

Hakuódo: Gewiss, gewiss, mein Freund. Ich frage mich nur, woher du wissen willst, dass es sich um eine leichtfertige Person handelt.

Tomózo: Was sollte es denn sonst für ein Mädchen sein? Oh, es ist auch schon hin und wieder vorgekommen, dass sich sehr vornehme junge Damen in eine solche Situation begeben haben. Ich kenne mehrere Beispiele. Die Liebe besiegt oft die beste Erziehung, mein Freund.

Tomózo: Und Ihr glaubt also wirklich …?

Hakuódo: Ich glaube gar nichts, aber möglich wäre es doch immerhin. Vielleicht ist dein Herr heimlich mit dieser jungen Dame vermählt oder vielleicht will er sich bald vermählen.

Tomózo: Das wäre natürlich etwas anderes.

Hakuódo: Um deine Sorge loszuwerden, Tomózo, könntest du dich doch einfach vergewissern, um was für eine Art von Mädchen es sich handelt.

Tomózo: Ihr meint also, wenn ich wieder einmal die Stimme höre, dann sollte ich einfach einmal versuchen durch eine Fensterritze hineinzuspähen?

Hakuódo: Ja, so könntest du es machen.

Tomózo: Aber das ist doch äußerst unschicklich, Hakuódo Yusai! Meint Ihr wirklich, ich sollte das tun?

Hakuódo: Mir scheint, Tomózo, du hast diesen Plan schon längst selbst gefasst und willst von mir nur hören, dass du dazu berechtigt bist. Oder irre ich mich?

Tomózo: Gut, wenn Ihr meint, Hakuódo Yusai, dann werde ich es heute Nacht versuchen. Und außerdem, wenn niemand etwas davon merkt, so ist es doch eigentlich auch nicht weiter unschicklich. Nicht wahr?

Hakuódo *(lächelnd)*: So ist es, mein Freund. – Und vergiss nicht, mir zu berichten, was du gesehen hast.

Musik: unheimliche Vorahnung. Bleibt unter dem Erzähler.

In der folgenden Nacht stahl sich Tomózo auf Zehenspitzen zu dem Hause des jungen Samurais hinüber, wo er im Fenster des Schlafgemachs noch einen Lichtschein sah.

Er legte sein Auge an eine Ritze des Schiebefensters und spähte hinein. Beim Scheine einer drinnen brennenden Nachtlaterne konnte er deutlich sehen, dass eine fremde Dame bei seinem Herrn unter dem Moskitonetz saß. Die Gesichtszüge konnte er allerdings nicht unterscheiden, da sie den Kopf vom Fenster weggewendet hatte, aber nach der Frisur und der schlanken Gestalt zu schließen, musste sie noch sehr jung sein. Tomózo legte das Ohr an die Ritze, um zu hören, was drinnen gesprochen wurde.

Musik verstummt. O-Tsúyus Stimme wieder gespenstisch, aber gedämpft.

O-Tsúyu: Wenn mein Vater uns auch noch das kleine Haus, in dem wir jetzt wohnen, nehmen würde – ließest du mich dann zu dir kommen und bei dir wohnen?

Shinzabúro: Das ist nicht nur selbstverständlich, sondern ich würde überaus glücklich sein, wenn du bei mir bleiben wolltest.

O-Tsúyu: Für – immer?

Shinzabúro: Ja. Ich fürchte nur, dass dein Vater, wenn er davon erführe, uns grausam auseinander reißen würde.

O-Tsúyu: Nein – nein – nur das nicht! Ich kann nicht einmal den Gedanken ertragen ohne dich zu sein. – – – Und wenn mein Vater mich aus dem Lande verbannen würde, würdest du dann mit mir gehen?

Shinzabúro: Bis an die vier Enden der Welt, O-Tsúyu!

O-Tsúyu: Und auch noch weiter?

Shinzabúro: Wie meinst du das?

O-Tsúyu: Jenseits der vier Enden der Welt?

Shinzabúro: Ich verstehe nicht.

O-Tsúyu: Wenn mein Vater mich für das, was ich getan habe, töten würde – würdest du mit mir sterben, um mit mir vereint zu sein – für immer?

Shinzabúro: Ja, O-Tsúyu, ich würde mit dir sterben.

O-Tsúyu: Oh, ich danke dir! – Du musst wissen, auch nach dem Tode könnte ich nicht aufhören unablässig an dich zu denken – an dich allein, Geliebter – und ich weiß, dass du mich nicht lange überleben würdest …

Musik: wieder die unheimliche Vorahnung, aber diesmal sich langsam steigernd. Bleibt unter dem Folgenden.

Dann sah Tomózo, der Diener, wie sie sich dicht an den jungen Samurai schmiegte, ihre Lippen an seinen Nacken presste und ihn streichelte. Und Shinzabúro erwiderte ihre Zärtlichkeiten.

Tomózo war äußerst erstaunt. Die Redeweise des jungen Mädchens war nicht die einer Frau aus niederem Stand, sondern verriet mit jedem Wort, dass es sich um eine junge Dame aus den feinsten Kreisen handelte. Er versuchte daher auf alle nur mögliche Weise ihre Gesichtszüge zu erkennen. Er kroch um das Haus herum – an der Vorder- und Rückseite, er tastete die Wände nach einer neuen Fuge oder Ritze ab. Endlich fand er eine. Wieder legte er sein Auge daran, spähte hindurch und diesmal blickte er dem jungen Mädchen aus nächster Nähe ins Gesicht!

Musik: ein heulender Aufschrei voll Grauen und Entsetzen. Die Musik ebbt ab.
Laufende Schritte werden hörbar.

Tomózo *(keuchend)*: Hakuódo… Hakuódo Yusai … Meister Hakuódo… Der Himmel steh uns bei! … Hakuódo! …

Ungestümes Pochen an einer Tür.

Tomózo: Hakuódo! … Schnell, um Himmels willen! … Macht auf! Hakuódo! Öffnet doch!

Die Tür wird geöffnet.

Tomózo: Endlich!
Hakuódo: Du bist es, Tomózo? Und so spät noch? Was gibt es denn?
Tomózo *(stöhnt)*
Hakuódo: Aber was ist dir denn, Tomózo? – Wie siehst du denn aus? – Um des Himmels willen!

Musik: unheimliche Klänge wie aus der Tiefe der Erde. Ein wirbelnder, dumpfer Totentanz.

Hakuódo Jusai, der alte Glaslinsenschleifer und Wahrsager, hatte in seinem Leben viele weite Reisen gemacht, er war durch fremde Länder gewandert und hatte so viele merkwürdige und unerklärliche Dinge gesehen und gehört, dass es nicht so leicht etwas gab, das ihn hätte in Erstaunen setzen können. Aber was der Diener ihm jetzt erzählte, überraschte ihn doch aufs Äußerste. Und es bestand kein Anlass, an der Wahrhaftigkeit Tomózos zu zweifeln, denn dem Manne standen zu offenkundig noch immer alle Anzeichen des Entsetzens im Gesicht.

Tomózo *(stammelnd)*: Als es mir endlich gelang, einen Blick auf das Antlitz der jungen Dame zu werfen, da sah ich … es war so grauenhaft, dass sich mir jetzt noch die Haare aufrichten, wenn ich daran denke …

Hakuódo: Was, Tomózo? Was sahst du?

Tomózo: Das Gesicht der jungen Dame war Moder … Fäulnis … leere Augenhöhlen … die Nase eingesunken … der Mund klaffte auf … keine Lippen mehr … grinsend … eine längst im Grab zerfallene Leiche … Die Finger, die so zärtlich den Nacken Shinzabúros streichelten, waren ganz von Fleisch entblößt … die Hand eines Gerippes … Der Körper, vom Brustlatz abwärts, schien wie nicht vorhanden … Was noch irgendeiner Form glich, ging in eine schattenhafte Schleppe über … Und gleich darauf bildete sich langsam, wie Nebelschwaden, eine zweite, noch grauenhaftere Gestalt … eine Frau, die langsam … ganz langsam … auf mich zukam, als habe sie mich entdeckt!

Hakuódo: Beruhige dich, Tomózo! Was geschah dann?

Tomózo: Ich weiß nicht … ich floh in äußerstem Entsetzen … zu Euch, Hakuódo! Ihr müsst helfen, Hakuódo Yusai! Ihr allein könnt helfen!

Hakuódo *(nach einer Weile)*: Wohl habe ich in alten chinesischen Büchern früher so manches über die Liebe zwischen Lebenden und Toten gelesen. Aber ich habe es nie geglaubt, habe es stets für Erfindung gehalten. Doch nun sehe ich, dass ich mich geirrt habe.

Tomózo: Könnt Ihr mir erklären, was das alles zu bedeuten hat?

Hakuódo: Irgendetwas sehr Schlimmes geht im Hause des jungen Hagiwara Sama vor sich. Und sollte sich deine Wahrnehmung als richtig erweisen, Tomózo, dann ist der Samurai rettungslos verloren.

Tomózo: Verloren? Aber es muss doch irgendetwas geben …

Hakuódo: Ist die Frau wirklich eine Tote, so muss dein Herr in kürzester Zeit sterben. Es sei denn …

Tomózo: Es sei denn?

Hakuódo: Nun, dass sich irgendetwas Ungewöhnliches finden lässt, um sein Leben zu retten. Irgendetwas, das ich nicht kenne.

Tomózo: Ich bin nur ein einfacher Mann. Ich kann das alles nicht verstehen.

Hakuódo: Es sind dies Dinge, die sehr schwer zu verstehen sind, Tomózo, und mit dem natürlichen Menschenverstande vielleicht überhaupt nicht. Auch ich verstehe nur sehr wenig davon. Man muss wohl ein sehr weiser und heiliger Mann sein, um solche Zusammenhänge zu durchschauen. Ich weiß nur dies: Wenn die Frau eine Tote ist, so werden die Zeichen des Todes bald auf dem Gesicht des Hagiwara Sama offenbar werden. Wessen Geliebte eine Tote ist, der kann nicht am Leben bleiben. Und hätte er selbst die Kraft von hundert Erdenleben in seinem Blut, sie würden rasch verwehen – aufgezehrt von dem saugenden Dunkel des Todes … Dennoch will ich nichts unversucht lassen. Inzwischen darfst du zu niemandem über das sprechen, was du gesehen hast. Auch zu deinem Weibe nicht. Hast du verstanden, Tomózo?

Tomózo: Ja, Hakuódo Yusai.

Hakuódo: Wenn die Sonne aufgeht, werde ich nach deinem Herrn sehen und mit ihm reden.

Musik: beruhigend, kühl, ernst, sogar hoffnungsvoll.

Am nächsten Morgen machte sich der alte Wahrsager auf und stattete Shinzabúro einen Besuch ab. Als der junge Samurai merkte, dass Hakuódo auf die Damenbesuche zu sprechen kommen wollte, blieb er zwar höflich, wenngleich er auch ziemlich kühl wurde, und stritt alles ab.

Shinzabúro: Wahrhaftig, Hakuódo Yusai, ich kann mir nicht erklären, wie Sie auf die sonderbare Idee kommen, ich empfinge nachts Damen in meinem Hause. So etwas würde mir niemals einfallen und ich weiß nicht, was Sie wollen.

Hakuódo: Herr, ich verstehe sehr gut, dass Sie die Tatsache zu leugnen versuchen. Es ehrt Sie sogar, da es ja, von allem anderen abgesehen, schon ein Gebot der Höflichkeit den Damen gegenüber ist. Ich muss Sie auch um Vergebung bitten wegen meiner Zudringlichkeit, aber ich habe einen triftigen Grund für mein gewiss befremdliches Verhalten. Wenn Sie den erfahren, Herr, werden Sie mir verzeihen. Dessen bin ich sicher.

Shinzabúro: Welchen Grund, wenn ich fragen darf?

Hakuódo: Wollen Sie mir bitte zunächst zugeben, Herr, dass Sie nachts Damenbesuche in Ihrem Hause empfangen?

Shinzabúro: Ich kann es unmöglich zugeben, da es nicht so ist.

Hakuódo: Ach, Herr, ich bin schon ein alter Mann und habe von dieser Welt und diesem Leben nichts mehr zu erwarten. Geld und Gut reizen mich nicht. Sie mögen mir also glauben, Hagiwara Sama, dass die Beweggründe meines Handelns wahrhaftig uneigennützig sind. Es ist die Sorge um Sie, die mich zu Ihnen getrieben hat.

Shinzabúro: Also gut. Da Sie ja offensichtlich doch schon alles wissen, will ich Ihnen zugeben, dass ich Damenbesuche in meinem Hause empfange. Ich will Ihnen auch sagen, warum ich wünsche, dass die Angelegenheit streng geheim bleibt. Das Fräulein ist O-Tsúyu Lijima, die Tochter des Hatamotos von Ushigomé, der von dieser Beziehung um keinen Preis etwas erfahren darf. Ich gedenke Fräulein Lijima, sobald es möglich sein wird, zu heiraten.

Hakuódo *(aufschreiend, fast höhnisch)*: Heiraten? – – Ah, was für ein Wahnsinn!

Shinzabúro: Ich bin äußerst erstaunt, Hakuódo Yusai. Wie soll ich mir Ihr Benehmen erklären?

Hakuódo: Offenbar haben Sie noch nicht bemerkt, Hagiwara Sama, dass die Frauen, die da Nacht für Nacht zu Ihnen kommen – Tote sind!

Shinzabúro: Wie? – – *(bricht in Gelächter aus)* Aber Hakuódo Yusai, was reden Sie da nur!

Hakuódo: Eine grauenhafte Täuschung hat Sie befallen, Herr. Hat man Ihnen denn nicht gesagt, Fräulein O-Tsúyu sei gestorben? Haben Sie nicht selbst monatelang die Totengebete für sie gesprochen? Haben Sie nicht tagtäglich neue Opfergaben dargebracht?

Shinzabúro: Gewiss, Hakuódo, das alles habe ich getan. Aber nicht jetzt, sondern damals war ich von einer Täuschung befallen. Auch Fräulein Lijima glaubte, ich sei gestorben, und hat die Totenbräuche für mich vollzogen. Schuld an all diesen Irrtümern ist Yamamóto Shíjo, der alte Arzt. Er wollte uns aus Angst vor Fräulein Lijimas Vater voneinander trennen. Ich kann Ihnen versichern, Hakuódo Yusai, dass O-Tsúyu niemals lebendiger war als jetzt. Sie ist von blühender Jugend und lebendigster Anmut. Ich habe sie schließlich mit meinen eigenen Augen gesehen. So sieht keine Tote aus.

Hakuódo: Die Lippen einer Toten haben Sie berührt. Die Hände einer Toten haben Sie gestreichelt.

Shinzabúro: Hakuódo, Sie vergessen sich!

Hakuódo: Verzeihen Sie! – – – Sie wissen, Herr, ich verstehe mich ein wenig auf das Lesen der Gesichtszüge: Jetzt schon sehe ich auf Ihrem Gesicht die Zeichen des Todes.

Shinzabúro: Ich muss annehmen, dass Ihre Phantasie Ihnen etwas vorgaukelt, Hakuódo.

Hakuódo: Ich flehe Sie an, Hagiwara Sama! Glauben Sie mir, wenn Sie sich retten wollen. Sie haben höchstens noch zwanzig Tage zu leben, wenn Sie mir weiterhin keinen Glauben schenken.

Shinzabúro: Ich kann und will Ihnen nicht glauben, Hakuódo. Ich bin sicher, dass Sie sich irren. Wollen Sie mich jetzt bitte entschuldigen?

Hakuódo: Gut, Herr, wie Sie wollen. Ich habe es nur als meine Pflicht betrachtet, Sie vor dem schrecklichen Schicksal zu warnen, das Ihnen bevorsteht.

Shinzabúro: Ich danke Ihnen für Ihre gute Absicht, Hakuódo.

Hakuódo: Verzeihung, Herr, erlauben Sie noch eine letzte Frage?

Shinzabúro: Bitte.

Hakuódo: Haben Ihnen die jungen Damen gesagt, wo sie wohnen?

Shinzabúro: Gewiss. Sie sagten, sie bewohnen ein kleines Haus im Distrikt von Shitaya, in Yanaka-no-Sasaki.

Hakuódo: In Yanaka-no-Sasaki? Oh Herr …! Waren Sie schon einmal dort? – Nein? – Natürlich nicht, sonst wüssten Sie …

Shinzabúro: Was?

Hakuódo: Gehen Sie heute noch hin, Herr, und so bald als möglich! Versuchen Sie einmal das Haus zu finden, wo die beiden Damen wohnen! Mehr kann ich Ihnen nicht sagen.

Musik: beunruhigender Akzent von zwei, drei Takten.

Der alte Wahrsager hatte seine Worte in höchster Aufregung hervorgestoßen und sich eilig entfernt. Shinzabúro, im Innersten beunruhigt, wenn auch keineswegs überzeugt, beschloss nach kurzem Nachdenken dem Rat Hakuódos zu folgen und nach Shitaya zu gehen. Es war noch früh am Vormittag, als er in Yanaka-no-Sasaki anlangte und seine Suche nach dem Hause O-Tsúyus begann. Er ging durch alle Straßen, Gassen und Gässchen, las alle Namen auf den Türschildern und stellte alle nur denkbaren Nachforschungen an. Aber das kleine Haus, von dem O-Yoné, die Dienerin, erzählt hatte, war nicht zu finden.

Endlich gab Shinzabúro die Suche auf und beschloss heimzugehen. Er wählte zu diesem Zweck den kürzesten Weg über den Friedhof von Shin-Banzui-In.

Als er in der Nähe des Tempels war, fiel sein Blick plötzlich auf zwei neue Gräber. Das eine war ein einfacher Hügel, wie er für die Toten aus den einfachen Volksschichten errichtet wird, das andere aber trug ein großes und schönes Monument.

Shinzabúro betrachtete die Gräber genauer, aber keines von beiden trug irgendeine Inschrift, die nähere Aufschlüsse hätte geben können. Nur das buddhistische Kaimyo, die übliche Totenformel, stand davor. Außerdem hing vor dem großen Grab noch eine Päonienlaterne, die wahrscheinlich zur Zeit des Totenfestes von den Angehörigen hierher gebracht worden war. Shinzabúro betrachtete sie nachdenklich und plötzlich wusste er, wo er diese Laterne schon einmal gesehen hatte: an jenem ersten Abend in den Händen O-Yonés!

Musik: Schreckakzent.

Um Sicherheit zu erlangen, ging der Samurai in den Tempel. Er fand einen Mönch, der ihm bereitwillig Auskunft gab.

Mönch: Das große Grab ist erst vor kurzem für ein gewisses Fräulein O-Tsúyu, die Tochter von Lijima Haizayémon, dem Hatamoto von Ushigomé, errichtet worden. Und das kleinere daneben für ihre Dienerin O-Yoné, die aus Gram über den Tod ihrer Herrin kurz darauf gestorben ist. – – Aber was ist Euch, Herr? Ihr seid plötzlich so bleich.
Shinzabúro: Nichts, nichts. Es ist gut.
Mönch: Wollt Ihr noch etwas wissen, Herr? Oder wollt Ihr vielleicht den Tempel besichtigen?
Shinzabúro: Nein, danke. Es ist gut. Vielen Dank.

Der Mönch verneigte sich und ging. Shinzabúro aber stand wie versteinert. Und in seiner Seele begann etwas aufzusteigen, dunkel und ungreifbar wie giftiger Dampf, der aus der Tiefe der Erde quillt – was er noch niemals empfunden hatte, was ein Samurai nicht empfinden darf: Angst!

Musik: Ein sehr hoher und ein sehr tiefer Ton, langsam in Halbtönen auf- und niedersteigend, schwillt langsam an. Bleibt unter dem Folgenden.

Shinzabúro *(leise)*: Oh! Jetzt verstehe ich! Was sagte O-Yoné damals? Was sagte sie?
O-Yoné *(geraunt, über Hall)*: Wir gingen fort und bezogen ein ganz kleines Haus in Yanaka-no-Sasaki. Dort wohnen wir jetzt recht kümmerlich und ernähren uns durch allerlei kleine Arbeiten …
Shinzabúro: Ja! Hier ist es, das »ganz kleine Haus« – in Yanaka-no-Sasaki. – Aber »allerlei kleine Arbeiten«? Was bedeutet das? Was bedeutet »allerlei kleine Arbeiten«?

Musik: ein Aufschrei. Tritt zurück und verklingt unter dem Folgenden.

Von Grauen erfasst eilte der junge Samurai zu dem alten Wahrsager und berichtete ihm, was er gefunden hatte.

Hakuódo: Nun, da haben Sie den Beweis. Jetzt glauben Sie mir wohl?

Shinzabúro: Ja, Hakuódo Yusai, ich glaube Ihnen und ich bitte Sie um Rat und Beistand.

Hakuódo: Es tut mir außerordentlich Leid, Ihnen sagen zu müssen, dass ich in diesem Fall außerstande bin irgendwelche Erfolg versprechende Hilfe leisten zu können. Sie müssen sich selbst helfen.

Shinzabúro: Sie wollen nicht. Sie – lassen mich im Stich!

Hakuódo: Ich kann nicht, Herr.

Shinzabúro: Aber es muss doch irgendeine Rettung für mich geben!

Hakuódo: Fassen Sie sich doch, Herr! – Sind Sie nicht ein Samurai?

Shinzabúro: Was hilft mir das?

Hakuódo: Ist Fräulein O-Tsúyu nicht Ihre Geliebte? Wollten Sie die junge Dame nicht noch heute Morgen zu Ihrer Frau machen? Haben Sie – Angst um ihretwillen hinüberzugehen auf jene andere, dunkle Seite des Daseins? Bedenken Sie, Herr, Sie haben noch viele Leben vor sich, Tausende, Millionen … Warum zaudern Sie dieses eine Leben hinzugeben für jene Frau, die aus Liebe zu Ihnen gestorben ist?

Shinzabúro: Ich will nicht sterben! Nicht auf diese grauenhafte Weise! Helfen Sie mir, Hakuódo! Sagen Sie mir, was ich tun soll!

Hakuódo: Das Einzige, was Sie tun können, Herr, ist sich mit der Bitte um geistlichen Beistand an den Abt Ryoséki vom Kloster Shin-Banzui-In zu wenden. Wenn er Ihnen nicht helfen kann, dann bleibt Ihnen nichts mehr zu tun, als Ihr Schicksal in Würde zu erfüllen.

Musik: Tempelmusik, abgeklärt, kühl, streng.

Der Abt Ryoséki war ein weiser und heiliger Mann, der durch die geheimnisvolle Kraft geistiger Schau imstande war die Ursache jeglichen menschlichen Leids sofort zu erkennen und die Beschaffenheit des Karmas mit all seinen millionenfachen Verwicklungen und Verzweigungen von Schuld, Leid und Begierden zu durchschauen. Denn hier liegen die Wurzeln jeden Schicksals.

Unbeweglichen Gesichtes hörte der Abt die Erzählung des jungen Samurai an. Dann schwieg er lange mit halb geschlossenen Augen. Endlich blickte er auf.

Tempelakustik, von Ferne das Singen von Mönchen und Gongschläge.

Abt: Du bist in großer Gefahr, mein Sohn. Doch nicht der Tod ist es, was ich meine. Wer erkannt hat, dass alles, was entsteht, wieder vergehen muss, dem bedeutet der Tod keine Gefahr. Was dir droht, mein Sohn, ist die Folge einer schweren Verirrung, deren du dich in einem deiner früheren Leben schuldig gemacht hast. Das Karma, das dich an diese Tote bindet, ist sehr stark – stärker als jede Fessel des Leibes. Aber wenn ich dir dessen Beschaffenheit zu erklären versuchte – du könntest mich nicht verstehen.
Darum höre: Diese Tote hat nicht den Wunsch dir zu schaden. Auch hegt sie kein Gefühl des Hasses gegen dich. Im Gegenteil, sie fühlt sich leidenschaftlich zu dir hingezogen. Dieses junge Mädchen war deine Geliebte zu einer Zeit, die weit, weit zurückliegt – vor vielen Erdenleben. Sie hat seitdem ihre irdische Gestalt oftmals gewechselt und nicht in jedem Leben wart ihr zusammen. Oft seid ihr euch nicht begegnet und sie blieb allein. Und doch scheint es, dass sie nicht aufhören konnte mit aller Kraft und ihrem ganzen Wesen an dir zu hängen. Es wird nicht leicht sein für dich, mein Sohn, sie von dir zu lösen; denn du selbst hast dieses Band in jener früheren Zeit geknüpft.
Hier leihe ich dir eine kraftvolle Mamori. Es ist ein kleines goldenes Amulett, das den Buddha Kai-On-Nyorai darstellt, der »der Meerbrandende« genannt wird, weil seine Worte

über das große Gesetz die Welt durchdröhnten wie die Brandung des Meeres. Dies kleine Bildnis ist dazu bestimmt, die Lebenden vor den Toten zu schützen. Du musst es immer bei dir tragen, dicht am Körper, unter dem Gürtel. Außerdem werde ich noch heute im Tempel eine Segakimesse lesen, für die Toten, die keine Ruhe finden können. – Und hier nimm diese heilige Schriftrolle. Sie enthält die Worte Buddhas über die vier edlen Wahrheiten. Du musst sie jede Nacht zu Hause sorgfältig und ohne zu stocken laut lesen. – Ferner gebe ich dir hier ein Paket mit O-fuda-Zetteln, auf denen heilige Texte geschrieben sind. Mit ihnen musst du die Öffnungen deines Hauses bekleben – alle, auch die kleinste Ritze. Wenn du das tust, wird die Kraft der heiligen Texte die Toten am Eintreten hindern.
Doch was auch immer sich begeben wird – unterlasse es auf keinen Fall, die Worte des Buddha zu lesen. Und nun geh, mein Sohn.

Tempelakustik ausblenden.

Mithilfe des alten Wahrsagers gelang es Shinzabúro noch vor Einbruch der Nacht, die Zettel mit den heiligen Inschriften an alle Öffnungen seines Hauses zu kleben. Als das geschehen war, suchte Hakuódo Yusai seine eigene Wohnstätte auf und der junge Samurai blieb allein.

Musik: unheimliche, dumpf pochende Spannung. Bleibt unter dem Folgenden.

Die Nacht kam, warm und klar. Shinzabúro verschloss sorgfältig die letzte Tür, band sich das kostbare Amulett um den Leib, begab sich unter das Moskitonetz und begann, beim Scheine einer Nachtlaterne die Worte Buddhas, des Erhabenen, zu lesen.

Shinzabúro *(zerstreut, hin und wieder stockend)*: Zwei Pfade führen auseinander. Wer nach dem Heil strebt, der soll nicht auf ihnen wandern:

Der eine heißt »Die glücksuchende Hingabe an die Begierden der Sinne«. Sie ist niedrig, gemein, weltlich, unedel, zwecklos.
Der andere heißt »Die leidsuchende Hingabe an die Selbstzerstörung«. Sie ist schmerzvoll, unedel, zwecklos. Diese beiden auseinander führenden Pfade hat der Vollendete vermieden und er hat den mittleren Pfad vollkommen erkannt, diesen Pfad, der sehend macht, der Erkenntnis verleiht, der zur Ruhe, zur höchsten Weisheit, zur Erleuchtung, zur Vollendung, zur Erlösung führt …

Musik verklingt.

Lange murmelte er die heiligen Worte vor sich hin, erfasste ihren Sinn jedoch nur in geringem Maße. Später versuchte er ein wenig zu ruhen, aber er konnte keinen Schlaf finden. Mitternacht war längst vorüber. Er hörte die große bronzene Tempelglocke des Dentsu-In die zweite Stunde verkünden.

Man hört weit entfernt zwei tiefe hallende Glockenschläge. Stille. Dann nähert sich, wie das erste Mal, der gespenstische Klang der Frauensandalen, diesmal langsamer und müder.

Shinzabúro *(hastig, mit bebender Stimme, liest)*: Dies ist die edle Wahrheit vom Leiden:
Geburt ist leidvoll, Altern ist leidvoll, Krankheit ist leidvoll, Tod ist leidvoll, Kummer, Jammer, Schmerz, Gram und Verzweiflung sind leidvoll, mit Ungeliebtem verbunden sein ist leidvoll, von Geliebtem getrennt sein ist leidvoll, nicht erlangen, was man ersehnt, ist leidvoll. Dies sind die fünf Arten der Verhaftung. Sie sind leidvoll.
Dies ist die Wahrheit von der Wurzel des Leidens:
Es ist der Drang, der Wiedergeburt erzeugt, der Drang nach Lust, der Drang nach Leben, der Drang nach Selbstzerstörung.
Dies ist die Wahrheit vom Ende des Leidens:
Es ist dieses Dranges völliges Aufgeben, Ablegen, Verwerfen, Vertreiben, Vernichten …

Bis jetzt haben sich die Schritte immer mehr genähert. Sie halten inne.

Die Schritte hielten plötzlich inne. Kalter Schweiß trat auf Shinzabúros Stirn.

Musik: ein leises, überirdisches, hypnotisches Klingen. Bleibt unter dem Folgenden.

Er spürte mit einem Mal, dass es ihm unmöglich war, unter dem Moskitonetz zu bleiben. Eine seltsame Kraft, stärker noch als seine Furcht, zwang ihn aufzustehen und einen Blick hinauszuwerfen. Anstatt die heiligen Worte weiter zu lesen, ging er zum Fenster und spähte durch eine Ritze vorsichtig in den Garten hinaus.

Draußen stand O-Tsúyu und neben ihr O-Yoné mit der Päonienlaterne. Beide starrten unverwandt auf die heiligen Texte über dem Hauseingang.

O-Yoné: Liebe Herrin, hier ist kein Eingang mehr.

O-Tsúyu: Ich kann es nicht glauben. Es kann nicht wahr sein, nach all den Schwüren, die der Hagiwara Sama mir noch gestern geschworen hat.

O-Yoné: Das Herz des Hagiwara Sama muss erkaltet sein, denn er hat sein Wort von gestern – heute gebrochen. Die Türen sind versperrt. Wir sind ausgeschlossen.

O-Tsúyu: Ich weiß, das Herz des Hagiwara Sama kann so grausam nicht sein, dass er mich so von sich stieße.

O-Yoné: Ihr solltet nicht mehr an ihn denken, denn seine Liebe hat sich in Kälte verwandelt.

O-Tsúyu: Nein … nein … *(sie beginnt leise zu schluchzen)*

O-Yoné: Weint nicht! Oh weint doch nicht, liebe Herrin! Wir können es nicht ändern. Niemand kann es ändern, dass er nichts mehr von Euch wissen will …

O-Tsúyu *(leise, aber fast wild)*: O-Yoné, du musst einen Weg finden. Ich muss zu ihm! Wenn du es nicht tust, so werde ich nie wieder heimgehen!

O-Yoné: Wie ihr wollt, liebe Herrin. Suchen wir, ob es nicht eine andere Möglichkeit gibt, in das Haus Eingang zu finden.

Noch nie zuvor hatte O-Tsúyu so schön ausgesehen und Shinzabúro fühlte, wie sein Herz mit unwiderstehlicher Gewalt zu ihr hingezogen wurde. Er wollte rufen, aber das Grauen vor dem Tode hielt ihn noch zurück. Er sah, wie die beiden Schatten sich langsam abwandten und wie O-Yoné ihre junge Herrin an der Hand fasste und sie in Richtung der Hütte des Dienerehepaares führte. Dann verschwanden beide, wie ein Nebelstreifen, den ein Windhauch verweht.

Das Klingen ausblenden.

Shinzabúro aber sank auf seine Knie nieder, schlug seine Stirn gegen den Boden seines Zimmers und weinte.

Musik: das Liebesmotiv, weniger gespenstisch als schwermütig.

Nacht für Nacht um die zweite Stunde, die Stunde des Ochsen, in der die Geister der Toten freigegeben sind, kamen die beiden Schatten zum Hause des jungen Samurai und jede Nacht hörte Shinzabúro deutlich das leise, herzzerbrechende Weinen O-Tsúyus.

Wieder das Klingen. Die Stimme leicht über Hall.

O-Tsúyu *(fast geflüstert)*: Ach, ich kann es nicht glauben … Es kann nicht wahr sein … Hagiwara Sama, mein Geliebter, öffne mir deine Tür … Ich vergehe vor Qual … ich vergehe … ich vergehe … ich vergehe …

Klingen und Stimme ausblenden.

Shinzabúro aber öffnete nicht. Er hielt sich bereits für gerettet und ahnte nicht, dass sein Schicksal in Wirklichkeit schon besiegelt war.

Musik: Akzent von zwei, drei Takten. Totentanzmotiv.

Tomózo, der Diener, hatte zwar, wie er es dem alten Wahrsager versprochen hatte, zu niemandem, auch nicht zu seinem Weib O-Miné, ein Wort über die seltsamen Ereignisse, deren Augenzeuge er geworden war, verloren. Aber mit einem hatte er nicht gerechnet: dass die beiden Toten auch ihn aufsuchen könnten, um seine Hilfe zu ihrem Werk zu erzwingen.

Man hört das geisterhafte Kara-Koron der sich nähernden Holzsandalen.

Nacht für Nacht betraten die beiden grauenhaften Gestalten seinen Schlafraum und weckten ihn auf.

Die Schritte halten inne. Die Frauenstimmen über Hall.

O-Yoné: Tomózo! Höre, Tomózo!

Tomózo *(schlaftrunken)*: Was … wer ist da? *(fährt mit einem Schreckenslaut in die Höhe)*

O-Yoné: Tomózo, der O-fuda-Zettel, der über dem kleinen Fenster an der Rückwand des Hauses deines Herrn hängt – entferne ihn! Hörst du, Tomózo? Reiß ihn ab!

Tomózo *(zitternd)*: Ja … ja, gewiss … morgen werde ich ihn bestimmt entfernen … ich verspreche es Euch!

O-Yoné: Das hast du gestern Nacht auch versprochen und in den Nächten davor. Und du hast es dennoch nicht getan, Tomózo. Missbrauche nicht unsere Geduld!

Tomózo: Ja … verzeiht bitte! … ich … ich konnte mich nicht dazu entschließen …

O-Yoné: Warum nicht, Tomózo?

Tomózo: Ach, verzeiht, aber ich fürchte, ich werde meinem Herrn dadurch Böses zufügen. Und ich und meine Frau, wir leben doch von seiner Großmütigkeit …

O-Yoné: Fräulein O-Tsúyu ist deinem Herrn sehr zugetan. Wie kannst du glauben, sie wolle deinem Herren etwas Böses zufügen?

Tomózo: Oh, ich ... ich weiß nicht ... entschuldigt bitte ... morgen werde ich es gewiss tun ... ich schwöre es!

O-Yoné: Liebe Herrin, Ihr müsst Euch also noch einmal bis morgen gedulden.

O-Tsúyu: Ich kann nicht, O-Yoné ... Ich kann es nicht ...

O-Yoné: Bis morgen, Herrin. Morgen werdet ihr den Hagiwara Sama wieder sehen.

O-Tsúyu: Morgen! – Weißt du denn, was das für mich bedeutet? Morgen – eine Ewigkeit ...

O-Yoné: Es hilft nichts, liebe Herrin. Kommt! Kommt mit mir!

Und die Dienerin nahm das Mädchen bei der Hand und führte sie fort.

So ging es Nacht für Nacht, denn Tomózo, obgleich er aus Furcht jede Nacht versprach die O-fuda-Zettel zu entfernen, konnte sich tagsüber doch nicht dazu entschließen.

O-Miné, das Weib Tomózos, die im Nebenzimmer schlief, wusste von diesen nächtlichen Besuchen nichts. Doch fiel ihr auf, dass ihr Mann bedrückt schien. Er sprach kaum noch mit ihr und sein Gesicht wurde bleicher und sorgenvoller von Tag zu Tag.

Eines Nachts erwachte O-Miné und hörte zu ihrer Verwunderung, dass im Zimmer ihres Mannes eine Frauenstimme heftig auf Tomózo einredete. Das also war der Grund seiner Verstörtheit! Er hatte eine Geliebte! In O-Minés Herzen flackerte die Eifersucht auf wie ein giftgrünes kaltes Feuer. Sie beschloss, in der kommenden Nacht wach zu bleiben und zu warten, bis die andere Frau kam. Dann wollte sie hinübergehen und die beiden überraschen.

Musik: Ein rascher, erregender Rhythmus, leidenschaftlich und düster, geht über in Windsausen und Donner. Bleibt unter der folgenden Szene.

Die nächste Nacht war finster und stürmisch. O-Miné lag wach und wälzte sich von Eifersucht gepeinigt unruhig auf ihrem Lager hin und her. Mitternacht war vorüber. Da plötzlich hörte sie durch das Sausen des Windes das Klappern von Frauensandalen auf das Haus zu kommen.

Das Geräusch der sich nähernden Holzsandalen. Bleibt unter dem Folgenden.

Auch Tomózo lag wach auf seiner Matte. Er zitterte vor Angst am ganzen Leibe, denn er hatte auch an diesem Tage die O-fuda-Zettel an dem kleinen Fenster nicht abgerissen.

Das Klappern der Sandalen ganz nah, bricht ab.

Plötzlich standen die beiden Schemen wie aus dem Boden gewachsen vor ihm. Und diesmal beugte sich die junge Herrin selbst zu ihm nieder. Schreckensstarr blickte Tomózo in ihr halb vermodertes Gesicht, das sich langsam zu einer grauenhaften Fratze verzerrte.

O-Tsúyu *(kreischend, über Hall, verzerrt, völlig unmenschlich)*: Hüte dich uns noch länger zum Narren zu halten! Wenn du bis morgen Nacht den Zettel nicht entfernt hast, dann wirst du erfahren, wie ich hassen kann!

Heulender Windstoß, Donnerschlag, einige geisterhafte, verklingende Töne, es wird stiller.

O-Miné: Tomózo! – Tomózo, was war das? – Ich habe deutlich gehört, dass eine Frau bei dir war!
Tomózo *(stöhnt)*
O-Miné *(näher)*: Tomózo! – Was hast du denn? – Du zitterst ja! … Was ist denn geschehen?
Tomózo *(stöhnt)*
O-Miné: Tomózo, komm doch zu dir! – Oh ihr Götter, er stirbt! Was ist denn nur geschehen?
Tomózo: Lass mich!
O-Miné: Aber sag mir doch, was dir zugestoßen ist!
Tomózo: Nein … nein … ich kann nicht … kann dir's nicht sagen …

O-Miné aber ließ nicht ab. Sie bestürmte ihren Mann so lange mit Fragen und Vorwürfen, bis er ihr endlich das Geheimnis verriet und die schreckliche Lage, in welcher er sich befand, schilderte.

Windsausen ausblenden. Musik: kurzer Akzent.

O-Minés Eifersucht verwandelte sich in äußerste Bestürzung. Aber da sie ein schlaues Weib war, reifte in ihr sofort ein Plan, wie sie ihren Gatten auf Kosten des jungen Samurai retten könnte. Lange noch saßen die beiden in dieser Nacht beieinander und berieten, was zu tun sei.

Musik: Akzent, brütend, unheilschwanger.

Als in der folgenden Nacht, wiederum um die Stunde des Ochsen, die beiden Toten kamen und das Klappern ihrer Holzsandalen sich näherte, verkroch O-Miné sich vor Furcht – Tomózo aber ging hinaus, um den Schatten zu sagen, was seine Frau ihm geraten hatte.

Tomózo: Wahrhaftig, meine verehrungswürdigen Damen, ich verdiene Euren heftigen Tadel. Aber es lag wirklich nicht in meiner Absicht, Euch zu erzürnen. Der Grund, weshalb ich mich bisher nicht entschließen konnte, die O-fuda-Zettel zu entfernen, ist folgender:
Wie Ihr vielleicht wisst, leben wir von der Unterstützung des Hagiwara Sama. Wir können ihn deshalb nicht einer Gefahr aussetzen ohne uns zugleich selbst zu schaden.

O-Yoné: Was willst du damit sagen, Tomózo?

Tomózo: Ich meine, wenn wir zum Beispiel die Summe von hundert Ryo in Gold bekämen, so wären wir unabhängig und auf keines Menschen Unterstützung mehr angewiesen. Versteht Ihr?

O-Yoné: Willst du damit sagen, wenn wir dir diese hundert Ryo gäben, so würdest du die O-fuda-Zettel entfernen?

Tomózo: Jawohl, meine Damen! Ihr versteht, wir müssten dann nicht befürchten mittellos zu werden.

O-Yoné: Du glaubst also noch immer, dass wir dem Hagiwara Sama Schlimmes zufügen wollen?

Pause.

O-Yoné: Herrin, ich habe Euch bereits vorgestellt, dass es unrecht von uns war, diesen »treuen Diener« zu behelligen. Wir haben keinen Anlass mit ihm zu verhandeln. Bedenkt doch, wie zwecklos es ist, da doch das Herz des Hagiwara Sama sich von Euch gewandt hat. Lasst Euch zum letzten Mal bitten, meine liebe junge Herrin, vergesst ihn!

O-Tsúyu: Vergessen? Nein, ich kann es nicht. Ich kann, ich kann es nicht! Niemals! O-Yoné, was auch immer daraus werden mag – ich muss zu ihm! – – – Du weißt, du kannst die hundert Ryo beschaffen! Nur dieses eine Mal noch – ich bitte dich, O-Yoné! – mach es möglich! Nur ein einziges Mal noch möchte ich ihn sehen!

O-Yoné: Ach, warum bittet Ihr mich, das zu tun? Ihr wisst doch, dass ich kein Geld habe!

O-Tsúyu: Bitte, O-Yoné, bitte! Du kannst es! *(Weinen)*

O-Yoné: Ich werde darüber nachdenken, Herrin, aber weint nicht mehr! Und du höre, Tomózo! Der Hagiwara Sama trägt an seinem Leibe eine Mamori mit dem Bildnis des Kai-On-Nyorai. Und solange er sie trägt, können wir uns ihm nicht nähern. Du musst also nicht nur die O-fuda-Zettel, sondern auch die Mamori entfernen.

Tomózo: Gewiss, auch das will ich tun, wenn Ihr mir die hundert Ryo bringt.

O-Yoné: Kommt, liebe Herrin!

Und weinend ließ sich der Schatten der Herrin von dem Schatten der Dienerin hinwegführen.

Als Tomózo am nächsten Morgen erwachte, fand er neben seinem Kopfpolster ein Säckchen voller Goldstücke – hundert Ryo, der Lohn des Verrats.

Musik: der Totentanz und das Liebesmotiv ineinander verschlungen.

Wiederum verging ein Tag und die Nacht sank herein. Das dürre Laub der Bäume im Garten fiel raschelnd in die Stille. Und über die Gipfel der herbstlichen Wolken segelte schweigend der Nachen des Mondes in die unermessliche Kühle des Nachthimmels hinaus, als wollte er nie mehr wiederkehren.

In seiner Hütte hockte das Dienerehepaar und spähte ängstlich zu dem Hause des Samurais hinüber, wo noch Licht aus dem Fenster des Schlafgemachs fiel.

Tomózo: Warum wacht er noch? Was mag er wohl tun?

O-Miné: Eben hat es die zweite Stunde geschlagen.

Tomózo: Ja, sie werden gleich kommen.

O-Miné: Hast du auch ganz bestimmt den O-fuda-Zettel abgerissen?

Tomózo: Ja, Weib, ich habe es getan.

O-Miné: Und die goldene Mamori? Hast du auch die?

Tomózo: Ja, ich habe auch das über mich gebracht.

O-Miné: Mich wundert, dass er es nicht gemerkt hat, Tomózo.

Tomózo: Während er im Bade war, habe ich die goldene Mamori aus ihrem Gehäuse gestohlen und durch ein Bildchen aus Kupfer ersetzt.

O-Miné: Und wo hast du die goldene Mamori?

Tomózo: Ich habe sie in einem brachliegenden Acker vergraben.

O-Miné: Wo?

Tomózo: Das werde ich dir nicht sagen.

O-Miné: Oh du Narr! Warum hast du sie nicht behalten?

Tomózo: Schweig, Weib!

O-Miné: Sie hätte uns von großem Nutzen sein können!

Tomózo: Ich will nichts mehr damit zu tun haben. Verstehst du das nicht?

O-Miné: Hättest du sie mir gegeben!

Tomózo: Still! Ich höre sie kommen.

Der Klang der sich nähernden Holzsandalen, diesmal eilig. Bleibt unter dem Folgenden.

Auch Shinzabúro hörte die sich nähernden Schritte der Schatten. Wie jede Nacht saß er unter seinem Moskitonetz und las die heiligen Worte des Buddha.

Leise einblenden: die Stimme des Samurai, der murmelnd liest: »Dies ist die edle Wahrheit vom Leiden: Geburt ist leidvoll, Altern ist leidvoll …« usw. Bleibt unter dem Folgenden.

Er ahnte nicht, was geschehen war, und so bemerkte er nicht, dass diesmal kein Jammern und Klagen vor seinem Hause zu hören war, als die Schritte innehielten.

Der Klang der Holzsandalen bricht ab, stattdessen beginnt leise ein süßes, geisterhaftes Klingen. Bleibt unter der ganzen Szene.

Er sah nicht, was Tomózo und sein Weib sahen: wie die beiden Schatten, die Gesichter mit den Ärmeln ihrer Kleider verhüllend, langsam emporschwebten und wie graue Nebelschleier durch das kleine Fenster, über dem der Streifen mit den heiligen Texten abgerissen war, in das Haus drangen. Shinzabúro blickt erst auf, als eine zarte Stimme leise und traurig seinen Namen rief.

Shinzabúro *(aufblenden)*: … von Geliebtem getrennt sein, ist leidvoll, nicht erlangen, was man wünscht, ist leidvoll …

O-Tsúyu *(etwas über Hall)*: Hagiwara Sama!

Shinzabúro *(in tödlichem Schrecken)*: Ah! – – – – O-Tsúyu!

O-Tsúyu: Du hast mich lange ausgeschlossen, mein Geliebter. Warum hast du mich so grausam bestraft?

Shinzabúro: Wie kommst du hier herein?

O-Tsúyu: Die Sehnsucht nach dir hat mich verzehrt. Warum hast du das getan?

Shinzabúro: Komm mir nicht nahe!

O-Tsúyu: Womit habe ich dich gekränkt, mein Liebster? Womit habe ich deinen Hass verdient?

Shinzabúro: Ich hasse dich nicht, O-Tsúyu! Nein, ich hasse dich nicht!

O-Tsúyu: Warum aber hast du mich dann so sehr leiden lassen?

Shinzabúro: Geh fort! Ich befehle dir – ach, nein, ich bitte dich, geh fort, O-Tsúyu! Geh fort!

O-Tsúyu: Wenn du es befiehlst, so muss ich gehen. Denn dein Wille ist mein Wunsch. Aber wenn es dir beliebt, mein Herr, so sage mir, warum du mich von dir stößt.

Shinzabúro: O-Tsúyu, du weißt es. Du weißt, warum wir einander nicht mehr nahe kommen dürfen. Lass es mich nicht aussprechen, es ist zu grauenhaft ...

O-Tsúyu: Was ist an mir, das dich so abstößt? Sag es mir, Shinzabúro, sag es mir, ich bitte dich!

Shinzabúro *(stammelnd)*: Du bist tot, O-Tsúyu. Du bist tot. *(aufschreiend)* Eine Tote! Geh zu den Toten!

O-Tsúyu: *(sehr leise und müde)*: Tot? ... Ist es das? ... Aber sag mir, was ist das – tot? Ich weiß es nicht, kannst du es mir sagen? Ich weiß nur, dass ich mehr leide, als Worte ausdrücken können. Ich vergehe vor Qual und Sehnsucht. Ich kann dich nicht lassen. Das ist alles, was ich weiß. Jeder Augenblick ohne dich ist wie tausendfaches Sterben. Was will es da bedeuten, ob ich tot bin – ob ich lebe ...

Shinzabúro: Auch ich, Geliebte, auch ich bin voll Kummer und sehne mich Tag und Nacht nach dir, O-Tsúyu. Aber dennoch, du darfst niemals wiederkommen. Hörst du? Wenn du mich liebst, so darfst du nie mehr zurückkehren. Denn deine Rückkehr ist mein Verderben.

O-Tsúyu: Dein Verderben? ... Wie kann das sein? Ich kann es nicht verstehen. Aber da du es wünschst, werde ich dir von nun an für immer fernbleiben. Doch sollst du eines wissen, Hagiwara Sama: Ich werde nirgends und niemals Ruhe finden ohne dich. Mein ganzes Dasein ist von nun an nichts mehr als eine einzige Wunde und Himmel und Erde werden seufzen über mich ...

Shinzabúro *(kaum fähig zu sprechen)*: O-Tsúyu! Geliebte! Ach, O-Tsúyu! Sprich nicht weiter! Geh! Geh fort! Ich bitte dich!

O-Tsúyu: Wenn ich nur noch einmal, ein letztes Mal dich anrühren dürfte! Nur einmal noch nimm mich in deine Arme!

Shinzabúro: Nein, O-Tsúyu! Nein! Rühr mich nicht an!
O-Tsúyu: Nur dieses letzte Mal noch …
Shinzabúro: Wie soll ich deiner Bitte widerstehen! Oh hab Erbarmen, – du, die ich liebe …
O-Tsúyu: Hier bin ich! – Schließe deine Arme fest um mich – Geliebter!

Musik: Eine heulende, grässliche Dissonanz, dazwischen hört man undeutlich einen entsetzlichen, lang gezogenen Schrei Shinzabúros. Langsam verklingt die Musik im Liebesmotiv, das noch einmal dünn und verwehend auftaucht.
Vogelgezwitscher. Bleibt unter dem Folgenden.

Die Sonne stand schon hoch am Himmel, als der Diener Tomózo und sein Weib es endlich wagten, sich der Wohnung des jungen Samurais zu nähern.

Vorsichtiges Klopfen.

Tomózo: Herr! – Tomózo ist hier! – Hagiwara Sama, erlauben Sie, dass ich eintrete? *(leise)* Er antwortet nicht.
O-Miné: Vielleicht solltest du hineingehen, Tomózo.
Tomózo: Ja – ja, das will ich. Hilf mir die Tür aufschieben.

Man hört Ächzen, sie öffnen die Tür mit Gewalt. Sie gehen hinein. Vogelgezwitscher ganz leise.

Tomózo: Herr, Tomózo ist hier! – Seid Ihr anwesend, Herr?
O-Miné: Vielleicht ist er noch in seinem Schlafgemach?
Tomózo: Du hast Recht. Wir wollen nachsehen.

Eine zweite Tür wird aufgeschoben.

O-Miné: Es ist noch dunkel hier.
Tomózo: Öffne die Jalousien!

Das Rasseln von Jalousien.

O-Miné: Dort! – Dort unter dem Moskitonetz … dort liegt er!
Tomózo: Hagiwara Sama! Herr, seid Ihr krank?
O-Miné: Vielleicht geht es ihm nicht gut. Heb doch das Netz hoch! Heb es schon hoch und sieh nach ihm!
Tomózo: Herr, ist Euch nicht gut? – *(aufschreiend)* Ah! Oh ihr Götter! Schnell fort! Komm, schnell! Das ist … das ist entsetzlich … *(Beide rennen davon.)*

Musik: leise und wimmernd das Totentanzmotiv, seltsam still und abgestorben.

Hakuódo Yusai, der alte Wahrsager und Linsenschleifer, war auf die Bitte Tomózos gekommen. Obgleich auf das Äußerste entsetzt von dem Anblick, der sich ihm bot, spähte er dennoch mit scharfen Augen umher und entdeckte bald, dass der O-fuda-Zettel von dem kleinen Fenster abgerissen war. Und als er den Toten untersuchte, fand er, dass die goldene Mamori fehlte und durch ein Kupferbildchen ersetzt war. Ohne ein Wort von seiner Entdeckung zu sagen, lief er, so schnell ihn seine alten Beine trugen, zum Tempel von Shin-Banzui-In. Ehe er noch ein Wort sagen konnte, bat ihn Ryoséki, der Abt, in sein Privatgemach zu kommen.

Abt: Du weißt, Hakuódo, dass du mir immer willkommen bist. Bitte, mach es dir bequem. – Es tut mir Leid, dass der Hagiwara Sama tot ist.
Hakuódo: In der Tat, er ist tot. Aber wie konntet Ihr das erfahren, Herr?
Abt *(lächelnd)*: Nun, lass dir damit genug sein, dass ich es weiß. Ich wusste übrigens von Anfang an, dass es so enden würde. Das Schicksal des Hagiwara Sama war unabwendbar. Erzähle mir, wie du ihn fandest.
Hakuódo: Oh, es ist nicht zu schildern, Herr. Ich fand ihn auf seinem Lager, aber es gibt keine Worte für den Ausdruck seines Gesichtes. Es war verzerrt wie das eines Menschen, der unter dem Eindruck des furchtbarsten Entsetzens gestorben ist. Nur mit Mühe vermochte ich seinen Anblick zu ertragen. Er war unkenntlich. – Und neben ihm lag das modrige

Gebein einer Frau – die Knochen der Arme und Hände fest um seinen Nacken geschlungen …

Abt: Beruhige dich, Hakuódo. Das Schicksal des Hagiwara Sama war entschieden lange vor seiner Geburt. Du musst dich nicht grämen. Auch er wird eines Tages, nach abertausend Erdenleben, frei werden und die Buddhaschaft erringen. Und auch O-Tsúyus Leidenschaft wird einmal erlöschen, wie alles, was entstanden ist.

Hakuódo: Ja, Herr. – Doch da ist noch etwas anderes, das mich bedrückt …

Abt: Du hast entdeckt, dass die Mamori, die ich dem Hagiwara Sama geliehen habe, gestohlen wurde? Kümmere dich nicht darum, Hakuódo Yusai. Tomózo, der Diener, hat es getan.

Hakuódo: Ich ahnte es. Dieser Verräter und Dieb!

Abt: Nicht so, Hakuódo. Er ist nur ein schwacher Mensch und er konnte nicht anders. Auch er konnte nicht anders. Übrigens hat er das Amulett vergraben – in einem Acker – und dort wird es im achten Monat des kommenden Jahres gefunden und mir zurückgebracht werden. Du brauchst dich also deswegen nicht zu beunruhigen.

Hakuódo: Wohl habe ich gehört, Herr, dass ein Heiliger mit reinem Lebenswandel die Macht hat hundert Jahre in die Zukunft zu schauen, aber heute ist es das erste Mal, dass ich Gelegenheit habe Zeuge solcher Wahrheit zu sein. Ihr wisst, ich selbst lebe davon, dass ich den Leuten die Zukunft deute, aber es ist mir unbegreiflich, wie Ihr alle diese Dinge wissen könnt.

Abt: Grüble nicht darüber nach, Hakuódo. Aber höre noch eines: Das Geschlecht der Hagiwaras hat eine eigene Familiengruft, doch es geht nicht an, dass man Shinzabúro dort beisetzt. Er muss neben O-Tsúyu begraben werden.

Hakuódo: Ich verstehe, Herr.

Abt: Und es ist nur recht und billig, dass du ihm auf deine Kosten ein Grab errichten lässt, denn er hat dir viele Freundlichkeiten erwiesen.

Hakuódo: Es soll geschehen, wie Ihr sagt, Herr.

Abt: Und nun leb wohl, Hakuódo, mein Freund. Und gedenke der letzten Worte Buddhas, des Erhabenen:

Alle Dinge des Lebens
sind vergänglich nach ihrem Wesen,
Darum rüstet euch
mit Wachsamkeit!

Man hört seine Schritte sich langsam entfernen, der Gesang der Mönche und das Rauschen der Gongs wird lauter.

(1959)

MELODIE DER HERZEN

Jedes Menschen Herz hat – medizinisch – seine ganz spezielle Melodie, die zu erkennen ist. Hört man dieses Herzgeräusch, so wird einem leicht etwas unheimlich. So wenig verstehen wir die Sprache des Organischen, selbst der edelsten Organe.

FÜR INGEBORG

Im Leben warst du erschöpft und wund
und für viele eine Närrin auf Erden,
dort, wo du jetzt bist, dort wirst du gesund
und immer gesünder werden.
Hier auf der Erde warst du ein Licht,
das brannte an beiden Enden.
Dort wo du jetzt bist, werden ärmer nicht,
sondern reicher, die sich verschwenden.

zur Entstehungsgeschichte siehe Seite 315

DIE ABSTEIGE

ERSTER AKT

Hohes, kahles gekalktes Zimmer in einer Pension in Trastevere. Balkendecke, Keramikboden. In der Mitte ein großes zweischläfriges Eisenbett. Daneben ein Nachtkästchen. Links ein hohes Fenster ohne Vorhänge. Die Fensterläden sind geschlossen. Grelle Spätnachmittagssonne fällt in Streifen ins Zimmer. Links hinten eine Tür auf den Flur. Rechts vorne ein Waschlavoir mit Spiegel an der Wand. An der Rückwand steht ein Holzstuhl mit hoher Lehne. Ein Tisch. Ein Kleiderschrank. Eine Kommode. Dröhnendes Glockenläuten.

Aldo, Mitte dreißig, sitzt mitten im Zimmer auf seinem Koffer. Er raucht. Von der Straße herauf Lärm vorbeifahrender Autos, Hupen, Gelächter und Geschrei, eine Männerstimme ruft »Camilla! Camilla!«, dann noch einmal aus der Ferne »Camilla!«. Aldo steht auf, geht langsam zum Fenster, öffnet den Laden ein wenig, wirft den Zigarettenstummel hinunter, schließt den Laden. Dreht sich um und blickt im Zimmer umher. Geht zum Waschlavoir, betrachtet sich im Spiegel. Tastet seine Taschen nach Zigaretten ab, hält inne und zieht aus der Brusttasche seiner Jacke einen Revolver, betrachtet ihn, als hätte er ihn noch nie gesehen, macht eine Grimasse, zielt versuchsweise auf sein eigenes Bild im Spiegel, lässt die Hand sinken, dreht sich um und wirft den Revolver zerstreut aufs Bett. Nun findet er in einer Tasche Zigaretten und Feuerzeug, zündet sich eine an, während er raucht, blickt er nachdenklich auf den Revolver, schließlich nimmt er ihn und tut ihn in die Nachttischschublade. Setzt sich wieder auf seinen Koffer, raucht. Immer noch Glockenläuten.

Aus einem Nachbarhaus hört man eine Frauen- und eine Män-

zur Entstehungsgeschichte siehe Seite 316

nerstimme heftig streiten, aber man versteht nichts. Eine Tür wird zugeschlagen. Aldo sucht mit den Augen etwas, das ihm als Aschenbecher dienen könnte, findet nichts, steht auf, geht zum Waschlavoir, schnippt die Asche hinein, geht wieder zu seinem Koffer, setzt sich mit dem Rücken zur Tür. Immer noch Glockenläuten.

Das Geräusch eines dicht über die Dächer dahinfliegenden Flugzeugs kommt näher, wird ohrenbetäubend. Gleichzeitig öffnet sich langsam die Tür, ein sehr vornehm aussehender älterer Herr blickt ins Zimmer, sieht den Sitzenden, der ihm den Rücken zuwendet, einen Augenblick forschend an und schließt leise wieder die Tür. Das Flugzeug ist vorüber. Glockenläuten.

Aldo hat das Schließen der Tür bemerkt, er dreht sich langsam um, steht auf, geht zur Tür, legt die Hand auf die Klinke, überlegt es sich anders, geht zum Lavoir, wirft die Zigarette hinein, dreht sich nach der Tür um und wartet, ans Lavoir gelehnt. Glockenläuten verklingt nach und nach. Plötzlich Stille.

Es klopft.

Aldo reagiert nicht, wartet. Es klopft nochmals.

Aldo reagiert nicht, schaut nur die Tür an.

Die Tür öffnet sich langsam. Claudio, der vornehme Alte, schaut herein, sieht Aldo nicht mehr auf dem Koffer, macht einen Schritt ins Zimmer, entdeckt Aldo am Lavoir, erschrickt.

Claudio: Oh, verzeihen Sie! *(Er schließt rasch die Tür von außen.)*

Aldo *(nach einer Weile):* Bitte, kommen Sie nur herein! *(Stille)*

Aldo geht zu seinem Koffer, hebt ihn hoch, will ihn auf das Bett legen, überlegt es sich anders, stellt ihn wieder in die Mitte des Zimmers und setzt sich darauf, diesmal mit dem Gesicht zur Tür.

Es klopft. Aldo antwortet nicht. Claudio steckt wieder den Kopf herein.

Claudio: Ich … verzeihen Sie … ich wollte mich nur entschuldigen. Es ist mir sehr peinlich, dass ich Sie gestört habe. Ich hatte mich in der Tür geirrt, wissen Sie. Ich war so erschrocken, dass ich vergaß mich zu entschuldigen. Das möchte ich hiermit nachholen.

Aldo: Schon gut.

Claudio *(starrt ihn an)*

Aldo: Noch was?

Claudio: Nein. – Nein, das war alles. Also dann, guten Abend. *(Er macht eine kleine Verbeugung und will gehen.)*

Aldo: Klopfen Sie immer bei sich selbst an?

Claudio: Bitte?

Aldo: Ob Sie immer an Ihre eigene Zimmertür klopfen, ehe Sie eintreten?

Claudio: Wie meinen Sie das?

Aldo: Ach, schon gut. Lassen Sie nur. Guten Abend.

Claudio: Nein, natürlich nicht. Warum sollte ich das?

Aldo: Eben. Bei mir haben Sie aber geklopft.

Claudio: Nun ja, selbstverständlich. Bei Ihnen.

Aldo: Obwohl Sie dachten, es wäre Ihr Zimmer.

Claudio: Keineswegs. Wie kommen Sie darauf?

Aldo: Sie haben es gerade gesagt. Sie sagten, Sie hätten geglaubt, es sei Ihr Zimmer. Vorhin.

Claudio: Ah ja, vorhin. Ja, gewiss. Deshalb wollte ich mich ja entschuldigen.

Aldo: Na also. Und warum haben Sie dann geklopft, obwohl Sie dachten, es sei Ihr Zimmer?

Claudio: Ich habe nicht geklopft. Vorhin nicht.

Aldo: Doch, Sie haben geklopft.

Claudio: Vorhin nicht. Ganz bestimmt nicht. *(Beide mustern sich eine Weile.)*

Aldo: Na, ist ja auch egal. Sie müssen's ja wissen.

Claudio: Ja, ich bin ganz sicher.

Aldo *(nickt, zündet sich eine neue Zigarette an, steht auf, geht zum Fenster und späht durch die Läden hinaus)*

Claudio *(zeigt auf den Koffer):* Sie sind wohl gerade angekommen?

Aldo: Wieso?

Claudio: Ihr Koffer ist noch nicht ausgepackt.

Aldo: Sind Sie der Hoteldetektiv?

Claudio: Oh nein, keineswegs. Nein, wirklich nicht.

Aldo: Ich bin heute Vormittag angekommen. *(Er wendet sich ihm zu.)* Zufrieden?

Claudio: Ich nehme an, dass Sie sich schon in der Stadt umgesehen haben.

Aldo: Nein. Wozu?

(Pause)

Claudio: Dürfte ich mir erlauben Sie um eine Zigarette zu bitten?

Aldo *(hält ihm die Schachtel hin, gibt ihm Feuer)*

Claudio *(hustet)*

Aldo: Sie rauchen wohl nicht oft?

Claudio *(sehr verlegen):* Es ist meine erste, um offen zu sein.

Aldo *(grinst)*

Claudio: Erheitert Sie das? Aller Anfang ist schwer.

Aldo: Vor allem, wenn man ein Gespräch in Gang bringen will, wie?

Claudio: Ja, ich gebe es zu. Sehr schwierig. Ich bin es nicht mehr gewöhnt.

Aldo: Bei jedem anderen würde es Ihnen leichter gemacht werden. Warum bestehen Sie gerade darauf, dass ich es bin?

Claudio: Oh, ich bestehe selbstverständlich nicht darauf.

Aldo: Hören Sie, lassen Sie schon die Katze aus dem Sack, ehe Sie sich umbringen.

Claudio: Ich verstehe nicht.

Aldo: Na, meinetwegen. Gehen Sie oder bleiben Sie. Ich habe nichts zu versäumen.

Claudio: Wirklich?

Aldo: Wie?

Claudio: Hätten Sie wirklich etwas Zeit? Ich meine – weil Sie sagten, Sie hätten nichts zu versäumen. – Oh, entschuldigen Sie, ich ... ich bin sehr zudringlich. Darf ich die Zigarette weglegen?

Aldo: Werfen Sie sie ins Waschbecken!

Claudio *(tut es, blickt erstaunt hinein):* Ich nehme an, Sie haben dies Zimmer seit Ihrer Ankunft überhaupt noch nicht verlassen.

Aldo: Wie kommen Sie darauf?

Claudio: Nach der Menge von Zigarettenstummeln zu urteilen …

Aldo: Na und?

Claudio: Oh, nichts weiter.

Aldo: Ich habe das Zimmer gemietet. Ich bezahle dafür. Ist es verboten, dass ich mich hier aufhalte?

Claudio: Es ist ein wenig ungewöhnlich, scheint mir.

Aldo: Worauf wollen Sie eigentlich hinaus?

Claudio: Sie misstrauen mir, nicht wahr? Sagen Sie es ruhig.

Aldo: Allerdings.

Claudio: Ich verstehe das. Ich kann das gut verstehen.

Aldo: Ach, nein!

Claudio: Es ginge mir an Ihrer Stelle ganz genauso.

Aldo: Und habe ich Grund dazu?

Claudio: Was soll ich Ihnen darauf antworten?

Aldo: Das ist Ihr Problem.

Claudio: Nein, nein, Sie haben keinen Grund dazu. Aber das überzeugt Sie natürlich nicht.

Aldo: Natürlich nicht.

Claudio: Sehen Sie. Sie misstrauen mir nur umso mehr.

Aldo: So ist es.

Claudio: Nun, vielleicht macht das nichts. Vielleicht ist es sogar ganz gut. Ja, ich glaube fast, es ist eher ein Vorteil.

Aldo: Für wen?

(Pause)

Claudio: Ich habe da in meinem Zimmer, es ist das übernächste, eine Flasche stehen. Hätten Sie nicht Lust auf ein Glas zu mir zu kommen?

Aldo: Holen Sie sie doch her!

Claudio: Sehr gern, wenn Sie mich einen Augenblick entschuldigen wollen.

Aldo: Bringen Sie sich ein Glas mit, hier ist nur eines.

Claudio geht hinaus, lässt die Tür halb offen. Aus dem Flur hört man eine Fernseh- oder Radiosendung, zu laut eingestellt. Aldo geht hin und schließt die Tür. Dann geht er zum Nachtkästchen, nimmt den

Revolver heraus und steckt ihn in die Brusttasche. Er setzt sich wieder auf den Koffer. Es klopft, Claudio kommt herein, er redet munter und angeregt drauflos.

Claudio: Es ist ein ziemlich guter alter Tropfen, Sie werden sehen. Das heißt, ich weiß natürlich nicht, was Sie gewöhnt sind. *(Er stellt die Flasche und sein Glas auf den Nachttisch, zieht sich den einzigen Stuhl heran.)*

Aldo: Oh, machen Sie sich deswegen keine Sorgen. Ich bin nicht sehr verwöhnt. Ich mache keine Unterschiede.

Claudio *(holt das Zahnputzglas vom Lavoir und reicht es Aldo):* Das sollten Sie aber, mein Lieber. Alles im Leben dreht sich um die Nuance. Das Hervorragende unterscheidet sich vom Mittelmäßigen immer nur durch eine Nuance. Aber auf die kommt es eben an. Wer diesen Unterschied nicht kennt, weiß nichts vom Leben. Und nichts vom Tod. *(Er hat sich selbst eingeschenkt und sich auf den Stuhl gesetzt.)*

Aldo *(hebt sein leeres Glas):* Auf Ihre Gesundheit.

Claudio: Oh, ich bin unaufmerksam *(gießt Aldos Glas voll)*. Ich bin solchen Situationen nicht recht gewachsen. Ich bin etwas verwirrt.

Aldo: Von welcher Situation reden Sie?

Claudio: Wollen Sie sich nicht lieber hier aufs Bett … ich meine, es wäre für uns beide … bequemer.

Aldo: Danke. Ich sitze hier ganz gut. Zum Wohl!

Claudio: Zum Wohl! *(Beide trinken.)* Ziemlich guter alter Tropfen, finden Sie nicht?

Aldo: Ja, ganz annehmbar.

Claudio: Reisen Sie bald wieder ab? Wahrscheinlich warten Sie darauf, dass man Ihr Gepäck abholt.

Aldo: Nein. Warum?

Claudio: Als Sie da vorhin so saßen, sahen Sie aus, als warteten Sie auf jemand.

Aldo: Wirklich?

Claudio: Vielleicht möchten Sie jetzt lieber Ihren Koffer auspacken?

Aldo: Ich packe niemals meinen Koffer aus.

Claudio: Ach, das ist merkwürdig.

Aldo: Was ist daran merkwürdig? Außerdem ist hier nicht einmal ein Schrank.

Claudio: Ja, es ist ein recht bescheidenes Etablissement.

Aldo: Ich mache keine Unterschiede.

Claudio: Ja, Sie sagten es schon.

Aldo: Was kann man denn hier so unternehmen?

Claudio: Ja, das ist eine schwierige Frage. Es ist nicht mehr viel los in Rom. Früher war das anders, aber jetzt … Sie können in Museen gehen, wenn Sie sich für Kunst interessieren. Oder ins Kino, wie überall. Oder ins Theater – na ja, ziemlich provinziell, wenn Sie mich fragen. Was sonst noch? – Heutzutage sind alle Städte wie alle anderen Städte, nicht wahr? Übrigens, man isst nicht schlecht hier. Ich kann Ihnen einige Adressen von guten Lokalen nennen.

Aldo: Danke, ich finde schon etwas.

Claudio: Sie sind nicht das erste Mal in Rom?

Aldo: Nein. Nicht das erste Mal.

Claudio: Wozu hätten Sie denn Lust? Vielleicht kann ich Ihnen doch behilflich sein.

Aldo: Ich glaube kaum.

Claudio *(lächelnd):* Sagen Sie das nicht, mein Lieber.

Aldo: Danke, ich habe keinen Bedarf an so genannten Adressen.

Claudio: Sie kränken mich, es war nicht meine Absicht, Ihnen Vorschläge dieser Art zu machen. Wofür halten Sie mich?

Aldo: Für eine Art Tröster einsamer Geschäftsleute vielleicht.

Claudio *(erhebt sich brüsk):* Ich bedaure Sie gestört zu haben. *(Er geht zur Tür.)*

Aldo: Sie vergessen Ihr Glas und Ihre Flasche.

Claudio: Bedienen Sie sich nur, bitte. *(Er öffnet die Tür.)*

Aldo: Was wollten Sie mir denn vorschlagen? Vielleicht ist es ja gar nicht so schlecht.

Claudio *(schließt langsam die Tür):* Ich wollte Ihnen durchaus nichts vorschlagen.

Aldo: Setzen Sie sich wieder hin.

Claudio setzt sich steif auf den Stuhl. Man hört aus einem unten vorüberfahrenden Auto ein Stück Radiomusik, die Canzone »Roma nun fà la stupida stasera«.

Claudio: Sie fürchten sie auch, nicht wahr, solche Abende, allein im Hotelzimmer.
Aldo: Sie haben ihren Schrecken mit der Zeit verloren.
Claudio: Sie reisen also viel – sehr viel?
Aldo: Ja.
Claudio: Wo kommen Sie her, wenn man fragen darf?
Aldo: Ich bin Ausländer.
Claudio: Aus welchem Land kommen Sie? Nein, lassen Sie mich raten. Sie sprechen ohne Akzent. Sehr schwierig. Ich könnte es nicht sagen.
Aldo: Ich bin überall Ausländer.
Claudio: Wie darf ich das verstehen?
Aldo: Wie Sie wollen, aber fragen Sie mich bitte nicht auch noch nach meinem Pass. Das ginge wohl doch zu weit.
Claudio: Ich verstehe schon. Sie sind sozusagen immer und überall unterwegs. Ein Fremder.
Aldo: Sagen wir, ein Reisender. Das lässt mehr offen.
Claudio: Und reisen Sie beruflich?
Aldo: Das Reisen ist mein Beruf.
Claudio: Schriftsteller?
Aldo: Gott im Himmel, wie kommen Sie darauf?
Claudio: Sie reisen zum Vergnügen?
Aldo: Meinetwegen, ich bin von Beruf Vergnügungsreisender.
Claudio: Ein kostspieliger Beruf, nicht wahr?
Aldo: Ach so, brauchen Sie Geld? Genieren Sie sich nicht.
Claudio: Davon habe ich vermutlich mehr als Sie, Signor Aldo Bertoldi.
Aldo: Sie kennen meinen Namen?
Claudio: Er steht auf Ihrem Kofferanhänger.
Aldo: Hören Sie, dieses Spiel gefällt mir nicht mehr. Sie kommen hier herein, ohne sich mir vorzustellen, und versuchen mich auszufragen wie einen dummen Jungen. Wenn Sie Wert darauf legen, Ihr Verhör fortzusetzen, dann möchte ich doch gerne auch wissen, was hier gespielt wird.
Claudio: Lassen Sie mir Zeit. Ich weiß, es ist eine ungewöhn-

liche Bitte, aber trotzdem – lassen Sie mir Zeit. Sie werden alles erfahren, was Sie zu erfahren wünschen. Nehmen Sie einfach an, ich unterhalte mich gern mit Menschen. Jeder ist anders, nicht wahr? Jeder hat ein anderes Schicksal, es gibt überhaupt keinen gewöhnlichen Menschen, das ist nur eine Erfindung der Journalisten und der schlechten Schriftsteller. Jeder hat völlig eigene Probleme, eine eigene Art die Dinge zu sehen. Interessiert es Sie?

Aldo: Nein.

Claudio: Schade, ich könnte Ihnen merkwürdige Dinge erzählen. Die Wirklichkeit ist merkwürdig. Gestern zum Beispiel hat mir ein Gast beim Mittagessen eine ganz unglaubliche Geschichte erzählt. Ein Mann, so ungefähr in Ihrem Alter. Wissen Sie, wie der seine Frau kennen gelernt hat? Also stellen Sie sich vor, er ist eines Tages in einer kleinen Stadt irgendwo in der Nähe von Palermo, ich weiß nicht mehr, wie der Ort hieß, ist ja auch nicht so wichtig, er war das erste Mal da, eigentlich nur auf der Durchreise. Er hatte ein oder zwei Stunden Zeit und geht so die Hauptstraße hinauf. Es ist sehr heiß. Er weiß selbst nicht, warum er hier geht, statt sich in den Schatten zu setzen. Plötzlich rennt aus einem Haus ein Junge, so fünfzehn, sechzehn Jahre, mit einem Brotmesser in der Hand, rennt auf ihn zu und sticht den Mann nieder. Sagt kein Wort dabei, weint nicht, scheint noch nicht einmal zornig. Der Mann wird sofort ins nächste Hospital gebracht, der Junge wird natürlich festgenommen. Der Mann wird wieder zusammengeflickt und kommt mit dem Leben davon. Der Junge kommt zur Beobachtung in eine Irrenanstalt. Aber die Ärzte finden nichts heraus, er ist ganz normal. Er hat vorher nie irgendetwas Ungewöhnliches gesagt oder getan. Warum er den Mann niedergestochen hat, kann er nicht sagen. Es kam einfach so über ihn, ohne Hass. Er wusste nur, dass er es tun müsse. Die Mutter des Jungen war übrigens eine junge Witwe und musste mit dem Sohn zusammen einen kleinen Weinberg bestellen. Davon lebten sie beide ziemlich kümmerlich. Der Junge hat seinen Vater nie kennen gelernt, der Vater ist schon vor der Geburt des Kindes verunglückt. Aber jetzt kommt erst der springende

Punkt: Die Frau besucht abwechselnd ihren Sohn im Irrenhaus und den Mann im Hospital. Dabei lernt sie den Mann immer besser kennen, eine Liebe bahnt sich an und nachdem der Mann aus dem Hospital entlassen ist, heiraten die beiden. Der Junge sitzt immer noch in der Irrenanstalt, aber er ist ein völlig normaler, intelligenter, braver Junge. Sie besuchen ihn jeden zweiten Tag, beide gemeinsam, und versuchen alles ihn herauszuholen. Deswegen war der Mann gestern hier in Rom, er wollte irgendeine Sondergenehmigung bei der Regierung für den Jungen erwirken. Eine merkwürdige Geschichte, finden Sie nicht? Merkwürdig, weil man sie von hinten nach vorn lesen muss, damit sie einen Sinn ergibt. Was meinen Sie dazu?

Aldo: Ich interessiere mich nicht für Menschen. – Nicht mehr.

Claudio: Aber Sie sind noch jung. Sind Sie nicht neugierig? Warum nicht?

Aldo: Weil man ja doch niemals jemand anderer sein kann. Man sitzt in der Zelle hier drin und schaut durch die Gitterstäbe. Einzelhaft. Lebenslänglich. Alles, was man von anderen erfährt, ist doch bloß man selber. Immer nur man selber, verstehen Sie? Aber das kennt man schon. Das kennt man in- und auswendig. Das hängt einem zum Hals heraus. Das langweilt einen bis zum Erbrechen. Nein, ich interessiere mich nicht für andere, weil ich mich nicht für mich interessiere. Ende. Weitere Bulletins werden nicht veröffentlicht. Geben Sie mir noch einen Schluck!

Claudio: Für Frauen auch nicht? *(schenkt ihm ein)*

Aldo: Was »für Frauen auch nicht«?

Claudio: Für Frauen interessieren Sie sich auch nicht?

Aldo: Ich weiß nicht, was Ihre Frage soll.

Claudio: Vergessen Sie sie! War nur ein Scherz.

Aldo: Was war daran lustig?

Claudio: Nichts. Vergessen Sie's!

(Pause)

Man hört von der Straße herauf wütendes Gekläff vieler Hunde, das sich rasch entfernt.

Claudio: Woher wissen Sie das überhaupt?

Aldo: Was?

Claudio: Alles das, was Sie da eben gesagt haben. Dass man niemals jemand anderer sein kann.

Aldo: Ich weiß es eben.

Claudio: Vielleicht waren Sie gestern ein ganz anderer als heute. Und vorgestern wieder ein anderer. Woran wollen Sie das kontrollieren?

Aldo: Man hat seine Erinnerungen.

Claudio: Ja, die Erinnerungen. Aber die können heute Morgen mit Ihnen aufgewacht sein und heute Abend mit Ihnen einschlafen. Und morgen wachen Sie mit anderen Erinnerungen auf, mit einer fix und fertigen Lebensgeschichte, dann sind Sie doch ein anderer. Sie wissen es bloß nicht. Vielleicht ist die Welt erst heute Morgen mit all unseren Erinnerungen an unsere Vergangenheit entstanden. Wir könnten es an nichts bemerken. Und warum überhaupt erst heute Morgen? Vor einer Stunde, vor einer Minute. Vielleicht werden Sie in einer Minute ein anderer sein und es nicht wissen. Woran wollen Sie sich festhalten?

Aldo *(schreit):* Hören Sie auf!

Claudio *(schlägt ihm völlig unvermittelt sehr heftig ins Gesicht):* Komm heraus!

(Lange Pause, während welcher beide sich reglos anschauen)

Aldo: Tun Sie das nicht noch mal, Sie wissen, dass ich Sie zusammenklappen und in die Tasche stecken könnte. – Tun Sie das nicht noch mal!

Claudio *(mühsam):* Doch. Ich muss es. Verzeihen Sie mir. Sie sind nicht der, der Sie meinen. Sie sind in einem schrecklichen Irrtum.

Aldo: Bitte gehen Sie. Mir ist nicht gut. Ich glaube, ich muss mich übergeben.

Claudio: Ist Ihnen schwindelig?

Aldo: Ich weiß nicht. Ja. Nein. *(schreit plötzlich:)* Raus! Mach, dass du rauskommst! Raus! Raus! Hilfe!

Claudio: *(hält Aldo mit der Hand den Mund zu)* Nehmen Sie sich bitte zusammen! Es hilft uns beiden nichts. Sie sind schon unterwegs.

Aldo: Wie? Wieso?

Claudio: Wehren Sie sich nicht. Es ist gleich vorbei. Ich will Ihnen nur helfen!

Aldo: Gehen Sie nicht weg, bitte. Bleiben Sie hier.

Claudio *(schlägt ihn zum zweiten Mal):* Verzeihen Sie mir. Komm heraus! Zerbrich dein Gefängnis! Du kannst´s.

Aldo *(setzt sich aufs Bett):* Ich hab Hunger.

Claudio: Oh mein Gott – ich kann es nicht – nein, ich kann's nicht. *(Er geht langsam rückwärts zur Tür, ohne Aldo aus dem Auge zu lassen.)*

Aldo: Ach, sagen Sie …

Claudio: Was noch?

Aldo: Was Sie da eben gesagt haben, ich meine, vorhin …

Claudio: Was habe ich gesagt?

Aldo: Ach, zum Teufel, ich weiß auch nicht. Mir ist nicht gut. Ich wollte nur sagen, dass Sie nicht weggehen sollen.

Claudio: Aber ich möchte nicht länger bleiben. Sie verstehen mich hoffentlich richtig. Jetzt nicht mehr. Ich möchte jetzt gehen. *(Er fasst nach der Türklinke.)*

Aldo: Aber ich – ich möchte, dass Sie bleiben.

Claudio: Ich weiß, dass Sie es nicht wirklich meinen. Sie wollen es nicht wirklich.

Aldo: Mein Gott, was ist denn schon dabei, wenn Sie mir noch ein bisschen Gesellschaft leisten.

Claudio: Wozu?

Aldo: Nur so. Bisschen reden. Nichts weiter. Nur so.

Claudio: Sehr freundlich. Aber ich habe noch etwas zu erledigen. Entschuldigen Sie mich.

Aldo *(schreit):* Ich bitte Sie, hier zu bleiben. Bleiben Sie hier! Bitte!

Claudio: Sie sind von einer seltenen Hartnäckigkeit.

Aldo: Ich habe Sie gebeten. Was soll ich denn noch? Ich bitte Sie. Hören Sie, ich bitte Sie!

Claudio: Armer Kerl. Sie tun mir Leid. Aber es geht nicht anders. *(Er geht zu ihm und schlägt ihn zum dritten Mal.)* Komm heraus! Die Tür ist offen.

Aldo: *(steht eine Weile, dann fällt er zu Boden und röchelt leise)*

Claudio: Endlich. *(Er wischt sich den Schweiß von der Stirn,* *klopft Aldo die Wange.)* He, was machen Sie? Kommen Sie, wachen Sie auf!

Claudio untersucht Aldo. Man merkt an der Art, wie er das tut, dass er Arzt ist:

Er öffnet Aldo die Augen, um die Pupille zu sehen, prüft den Puls usw., alles sehr gelassen. Schließlich nickt er zufrieden, hebt Aldo hoch und bugsiert ihn auf das Bett, zieht ihm die Schuhe aus, knöpft ihm den Hemdkragen auf und öffnet ihm die Jacke und den Gürtel. Dabei entdeckt er den Revolver. Er zieht ihn aus Aldos Brusttasche, betrachtet ihn lächelnd, schüttelt den Kopf und steckt den Revolver ein.

Aldo *(lallend):* Leer … ich bin leer … alles ist leer …

Claudio: Was sagen Sie?

Aldo: Hilf mir … Mach, dass diese Leere weggeht … Diese fürchterliche Leere …

Claudio: Sie müssen aufwachen! Sie dürfen sich nicht gehen lassen!

Aldo: Was ist? Was war denn? Wer sind Sie? Was war denn?

Claudio: Haben Sie das schon mal gehabt?

Aldo: Was? Ja. Nein. Was war denn los?

Claudio: Solchen – Anfall. Haben Sie das schon mal gehabt? Versuchen Sie sich zu erinnern!

Aldo: Nein. Was für einen Anfall? Ich hab doch keine Anfälle.

Claudio: War es das erste Mal? Hat man niemals etwas Derartiges mit Ihnen gemacht? Denken Sie nach!

Aldo: Ich weiß überhaupt nicht … wer sind Sie denn? Was ist das hier? Ich hab doch keine Anfälle.

Claudio: Können Sie mir Ihren Namen sagen?

Aldo: Natürlich, ich heiße … ich heiße … Wie komm ich denn hierher? Was ist überhaupt los?

Claudio: Schon gut. Regen Sie sich nicht auf. Ganz ruhig, es ist alles in Ordnung.

Aldo: Ich fühl mich aber nicht so … als ob alles in Ordnung wäre … Ich fühl mich ziemlich scheußlich … Alles ist in Unordnung … Diese Flasche da … Was war da drin … Was haben Sie mir da gegeben?

Claudio: Nun hören Sie aber auf, mein Lieber! Ich habe schließlich auch davon getrunken. Mehr als Sie.

Aldo: So? Ich weiß gar nichts mehr. So was – so was ist mir noch nie passiert.

Claudio: Es ist Ihnen ja gar nichts passiert.

Aldo: Sind Sie Arzt?

Claudio: Ja, ich bin Arzt. Oder vielmehr – ich war's.

Aldo: Sie waren Arzt? Und wieso sind Sie's nicht mehr?

Claudio: Es gibt Gründe.

Aldo: Natürlich. – Welche?

Claudio: Das ist eine lange Geschichte.

Aldo: Erzählen Sie sie.

Claudio: Noch nicht. Sie sind noch nicht so weit.

Aldo: Abtreibung?

Claudio: Nein, keine Abtreibung.

Aldo: Haben Sie Morphium verschrieben oder so was?

Claudio: Nichts dergleichen.

Aldo: Warum hat man Ihnen dann die Konzession entzogen?

Claudio: Man hat mir nicht die Konzession entzogen.

Aldo: Warum sagen Sie dann, Sie w a r e n Arzt?

Claudio: Es gibt andere Gründe, den Beruf an den Nagel zu hängen. Glauben Sie nicht?

Aldo: Haben Sie jemand auf dem Gewissen?

Claudio: Geben Sie jetzt Ruhe.

Aldo: Also, Sie haben jemand umgebracht …

Claudio: Nein. Nein, nicht umgebracht.

Aldo: Was dann?

Claudio *(wendet sich plötzlich ab und weint)*

Aldo: Ich verstehe nichts mehr. Ein Arzt, der weint, weil er jemand umgebracht hat. Da müssten ja alle Ärzte fortwährend in Tränen schwimmen. Wie heißen Sie?

Claudio: Doktor Claudio della Valle.

Aldo: Gut. Es ist keineswegs raus, dass das ein Anfall war. Ich werde einen Spezialisten aufsuchen. Morgen gleich.

Claudio: Einen Spezialisten für was?

Aldo: Für … na ja, für solche Anfälle.

Claudio *(grinsend):* Sie meinen, einen richtigen Arzt?

Aldo: Sie sagen es, Herr Doktor della Valle.

Claudio: Sie haben Angst, nicht wahr?
Aldo: Wovor sollte ich Angst haben?
Claudio: Vor mir.
(Pause)
Aldo: Ja. Ich habe Angst. Vor Ihnen.
(Pause)
Claudio: Sehr schön. Dann können wir jetzt anfangen.
Aldo: Anfangen? Womit?
Claudio: Sagen wir – mit der Operation.
Aldo: Sind Sie verrückt?
Claudio: Sie sollten sich eigentlich eher fragen, ob Sie verrückt sind. Oder vielmehr – ob Sie es waren. »Verrückt« ist das richtige Wort.
(Pause)
Aldo: Hören Sie mal, Doktor – was kann so was sein? Ich habe das noch nie gehabt. Ist es was Ernstes?
Claudio: Wie fühlen Sie sich jetzt?
Aldo: Doppelt belichtet.
Claudio: Können Sie das näher erklären?
Aldo: Wie ein Foto mit doppelter Belichtung, verstehen Sie?
Claudio: Noch nicht ganz.
Aldo: Wie – eben wie wenn zwei Bilder übereinander liegen. Ich kann es nicht anders sagen. Es ist alles ganz verwirrt. Ich kann nichts erkennen. Ich weiß nicht mal – ich weiß nicht –
Claudio: Was denn, mein Lieber? Was wissen Sie nicht?
Aldo: Welches von beiden ich bin, weiß ich nicht.
Claudio: Entspannen Sie sich. Atmen Sie ruhig und tief. Ist Ihnen schwindelig?
Aldo: Ja, sehr. *(Er klappert mit den Zähnen.)*
Claudio: Warten Sie, hier nehmen Sie meine Hand. So.
Aldo: Mir dreht sich alles … Alle Bilder zerfallen in Scherben. Ich hab Angst.
Claudio: Es wird gleich besser. Nach der Operation.
Aldo: Ich erlaube es nicht. Ich bin nicht einverstanden. Sie haben kein Recht. – Was wollen Sie denn machen?
Claudio: Keine Angst, mein Freund. Ich will Ihnen nur – meine Geschichte erzählen, die wollten Sie doch hören.
Aldo: Was hat denn das mit mir zu tun?

Claudio: Sehr viel, Sie werden sehen. Sie werden anfangen sich zu erinnern.

Aldo: Ich möchte einen Arzt.

Claudio: Ich bin doch bei Ihnen.

Aldo: Entschuldigen Sie, Doktor … Doktor della Valle, aber ich möchte … ich möchte einen anderen Arzt.

Claudio: Unsinn. Sie brauchen jetzt nichts als Ruhe und noch mal Ruhe. Keine Störung. Außerdem wäre es doch etwas, sagen wir mal, seltsam, wenn ich einen anderen Arzt rufen würde. Er würde mich zweifellos fragen, warum ich die Behandlung nicht selbst übernehme. Was soll ich ihm dann sagen?

Aldo: Trotzdem. Ich weiß, es ist vielleicht kompromittierend für Sie. Aber trotzdem. Bitte.

Claudio: Ich weiß sehr genau, was Sie jetzt brauchen, mein Lieber.

Aldo: Nein, Sie können mir nicht helfen.

Claudio: Ich glaube, doch.

Aldo: Ich weiß, dass Sie es nicht können. Oder dass Sie nicht wollen. Ich fühl's.

Claudio: Bleiben Sie liegen. Ruhig – ganz ruhig.

Aldo: Verdammt. Ich bin irgendwie … ich kann mich nicht wehren. Verdammt, ach, verdammt.

Claudio: So. Ist Ihnen schon besser?

Aldo: Ich weiß nichts. Ich sage nichts mehr. Es ist zwecklos.

Claudio: Ja, da haben Sie Recht. Aber nun haben Sie das Schlimmste bald überstanden.

Aldo: Wieso denn das Schlimmste? Wissen Sie denn, was es war?

Claudio: Aber sicher doch.

Aldo: Was denn?

Claudio *(lächelt):* Soll ich Ihnen ein paar lateinische Namen sagen? Das würde Ihnen nicht weiterhelfen. Später werde ich Ihnen alles erklären – falls Sie es dann noch wissen wollen. Die Sache ist etwas kompliziert. Das heißt – kompliziert ist eigentlich nicht das richtige Wort. Der Mensch ist eben sehr viel mehr als dieses Bündel von Fasern, Knochen und biochemischen Prozessen, von dem unser so genanntes

Wissen träumt. Vor allem der kranke Mensch. Für die meisten meiner Kollegen ist eine Krankheit nichts als ein Defekt im Motor, der so schnell wie möglich behoben werden soll. Wenn nötig, wechselt man das schadhafte Stück einfach aus. Fertig! Aber eine Krankheit – das ist etwas ganz anderes! Sie ist eine Kraft! Sie ist eine ungeheure Kraft! Nur eben von anderer Art. Von höherer Art. Deshalb zerstört sie uns, weil wir sie nicht richtig verwenden.

Aldo: Das hört sich ja fast an, als ob Sie davon begeistert sind!

Claudio: In der Tat, mein Lieber, das bin ich auch. In mancher Hinsicht ist eine Krankheit dem wahren Wesen des Menschen verwandter als die Gesundheit. Das ist schwer zu begreifen. Aber ich habe es begriffen.

Aldo: Für einen Arzt eine ziemlich sonderbare Ansicht.

Claudio: Meinen Sie? Nun ja, ich bin ja, wie gesagt, keiner mehr.

Aldo: Wollten Sie mir nicht erzählen, warum Sie Ihren Beruf an den Nagel gehängt haben? Oder war es das schon?

Claudio: Nein, verzeihen Sie, ich bin selbst etwas verwirrt. Was macht das Schwindelgefühl? Besser? Ausgezeichnet. Ja, wo soll ich die Geschichte anfangen? Es ist jetzt ungefähr eineinhalb Jahre her. Ja, ziemlich genau.

Aldo: Eineinhalb Jahre …

Claudio: Meine Praxis blühte damals, wie man so sagt. Aufgrund meines Namens, meiner Herkunft hatte ich eine Art Vertrauensstellung im Vatikan – und in den Adelsfamilien, die dazugehören. So war ich auch der Hausarzt der Familie Paladini, Sie wissen vielleicht, die Paladinis haben seit Jahrhunderten das Vorrecht den päpstlichen Kämmerer zu stellen. Ich kann sagen, ich war mehr oder weniger befreundet mit dem alten Baldasare Giovanni Paladini, dem letzten Kämmerer. Er hatte größeres Vertrauen zu mir als zu seinem Beichtvater. Seine Frau Teresa war zu dieser Zeit schon gestorben. Sie hatten nur ein Kind, eine Tochter, an der er nun mit einer fast unnatürlichen Liebe hing. Und das umso mehr, als das Mädchen krank war oder vielmehr – wie soll ich sagen? – sie war von so zarter Konstitution und so heftiger Einbildungskraft, dass die geringste Aufregung, jedes starke Gefühl sie an den Rand der Auflösung brachte. In so alten und vornehmen Familien ist alle primitive Lebenskraft aufgezehrt – umgesetzt in Kultur, wenn Sie so wollen. Dieses Mädchen jedenfalls war – wie ein kostbarer alter Gobelin, den man nur von fern betrachten darf, nicht berühren, nicht dem Sonnenlicht aussetzen … In der Tat, sie lebte in einem immer währenden Dämmerlicht. Der Vater hatte sie niemals, auch als Kind nicht, unter Menschen gelassen. Sie lebte in einem alten Schloss außerhalb der Stadt in den Albaner Bergen am Nemisee, dem »Spiegel der Diana«, wie die Leute ihn heute noch nennen. Nur eine alte Kinderfrau war bei ihr, sonst wurden alle Besucher strengstens von ihr fern gehalten. Sie wohnte in verhangenen Zimmern, nur nachts ging sie manchmal in den Park, der wahrhaftig einem verzauberten Garten glich, so wild verwuchert, voller seltsamer Figuren und Brunnen. Ich war der Einzige, außer ihrem Vater und der Kinderfrau, den sie zu Gesicht bekam. Sie war von eigentümlicher Schönheit, die kleine Maja-Berenice – wie eine Pflanze, deren schwache Wurzeln nur wenig in der Erde haften. Eine seltene Orchidee, verstehen Sie? Ich sage »die Kleine«, weil ich sie von früher Kindheit an betreut habe, obwohl sie inzwischen schon fast dreißig Jahre zählte …

Aldo: Maja-Berenice … Maja …

Claudio: Aber wir alle, ihr Vater, die alte Kinderfrau, ich, sie selbst … nahmen es … gewissermaßen … nicht zur Kenntnis. Sie gab sich wie ein Kind … noch immer … und wir nahmen sie auch dafür.

Aldo: Sie war schön, nicht wahr. – Unbegreiflich schön.

Claudio: Eines Tages rief sie mich an. Das war noch nie vorgekommen. Ich hatte nicht einmal gewusst, dass so etwas wie ein Telefon im Schloss vorhanden war … Die alte Kinderfrau, Carola … sie war gestürzt … hatte sich den Kopf verletzt. Maja war … wie von Sinnen, ich meine … nicht aufgeregt, sondern … wie in Trance. Ich hatte gerade einen jungen Priester zu Gast, Manuele Matera, und da ich das Schlimmste für die alte Frau annehmen musste, bat ich meinen jungen Freund mich zu begleiten … Sie verstehen, wegen … Wir fuhren in meinem Wagen, so schnell es nur ging, in die Albaner Berge hinaus … Es war Nacht.

Aldo: Manuele Matera.

Claudio: Ich wollte mich erst davon überzeugen, ob seine Gegenwart wirklich erforderlich sei, und außerdem … kurzum, ich ließ ihn allein im Schlosspark zurück … in einer Bougainvillea-Laube …

Aldo: Es waren Glyzinien … nicht Bougainvillea, Glyzinien: Das alte Kindermädchen hatte nur eine leichte Gehirnerschütterung, nichts Ernstes, ich versorgte sie rasch und doch war das … das Unglück … inzwischen schon geschehen … das, was ich mir nie verzeihen werde … und was auch der alte Baldasare Paladini mir nie verziehen hat. Als ich zurückkam … zu der Glyzinien-Laube … sah ich Don Manuele und Maja. Der Mond schien ziemlich hell. Sie standen dicht voreinander und regten sich nicht. Sie berührten sich auch nicht. Sie sahen sich nur an … Sie hatten mein Kommen nicht bemerkt. Ich hörte, wie sie zu ihm sagte: »Wenn ich dich nicht wieder sehen darf, dann werde ich sterben.«

Claudio: Und er antwortete …

Aldo: »Ich werde wiederkommen. Ich schwöre es dir. Bei Gott, der uns verzeihen möge. Ich werde wiederkommen.«

Claudio: Als ich hinzutrat … lief Maja fort. Ich ging schweigend mit meinem jungen Freund zum Auto. Schweigend fuhren wir zurück nach Rom. Und schweigend verabschiedeten wir uns. Was hätten wir auch sagen sollen? Ich … hatte Angst um Maja …

Aldo: »… dann werde ich sterben.«

Claudio: In den nächsten Wochen sind wir uns nicht begegnet … ich meine Don Manuele und ich. Nicht im Vatikan, nicht auf den üblichen Gesellschaften, nirgends. Doch dann … stand er eines Tages vor meiner Tür … bleich und abgezehrt, seine Augen glänzten wie im Fieber …

Aldo: »Ich flehe Sie an, Doktor della Valle, helfen Sie mir – als mein Freund – als mein – Mitschuldiger. Ich muss sie wieder sehen. Ich muss Maja wieder sehen, hören Sie! Ich weiß, es ist ungeheuerlich, was ich fordere. Aber – was mich zu dieser Bitte zwingt – ist stärker als mein Gewissen – als meine Angst. Ich bin bereit dieses schwere Vergehen, diese Sünde in alle Ewigkeit zu büßen. Ich nehme alles auf mich – alle Schuld. Ich habe dagegen angekämpft. Es ist unmöglich. Es ist unmöglich! Seit Wochen durchsuche ich nun die ganze Umgebung der Stadt. Ich finde den Weg nicht. Ich erinnere mich nicht mehr, wo wir waren. Sagen Sie es mir, ich flehe Sie an! Ich erinnere mich an nichts mehr, außer an ihr Gesicht, ihre Augen, ihren Mund … nichts, nichts anderes sehe ich vor mir Tag und Nacht. Helfen Sie mir, Doktor, meinen Schwur zu halten!«

Claudio: Und dann … warf er sich vor mir auf die Knie und klammerte sich an mich wie ein Ertrinkender. Ich wusste vor Peinlichkeit nicht, was tun … falls uns jemand beobachtete, ich erwartete Patienten, es war vor meiner Wohnungstür. Deshalb versprach ich rasch seinen Wunsch zu erfüllen … in der kommenden Woche. Er küsste meine Hände und ging fort. Ich atmete auf. Natürlich hatte ich keineswegs die Absicht mein Versprechen zu halten. Die Paladinis sind noch immer mächtig und Baldasare hätte trotz aller Freundschaft … meine Existenz vernichtet, wenn er je von der Sache erfahren hätte. Ich schloss also meine Praxis unter irgendeinem Vorwand … und ging auf Reisen in den Fernen Osten. Ich hinterließ keine Adresse, natürlich. Vor zwei Monaten bin ich zurückgekehrt, seither … wohne ich hier … inkognito. Niemand weiß es, außer Ihnen.

Aldo: Und jetzt? Werden Sie mir jetzt – helfen? Führen Sie mich zu ihr? Wo ist sie?

Claudio: Ich kann noch nicht. Warten Sie. Es ist alles zu schrecklich. Geben Sie mir noch Zeit … morgen werde ich Ihnen …

Aldo *(packt ihn)*: Hören Sie, alter Mann! Verstehen Sie mich endlich! Ich habe nichts mehr zu verlieren, nicht auf dieser und nicht in jener Welt! Ich bin kein Priester mehr und werde es so wenig je wieder sein wie Sie Arzt. Eineinhalb Jahre haben Sie mich warten lassen – das ist eine lange Zeit, das sind lauter einzelne Tage und Nächte, das sind Stunden, Minuten und Sekunden, das ist eine unaufhörliche Folter!

Eineinhalb Jahre! Haben Sie jetzt endlich Erbarmen, sagen Sie nichts weiter, nur dies eine: Wo ist sie?

Claudio *(nach einer Pause):* Sie ist tot.

Aldo *(lässt ihn los, geht im Kreis um ihn herum, geht zum Waschlavoir und öffnet den Hahn, schließt ihn, geht zum Fenster, geht zum Bett und setzt sich.)*

Claudio: Sie ... hat sich ... einfach verzehrt wie eine Glut, die immer schwächer wird. Sie ist einfach erloschen. Sie hat zu niemand gesprochen. Niemand hat erfahren, was sie so ... niemand wird es je erfahren ... nur wir beide ... Wir haben sie umgebracht, wir beide. Ich aus Feigheit ... vielleicht ... und Sie aus ... weil Sie diese Flamme entfacht haben.

Aldo *(starrt vor sich hin):* Wenn ich wiedergekommen wäre ... wenn ich zu ihr gefunden hätte ... sie wäre nicht gestorben. Ich hätte sie am Leben gehalten.

Claudio: Nein, mein armer Freund. Sie wäre ebenso an ihrer Liebe gestorben, wie sie an ihrer Verzweiflung starb. Es gibt Wesen, für die alles tödlich ist, das Glück und der Schmerz.

Es klopft.

Wirtin *(tritt ein):* Unten ist Ihr Bruder. Er fragt, ob Sie jetzt mit nach Hause kommen wollen. Er ist mit dem Wagen da.

Aldo: Mein Bruder?

Wirtin: Ja, ob Sie kommen wollen. Er hat es eilig, sagt er. Er ist mit dem Wagen da und will Sie mitnehmen.

Aldo: Nach Hause?

Wirtin: Ja, was schauen Sie mich so entgeistert an? Was soll ich ihm sagen? Kommen Sie?

Aldo: Nein. *(Pause)* Nein.

Wirtin: Na, den ganzen Tag sitzen Sie hier oben und warten schon auf ihn und jetzt wollen Sie doch nicht? Was soll ich ihm sagen?

Aldo: Nein. Ich will nicht nach Hause.

Wirtin: Schön, mir ist es egal, was Sie tun. Ach ja, für den Fall, dass Sie hier bleiben, soll ich Ihnen diesen Brief von Ihrem Bruder aushändigen. *(Gibt ihm den Brief und geht kopfschüttelnd ab)*

Aldo *(liest die Adresse):* »Aldo Bertoldi. Bertoldi.« *(Er geht zum Lavoir, zieht sein Feuerzeug aus der Tasche und zündet den Brief an. Er lässt ihn langsam und sorgfältig verbrennen.)*

Claudio: Sollten Sie ihn nicht wenigstens lesen?

Aldo: Ich lese keine fremden Briefe. Dieser Brief ist nicht an mich. Ich heiße Manuele Matera.

Claudio *(nickt zufrieden):* Ich werde Sie jetzt verlassen. Es ist wohl besser so. Ich lasse Sie allein. *(Er geht, dreht sich noch einmal um.)* Ach übrigens – fast hätte ich's vergessen. Dies hier habe ich vorhin in Ihrer Brusttasche gefunden, als ich Sie ... als Sie diesen Anfall hatten. Vielleicht ... brauchen Sie ihn. *(Er wirft den Revolver aufs Bett und geht.)*

Aldo *(betrachtet ihn, ohne ihn anzurühren)*

(Vorhang)

ZWEITER AKT

Das gleiche Zimmer. Nacht. Aldo sitzt an einem Tisch und liest murmelnd ein Totengebet. Er hat im ganzen Zimmer, wo es nur möglich ist, brennende Kerzen aufgestellt.

Die Wirtin kommt herein. Sie trägt ein Tablett.

Wirtin: So, hier ist Ihr Abendessen. *(Sie sieht ein noch volles Tablett auf dem Nachtkästchen.)* Sie haben wieder das ganze Mittagessen stehen lassen.

Aldo: Wie? – Ja, ja.

Wirtin: Wozu bring ich Ihnen überhaupt das Essen aufs Zimmer? Das geht jetzt bald schon vier Wochen so. Fünf sogar. Fünf Wochen, dass Sie kaum was essen.

Aldo: Ich war nie ein starker Esser. Ich hab keinen Appetit.

Wirtin: Wozu bestellen Sie sich dann das Essen aufs Zimmer?

Aldo: Ich mag keine Leute sehen.

Wirtin: Aber wenn Sie nichts essen, brauchen Sie auch nichts zu bestellen! Es ist natürlich Ihr Geld, aber ... ich meine, ich mag es Ihnen schließlich nicht für nichts abnehmen.

Aldo: Ah nein? Dann lassen Sie's. Lassen wir's, ja? Ich bestelle es ab. *(Er fächelt sich mit einem Papierfächer.)*

Wirtin: Hören Sie mal – so können Sie doch nicht weitermachen.

Aldo: Was – weitermachen?

Wirtin: Ich meine, ich weiß ja nicht, was mit Ihnen los ist. Ich weiß nicht, was passiert ist. Aber Sie fallen noch völlig vom Fleisch. Sehen Sie sich nur mal an, wie Sie aussehen. Kommen Sie mal her, sehen Sie sich an. *(Sie zieht ihn vor den Spiegel am Waschlavoir)* Na?

Aldo *(starrt sich an)*

Wirtin: Da sehen Sie, wie Sie sich zugerichtet haben. Und dann die Kerzen hier im Zimmer. Ich hab ja schon allerhand Verrückte hier gehabt, aber was das hier soll, weiß ich wirklich nicht. Sie wissen, ich bin nicht gern unfreundlich zu meinen Gästen, ich misch mich auch nicht ein, jeder kann machen, was er will, aber jetzt muss ich Ihnen doch mal sagen … also, ich kann es nicht mehr erlauben. Ich erlaube das nicht, verstehen Sie? Das ist viel zu gefährlich. Wenn die Feuerpolizei etwas merkt …

Aldo: Ich gebe schon Acht. *(Er starrt sich immer weiter an.)*

Wirtin: Eben nicht. Neulich waren Sie eingeschlafen, als ich reinkam. Die ganze Nacht sitzen Sie so da. Was machen Sie eigentlich? Ich glaube fast, Sie haben seit vier Wochen keinen Fuß mehr auf die Straße gesetzt.

Aldo: Nein. *(starrt sich an)*

Wirtin: Aber man muss doch auch mal ein bisschen frische Luft schöpfen, ein bisschen spazieren gehen, nein? Hören Sie doch auf, sich dauernd anzustarren!

Aldo *(starrt weiter)*: Haben Sie schon mal ein Gesicht gesehen?

Wirtin: Ob ich was?

Aldo: Ich meine, wirklich gesehen, so wie es ist. Ein Kopf, eine haarige Kugel aus Fleisch und Knochen, allerhand Organe, ein Riechorgan, ein Loch voller Sekrete, zwei Gelatinekugeln, zwei Knorpellappen links und rechts – da steckt man nun drin, in einem solchen ekelhaften Monstrum. Glauben Sie an die Unsterblichkeit?

Wirtin: Ob ich was glaube?

Aldo: Ob Sie glauben, dass da drin eine Seele steckt – so nennt man das doch. Etwas, das anders ist, etwas Unsterbliches, etwas, das ... nicht verwest, das da nur drinsteckt, das frei wird von diesem Kadaver, das frei wird, wenn ...

Wirtin: Natürlich, schließlich bin ich ein Christenmensch. Nach dem Tod kommt man ins Paradies oder in die Hölle, je nachdem.

Aldo: Je nach was?

Wirtin: Ob man ein guter Mensch war, eben. Oder ein böser.

Aldo *(nach einer Pause):* Und was ist der Unterschied? *(Er legt den Fächer neben den Lavoir.)*

Wirtin: Na, Sie stellen Fragen! Wenn Sie's genau wissen wollen, gehen Sie doch zu einem Priester.

Aldo *(grinst):* Zu einem Priester. Ja, natürlich.

Wirtin: Was ist eigentlich mit Ihnen los? Warum schauen Sie mich so an, barmherziger Himmel? Ich glaube, Sie sind krank. Und ich will Ihnen ganz offen sagen, dass ich kranke Leute nicht hier in meinem Haus haben will. Ich habe kein Hospital, verstehen Sie? Ich muss dafür sorgen ... schon aus Rücksicht auf meine anderen Gäste ... denn ich habe schließlich noch mehr Gäste, nicht bloß Sie allein. Außerdem ist es Vorschrift, wenn jemand krank wird, dass man ihn in ein Hospital bringt oder zu einem Arzt ...

Aldo: Einem Arzt. Ich verstehe. *(Grinst)* Es gibt ja Ärzte hier im Haus, nicht wahr?

Wirtin: Es ist Vorschrift, leider. Wenn Sie krank sind, dann müssen Sie gehen. Es tut mir Leid, aber ich kann Sie nicht behalten. Außerdem haben Sie mir auch nicht gesagt, dass Sie so lange bleiben wollen. Ich habe ... also das Zimmer ist vorbestellt von einer Stammkundin. Sie fragt schon immer nach. Sie will Sie nicht verdrängen, aber Sie verstehen schon. Ich will es mir nicht verderben mit ihr.

Aldo: Geben Sie ihr ein anderes.

Wirtin: Das geht nicht. Nein, das kann ich nicht machen. Leider. Die Dame will dieses Zimmer. Sie hat immer dieses Zimmer bekommen. Sie will kein anderes. Es tut mir wirklich Leid.

Aldo: Und ich gehe nicht fort. Was machen wir da?

Wirtin: Das müssen Sie schon mir überlassen. Immerhin bin ich die Eigentümerin, verstehen Sie. Machen Sie mir keine Schwierigkeiten, das täte mir Leid. Morgen müssen Sie ausziehen.

Aldo: Ich kann nicht.

Wirtin: Aber mein Gott, wie lang wollen Sie denn bleiben?

Aldo: Ich weiß nicht. Für immer. Bis zu meinem Tod. Wenigstens.

Wirtin: Was heißt das? Was wollen Sie damit sagen? Ich hoffe, Sie wollen keine Dummheiten machen. Das fehlte mir gerade noch – in meinem Haus. Nein, nein, mein Lieber, so was erlaube ich nicht! Hier bei mir nicht, verstehen Sie!

Aldo: Ich verstehe. Keine Dummheiten.

Wirtin: Außerdem ... sehen Sie mal ... so was ... tut man nicht. Es ist eine Todsünde, wissen Sie das? Es ist das Allerschlimmste. So was darf man nicht tun. Und Sie sind doch auch noch jung. Sie haben das Leben noch vor sich, ich meine ... alles kann wieder gut werden, nicht wahr? Ich erinnere mich auch noch gut, ich war auch mal so weit, da hatte mich einer sitzen lassen und ich dachte, ich kann nie wieder froh werden. Ich dachte, nichts hat mehr einen Sinn. Aber zwei Jahre später habe ich einen anderen geheiratet und alles war in Ordnung. Bestimmt, alles wird wieder gut.

Aldo: Das kann es nicht.

Wirtin: So was gibt's nicht. Nur der Tod ist endgültig.

Aldo: Ja, der Tod.

Wirtin: Wieso? Ist Ihnen denn jemand ... haben Sie einen Trauerfall gehabt? Oh, das wusste ich nicht, das tut mir sehr Leid. Herzliches Beileid. Ein naher Verwandter?

Aldo: Nein.

Wirtin: Na ja, ich frage nur aus Teilnahme, aber vielleicht wollen Sie nicht reden. Aber Sie sollten sich trotzdem nicht so vergraben. Die Toten haben es besser als wir.

Aldo: Glauben Sie?

Wirtin: Bestimmt. Jedenfalls wenn sie gute Menschen waren. Sind Sie nicht Katholik? Die Toten ruhen in Gott, heißt es. Sie sind weit weg. Ganz bestimmt. Es heißt auch, dass es nicht gut ist, wenn man sich zu sehr Kummer um sie macht.

Das belastet sie. Es hält sie fest – sagt man. Aber natürlich, es kommt darauf an, ob man daran glaubt. Na ja, jedenfalls – ich an Ihrer Stelle würde mich schlafen legen. Der Schlaf bringt fast alles wieder in Ordnung – und die Zeit. Also! Gute Nacht. *(Sie geht hinaus.)*

Aldo *(geht wieder zum Spiegel und betrachtet sich)*

Von der Straße herauf hört man Lachen und Geschrei einer angeheiterten Gesellschaft. Autoschläge knallen, die Wagen fahren ab. Stille.

Die Tür öffnet sich leise. Maja tritt ein. Sie trägt ein einfaches langes weißes Kleid. Sie schließt die Tür geräuschlos hinter sich. Sie steht im Schatten.

Aldo *(sieht sie im Spiegel):* Wer ist da? *(Pause)* Was wollen Sie? *(Pause)* Wer sind Sie?

Er dreht sich um. Maja tritt aus dem Schatten. Beide schauen sich an.

Maja: Manuele?

Lange Pause. Man hört irgendwo ein Kind weinen, ein verzweifeltes Verlassenheitsweinen. Plötzlich vervielfacht es sich wie mehrere Echos, verklingt rasch.

Manuele: Maja … Verzeihen Sie, Maja. Ich … das wusste ich nicht.

Maja *(wie ein Kind oder eine Somnambule):* Die vielen Lichter. Das ist schön.

Manuele: Ich wusste nicht, dass Sie es sind, die dies Zimmer beansprucht. Wie hätte ich das ahnen können, nachdem …

Maja: Wie Weihnachten. – Was sagen Sie?

Manuele: Die Wirtin hat mir gesagt, dass Sie das Zimmer hier beanspruchen. Ich hatte natürlich keine Ahnung, dass Sie in diesem Haus Stammgast sind. Ich werde das Zimmer selbstverständlich sofort räumen.

Maja: Welche Wirtin?

Manuele: Es war ein Irrtum. Es war überhaupt alles ein Irrtum. Das begreife ich jetzt. Obwohl ich sonst nichts mehr begreife.

Maja: Ich bin so froh, Manuele, dass ich Sie endlich wieder gefunden habe. Ich bin im Dunkeln gelaufen, so lang, so lang, den ganzen Weg im Dunkeln. Da sah ich dieses Licht und bin einfach hereingekommen. Es ist schön. Ich bin so froh. Freuen Sie sich gar nicht, mich wieder zu sehen?

Manuele: Doch, ich … allerdings …

Draußen fernes Wetterleuchten, leiser Donner.

Maja: Vorher war ich so traurig – immer – die ganze Zeit. Sie wissen ja nicht, was alles geschehen ist.

Manuele: Nein. Ich weiß nichts.

Maja: Ich habe die ganze Zeit geglaubt, Sie wären tot.

Manuele: Ich?

Maja: Ja. Man hat mir gesagt, Sie wären gestorben – umgekommen bei einem Autounfall. Ich war so traurig seitdem.

Manuele: Wer hat Ihnen das gesagt, Maja?

Maja: Die andern.

Manuele: Wer »die andern«?

Maja: Ich weiß nicht mehr genau. Ich erinnere mich nicht mehr so gut. Aber sie haben mir gesagt, du wärst nicht mehr am Leben. Ich hab immerzu geweint.

Manuele: Ist das wahr?

Maja: Glaubst du mir denn nicht, dass ich geweint habe?

Manuele: Doch, doch – sprechen Sie weiter!

Maja: Ja. Und dann bin ich von zu Hause fortgegangen. Heimlich. Es hat keiner gemerkt. Es hat auch niemand nach mir gesucht.

Manuele: Sie sind weggelaufen? Warum denn?

Maja: Ich wollte dich suchen.

In der Ferne heult lang gezogen ein Hund.

Manuele: Aber Sie dachten doch, ich wäre tot?
Maja: Ja. Ich war ganz allein. Immer allein.
Manuele: Und trotzdem wollten Sie mich suchen?
Maja: Ja, ich wollte dich unbedingt finden. Ich wollte sonst nichts mehr – nur dieses eine. Ich bin immer herumgelaufen, immer, immerzu.
Manuele: Wie soll ich das verstehen? Wollten Sie – wollten Sie vielleicht mein Grab finden?
Maja: Ja, ja, das war's. Jetzt weiß ich es wieder. Das wollte ich.

Auf der Straße rollt polternd ein Handkarren vorüber.

Manuele: Und mir hat man dasselbe von Ihnen erzählt, Maja. Denken Sie, mir hat man erzählt, Sie wären gestorben.

Die Szene erstarrt plötzlich für fünf Sekunden wie ein Film, der angehalten wird.

Maja: Wie heiß es wird. Es ist schrecklich heiß heute Nacht.
Manuele: Das kann ich nicht finden, Maja. Mir kommt es eher vor, als ob es abkühlt. Sind Sie am Ende krank? Haben Sie Fieber? Lassen Sie mich Ihre Stirn fühlen.

Beide gehen aufeinander zu, biegen aber wie selbstverständlich – ohne es selbst zu bemerken – kurz voreinander nach verschiedenen Seiten ab und stehen wieder weit voneinander getrennt.

Maja: Warum bist du nicht zurückgekommen, Manuele? Du hattest es ganz fest versprochen. Aber du bist nicht gekommen.
Manuele: Aber ich musste doch glauben, dass du gestorben wärst. Dein Arzt, dieser Doktor della Valle, hat es mir gesagt. Wie hätte ich denn da nach dir suchen sollen?
Maja: Ich hab es doch auch getan.
Manuele: Ich habe versucht für dich zu beten, alle Abende, alle Nächte habe ich es getan, seitdem ich … Ich habe nur an

dich gedacht. Diese Kerzen hier – ich habe sie für dich aufgestellt. Das ist alles für dich, Maja.

Maja: Wie schön!

Manuele: Aber warum? Warum hat man uns beide auf so schreckliche Art belogen? Dass sie uns voneinander fern halten wollten, verstehe ich. Aber auf diese Art? Das ist infam.

Maja: Ich war so unglücklich. So unglücklich, Manuele. Ich habe entsetzlich gelitten, ich war ganz krank davon. Ich habe gedacht, ich kann nie wieder gesund werden, wenn ich dich nicht finde. Ich habe es nicht geglaubt, weißt du? Ich habe es keinen Augenblick geglaubt.

Manuele: Was hast du nicht geglaubt? Was sie dir gesagt haben?

Wieder das lang gezogene ferne Hundegeheul.

Maja: Dass du nicht wiederkommst.

Manuele: Ich liebe dich, Maja. Ich liebe dich.

Maja: Ja? Oh, das ist schön. Alles ist so schön auf einmal. Jetzt bin ich ganz glücklich.

Manuele: Obwohl doch alles unmöglich ist? Liebst du mich, Maja?

Maja: Ja …

Manuele: Ich kann es nicht begreifen. Sag es mir – bitte!

Maja: Ja …

Manuele: Was ist mit dir? Hörst du mir überhaupt zu?

Maja: Mir ist so gut. Aber mir ist heiß. Mir ist so heiß. Machst du das Fenster auf?

Manuele: Das Fenster ist auf, Maja.

Maja: Ach ja, das Fenster ist auf. Ich bin dumm.

Manuele: Wie schön du bist, Maja. *(Er rafft sich auf.)* Ich glaube, ich werde jetzt lieber gehen. Es ist besser. Es ist dein Zimmer.

Maja: Ich brauche kein Zimmer. Ich brauche doch dieses Zimmer nicht. *(Sie lacht.)*

Manuele: Nicht? Ich dachte, die Wirtin hätte von dir geredet. Wo wohnst du denn jetzt?

Maja: Wo ich wohne? Wie meinst du das?

Manuele: Du hast doch gesagt, dass du fortgelaufen bist von zu Hause. Du musst doch irgendwo wohnen.
Maja: Irgendwo …
Manuele: Werde ich dich wieder sehen?
Maja: Willst du denn wirklich fortgehen? Jetzt noch?
Manuele: Es ist spät. Willst du denn, dass ich bleibe?
Maja: Wenn du fortgehst, gehe ich mit dir. Überallhin. Immer.
Manuele: Du willst bei mir bleiben? Hier?
Maja: Ich bleibe bei dir für immer. Wo sollte ich denn sonst hin. Es ist doch nichts mehr da.
Manuele: Heute Nacht?
Maja: Heute Nacht. Morgen Nacht. Und die nächste und die nächste und die nächste. Und immer, immer, immer. Schick mich nicht weg!
Manuele *(erstickt):* Maja!

Er will auf sie zu, sie läuft ihm entgegen, kurz ehe sie einander erreichen, biegen sie wie durch plötzliche Willensänderung nach verschiedenen Seiten ab und stehen entfernt. Sie werden sich dessen nicht recht bewusst, aber sie beginnen zu leiden.

Maja: Du musst mit mir spielen, Manuele. Spielst du mit mir, ja? Oh bitte!

Man hört die klatschenden Flügelschläge eines großen Vogels vor dem Fenster.

Manuele *(schließt das Fenster):* Was möchtest du spielen?
Maja: Warum machst du das Fenster zu?
Manuele: Es wird kalt. Du könntest dich erkälten.
Maja: Aber nein, nein! Es ist doch heiß. Ich ersticke fast.
Manuele: Vielleicht kommt es von den Kerzen. Ich werde sie auslöschen.
Maja: Oh nein, bitte nicht. Sie sind so schön. Du musst sie immer anzünden, wenn ich bei dir bin. Versprichst du mir das?
Manuele: Ja, natürlich, wenn du willst. *(Er fröstelt.)* Aber sie waren doch anders gemeint …

Wieder erstarrt die Szene für sechs Sekunden.

Manuele: Sag mir deine neue Adresse. Ich bringe dich nach Hause.

Maja: Ich weiß nicht, was du meinst. Warum zitterst du so?

Manuele: Mir ist kalt. Als ob meine Knochen aus Eis wären. Ich war krank, weißt du. Wo wohnst du jetzt?

Maja: Ich kann mich nicht besinnen.

Manuele: Maja, hör zu. Du kannst nicht hier bleiben. Noch nicht. Glaub mir, ich möchte auch, dass du bleibst, aber wir müssen an dich denken. Die Wirtin könnte es merken.

Maja: Warum soll ich nicht bei dir bleiben?

Manuele: Weil dies hier – es ist kein besonders anständiges Hotel, weißt du. Und wenn du hier allein mit mir … Die Leute würden es erfahren. Man würde über dich reden. Das möchte ich nicht.

Maja: Du wohnst doch auch hier.

Manuele: Ja. Das heißt … das ist doch etwas anderes! Maja, du bist doch kein Kind mehr, du verstehst doch.

Maja: Draußen ist alles dunkel. Da ist nichts mehr. Ich muss bei dir bleiben.

Manuele: Sei vernünftig. Ich bringe dich heim und unterwegs besprechen wir alles.

Maja: Heim?

Manuele: Also sag mir bitte, wo du jetzt wohnst. Wie heißt die Straße?

Maja: Ja, es ist eine Straße …

Manuele: Wie heißt sie?

Maja: Da wohnen viele andere Leute. Aber ich mag sie nicht. Ich rede nie mit ihnen. Sie starren mich an, aber sie ziehen sich vor mir zurück, wenn ich näher komme. Sie sind mir widerlich.

Von der Straße herauf hört man das Geräusch eines rollenden Blechdeckels, der lange nicht zur Ruhe kommt.

Manuele: Hast du denn Geld?

Maja: Ich weiß nicht. Wozu? Nein, ich glaube nicht.

Manuele: Du musst doch sicher Miete bezahlen, etwas zu essen kaufen.

Maja: Ich habe genug zu essen …

Manuele: Verdienst du etwas? Arbeitest du?

Maja: Manchmal. Manchmal mache ich … so allerlei kleine Handarbeiten. Ich habe zu essen.

Manuele: Handarbeiten? Was für welche?

Maja *(beginnt zu weinen):* Warum quälst du mich so?

Manuele: Ich will dich doch nicht quälen, Maja. Ich mache mir Sorgen deinetwegen. Komm, weine nicht mehr. Setz dich zu mir, dann erzählst du mir alles, ja? Und wir überlegen wie vernünftige Menschen, was wir jetzt tun wollen. Komm, setzen wir uns aufs Bett.

Sie gehen aufeinander zu und finden sich, wie zuvor, weit voneinander, er auf dem Bett, sie am Fenster. Man hört ein schwer zu erklärendes steigendes Summen und Sirren, man weiß nicht, von woher.

Maja: Warum willst du nicht mit mir spielen?

Manuele *(hängt sich eine Decke um die Schultern, fröstelt):* Was für ein Spiel ist es denn?

Maja: Weißt du denn keines?

Manuele: Lass mich überlegen. – Ich habe nie gespielt.

Maja: Nie? Auch als Kind nicht?

Manuele *(der von nun an immer stärker friert und immer benommener wirkt):* Ich … ich kann mich tatsächlich nicht mehr erinnern. Nein, ich glaube, ich habe auch als Kind nie gespielt. Ich habe nur zugeschaut, wenn die anderen Kinder spielten.

Maja: Aber ich, ich weiß viele Spiele.

Manuele: Dann sag mir eines. Erkläre es mir. Was spielst du am liebsten?

Maja: Aber es ist so heiß. Ich kann nicht mehr atmen. Ich kann keine Luft kriegen. Ich hab Durst. Darf ich einen Schluck Wasser trinken?

Manuele: Welche Frage! Warte, ich geb dir ein Glas. Das Wasser wird leider lauwarm sein. *(Er geht zum Waschbecken und* *lässt das Wasser laufen.)* Ja, es ist lauwarm. Man muss es ein bisschen laufen lassen, dann wird es kühler. *(Er beginnt zu zittern und wickelt sich fester in die Decke.)* Jetzt geht es.

Er füllt ein Glas, will es ihr bringen, aber wieder laufen sie aneinander vorbei. Dabei ist wichtig, dass es nicht so scheint, als ob etwas Äußeres sie voneinander trennt, sondern so, als ob sie nicht wollen könnten, was sie wollen. Er sitzt mit dem Wasserglas auf dem Stuhl, sie steht beim Waschbecken.

Manuele: Wie heißt die Straße, in der du wohnst?
Maja: Via Samaria. Und es ist die Nummer 105.
Manuele: Via Samaria 105. Das ist gut.
Maja: Was ist gut?
Manuele: Dass ich es nun weiß.
Maja: Aber du schickst mich nicht dorthin zurück? Bitte!
Manuele: Es ist doch nur für kurze Zeit, Maja. Vielleicht nur für ein paar Tage. Morgen gehen wir und suchen etwas anderes – etwas für uns beide –, wenn du willst.
Maja: Für uns beide? Ja, das will ich. Oh ja, das will ich gern!
Manuele: Möchtest du … ich meine … wir werden nicht kirchlich heiraten können, das weißt du. Vielleicht wird man mich exkommunizieren.

Von irgendwoher hört man flüsternde und raunende Stimmen.

Maja: Ist das schlimm für dich? Wird es dich traurig machen?
Manuele: Ich weiß nicht. Ja, es ist wohl schlimm. Ich weiß nichts mehr.
Maja: Warum ist es schlimm?
Manuele: Was wir tun, ist eine Sünde.
Maja: Sünde? Du meinst, es ist etwas Böses? Sehr böse?
Manuele: Ja.
Maja: Wie kann das sein? Da ist doch nichts mehr – außer dir und mir. Dann gibt es doch auch keine Sünde mehr.
Manuele: Nein, es gibt keine mehr.

Wieder erstarrt die Szene für sechs, sieben Sekunden.

Maja: Warum bist du Priester geworden, Manuele? Hat man dich dazu gezwungen?

Manuele: Nein, niemand. Ich suchte etwas. Ich wollte irgendeine Sicherheit, einen Boden unter den Füßen, der mich tragen würde.

Maja *(nimmt einen Krug und lässt Wasser hineinlaufen, während Manuele redet)*

Manuele: Ich habe niemals – auch als Kind nicht – begriffen, wie man die so genannte Wirklichkeit für bare Münze nehmen kann, verstehst du? Die Leiden und Freuden der Menschen, ihre Kämpfe, ihre Wünsche, ihre ganze Existenz – das kam mir alles so unglaubhaft vor, ein traumhaftes Spiel, Fata Morganen, die gegen Fata Morganen kämpfen oder andere Fata Morganen zu lieben meinen. Und ich selbst fühlte mich nicht anders. Alles schien mir so beliebig, so austauschbar, so bedeutungslos im Grunde ... Wenn alles gleich wichtig ist, dann ist nichts wirklich wichtig. Elend und Reichtum, Glück und Unglück, Macht und Erfolg – ja sogar Leben und Tod –, alles nur Scheinbilder, es entsteht und vergeht, alles nur ein schattenhaftes Spiel. Du musst nicht glauben, dass ich alles das nicht kennen gelernt hätte. Ich bin in elenden Verhältnissen aufgewachsen. Ich habe das menschliche Unglück kennen gelernt, mehr als genug. Und später auch das andere, was man so Reichtum und Glück und Erfolg nennt. Das alles bedeutet mir nichts. Ich glaube es nicht. Das Leben ist unerträglich unwirklich! Damals sagte ich mir: Wenn wir nichts sind als Bilder eines endlosen Traumes, dann musst du versuchen etwas über den Träumer zu erfahren. Denn der ist dann die einzige Wirklichkeit.

Maja: Und hast du etwas über den Träumer erfahren?

Manuele: Ich fing an Theologie zu studieren. Ich glaubte tatsächlich auf diese Weise eine tiefe Wirklichkeit zu finden, eine Wirklichkeit hinter der Vergänglichkeit aller Dinge und Wesen. Oder vielleicht sollte ich sagen: außerhalb des

Gefängnisses unserer Sinne. Ich wollte ausbrechen aus diesem lächerlichen und grauenhaften Spiegelkabinett, das uns immer nur uns selbst in tausend Facetten reflektiert. Aber es war vergeblich. Es hat alles nur schlimmer gemacht. Ich habe diese Welt erst ganz und gar verloren und die andere nicht gefunden. Alles löste sich auf in Worte und Begriffe und Buchstaben. In nichts.

Wieder hört man das verzweifelte Kinderweinen. Es entfernt sich rasch.

Maja *(stellt das Wasser ab):* Und als du mich gesehen hast, damals, was geschah da? War ich auch nicht wirklich?

Manuele *(der Mühe hat, nicht mit den Zähnen zu klappern):* Ich weiß nicht, ob ich es dir erklären kann. Als ich ungefähr zwölf Jahre alt war, wurde die Stadt, in der ich damals lebte, bombardiert. Es war Krieg damals. Weißt du, dass Feuer heulen und brüllen kann wie eine riesige Herde von Tieren? Buchstäblich: Das Feuer brüllte. Als ich aus dem Keller kam, brannte die ganze Straße. Die Menschen rannten umher, schrien, weinten, versuchten etwas zu tun, etwas zu retten, zu löschen. Weißt du, was ich gemacht habe? Ich bin laut singend und lachend, wie ein Narr, wie ein Betrunkener, durch die brennende Straße gerannt. Um mich her ging die Welt unter und ich habe gesungen und gelacht. Ich war – ja, ich war glücklich. Kannst du das verstehen? Es war nicht Freude an der Zerstörung, es war kein Zynismus, ich war fast noch ein Kind. Nein, ich hatte plötzlich das überwältigende Gefühl von Wirklichkeit. Und dasselbe geschah mit mir, als ich dir begegnete. Es war genauso wie damals, als ich durch die brennende Stadt taumelte.

Maja *(schüttet sich das Wasser aus dem Krug über den Kopf. Ihr Kleid klebt ihr am Leib.)*

Manuele *(fährt erschrocken auf):* Was tust du da?
Maja: Jetzt ist mir besser. Jetzt wollen wir spielen, ja?
Manuele *(willenlos):* Ja, jetzt wollen wir spielen.

Beide beginnen zu lachen. Manuele schleudert das Wasser aus dem Glas in seiner Hand über den Abstand hinweg nach ihr. Zugleich erstarrt die Szene, diesmal für etwa zehn Sekunden.

Maja nimmt den Fächer, den Manuele vorher neben das Waschbecken gelegt hat, und beginnt sich zu fächeln. Von irgendwoher hört man dünne, wimmernde Musik. Maja beginnt zu tanzen.

Manuele: Das Spiel. Maja. Das Spiel. Das Spiel.
Maja: Gib Acht! Du musst alles machen, was ich sage. Aber du darfst nicht lachen dabei. Wer zuerst lachen muss, hat verloren. Du musst alles machen, verstehst du?
Manuele *(nickt):* Fang an!

Wetterleuchten und ferner leiser Donner.

Das folgende Spiel soll durchaus grotesk, zugleich aber peinlich, ja quälend wirken wie ein Fiebertraum. Maja beginnt feierlich wie ein Kind zu rezitieren. Es ist eine Art Singsang. Die jeweiligen Tiere, von denen die Rede ist, werden von beiden nachgeahmt. Manuele verwandelt sich, erst zaghaft, dann aber immer erschreckender, in die Tiergestalten.

Maja: Die Taube und der Täuberich,
die knicksen und verbeugen sich.

Sie gurren und tanzen.

Maja: Die Ziege und der Ziegenbock
die zerren hin und her am Pflock.

Sie meckern und zerren, als ob sie zueinander wollten.

Maja: Der Gockel schenkt ein Korn dem Huhn
und kräht dann, um ihm schönzutun.

Er kräht, sie pickt und scharrt.

Maja: Der Hengst und seine Stute,
die stampfen mit dem Hufe.

Sie stampfen, er wiehert.

Maja: Das Gänschen und der Ganter,
die watscheln hintereinander.

Sie watscheln im Gänsemarsch, schnattern.

Maja: Der Kater und die Katze,
die schlagen mit der Tatze.

Fauchen, Miauen, Buckel usw.

Maja: Der Eber und das Schwein,
die legen sich in' Dreck hinein.

Sie wälzen sich und grunzen.

Maja: Die Hündin und der Hund,
die heulen nach dem Mond.

Sie hocken sich und heulen.

Maja: Die Kuh und auch der Stier,
die brüllen vor Begier.

Sie senken die Stirn, brüllen und muhen.

Maja: Die Schlange und ihr Mann,
die schau'n sich schweigend an.

Sie hypnotisieren sich.

Maja: Und Bräutigam und Braut,
die küssen sich vertraut.

Sie wollen aufeinander zugehen.

Zuletzt – wenn sie sich nah genug sind, um sich zu umarmen – verfehlen sie sich wie bei den vorigen Malen. Sie können einander nicht erreichen. Die Szene erstarrt jeweils und beginnt dann wieder von vorn. Er wirkt immer fiebriger und erschöpfter, sie immer wacher und kräftiger. Während des dritten Mals senkt sich sehr langsam der Vorhang.

DIE ANDERN

Wir teilen unsere Welt mit anderen Wesen, von denen wir nur deshalb nicht wissen, weil sie von solcher Art sind, dass sie sich unserem Gedächtnis nicht einprägen. Hin und wieder eine Ahnung, ein Vermuten, als hätte man schon einmal … das ist gewöhnlich alles.

Ein Mann findet sich plötzlich vor einem Gericht. Seine Geliebte ist von jenen anderen, wodurch er von ihr nur weiß, solange sie bei ihm ist – ist sie fort, so weiß er nichts mehr von ihr. Er hat ihr nicht die versprochene Treue gehalten und wird zu einer Strafe verurteilt. Er weigert sich. Doch als er wieder allein ist und nichts mehr vom Gericht und der Geliebten weiß, beginnt er die Strafe zu erfüllen, wie er glaubt, aus ganz anderen Motiven. Schließlich würde er dabei den Tod finden, wenn seine Geliebte ihn nicht retten würde – auf ihre Art.

zur Entstehungsgeschichte siehe Seite 317

M. ENDE 88

DAS EINHORN

Das Einhorn ist, wie alle wirklichen Symbole, schier unendlichdeutig. Deshalb fällt es mir schwer, dir hier etwas Konkretes zu sagen, denn ich habe sofort das Gefühl, das Bild damit allzu sehr festzulegen. Sicherlich ist dir ja die mittelalterliche Anweisung bekannt, wie man ein Einhorn fangen kann: Man muss dazu eine nackte Jungfrau an einen Baum binden und zwar so, dass sie vollkommen reglos ist. Dann muss man mit viel Geduld warten, aber schließlich wird das Einhorn herbeikommen und seinen Kopf in den Schoß der Jungfrau legen. In diesem Augenblick ist es sanft und zahm und lässt sich fassen. Dieser letzte Punkt ist wichtig, weil es in jeder anderen Situation trotz seiner großen Grazie und Schönheit so wild und stark ist, dass niemand es bändigen kann. Und schon diese Anweisung verrät einiges über die Bedeutung des Einhorns. Natürlich liegt es nur allzu nahe für uns heutige Aufgeklärte, die ganze Sache erotisch zu deuten. Aber damit bleibt man nur im persönlich Psychologischen hängen. Die Jungfrau bedeutet in der ganzen älteren Mythologie ein Weltprinzip (Jesus z. B. ist aus der Jungfrau geboren), welches aber auch gleichzeitig in einem der Tierkreiszeichen repräsentiert wird. Die Jungfrau wird bei Paracelsus gleichgesetzt mit dem »Naturlicht«, d. h. einer Art übersinnlicher Substanz, die die gesamte Natur durchdringt und erleuchtet, aber nur für das hellsichtige Auge wahrnehmbar ist. Das Zeichen Jungfrau wird ja bekanntlich vom Planeten Merkur beherrscht, also dem Planeten des Verstandes. Mithin haben wir es bei der Jungfrau (oder dem Naturlicht) mit einem Prinzip des sozusagen übersinnlichen Verstehens zu tun. Wenn es gelingt, dieses Prinzip in der eigenen Seele vollkommen reglos zu halten, dann nähert sich das Einhorn. Es ist zu zähmen. Übrigens ist das Einhorn ja entfernt

zur Entstehungsgeschichte siehe Seite 317

mit der Ziege verwandt. Es hat gespaltene Hufe und einen Bart unterm Kinn. Die Ziege ist aber in den Märchen immer ein Symbol der Verstandeskräfte (z. B. der Wolf und die sieben Geißlein). Diese Verstandeskräfte befinden sich dort, wo dem Einhorn das Horn aus der Stirn wächst, also an jenem Punkt über der Nasenwurzel, den der Brahmane sogar mit einem roten Signal bezeichnet. Ich weiß nicht, ob du dich je mit den so genannten »Lotosblumen« beschäftigt hast. Es handelt sich dabei um die sieben hauptsächlichen übersinnlichen Wahrnehmungsorgane. Eines davon, der zweiblättrige Lotos, ist eben jenes Organ über der Nasenwurzel. Seine vollkommene Entwicklung bedeutet eine Steigerung der Intelligenzkräfte bis zur bildhaften Wahrnehmung geistiger Realitäten. Genau das soll das Bild des Einhorns ausdrücken. Übrigens war in der mittelalterlichen Mystik das Einhorn eben aus diesem Grunde auch ein Bild der Christuskraft.

(Aus einem Brief an C. H. vom 14. August 1982)

DIE EXISTENZ GOTTES

Könnte man die Existenz Gottes beweisen, dann gäbe es ihn nicht.

DAS VERBORGENE

Reden wir nicht immer gleich von Gott und den Engeln. Die andere, unsichtbare Seite der Wirklichkeit, das Verborgene, ist nicht so weit weg, wie wir gewohnt sind zu glauben. Sie liegt für jeden auf der Hand, der wahrnehmen will. Folgt das Beispiel vom Löwenzahn: Same – Pflanze – Blume – Same: ein Wesen, das nur zeitlich immer anders erscheint. Aber die Erscheinung ist unwirklich, vergänglich, das Wirkliche ist das Ganze. Und nicht nur der eine Löwenzahn, alle Löwenzähne der Welt sind ein einziges Wesen, das im Verborgenen existiert.

20. Mai 1993

zur Entstehungsgeschichte siehe Seite 318

GLEICHNIS

Der Mensch ist ein Buch.
Ein Buch besteht aus Papier und Karton oder Leder,
aus Leim und Fäden und Leinen
und Druckerschwärze oder Tinte.
Das ist sein physischer Leib.
Aber der Stoff ist vergänglich und auswechselbar.
Es kann auch aus Tontafeln sein oder Wachs,
aus Pergament oder Holzbrettchen, dennoch
ist es ein Buch.
Der Stoff bestimmt seine äußere Erscheinung.
Sie ist wichtig, aber sie ist nicht das eigentliche Buch.
Es kann neue Auflagen (verbesserte?)
oder auch eine neue Ausgabe in einem anderen Verlag geben.
Der Materialist untersucht die Beschaffenheit,
er analysiert das Papier, das Pergament, die Druckerschwärze,
er misst die Dicke der Seiten und vergleicht,
er zählt genau die schwarzen Strichlein und Punkte,
ihre Anordnung, ihre Wiederkehr, ihre Häufigkeit,
und er zieht Schlüsse daraus,
aber er leugnet, dass es Zeichen sind,
die man lesen muss, weil sie Worte bedeuten
und für sich selber wesenlos sind.
Das, sagt er, ist schon subjektive Interpretation,
nicht strenge Wissenschaft;
ich halte mich an die Tatsachen.
Aber die Zeichen sind eine Schrift.
Du kannst das Wort »Baum« in vielerlei Schriften schreiben,

zur Entstehungsgeschichte siehe Seite 318

in lateinischer, griechischer, hebräischer oder kyrillischer,
du kannst es in Morsezeichen schreiben oder chinesischen Ideogrammen.
Die äußeren Erscheinungen sind einander unähnlich.
Und doch ist es das gleiche Buch.
Die Schrift ist die Erbmasse.
Die Sprache ist der Ätherleib.
Sie ist das Leben des Buches.
Die Geschichte ist der Astralleib,
sie erzählt von Freuden und Leiden, sie schildert »Personen«.
Das Ich ist die Idee des Ganzen.
Sie kann auch in einer anderen Schrift, in einer anderen Sprache,
sogar in einer anderen Geschichte verwirklicht werden.
Das höhere Selbst ist der Dichter, der hinter allem steht.
Gott ist die ganze Welt, die nötig ist, damit der Dichter ein Buch schreiben kann.

DAS UMSTELLEN DER LICHTER

Das, was dich hindert Kunst zu machen,
mache zum Thema deiner Kunst.
Das, was dich hindert gut zu sein,
mache zum Gegenstand deiner Güte.
Das, was dich hindert zu erkennen,
mache zum Fundament deines Denkens.
Das, was dich hindert bewusst zu sein,
mache zum Mittelpunkt deiner Aufmerksamkeit.
Das, was dich hindert dein Leben zu haben,
mache zum Inhalt deines Lebens.

zur Entstehungsgeschichte siehe Seite 318

MEINE TANTE AGATHE

Das Leben meiner Tante Agathe war bis zu ihrem vierundfünfzigsten Jahr in vollkommener Makellosigkeit verlaufen. Sie war ein Muster an Tugend und Frömmigkeit und es gab eine Reihe von Leuten, die zu ihr aufblickten wie zu einem höheren Wesen. Ich vermute, dass sie selbst zu diesen Leuten zu zählen war. Allerdings gab es auch einige wenige, die anderer Meinung waren, wie zum Beispiel Onkel Paul, der nur im Tone höhnischer Gereiztheit von ihr sprach. Aber Tante Agathe verzieh es ihm und nahm es geduldig hin, denn sie wusste, dass das Gute auf dieser Welt Ärgernis erregt. Sie tat ihm weiterhin das, was sie für Wohltaten hielt, und ich bin überzeugt, dass Onkel Paul daran gestorben ist und nicht, wie behauptet wird, an seinem Gallenleiden.

Übrigens bleibt sich das gleich, denn auch das Gallenleiden rührte meiner Meinung nach von nichts anderem her als von Tante Agathes Güte, zu der Onkel Paul sein Leben lang nicht die richtige Einstellung finden konnte. Was ihn so über die Maßen kränkte, war, dass selbst die böseste Zunge Tante Agathe keine Sünde, keine noch so kleine Verfehlung nachweisen konnte. Was sie aber selbst betraf, so konnte sie sich an keinen Tag ihres Lebens zurückerinnern, an dem sie nicht wenigstens ein bis zwei gute Taten verübt hatte.

Um jedem Irrtum vorzubeugen, muss ich gleich sagen, dass Onkel Paul nicht etwa Tante Agathes Angetrauter war, sondern ihr etwas jüngerer Bruder. Sie war unverehelicht und lebte als Angehörige eines Stifts im Saargebiet.

Oft sprach sie mit einem ihr eigentümlichen demütigen Stolz darüber, dass sie sich niemals in ihrem Leben Schminke, Puder oder Parfum gekauft, sondern das Geld stets lieber einem Bettler gegeben habe. Sie stand auf dem Standpunkt,

zur Entstehungsgeschichte siehe Seite 318

innere und äußere Reinheit sei die größte Zier, worin man ihr schließlich nicht widersprechen konnte.

Um der Wahrheit selbst in diesem Falle die Ehre zu geben, muss ich sagen, dass sie tatsächlich großzügig war, wo immer sie Not sah. Eine nicht unbeträchtliche Schar von Menschen, darunter auch ich selbst, ist ihr zu Dank verpflichtet. Es muss mir also durchaus fern liegen, ihre Tugenden zu bezweifeln, wie etwa Onkel Paul, der ihr nachsagte, sie spekuliere an der Börse mit Paradies-Aktien, um eines Tages den ganzen Betrieb aufzukaufen. Dabei muss man in Betracht ziehen, dass er selbst des Öfteren Nutznießer ihrer Güte war und sich dennoch weder dessen noch seiner bösen Reden schämte. Onkel Paul war eben, nach Meinung aller, die ihn näher gekannt haben, ein äußerst gefährdeter Charakter, den man nunmehr, nach seinem Tode, nur der Güte Gottes anheim stellen kann. Er trank gern und viel und war so jähzornig, dass er eines Tages ein Paar nagelneu erworbene Pantoffeln, mit denen er die Kellertreppe hinuntergefallen war, mit dem Wutschrei »Mit euch fall ich nicht noch mal die Treppe runter!« in den Ofen steckte.

Tante Agathe war, wie schon bemerkt, ganz und gar unverehelicht, war es immer gewesen und hat – wenn man ihr darin Glauben schenken will – diesen Umstand nie bedauert. Wenn ich sage »ganz und gar«, so meine ich damit, dass nicht einmal das, was einer Ehe vorauszugehen pflegt, wie etwa ein Kuss oder Ähnliches, im Buch ihres Lebens aufgezeichnet stand und eben daraus zog sie eine gewisse Befriedigung. Besonders, wenn sie in innenpolitische Zusammenhänge von Ehen Einblick gewann und sah, wie sich hier gleichsam in einer Arena sämtliche menschlichen Unzulänglichkeiten tummelten, pflegte sie mit sanftem Mitleid zu der jeweiligen Ehefrau zu sagen, dass sie sich eben niemals einem Manne in unreiner Absicht genähert habe.

Wenn man sie fragte, warum sie diesbezügliche Absichten als unrein bezeichne, antwortete sie mit einer langen Reihe von Bibelzitaten, die den meist weniger bibelfesten Frager verstummen ließen. Dabei vergaß sie allerdings – und ich nehme an, unabsichtlich –, dass umgekehrt sich auch ihr niemals ein Mann sozusagen »in unreiner Absicht« genähert hatte. Sie war von jeder Art Anfechtung verschont geblieben. Doch hielt sie das im Geheimen, wie ich vermute, für eine Art Auszeichnung vonseiten des Himmels.

Jedenfalls hatte sie infolge dieses Umstandes und ihrer Abscheu vor allem Sündhaften nur eine sehr schattenhafte Vorstellung von den diversen Unterschieden zwischen Männern und Frauen und lenkte nervös ab, wenn die Rede darauf kam. Für sie war das Geschlecht, in Sonderheit das männliche, das schlechthin Verwerfliche. Bisweilen brach sogar etwas wie Mitleid mit dem Manne durch, den Gott in seinem unerforschlichen Ratschluss mit dieser Natur geschlagen, gleichsam von vornherein als Missgeburt zur Welt habe kommen lassen. Aber wie gesagt, ihre Vorstellungen waren schattenhaft.

Ihr ganzes Wesen stellt sich am besten in jenem denkwürdigen Ausspruch dar, den sie selbst tat. Ich habe diesen Satz später des Öfteren in Anekdoten gehört, in denen er irgendwelchen anderen Personen zugeschrieben wurde. In Wahrheit aber stammt er von Tante Agathe, und zwar bei folgender Gelegenheit:

Sie hatte sich einer größeren Reisegesellschaft angeschlossen, die eine Autobusfahrt in die bayrischen Berge unternahm. Man war fröhlich und guter Dinge, lachte und sang, da geschah am zweiten Tag der Reise etwas Furchtbares. Bei strahlendem Wetter, sozusagen mitten im Lied, irrte der Fahrer vom rechten Wege ab und fuhr, aus einem mir nicht mehr gegenwärtigen Grund, in den Straßengraben. Das Gefährt mit etwa dreißig Insassen neigte sich zur Seite und kippte um. Danach entstand zunächst eine ziemlich große Pause, in der man nichts mehr hörte als das fröhliche Zirpen der Grillen. Schließlich öffnete sich die Türe des Autobusses, die nach oben lag, und heraus stiegen, bleich und schweigend, nacheinander alle dreißig Insassen. Keiner war ernsthaft verletzt. Mit zitternden Knien versammelten sich die Reisenden auf der blumenbedeckten Wiese und starrten das Fahrzeug an, das, so auf der Seite liegend, einen erschreckenden Eindruck machte. Tante Agathe aber ging unter ihnen umher, drückte jedem die Hand und beglückwünschte ihn dazu, dass ihm nichts geschehen sei. Als jemand sie daraufhin etwas verwundert fragte, wie sie dazu käme, da sie doch selbst ebenso in größter Lebensgefahr geschwebt habe, schüttelte sie nur milde lächelnd den Kopf und sprach: »Ich bin ja in Gottes Schutz.«

Diese Gewissheit schöpfte sie aus einem Umstand, auf den sie häufig mit bescheidenem Stolz hinwies, nämlich dem, dass sie, wie sie sich ausdrückte, ihren Kinderglauben nie verloren habe. Ein Verdienst übrigens, das sie anderen nur ungern zugestand. Sie führte alles Unheil und Missgeschick, das Menschen traf, darauf zurück, dass sie es nicht so gehalten hatten wie sie.

Einmal aber, viele Jahre später, geriet ihr Glauben ins Wanken. Das war in ihrem vierundfünfzigsten Jahre an einem schönen Sommerabend, wenn ich mich nicht irre an einem Dienstag, an einem ganz gewöhnlichen Tag also. Und diese Geschichte ist der dunkle Punkt in Tante Agathes Leben. Sie ist nie mehr so recht darüber hinweggekommen und konnte es nie begreifen, was Gott mit dieser Prüfung von ihr begehrte, denn sie ging keineswegs geläutert aus ihr hervor. Sie erzählte diese Geschichte jedem, der sie hören wollte, und jedem, der sie nicht hören wollte, in jenem klagenden, etwas gehetzten Tonfall, den sie von da an mehr und mehr annahm. Und mit zunehmendem Alter wurde es fast eine Art Manie von ihr, bei jeder Gelegenheit an diesem dunklen Fleck in ihrem sonst so makellosen Leben herumzuwaschen, zu bürsten und zu wringen. Sie beteuerte ihre Unschuld ein ums andere Mal, aber es half nichts. Fassungslos starrte sie nach jeder Wäsche auf diesen hässlichen Fleck, der immer größer statt kleiner wurde. Nicht zuletzt Onkel Paul sorgte dafür, dass das ungläubig-spöttische Lächeln der Umwelt nie mehr verschwand, und er bereitete sich oft den Genuss, Tante Agathe, die wieder einmal die Geschichte von der schrecklichsten Nacht ihres Lebens erzählt hatte, durch ein nachlässig hingeworfenes »Na ja, wir wissen Bescheid, mein Engel« und ein schalkhaftes Augenzwinkern zu den anderen Zuhörern zum Weinen zu bringen.

Mir wird es ein ewiges Rätsel bleiben, warum Tante Agathe diese Episode nicht einfach verschwieg. Niemand würde Arges vermutet haben, wenn sie irgendeine Ausrede ersonnen hätte, um ihre Verzögerung zu rechtfertigen. Warum unterließ sie es nicht wenigstens späterhin, ihr Abenteuer selbst immer und immer wieder dem allgemeinen Vergessen zu entreißen? War es unbegreifliche Wahrheitsliebe? Oder litt sie am Ende vielleicht doch unter Gewissensqualen, weil die Tatsachen nicht ganz so verlaufen waren, wie sie es schilderte? Wollte sie etwa durch hartnäckiges Beteuern etwas in ihrer Erinnerung korrigieren?

Nun, wie dem auch sei, man steht in jedem Falle vor einem Rätsel, wie sie uns die menschliche Seele bisweilen aufgibt, wenn ein Hauch ihres eigenen Abgrundes sie durchweht.

Die Geschichte aber ist folgende:

Tante Agathe hatte sich um eine Stelle als Lehrerin für Französisch, Deutsch und Geschichte an einer höheren Lehranstalt in Melbingen, einer kleinen Stadt in Mitteldeutschland, beworben. Sie hatte diese Tätigkeit schon früher einmal für einige Jahre ausgeübt und daher bekam sie schon nach kurzer Zeit den Bescheid, man würde sich freuen sie als Lehrkraft an diesem Institut begrüßen zu können. Tante Agathe packte froh gestimmt drei Koffer, ihren übrigen Besitz ließ sie im Stift zurück und begab sich auf die Reise.

Sie hatte zweimal umzusteigen und somit, wie sie selbst sich auszudrücken pflegte, zerfiel die Fahrt gewissermaßen in drei Teile. Die ersten beiden Teile waren ohne alle Schwierigkeiten verlaufen, nun war nur noch der dritte zu bestehen. Alle Koffer, Handtasche und Schirm waren noch vorhanden und so stand sie an jenem Sommerabend auf dem Bahnsteig einer kleinen Station, deren Namen ich lieber verschweigen möchte, und wartete auf den Zug, der sie kurz nach Anbruch der Nacht nach Melbingen bringen sollte. Da näherte sich ihr ein Mann, nach der Uniform zu schließen ein Angestellter dieses Bahnhofs, und sprach sie an.

»Guten Abend!«, sagte der Mann und tippte an seine Mütze. »Na, wo soll's denn hingehn, wenn man fragen darf?« Er hatte etwas Handfestes in seiner Art zu sprechen.

Meine Tante würdigte den Mann keines Blickes, sondern wandte sich mit strengem Gesicht von ihm ab.

Der Mann strich sich amüsiert seinen Schnurrbart, ging um sie herum und stellte sich in seiner ganzen Breite vor sie hin. Offenbar langweilte er sich und wollte unbedingt eine Unterhaltung beginnen. Tante Agathe überlegte sich, dass es wahrscheinlich sinnlos sein würde, sich nochmals abzuwenden, denn der Mann sah aus, als würde er sich einen Spaß daraus machen, abermals hinterherzukommen, und schließlich konnte sie sich nicht immer so weiterdrehen, bis endlich der Zug kommen würde. Deshalb sagte sie ziemlich scharf: »Ich wüsste nicht, was Sie das angeht.«

Der Mann lachte gemütlich und winkte ab. »Nichts für ungut!«, sagte er, dann tippte er ihr mit seinem dicken Finger einige Male auf die Brust und fuhr fort: »Ich weiß genau, wo Sie hinfahren.«

»So!«, sagte Tante Agathe und hoffte, damit sei das Gespräch beendet.

Der Mann nahm seine Mütze ab und wischte sich mit seinem Taschentuch den Schweiß von Stirn und Glatze. Die Art, wie er das tat, erinnerte Tante Agathe an ihren Bruder Paul und ein sehr zwiespältiges Gefühl regte sich in ihrem Herzen.

»Sie fahren nach Melbingen«, sagte der Mann und machte ein pfiffiges Gesicht.

»Woher wissen Sie denn das?«, fuhr es meiner Tante heraus. Sie war doch ein wenig verblüfft.

Der Mann lachte wieder auf seine behäbige Art und antwortete: »Das ist ganz einfach. Weil heute nur noch ein einziger Zug geht, der um einundzwanzig Uhr elf, und der geht nach Melbingen.« Anscheinend bereitete ihm dieser Umstand großes Vergnügen, denn er lachte noch einige Zeit fort, während meine Tante schwieg und etwas nervös von einem Bein auf das andere zu treten begann. Diese Nervosität hatte jedoch nicht allein ihren Grund in der Redseligkeit des Beamten, sondern außerdem noch in einem anderen, sehr diskreten Bedürfnis.

Der Himmel sei mein Zeuge, dass ich es vermeiden würde, davon zu sprechen, wenn nicht tatsächlich alles Folgende von diesem Umstand abhinge. Empfindliche Gemüter werden indessen gut tun, von hier an der Geschichte nicht mehr zu folgen. Aber schließlich ist es eine allgemein anerkannte Tatsache, dass auch der anständigste Mensch hin und wieder gezwungen ist gewissen Naturgesetzen seinen Tribut zu zollen.

Um es also offen auszusprechen: Tante Agathe hatte im Verlauf der Reise ihre Thermosflasche, die vorsorglich mit gesüßtem Tee gefüllt war, leer getrunken und fühlte nun infolgedessen das dringende Bedürfnis sich an einen gewissen stillen Ort zu begeben.

Während der Beamte weiterredete, sann sie angestrengt darüber nach, wie sie die Frage möglichst offiziell formulieren könne. Eine gewisse menschliche Vertraulichkeit, zu der das Kreatürliche des Eingeständnisses sie zwang, widerstrebte ihr diesem fremden Manne gegenüber ungemein. Verstohlen spähte sie auf dem Gelände umher, um vielleicht selbst zu entdecken, was sie der peinlichen Lage entheben könnte. Allein, es war vergebens. Nicht einmal eine weibliche Person, in diesem Falle immer noch das weniger entwürdigende Auskunftsorgan, war zu sehen. Es half also nichts, sie musste ihre Frage an diesen fremden Mann richten.

Mittlerweile hatte der Beamte ihr erklärt, dass er der Stationsvorsteher dieses Bahnhofs sei, dass er durchaus persönliches Interesse an seinem Beruf habe und deshalb, sooft es ihm möglich sei, mit den Reisenden ins Gespräch zu kommen versuche, um von ihnen etwas über ferne Städte zu erfahren. Zum Beispiel in Hamburg, Mailand oder Paris kenne er sich so gut aus, als sei er dort zu Hause, obgleich er diese Städte noch nie gesehen habe. Er besitze nämlich eine Sammlung von Stadtplänen und studiere in seiner Freizeit jeweils anhand eines solchen die Stadt, über die er Neues erfahren habe.

»Und nun sagen Sie mir mal, aus welcher Stadt Sie kommen?«, schloss er seine Rede und blickte Tante Agathe erwartungsvoll an.

Tante Agathe wand sich innerlich, aber die Not war groß und so raffte sie sich zusammen und sagte mit dem äußersten Aufwand an Würde, indem sie dem Mann fest in die Augen blickte: »Pardon – guter Mann, wo könnte ich mir hier einmal die Hände waschen?«

Der Mann blickte sie etwas verwundert an. »Die Hände waschen?«, wiederholte er nachdenklich und kratzte sich am Hinterkopf. »Wozu wollen Sie sich denn die Hände waschen?«

»Bitte!«, sagte meine Tante streng.

»Ja, warten Sie mal – die Hände waschen …«, antwortete der Mann und schaute sich suchend um. »Na ja, da drüben, sehen Sie? Da ist ein Kran, da können sie sich die Hände waschen.«

Tante Agathe wurde ungeduldig. »Nein!«, sagte sie heftig. »Ich meine … ich möchte mich etwas in Ordnung bringen … Toilette machen … verstehen Sie?«

Der Mann schaute sie prüfend von oben bis unten an. Dann schüttelte er den Kopf. »Nein«, sagte er, »ist nicht nötig. Sie sehen tadellos aus. Ist wirklich nicht nötig.«

Meine Tante war dem Weinen nahe und etwas davon schwang in ihrer Stimme mit, als sie sagte: »Ach nein, verstehen Sie mich doch! Ich möchte – verschwinden!«

»Sie möchten verschwinden?«, wiederholte der Mann und blickte sie glasig an. Doch schon hellte sich sein Gesicht auf: »Ach«, rief er, »jetzt weiß ich, was sie wollen! Na ja, Madamchen, warum sagen Sie das denn nicht gleich. Warten Sie, ich hole eben den Schlüssel. Einen Moment!« Er entfernte sich lachend und murmelte kopfschüttelnd vor sich hin: »… die Hände waschen …«

Gleich darauf kam er mit einem ziemlich großen Schlüssel zurück, händigte ihn ihr aus und wies mit der Hand nach einem Bretterverschlag am anderen Ende des Bahnsteigs. »Dort hinten ist es. Und viel Spaß auch!«

Tante Agathe wurde dunkelrot, sagte aber nichts, sondern machte sich eilends auf den Weg. Im Inneren des Stationsgebäudes schrillte eine Klingel und der Vorsteher begab sich hinein, um zu tun, was nötig war.

Langsam senkte sich die Dunkelheit über die Bahnhofsanlage, die Lichter flammten auf und aus der Ferne schimmerten die farbigen Lampen der Signale. Um einundzwanzig Uhr elf fuhr der Personenzug nach Melbingen ein. Er hatte vier Minuten Aufenthalt. Der Stationsvorsteher rannte am Zuge auf und ab, rief Anweisungen und war so beschäftigt, dass er die drei Koffer nicht bemerkte, die im Schatten einer Mauernische standen und stummes Zeugnis davon ablegten, dass ein Reisender irgendwo auf dem Bahnhof sein musste, der noch nicht in den Zug eingestiegen war.

Der Beamte gab auf seiner Trillerpfeife das Signal zur Abfahrt und schwenkte sein Schild, der Zug ächzte und ruckte an, die Lokomotive ballerte Dampfwolken in den Nachthimmel und nach wenigen Minuten verhallte das Donnern der Räder in der Ferne.

Da es der letzte Zug war und der nächste erst am folgenden Morgen um sechs Uhr erwartet wurde, verließen die beiden anderen Beamten, die dem Stationsvorsteher unterstellt waren, wie jeden Abend eine Viertelstunde später das Gebäude. Der Vorsteher selbst machte noch einen kurzen Rundgang, um dann ebenfalls Feierabend zu machen. Das Glück – oder Unglück – wollte es, dass er auf diesem Rundgang plötzlich dasselbe Bedürfnis empfand wie zwei Stunden vorher Tante Agathe. Zerstreut suchte er den Schlüssel, bis ihm plötzlich einfiel, dass er ihn von dem Fahrgast ja noch gar nicht zurückerhalten hatte.

Eine Ahnung dämmerte in ihm auf und er eilte, so schnell er konnte, zu dem Bretterhäuschen am anderen Ende des Bahnsteigs. Tatsächlich, der Schlüssel steckte außen in der Tür.

»Hallo!«, rief er. »Ist da noch jemand drin?«

Unterdrücktes Schluchzen kam aus dem Inneren der Hütte.

Der Vorsteher klopfte an die Tür: »Hallo, Sie«, rief er, »warum kommen Sie denn nicht raus?«

»Ich kann nicht«, antwortete eine dünne, klagende Stimme.

»Wieso?«, fragte der Vorsteher. »Ist Ihnen schlecht oder was ist?«

»Nein«, kam wieder die Stimme von innen. »Oh Gott! Oh Gott!«

»Na, so reden Sie doch! Was ist denn los?«

Er lauschte, aber als Antwort hörte er nur Schluchzen.

»Was ist denn? Hören Sie doch auf zu heulen«, sagte der Mann rau. »Kommen Sie raus. Ich will jetzt rein.«

Wieder die Stimme von innen: »Ich kann doch nicht. Die Tür … die Tür geht nicht mehr auf.«

»Ach was, natürlich geht die Tür auf. Sie müssen nur den Knopf zurückschieben. Den Knopf – hören Sie? – nach links schieben.«

Man hörte, wie innen ein wenig herumprobiert wurde.

Dann war es wieder still. »Weiber!«, knurrte der Mann verächtlich.

»Warten Sie«, sagte der Mann, »ich schließ auf. Ist's recht?«

»Ja«, hauchte die Stimme.

Der Vorsteher schloss die Tür von außen auf. Tante Agathe stand da und hielt ihr Taschentuch auf die Augen gepresst. Der Vorsteher lachte freundlich. »Na, Sie haben aber mal lang gebraucht. Der Zug ist weg. Aber machen Sie sich nichts draus. Sie können ja morgen früh weiterfahren. Warum haben Sie denn nicht gerufen?«

»Ich habe ja einmal gerufen«, sagte Tante, »aber da kam grade der Zug.«

»Sie hätten eben noch mal rufen müssen«, sagte der Mann.

»Nein, das habe ich nicht gewagt. Außerdem – was hätte ich denn rufen sollen?«

»Hilfe!«, sagte der Mann, »oder sonst irgendwas.«

Tante Agathe schüttelte den Kopf. »Nein«, sagte sie, »ich konnte doch nicht Hilfe rufen. Es war einfach alles unpassend.«

Der Vorsteher war etwas ärgerlich über so viel Umständlichkeit. »Meinetwegen!«, knurrte er ungehalten. »Jetzt ist es ja sowieso zu spät. Aber falls Sie noch mal hierher kommen, will ich Ihnen jetzt auf alle Fälle zeigen, wie man die Tür von innen aufmacht.«

Damit schob er Tante Agathe, die nicht recht wusste, wie ihr geschah, wieder zurück in das Häuschen, folgte ihr und zog die Tür hinter ihnen beiden zu.

»Sehen Sie«, sagte er im Halbdunkel zu ihr, »diesen Knopf hier … diesen Knopf ganz einfach nach links schieben, versteh'n Sie?«

Aber der Knopf ließ sich nicht nach links schieben.

»Nanu«, sagte der Vorsteher. »Einen Moment, das werden wir gleich haben.« Und er begann an dem Knopf zu ziehen und zu schieben, bis ihm drei Fingernägel abgebrochen waren. Dann wischte er sich mit dem Taschentuch den Schweiß von der Stirn und starrte Tante Agathe an. Beide waren ziemlich bleich geworden.

»Um Gottes willen …!«, stammelte Tante Agathe.

»Man könnte versuchen irgendwo die Bretter zu sprengen«, sagte der Vorsteher und begann mit den Fäusten gegen das Holz zu hämmern. Nach einiger Zeit gab er die Anstrengung auf. »Es hilft nichts«, sagte er. »Ohne Werkzeug geht es nicht.«

»Ich flehe Sie an!«, schrie Tante Agathe auf. »Ich kann doch nicht die Nacht hier verbringen mit einem … mit Ihnen!«

»Zum Teufel noch mal«, antwortete er ebenso laut, »glauben Sie vielleicht, mir macht es Spaß, mit Ihnen hier zu sitzen?«

»Aber wenn man uns hier entdeckt!«, rief Tante Agathe.

»Ja, das wird man wohl hoffentlich! Sonst verhungern wir hier«, brüllte der Vorsteher sie an.

»Lassen Sie mich hinaus!«, jammerte Tante Agathe.

»Aber gern«, erwiderte der Vorsteher herzlos, »wenn Sie zufällig eine Säge bei sich haben.«

»Ja, aber was sollen wir denn nur tun?«

»Schreien«, sagte der Vorsteher entschlossen. »Hilfe! Hilfe! Hilfe!«

Tante Agathe hängte sich an ihn. »Bitte, oh, bitte!«, stammelte sie fast besinnungslos. »Wenn man uns hier entdeckte, es wäre … es wäre …«

»Na? Was wäre es denn?«, fragte der Mann höhnisch.

»Es wäre mein Tod.«

»Darauf kann ich leider keine Rücksicht nehmen«, sagte der Vorsteher. Darauf griff er zu seiner Trillerpfeife und stieß einige Zeit hindurch lang gezogene Pfiffe aus. Aber die Leute in dieser Gegend hatten wohl einen gesegneten Schlaf. Jedenfalls verhallten die Pfiffe ungehört.

»Das Schlimme ist«, sagte der Vorsteher nach langer Zeit, indem er sich immer wieder den kalten Schweiß abwischte, »das Schlimme ist, dass ich eigentlich dringend hier allein sein müsste …«

Wir wollen jetzt den Vorhang der Barmherzigkeit über der Szenerie fallen lassen. Es genügt, wenn ich sage, dass Tante Agathe in ihrer Herzensangst die ganze Nacht hindurch laut betete, es möge entweder ein Wunder geschehen oder es möge ihr vergönnt sein zu sterben, wohingegen der Vorsteher die meiste Zeit fluchte und in den Pausen gellende Pfiffe oder Hilferufe in die Nacht hinaussandte.

Gegen Morgen wurde es etwas stiller in der Hütte und als die Kirchturmuhr in der Ferne halb sechs schlug, sagte der Vorsteher mit gebrochener Stimme: »Jetzt kommen sie.«

Tante Agathe war es, als würde sie zum Galgen geführt, als sich endlich auf einen letzten Schrei des Vorstehers hin Schritte näherten. Dann wurde die Tür aufgeschlossen und draußen standen die zwei Untergebenen. Doch Tante Agathe, die sie mit rot geweinten Augen anstarrte, schien es, als sei es die halbe Menschheit, die um den Ort ihrer Schande versammelt stand. Und das Gelächter, in das die beiden Rohlinge ausbrachen, dröhnte in ihren Ohren wie die Posaune des Gerichts. Sie schoss aus dem Gehäuse heraus, an den beiden Rettern vorbei, verschwand und blieb unauffindbar, bis der Zug kam. Dann betrat sie zum letzten Mal in ihrem Leben den Bahnsteig der kleinen Station, deren Namen ich lieber verschweige, ergriff ihre Koffer und bestieg den Zug. Äußerlich war ihr nichts mehr von den ausgestandenen Leiden anzusehen, aber innerlich ist sie – wie ich schon zu Anfang sagte – über die Ereignisse dieser Nacht nie mehr so recht hinweggekommen.

(1954)

Sichtliche
Begegnung

WUSCHEL GEHT DIE WÄNDE RAUF

Es war nach dem Mittagessen und das kleine Mädchen Wuschel lag auf dem großen Ledersofa im Wohnzimmer und sollte ein Nachtisch-Schläfchen machen. Das hatte die Mutter so angeordnet, die sehr viel von solchen Nachtisch-Schläfchen hielt. Aber Wuschel hielt gar nichts davon und fand es nur langweilig. Sie hätte viel lieber gespielt.

So lag sie also da, guckte zur Decke hinauf und erzählte sich selbst in Gedanken eine Geschichte, um sich die Zeit zu vertreiben. Aber es war leider auch keine sehr unterhaltsame Geschichte, außerdem kannte sie sie schon. Wenn doch nur etwas passierte, dachte sie.

Und da passierte etwas.

Es war ihr nämlich plötzlich so, als habe sie ein feines, dünnes Stimmchen gehört, das etwas rief. Wuschel lauschte und nach ein paar Augenblicken hörte sie das Stimmchen wieder.

»Hilfe! Hilfe!«, rief das Stimmchen.

Wuschel richtete sich auf und blickte umher. »Ist da jemand?«, fragte sie leise.

»Ja, hier in der Limonade«, piepste das Stimmchen kläglich, »Hilfe, hol mich hier heraus, sonst muss ich ertrinken.«

Wuschel beugte sich über das Limonadenglas, das auf dem Tisch stand, und erblickte darin eine Fliege, die um ihr Leben schwamm.

»Hilfe«, keuchte sie, »ich kann nicht mehr!«

Wuschel nahm den Löffel und fischte die Fliege heraus. Sie setzte sie auf die Tischplatte und betrachtete sie genau. Dann holte sie ein Vergrößerungsglas und betrachtete die Fliege noch genauer. Jetzt gab es keinen Zweifel mehr, diese Fliege hatte eine rote Sportmütze auf und so etwas hatte Wuschel noch nie gesehen.

zur Entstehungsgeschichte siehe Seite 319

»Danke!«, wisperte die Fliege und trocknete sich mit den Vorderbeinen Gesicht und Flügel ab. »Du hast mir das Leben gerettet.«

»Kannst du die Menschensprache?«, fragte Wuschel, noch ganz verdutzt.

»Wie du hörst«, antwortete die Fliege und rieb sich die Vorderbeine.

»Und du hast eine rote Mütze auf«, stellte Wuschel fest.

»Wie du siehst«, erwiderte die Fliege.

»So was hab ich noch nie gesehen und gehört«, sagte Wuschel.

»Es ist auch sehr selten«, summte die Fliege. Dann nahm sie ihre Schirmmütze ab, verbeugte sich würdevoll und fuhr fort: »Ich bin nämlich Dolmetscher von Beruf und kann viele Sprachen. Und was machst du?«

»Ich?«, fragte Wuschel verwirrt. »Ich weiß nicht. Eigentlich nichts. Ich langweile mich gerade.«

»Du langweilst dich«, surrte die Fliege entrüstet. »Das gibt es doch nicht!«

»Doch«, versicherte Wuschel, »ich langweile mich so, dass ich die Wände hinauflaufen könnte.«

»Warum tust du's nicht?«, wollte die Fliege wissen.

»Die Wände hinauflaufen, meinst du?«, erwiderte Wuschel. »Das kann man doch nicht.«

»Wir können es«, summte die Fliege stolz, »die Wände hinauflaufen, an der Decke spazieren gehen und alles das.«

»Ja, ihr«, murmelte Wuschel.

»Du kannst es auch. Aber es ist ein Trick dabei, den man kennen muss. Ich werde ihn dir verraten, weil du mir das Leben gerettet hast. Du darfst ihn aber nicht weitersagen. Einverstanden?«

»Einverstanden!«, sagte Wuschel.

Und nun flog die Fliege in Wuschels Ohr und obwohl es sehr kitzelte, hielt Wuschel mucksmäuschenstill und lauschte. Aber was die Fliege ihr nun sagte, das hat außer Wuschel niemals jemand erfahren und deshalb kann es nicht erzählt werden.

»Ach«, sagte Wuschel jedenfalls nach einer Weile, »so einfach ist das also?«

»So einfach ist es, wenn man es weiß«, antwortete die Fliege. »Und nun versuche es einmal.«

Und Wuschel versuchte senkrecht an der Wand hinaufzugehen. Ganz so leicht war es nun allerdings doch nicht und anfangs fiel sie schon noch ein paar Mal herunter. Dabei zerbrach sie leider eine Vase und noch einiges andere und holte sich einige blaue Flecken da und dort. Aber nach und nach ging es schon besser und nach einer halben Stunde hatte sie es gelernt. Sie ging Schritt für Schritt an der Wand hinauf, spazierte vorsichtig kopfunter über die Zimmerdecke und an der anderen Wand wieder herunter.

»Das ist großartig«, sagte Wuschel, etwas außer Atem, »danke!« Aber die Fliege hörte es nicht mehr. Sie war fortgeflogen.

Wuschel spazierte gerade wieder an der Zimmerdecke um den Kronleuchter herum, als die Mutter ins Zimmer trat. Vor Schreck fiel ihr das Tablett aus der Hand.

»Um Himmels willen, Kind«, rief sie, »komm sofort herunter! Das ist gefährlich, du kannst dir den Hals brechen. Außerdem machst du lauter schwarze Tappen an die Decke!«

Wuschel marschierte an der Wand herunter.

Und dann erklärte sie der Mama, wie alles gekommen war und dass sie sich keine Sorgen zu machen brauche.

»Aber schau, welchen Schaden du angerichtet hast, Wuschel«, sagte die Mama, »was wird der Vater sagen? Versprich mir, dass du es nicht wieder tust!«

»Ich werde bestimmt keinen Schaden mehr anrichten«, versicherte Wuschel, »denn jetzt kann ich es ja.«

Am nächsten Tag sah Wuschel viele Leute auf der Straße um einen hohen, hohen Baum stehen. Ganz oben im Baum saß eine kleine Katze, die nicht mehr herunterkonnte und jämmerlich miaute. Jemand hatte eine Leiter an den Baum gestellt, um das Kätzchen zu retten, aber die Leiter war zu kurz.

»Das ist keine Schwierigkeit«, sagte Wuschel und ging einfach senkrecht den Baum hinauf. Sie nahm das Kätzchen auf den Arm, aber als sie sich umdrehte, um wieder hinunterzugehen, hu!, da sah sie, wie tief, tief die Straße unter ihr lag. Die Leute sahen aus wie kleine Farbtupfen. Beinahe hätte Wuschel Angst bekommen, aber sie machte einfach die Augen zu und spazierte den Baumstamm hinunter. Die Leute sperrten vor Staunen Mund und Nase auf. Und als Wuschel mit dem Kätzchen unten ankam, schrien sie: »Hurra! Es lebe Wuschel, hoch, hoch, hoch!«

Einige Zeit später brach in einem Wolkenkratzer in der Nähe ein Feuer aus. Die Straße war schwarz von Menschen und auch die Feuerwehr war da. Alle waren ganz verzweifelt, denn im obersten Stockwerk lag ein Baby in seinem Bettchen und schlief und niemand konnte hinaufkommen, weil es unten schon überall brannte.

»Das ist keine Schwierigkeit«, sagte Wuschel. Sie setzte sich einen Feuerwehrhelm auf und lief, so schnell sie konnte, an der Hauswand empor. Und als sie nach einer Weile zurückkam, trug sie das Baby im Arm und überreichte es seinen überglücklichen Eltern. Das Baby war nicht einmal aufgewacht. Die Menge jubelte und warf die Hüte in die Luft und am nächsten Tag waren alle Zeitungen voll vom Lob für die tapfere kleine Lebensretterin.

Solche und andere Dinge tat Wuschel von nun an noch oft. Und natürlich wurde sie nach und nach berühmt. Eines Tages kam ein Zirkusdirektor zu ihr und bat sie, ihm zu helfen. Sie hätten gar kein Geld mehr, denn die Leute sähen lieber Kino oder Fernsehen als einen kleinen Zirkus. Und er müsse alle seine lieben Tiere verkaufen oder töten und alle seine Akrobaten und dummen Auguste müssten einen anderen Beruf lernen oder verhungern.

»Aber wenn du bei uns auftreten würdest, Wuschel«, sagte der Zirkusdirektor, »dann würde unser Zirkus berühmt werden und wir würden genug Geld verdienen und wären gerettet.«

Und er versprach Wuschels Eltern auf das Mädchen Acht zu geben wie auf sein eigenes und in drei Monaten wären sie zurück. Da erlaubten es die Eltern, Wuschel nahm Abschied von ihnen und ging auf die große Reise mit dem Zirkus.

Von nun an trat Wuschel jeden Abend in der Galavorstellung auf und jeden Abend kamen mehr Zuschauer als am vorigen. Der Direktor musste bald ein neues, größeres Zelt kaufen, weil das alte die Menge nicht mehr fassen konnte. Wuschel war die wichtigste Nummer im ganzen Programm, alle Scheinwerfer waren auf sie gerichtet und das Publikum hielt den Atem an, wenn das kleine Mädchen im Glitzerkleid hoch oben unter dem Zeltdach seine Kunststücke vorführte. Und wenn Wuschel schließlich wieder unten stand und sich verbeugte, gab es jeden Abend einen so donnernden Beifall, wie ihn der kleine Zirkus nie zuvor erlebt hatte. Denn so etwas hatte man noch nie gesehen.

Der Herr Direktor und alle Akrobaten, dummen Auguste und Stallknechte und auch alle Tiere bis herunter zum kleinsten Zirkushund liebten Wuschel und waren ihr dankbar, weil sie sie gerettet hatte. Und jeder Einzelne von ihnen hätte sie mit seinem Leben verteidigt, wenn ihr etwas Böses gedroht hätte.

Aber eines Nachts, als alle schliefen, fuhr ein riesengroßes, schwarz glänzendes Auto lautlos zwischen den Zirkuswagen umher, bis es schließlich vor einem besonderen anhielt. Und das war gerade der, in welchem Wuschel wohnte und schlief. Leise stiegen einige finstere Gestalten aus dem Auto. Sie hatten eiserne Hüte auf und Revolver in den Händen. Ohne ein Geräusch zu machen, befestigten sie die Deichsel von Wuschels Zirkuswagen an der hinteren Stoßstange des Autos und fuhren mit ihrer Beute davon, ohne dass jemand etwas gemerkt hatte. Nach wenigen Augenblicken waren sie von der Dunkelheit verschlungen.

Als Wuschel am nächsten Morgen erwachte, glaubte sie noch immer zu träumen. Sie lag in einem herrlichen riesenhaften Himmelbett und dieses Himmelbett stand mitten in einem großen Saal, der so prächtig war, wie Wuschel noch nie einen gesehen hatte. Was ihr aber gar nicht gefiel, das waren die vielen schwarz gekleideten Männer mit ihren eisernen Hüten, die mit reglosen Gesichtern um ihr Bett herumstanden.

»Guten Morgen«, sagte Wuschel, »was ist los?«

»Das wirst du schon erfahren, wenn der Chef kommt«, antwortete einer der Männer. »Da ist er schon!«

Die Männer traten beiseite und herein kam ein dicker kleiner Mann, der genauso angezogen war wie die anderen, nur dass er den Eisenhut so tief in die Stirn gezogen hatte, dass man seine Augen niemals sehen konnte. Er setzte sich zu Wuschel ans Bett und sagte:

»Guten Morgen, kleines Fräulein, ich hoffe, du hast gut geschlafen.«

»Schon«, erwiderte Wuschel, »aber wo bin ich überhaupt und wer seid ihr?«

»Wir sind die Eisenhüte«, erklärte der Chef, »und wir wollen dir dieses Schloss schenken, in das wir dich gebracht haben, und noch Schatzkammern voller Gold und Edelsteine dazu.«

»Schenken?«, fragte Wuschel ungläubig. »Ganz umsonst?«

»So gut wie umsonst«, antwortete der Chef, »du musst uns dafür nur das Geheimnis verraten, wie du es anstellst, an der Zimmerdecke spazieren zu gehen. Mehr nicht.«

»Warum wollt ihr das wissen?«, erkundigte sich Wuschel.

»Siehst du«, sagte der Chef, noch immer freundlich, »du kannst mit diesem Geheimnis nichts weiter anfangen als allerlei Kindereien. Aber wir, wir würden damit große Dinge tun. Wir würden sehr mächtig sein und vielleicht sogar die ganze Welt erobern.«

»Und wenn ihr die Welt erobert hättet«, fragte Wuschel weiter, »was würdet ihr dann mit ihr tun?«

»Wir würden sie vor unseren Feinden beschützen«, erklärte der Chef.

»Leider kann ich euch aber das Geheimnis nicht sagen«, antwortete Wuschel, »weil ich der Fliege, die es mir beigebracht hat, versprochen habe es nie zu verraten.«

»Gut«, sagte der Chef und es klang auf einmal gar nicht mehr so freundlich, »wie du willst. Ich hatte dich für vernünftig gehalten. Aber vielleicht lernst du die Vernunft bald. Bringt sie weg!«

Da nahmen die anderen Eisenhüte das kleine Mädchen in die Mitte und führten es Treppen und Gänge hinunter, bis sie in einen kahlen Kellerraum kamen, der nur ein ganz kleines Gitterfenster hatte.

Dort ließen sie Wuschel allein und sperrten die Tür von außen zu. Und Wuschel setzte sich auf den Boden und weinte. Jetzt half es ihr gar nichts mehr, dass sie an den Wänden und der Decke spazieren konnte. Im Gegenteil, es wäre ihr lieber gewesen, wenn sie es nie gelernt hätte.

DER GEHEIMNISVOLLE SEKRETÄR

Die Szene stellt einen altmodischen Sekretär mit Galerien, Fächern, Türen, Logen und Geheimfächern dar. Das ganze Stück wird indirekt abgehandelt durch die »Bewohner« dieses Möbels. Er könnte beispielsweise auf einem Speicher abgestellt worden sein, obwohl in ihm ein Vermögen verborgen steckt. Er soll verbrannt werden, weil der Besitzer friert. Er wird aber gerettet. Einmal könnte er illuminiert sein, die »Bewohner« geben ein Fest. Es sind übrigens Wesen wie Erinnerung usw., aber natürlich auch Holzwürmer und Asseln. Es würde sich darum drehen, die Handlung, um die es indirekt geht, ernst genug zu machen, um die »Bewohner« heiter zeigen zu können. Das Märchenhafte sollte nicht harmlos in jeder Hinsicht sein.

zur Entstehungsgeschichte siehe Seite 319

KINDER, LASST UNS UNSINN MACHEN

Kinder, lasst uns Unsinn machen
denn das Schönste auf der Welt
ist es, über nichts zu lachen,
ganz umsonst und ohne Geld.

KINDERGESCHICHTE

Ein Kind muss das Bett hüten. Aber das Bett ist sehr schwer zu hüten, es will immer davonlaufen.

zur Entstehungsgeschichte siehe Seite 319

IM LANDE MALA-SULE

Im Lande Mala-Sule,
zehntausend Tagereisen weit,
da gibt es eine Schule
für Ungezogenheit.
Da lügt man und trotzt man,
da brüllt man und rotzt man
und wer dort am lautesten tobt,
der wird sehr von dem Lehrer gelobt.

Erst sind die Kinder peinlich
bescheiden, still und artig nur.
Es klingt ganz unwahrscheinlich:
So sind sie von Natur.
Und erst in der Schule
im Land Mala-Sule
lernt jedes mit Mühe und Fleiß,
was hier schon das kleinste Kind weiß.

Erst lernt man dort die Sitte,
dass man sich nimmt, bevor man fragt.
Und dass man auch nicht bitte
und ja nicht danke sagt.
Beim Essen zu schmatzen,
dazwischen zu schwatzen,
das lernen die meisten noch leicht.
Dieses Klassenziel ist bald erreicht.
Dann kommt die zweite Klasse,
da lernt man, wie man schmutzig wird:
dass man das Wasser hasse
und sich mit Dreck beschmiert.

zur Entstehungsgeschichte siehe Seite 320

Der Hals und die Ohren
bis tief in die Poren
muss schwarz sein mitsamt dem Gesicht:
So lautet die bittere Pflicht.

Und ist man recht schön schmierig
von vorn bis hinten, Kopf bis Fuß,
dann wird die Sache schwierig,
weil man jetzt lernen muss,
auch Sofas und Decken
und Böden verdrecken
und dass, sind die Schuhe beschmutzt,
den Abstreifer nie man benutzt!

Ich kenne ein paar Kinder
(dabei hab ich nicht dich im Sinn!),
für die wär's viel gesünder,
man schickte sie dorthin.
Doch fern liegt das Land
Mala-Sule genannt,
drum müssen bei uns sie versauern,
was wir alle mit ihnen bedauern.

WAS DAS KIND DES GROSSEN ZAUBERERS MIRAKANDRA IN SEINER SPIELKISTE HAT:

Einen alten Knopf von einer Windhose,
Ein getrocknetes Blütenblatt einer Windrose,
Ein buntes lebendiges Traum-Bilder-Buch,
Einen flüchtigen Gedanken auf Dauerbesuch,
Zwei goldene Haare aus einen Kometenschweif,
Ein schimmerndes Flaumfederchen von Vogel Greif,
Ein Steinchen, das jemand vom Herzen gefallen,
Ein Samenkorn von einem Bäumchen Korallen,
Ein buntes Scherbchen von einem nicht mehr benützten Regenbogen,
Ein Stümpfchen von einem Irrlicht, das niemals jemand betrogen,
Einen winzigen Luftschlüssel zu einem Luftschloss,
Einen goldenen Hufnagel vom Pegasus Dichterross,
Das Krönchen einer Bienenkönigin,
Eine Sparbüchse mit Sterntalern und Sterngroschen drin,
Eine alte Taschenuhr, die einmal im Leben die Wunschstunde schlägt,
Ein Steckenpferd, das einen ins Morgen-Land trägt,
Einen Kompass, der einem immer die Richtung zeigt, wo man Freude findet,
Ein Stück roten Faden, der eine sehr lange Geschichte zusammenbindet,
Einen dicken Kreisel, der manchmal Kinder kriegt,
Einen Luftballon, der nur mit Lach-Gas fliegt,
Ein Taschenspiegelchen, mit dem man manchmal einen Blick in den Himmel tun kann,

zur Entstehungsgeschichte siehe Seite 320

Und ein Püppchen mit einem Kleid aus Glückgespinst an,
Ein Knöchelchen, als Andenken vom freundlichen Tod verehrt, und
Eine ganz kleine Muschel, in der man das ewige Sternenmeer singen hört.
Wenn du das alles sähst – du gäbst vielleicht nichts drauf:
Es sieht ganz gewöhnlich aus wie dies und das.
Ich wette, du würd'st es nicht glauben. Doch pass mal auf,
Vielleicht hast du selbst so was?

VIER RÄTSEL AUS DEM VOLKSMUND

1
Immer ist es nah,
niemals ist es da.
Wenn du denkst, du seist daran,
nimmt es andern Namen an.

2
Was kann unter freiem Himmel
von der Sonne nicht beschienen werden?

3
Es wurzelt gen Himmel
und wächst zur Erde.

4
Je mehr es bekommt, desto hungriger wird's,
und hat's alles gefressen, so stirbt's.

(Auflösungen auf Seite 307)

zur Entstehungsgeschichte siehe Seite 320

DAS RÄTSEL DER DREI FRAUEN

Drei Frauen waren in Blumen verwandelt, die auf dem Felde standen. Nur eine durfte des Nachts entzaubert in ihrem Haus sein. Da sprach sie auf eine Zeit zu ihrem Manne, als der Tag anbrach und sie wiederum zu ihren Gespielinnen auf das Feld gehen und eine Blume werden musste: »Wenn du heute nach Sonnenaufgang kommst und mich pflückst, werde ich erlöst und darf künftig bei dir bleiben.« Da ging der Mann nach Sonnenaufgang hinaus und tat, was sie gebeten hatte. Woran hat er seine Frau erkannt, da doch alle drei Blumen ganz gleich waren?

(Auflösung auf Seite 307)

zur Entstehungsgeschichte siehe Seite 320

DER JA-SAGER

Ein Forscher entdeckt in einem noch unbekannten Lande zwei Stämme von Eingeborenen, die sich dadurch kennzeichnen, dass die einen immer die Wahrheit sagen, die anderen immer lügen. Nun begegnen ihm einmal zwei Eingeborene und er möchte wissen, von welchem Stamm sie sind (oder auch von welchem Stamm jeder von ihnen ist). Er wendet sich also an den Ersten und fragt:

»Bist du ein Wahrheitssager?«

Darauf antwortet dieser: »Wum!«, denn er spricht nicht deutsch.

»Was hat er gesagt?«, fragt der Forscher den Zweiten.

»Er hat gesagt: Ja!«, antwortet dieser, »aber er sein ein Lügner.«

Welcher von beiden ist nun der Lügner?

(Auflösung auf Seite 307)

zur Entstehungsgeschichte siehe Seite 320

DA ER DEN MEISTER NIRGENDS FAND

Da er den Meister nirgends fand,
beschloss er endlich voll Verstand,
statt andre zu begeistern,
sich selber zu bemeistern.

EIN VERRÜCKTER, KARL DER SECHSTE

Ein Verrückter, Karl der Sechste,
hat befohlen, dass Neujahr
künftig immer fallen solle
auf den 1. Januar.
Dass wir's heute noch so halten,
zeigt, wie sehr wir doch beglückt sind,
wenn wir denen folgen dürfen,
die verblödet und verrückt sind.

SIEBEN ALTE KAFFEETANTEN

Wenn sieben alte Kaffeetanten
auf einem rosa Elefanten
sich streiten über Klatsch
und jede sitzt in einem Fass –
ja, was ist denn das? Ja, was ist denn das?
Das ist der reine Quatsch.

SCHLAMUFFEN: VARIATIONEN

Die kindliche Kaiserin im elfenbeinernen Turm
Die kindliche Elferin im kaisertürmigen Bein
Die kindliche Beinerin im elfenkaisigen Turm
Die kindliche Türmerin beim elfenen Kaiser
Die kaisige Kindlerin türmebeinerne Elf
Die kaisige Elferin im kindertürmenden Bein
Die kaisige Beinerin im elfenkindlichen Turm
Die kaisige Türmerin im beinelfigen Kind
Die elfige Kindlerin im turmbeinigen Kaiser
Die elfige Kaiserin im kinderturmigen Bein
Die elfige Beinerin im kaiserkindlichen Turm
Die elfige Turmerin im kaiserkindlichen Bein
Die beinige Kindlerin im turmkaisigen Elf
Die beinige Kaiserin im kindertürmigen Elf
Die beinige Elferin im kaiserkindlichen Turm
Die beinige Türmerin im elfenkaisrigen Kind
Die türmende Kindlerin im beinelfigen Kaiser
Die türmende Kaiserin im beinelfigen Kind
Die türmende Elferin im beinekaisrigen Kind
Die türmende Beinerin im elfenkaisrigen Kind

zur Entstehungsgeschichte siehe Seite 321

EXAKTE PHANTASIE

In unserer langen Entwicklungsgeschichte haben wir Menschen zwar die Fähigkeit erworben auf Gefahren zu reagieren, die wir sehen, hören und fühlen können, d. h. kurz, denen wir unmittelbar gegenüberstehen; was wir offenbar noch nicht allgemein gelernt haben, ist, auf Bedrohungen zu reagieren, die wir selbst hervorrufen, die aber erst ein, zwei oder drei Generationen nach uns ihren katastrophalen Charakter offenbaren werden. Wir zerstören auf törichte und fahrlässige Weise die Welt unserer Enkel und Urenkel. Sie werden die Zeche zahlen müssen für unser absurdes und egoistisches Verhalten der Natur und ihren schon längst nicht mehr unerschöpflichen Schätzen gegenüber. Und es wird eine teure Zeche werden, wenn wir nicht sofort zur Vernunft kommen.

Dazu müssen wir alle eine Fähigkeit entwickeln, die Goethe »exakte Phantasie« nannte. Wir müssen lernen völlig neue Begriffe und Vorstellungen zu bilden oder die bestehenden in ganz neue, ungewohnte Zusammenhänge zu bringen. Wir müssen lernen unser Denken aus jeder Starrheit zu erlösen und beweglich zu machen. Ich bin davon überzeugt, dass fast alle Kinder diese Gabe von Natur aus besitzen und dass sie sie behalten können, wenn sie ihnen nicht mit Gewalt aberzogen wird. Das freie Spiel und die künstlerische Betätigung sind die besten Mittel, um »exakte Phantasie« zu entfalten und zu pflegen. Lassen wir diese Anlagen verkümmern, dann werden wir und die kommenden Generationen die Probleme unserer Zivilisation nicht lösen können. Darum bitte ich besonders alle Lehrer und Erzieher um ihre Mithilfe, den Weg freizumachen für ein neues, lebendiges und dem Leben zugewandtes Denken.

zur Entstehungsgeschichte siehe Seite 321

DER NIEMANDSGARTEN

FRAGMENT EINES ROMANS

ERSTES KAPITEL

Die Stadt, in der Sophiechen lebte, hieß *Norm* und war sehr groß. Sie war sogar so groß, dass niemand, der in ihr wohnte, jemals alle Straßen und alle Stadtteile gesehen hatte. Allerdings wäre das auch für niemanden besonders interessant gewesen, denn alle Straßen und Häuser in *Norm* glichen einander wie ein Ei dem anderen.

Es waren riesengroße viereckige Wohnblocks, die immer in einer Reihe nebeneinander lagen. Und jede dieser Reihen reichte von einem Horizont bis zum anderen. Zwischen den Häusern lagen schnurgerade Straßen, die sich mit anderen Straßen kreuzten. Die einen liefen von Osten nach Westen, die anderen von Süden nach Norden, immer schnurgerade von einem Horizont bis zum anderen. Von oben sah die ganze Stadt aus wie eine unermesslich große Seite aus einem karierten Heft.

Das Einzige, wodurch die Häuser sich voneinander unterschieden, waren Zahlen und Buchstaben, die über den Eingangstüren standen. Diese Nummern waren so lang wie bei uns die Autokennzeichen. Sie hießen zum Beispiel W-HL 478/IV c oder N-JPX 9546/XXII b und man konnte aus ihnen genau entnehmen, in welcher Himmelsrichtung, in welchem Stadtteil, in welchem Unterbezirk, in welcher Straße, auf welcher Seite des Wohnblocks der wievielte Eingang es war.

Man sieht schon, es war eine ziemlich übersichtliche Stadt. Denn Übersichtlichkeit war es, worauf es den Leuten von *Norm* vor allem ankam.

zur Entstehungsgeschichte siehe Seite 321

Da außer den Hausnummern, wie gesagt, alle Häuser völlig gleich waren – welchen Anlass hätte wohl jemand haben wollen einen anderen Stadtteil oder eine andere Straße zu besuchen? Nur um dort beispielsweise die Nummer S-KR 3586/II a zu betrachten? Dazu hatte niemand Lust. Und da es auch in allen Kaufläden überall nur das Gleiche gab, bestand für niemanden ein Grund, weiter zu gehen, als er eben musste.

»Aber«, höre ich jetzt meinen Leser einwenden, »hatten die Leute denn nicht manchmal den Wunsch jemand anderen zu besuchen, der vielleicht weit weg wohnte? Einen Freund oder einen Onkel zum Beispiel?«

Nein, diesen Wunsch hatten die Leute in *Norm* nicht. Die völlige Gleichheit der Häuser und Straßen war nämlich noch nicht alles. Im Laufe der Zeit waren auch die Bewohner der großen Stadt einander ganz und gar gleich geworden. Jeder Mann sah aus wie alle anderen Männer, jede Frau sah aus wie alle anderen Frauen, jeder Junge sah aus wie alle anderen Jungen und jedes Mädchen sah aus wie alle anderen Mädchen. Es war eigentlich so, als ob es nur einen einzigen Mann und eine einzige Frau in millionenfacher Vervielfältigung und natürlich in allen Altersstufen gäbe.

Alle Leute hatten die gleichen Bedürfnisse, aßen das gleiche Essen, lasen die gleiche Zeitung oder das gleiche Heft, sahen zur gleichen Stunde das Gleiche im Fernsehen, hatten die gleichen Meinungen und Gedanken, die gleichen Vorlieben und Abneigungen und putzten sich mit der gleichen Zahnpasta die Zähne. Kurz und gut, ihr Leben verlief genauso wie die Straßen, nämlich bei allen ganz gleich und sozusagen schnurgerade von einem Horizont bis zum andern. Auch in dieser Hinsicht war alles sehr übersichtlich.

Das Einzige, was die Leute voneinander unterschied, war, dass jeder einen eigenen Namen hatte. Das war auch dringend notwendig, damit es keine Verwechslungen gab.

Sophiechen allerdings hätte man mit niemandem verwechseln können, denn Sophiechen war ganz anders. Dieses kleine Mädchen war genau das, was man eine runde Persönlichkeit nennt. Wenn von jemandem gesagt wird, er sei eine runde Persönlichkeit, so bedeutet es, dass alles an ihm rund ist: sein

Gesicht, seine Gestalt, seine Arme und Beine, seine Augen und vor allem sein Gemüt. Und genau so war Sophiechen.

Obendrein hatte sie auch noch ihr rotblondes Haar zu einem kleinen kugelrunden Knust mitten auf dem Kopf zusammengerollt. Dass niemand außer ihr selbst diese Frisur schön fand, kümmerte sie nicht im Geringsten. Sophiechen tat meist nur das, was sie selbst für richtig hielt, und diese Haartracht hielt sie für richtig, weil sie zu ihr passte und weil niemand sonst sie trug.

Aber nicht nur dies war höchst ungewöhnlich in der großen Stadt *Norm*. Sophiechen hatte noch viel ungewöhnlichere Eigenschaften. Zum Beispiel konnte sie lachen, wenn sie etwas lustig fand, oder auch einfach so, wenn sie sich freute. Sie konnte auch weinen, wenn sie traurig war oder wenn ihr etwas zu Herzen ging.

»Das kann ich auch«, höre ich nun wieder meinen Leser murmeln, »ich möchte wissen, was daran so besonders sein soll?«

Das ist schon wahr, für uns ist Lachen und Weinen nichts Besonderes, aber wir leben eben auch nicht in der großen Stadt *Norm*. Denn dort lagen die Dinge anders.

Ich hätte diesen Punkt, ehrlich gesagt, lieber mit Schweigen übergangen, denn er ist nicht gerade erfreulich, aber ich sehe nun, dass ich nicht darum herumkomme, ihn zur Sprache zu bringen. (In *Norm* war es übrigens allerstrengstens verboten, die Sache auch nur zu erwähnen.)

Die ganze riesengroße Stadt war von einer Art Krankheit befallen. Es war eine Krankheit, an der zwar niemand direkt starb, aber das machte sie vielleicht eher noch schlimmer.

Niemand konnte später sagen, wie und wann sie angefangen hatte, denn sie war ganz unmerklich, nach und nach, gekommen. Und eines Tages war sie eben da, unbezweifelbar und allgegenwärtig. Irgendwie musste die Krankheit wohl mit der völligen Gleichheit zusammenhängen, aber gerade deshalb durfte niemand darüber reden, denn die Gleichheit war es ja, worauf die Leute in *Norm* so stolz waren, was sie so überaus praktisch, übersichtlich und fortschrittlich fanden.

Übrigens schien es eine ansteckende Krankheit zu sein,

denn sie breitete sich aus wie ein unsichtbares Feuer. Und keinen, den sie einmal befallen hatte, ließ sie wieder los. Im Gegenteil, wer sie einmal hatte, mit dem wurde es von Tag zu Tag schlimmer. Und kein Arzt wusste eine Medizin dagegen.

Zuerst fing sie verhältnismäßig harmlos an: Man hatte eines Tages keine Lust mehr irgendwas zu tun, nichts interessierte einen, nichts freute einen, mit einem Wort, man fing an sich zu langweilen. Diese Langeweile verschwand aber nicht wieder nach einiger Zeit, sondern sie blieb und nahm zu. Sie wurde von Tag zu Tag, von Woche zu Woche schlimmer. Der Betroffene fühlte sich immer missmutiger, immer leerer im Inneren, immer unzufriedener, aber nach und nach hörte sogar dieses Gefühl auf und man fühlte gar nichts mehr. Man wurde immer gleichgültiger und immer grauer, die ganze Welt kam einem fremd vor und ging einen nichts mehr an. Schließlich verlor man ganz und gar die Fähigkeit irgendwen oder irgendwas lieb zu haben. Man konnte sich nicht mehr freuen, keine Feste mehr feiern, weder lustige noch ernste, man konnte nicht mehr lachen und nicht mehr weinen, es gab keinen Zorn mehr und keine Begeisterung, ja, noch nicht einmal wirkliche Traurigkeit. Manche Leute setzten sich einfach in eine Ecke und taten gar nichts mehr, aber die meisten hasteten mit leeren grauen Gesichtern umher, ohne Rast und Ruh, und machten Lärm. Denn wenn sie Lärm machten, dann spürten sie wenigstens, dass sie noch am Leben waren. Sobald es still war, spürten sie gar nichts mehr. Und deshalb hatten sie Angst vor der Stille.

So also stand es in Wahrheit um die große Stadt *Norm*.

Zu dem Zeitpunkt, an dem nun unsere Geschichte beginnt, gab es in *Norm* nur noch wenige Leute, die von der rätselhaften Krankheit nicht angesteckt waren. Und zu diesen wenigen gehörte Sophiechen. Schon deswegen wird mir der Leser nun beipflichten, wenn ich sage: Sophiechen war ein ziemlich ungewöhnliches kleines Mädchen.

Dieses ungewöhnliche kleine Mädchen also befand sich eines ziemlich gewöhnlichen Winterwochentages auf dem Weg von der Schule nach Hause. Es war kalt an diesem Mittag. Es hatte den ganzen Morgen über geschneit und die Straßen waren mit schmutzigem Schneematsch bedeckt. Sophiechen hatte einen dicken roten Wollschal um den Hals gewickelt und trug einen Wintermantel, darüber hatte sie den Schulranzen auf den Rücken geschnallt.

Viele Leute, alle mit dem gleichen grauen, gleichgültigen Gesicht, hasteten an Sophiechen vorbei und rempelten das Kind manchmal an, wenn es nicht schnell genug auswich. Aber Sophiechen merkte kaum etwas davon. Sie lächelte vor sich hin und hatte ihre Umwelt vergessen. Sie träumte.

Das war übrigens auch etwas, das in *Norm* niemand mehr konnte und das obendrein strengstens verboten war. Aber Sophiechen konnte es und tat es auch, sooft sie Lust hatte, nicht nur nachts im Schlaf, sondern auch am Tag und mit offenen Augen. Zum Beispiel während der langen öden Schulstunden (wie oft hatte sie deshalb schon Strafarbeiten bekommen!) oder beim Essen oder auch, wie jetzt, mitten auf der Straße im Verkehrsgewühl. Manchmal kam es sogar vor, dass sie plötzlich über etwas, das ihr beim Träumen einfiel, laut lachen musste. Außer ihr wusste dann natürlich niemand, worüber sie lachte, und die anderen schüttelten die Köpfe über Sophiechen.

Aber an diesem Tag sollte ihr Träumen schwerwiegende Folgen haben. Sophiechen wohnte nämlich in einem Haus, über dessen Eingang die Nummer 0-VTW 64793/XIX a stand und es erforderte schon einige Aufmerksamkeit, diese Tür zu finden. Von der Schule aus musste Sophiechen zuerst sieben Häuserblocks weit nach Westen gehen, dann drei Häuserblocks weit nach Süden, bis sie zu der Nummer 0-CVT 6589/VI b kam, dort musste sie wieder nach Westen abbiegen, und zwar genau fünf Häuserblocks weit, bis sie zur Nummer 0-VGH 8795/VII b kam, dort musste sie die Straße überqueren und in südlicher Richtung zwei Häuserblocks weit gehen. Um den letzten Block musste sie dann herumgehen, bis zu dem Eingang mit der Nummer 0-VTW 64793/XIX a, wo sie wohnte.

Aber an diesem Mittag gab sie nicht recht Acht auf die Nummern, weil sie eben träumte, und ging von der Schule aus statt sieben aus Versehen neun Häuserblocks weit nach Westen. Und auch dann schaute sie nicht nach den Nummern, sondern ging in Gedanken versunken einfach so weiter, wie sie es gewohnt war. Da alle Häuser einander völlig glichen, merkte sie natürlich nichts von ihrem Irrtum. Und sie merkte auch dann noch nichts, als sie schließlich um den letzten Block herumging und auf den Eingang zustrebte, wo sie zu wohnen meinte. Sie trat in den Lift, wie immer, und fuhr in den fünften Stock hinauf. Dort fand sie die Wohnungstür angelehnt, wie jeden Tag, ging hinein und legte den Schulranzen, den Mantel und den Schal in der Garderobe ab. Die Garderobe sah genauso aus wie die bei ihr zu Hause. Dann trat sie ins Esszimmer, wo Vater und Mutter, wie stets um diese Tageszeit, beim Mittagessen saßen. Auch der jüngere Bruder war auf seinem Platz und alle sahen ganz genauso aus wie Sophiechens eigene Familie. Und genauso wie sie es von zu Hause gewohnt war, blickte keiner der Anwesenden auf, als sie hereinkam, weil alle auf den Fernsehapparat starrten, in dem gerade die Dienstagmittag-Serie lief.

»Guten Tag«, sagte Sophiechen und setzte sich auf ihren Platz.

»Guten Tag«, murmelten die anderen.

Sophiechen aß. Es war das gleiche Essen, das es bei ihr zu Hause auch immer am Dienstagmittag gab.

Nach einer Weile fragte die Mutter: »Wie war's in der Schule?«

»Der Lehrer hat mich geschimpft«, gestand Sophiechen.

»So, so«, sagte die Mutter gleichgültig. »Warum?«

»Weil ich geträumt hab«, antwortete Sophiechen.

»Was hast du?«, fragte der Vater, der nicht richtig zugehört hatte.

»Geträumt«, wiederholte Sophiechen kleinlaut.

Plötzlich wandten sich ihr nun alle drei Gesichter zu und guckten sie verständnislos an. »Total übergeschnappt«, murmelte der kleine Bruder gelangweilt.

»Was hat du überhaupt für eine Frisur?«, fragte der Vater.

»Aber Papa«, sagte Sophiechen ängstlich, »die hab ich doch immer.«

»Was soll das?«, erwiderte der Vater müde. »Du willst wohl was Besonderes sein?«

»Total übergeschnappt«, murmelte der kleine Bruder wieder.

Sophiechen blickte fassungslos von einem zum anderen. »Was ist denn plötzlich los?«, fragte sie. Sie merkte zwar noch nicht, dass sie sich geirrt hatte, aber irgendwie wurde ihr langsam unheimlich zumute.

»Los, geh ins Bad«, sagte die Mutter gleichgültig, »und bring dein Haar in Ordnung, damit du aussiehst wie alle anderen.«

Damit schien der Fall offenbar erledigt, denn alle wandten sich wieder dem Fernsehapparat zu.

»Nein«, sagte Sophiechen entschlossen.

Wieder drehten sich ihr drei gleichgültig blickende Gesichter zu.

»Nein!«, rief Sophiechen noch einmal. »Das will ich nicht, das will ich ganz und gar nicht!«

»Total übergeschnappt«, hörte man den kleinen Bruder vor sich hin murmeln.

»Niemand hat so eine Frisur«, sagte die Mutter.

»Ich schon!«, antwortete Sophiechen fest.

»Seit wann hast du rote Haare?«, fragte die Mutter. »Das ist scheußlich. Niemand hat rote Haare.«

»Ich schon«, antwortete Sophiechen, nah am Weinen.

»Was ist los mit dir, Irma?«, mischte sich der Vater dazwischen. »Bist du krank?«

»Total übergeschnappt«, ließ sich der kleinere Bruder vernehmen.

»Nein!«, rief Sophiechen außer sich. »Ich bin nicht krank! Und ich bin nicht übergeschnappt! Und vor allem bin ich nicht Irma! Ich bin Sophiechen!«

Wenn nicht schon früher, so wäre doch spätestens an dieser Stelle der Unterhaltung bei anderen Leuten so etwas wie Schreck oder wenigstens Verwunderung zu bemerken gewesen. Aber diese Familie in *Norm* saß nur reglos da und blickte Sophiechen gleichgültig an.

»Meinetwegen«, sagte der Vater nach einer Weile, »dann bist du eben nicht Irma. Mir ist das egal.«

»Und stör uns jetzt nicht dauernd«, fügte die Mutter hinzu, »wegen solcher Kleinigkeiten.«

Sophiechen saß da und wusste nicht mehr, ob sie lachen oder weinen sollte. Und wahrscheinlich wäre sie noch lange so gesessen, wenn nicht plötzlich ein anderes kleines Mädchen in ihrem Alter ins Zimmer getreten wäre, das genauso angezogen war wie Sophiechen, nur dass es nicht den kleinen runden Knust aus rotblonden Haaren hatte.

»Guten Tag«, sagte das andere Mädchen. Und dann, als es seinen Stuhl besetzt sah, fügte es hinzu: »Ich glaube, ich hab mich geirrt.«

»Wer bist du denn?«, fragte Sophiechen.

»Ich bin Irma«, sagte das Mädchen.

»Dann gehörst du hierher und ich hab mich geirrt«, erklärte Sophiechen erleichtert, denn nun wurde ihr plötzlich alles klar. »Entschuldige bitte, aber ich hab es nicht gemerkt. Ich heiße Sophiechen.«

»So was kann vorkommen«, antwortete das andere Mädchen, »und es ist ja auch egal.«

»Na ja, egal find ich es eigentlich nicht«, sagte Sophiechen und stand auf. Das andere Mädchen setzte sich auf den Platz und begann zu essen.

Sophiechen hatte das Gefühl, sie müsse noch irgendetwas sagen, denn es war doch eine recht peinliche Situation. Und man konnte schließlich nicht einfach so tun, als sei weiter nichts geschehen. Deshalb brachte sie nach einer Weile heraus: »Es tut mir Leid, dass ich von deinem Essen gegessen habe.«

»Na und?«, antwortete das Mädchen, »ist doch gleich, ist ja noch genug da.«

Wieder sagte niemand ein Wort und Sophiechen wurde ganz heiß vor Verlegenheit. Sie wusste einfach nicht, wie man sich in einer solchen Lage verabschiedet. Und unhöflich wollte sie nicht gern sein.

»Also vielen Dank«, druckste sie schließlich heraus, »es war wirklich sehr nett ...« Und dann schien ihr plötzlich vollkommen unpassend, was sie gerade gesagt hatte, sie errötete und fügte rasch hinzu: »Ich glaube, ich muss jetzt gehen. Also, auf Wiedersehen!«

Und sie drückte sich rasch zur Tür hinaus.

»Wiedersehen«, murmelten alle, ohne den Blick vom Fernsehapparat zu wenden, in dem noch immer die Dienstagmittag-Serie lief.

ZWEITES KAPITEL

»Also das«, sagte Sophiechen zu sich selbst, nachdem sie wieder auf der Straße stand, und holte tief Luft, »geht nun doch entschieden zu weit. Ich muss in Zukunft wirklich besser Acht geben, damit mir so etwas nicht noch einmal passiert.«

Entschlossen wollte sie sich nun auf den Heimweg machen, denn sicher wurde sie zu Hause schon ungeduldig erwartet. Aber nach ein paar Schritten hielt sie inne und überlegte, in welche Richtung sie überhaupt gehen musste. Wo war sie eigentlich hergekommen, von rechts oder von links? Und wo befand sie sich jetzt?

Sie las die Zahl über der Tür: 0-HLM 9789/VI c.

Ausgezeichnet! Das Praktische an diesen Zahlen war ja gerade, dass man sich ganz leicht in der großen Stadt zurechtfinden konnte. Vorausgesetzt natürlich, man wusste die Nummer der Tür, zu der man wollte. Und die kannte sie schließlich gut genug. Sie lautete – ja, wie lautete sie denn noch? Sophiechen hatte sie vor lauter Verwirrung vergessen und konnte sie sich nicht gleich ins Gedächtnis zurückrufen. Je mehr sie sich anstrengte, desto weniger erinnerte sie sich. Sie probierte einige Zahlen und Buchstaben aus, aber das machte die Sache nur schlimmer, denn nun wusste sie überhaupt nicht mehr, was richtig und falsch war.

»Nur keine Aufregung«, ermahnte sie sich selbst, »ich werde ein paar Schritte gehen und an etwas anderes denken, dann wird mir die Nummer ganz von selbst wieder einfallen.«

Sie ging und ging eine ganze Weile und versuchte aus Leibeskräften an etwas anderes zu denken, aber die Nummer fiel ihr nicht wieder ein. Und das wird jeder verstehen, der schon einmal versucht hat mit aller Aufmerksamkeit an etwas Bestimmtes nicht zu denken. Das ist nämlich außerordentlich schwierig.

»Es muss ungefähr dort sein«, sagte sich Sophiechen und begann zu laufen, »ja, ganz bestimmt, das ist die richtige Richtung.«

Sie lief und lief, bis sie schließlich Seitenstechen bekam und stehen bleiben musste, um wieder zu Atem zu kommen.

Sie blickte suchend umher. Sie war noch immer fest der Meinung, dass sie in die Richtung nach Hause gelaufen sei. In Wirklichkeit hatte sie sich aber immer weiter von der richtigen Gegend entfernt und befand sich bereits in einem ganz fremden Stadtteil. Da es hier jedoch nicht im Geringsten anders aussah als sonst überall, konnte Sophiechen ihren Irrtum nicht bemerken.

Dort um die nächste Ecke muss es sein, dachte sie immer wieder. Aber noch immer konnte und konnte sie sich einfach nicht an ihre Hausnummer erinnern. Und ohne die war alles Suchen vergebens.

Sophiechen begann Ausschau zu halten, ob sie nicht vielleicht irgendeinen Bekannten entdeckte, den sie fragen konnte. Aber da die Leute einander ebenso glichen wie die Häuser, war das natürlich genauso aussichtslos. Mehrmals lief Sophiechen auf jemanden zu, den sie zu kennen meinte, aber der Betreffende blickte sie so fremd und gleichgültig an, dass sie merkte, sie musste ihn verwechselt haben.

Nach und nach begann Sophiechen sich nun doch ernstliche Sorgen zu machen. Schließlich konnte sie doch nicht ewig durch die Stadt irren. Was sollte denn aus ihr werden, wenn ihr die Hausnummer einfach nie wieder einfiele?

»Ach, bitte«, sagte Sophiechen zu einer Frau, die gerade neben ihr ging, und zupfte sie am Ärmel, »ach, bitte, ich hab mich verirrt und kann nicht mehr nach Hause finden.«

Die Frau blickte mit teilnahmslosem Gesicht auf das Kind herunter. »Wie ist denn deine Hausnummer?«

»Die weiß ich nicht mehr.«

»Dann sieh zu, dass sie dir wieder einfällt«, sagte die Frau und ging weiter.

»Leicht gesagt«, murmelte Sophiechen seufzend, »das ist es ja gerade.«

Nach einer Weile fasste sie sich erneut ein Herz und wandte sich an einen Mann, der ihr entgegenkam: »Entschuldige bitte, ich weiß meine Hausnummer nicht mehr.«

»Na und«, sagte der Mann gleichgültig, »was geht mich das an?«

»Ich kann nicht mehr nach Hause finden.«

»Das ist mir doch egal.«

Sophiechen versuchte es noch ein paar Mal bei anderen Leuten, aber sie hörte immer wieder nur »Das ist deine eigene Sache« oder »Das ist mir gleich« oder auch nur »So, so« oder sie bekam überhaupt keine Antwort. Und allmählich fühlte sie sich ziemlich entmutigt.

Als sie ein paar Kinder sah, die nebeneinander an einer Hauswand lehnten, beschloss sie einen letzten Versuch zu machen. Sie ging zu ihnen hin und blieb vor ihnen stehen. Die Kinder starrten sie an. Ein Junge hatte ein kleines Radio bei sich, aus dem scheppernde und krächzende Geräusche quollen, die sich entfernt wie Musik anhörten. Nachdem er Sophiechen eine Weile angestarrt hatte, sagte er zu den anderen: »Seht mal die da, was die auf dem Kopf hat.«

Und ein Mädchen fügte hinzu: »Die hält sich wohl für was Besonderes.« Sophiechen war es gewöhnt, wegen ihrer Frisur verspottet zu werden, und machte sich nichts daraus. Sie lächelte die Kinder freundlich an und trat einen Schritt näher.

»Könnt ihr mir bitte helfen?«, fragte sie.

Keine Antwort.

»Ich finde nämlich nicht mehr nach Hause und hab mich verirrt.«

Nach einer Weile antwortete ein Mädchen: »Das interessiert uns nicht.«

»Bitte, helft mir doch!«, bat Sophiechen etwas dringender.

Der Junge mit dem Radio zuckte die Schulter und murmelte: »Ich hab' keine Lust.« Dann hob er den Apparat an sein Ohr und lauschte auf die Geräusche.

Die anderen sagten gar nichts, sondern blickten gleichgültig vor sich hin.

»Was macht ihr denn?«, erkundigte sich Sophiechen, um ein Gespräch in Gang zu bringen.

»Nichts«, sagte ein anderer Junge, »was sollen wir schon machen?«

»Na, irgendwas spielen zum Beispiel«, schlug Sophiechen vor.

»Keine Lust«, sagte der Junge.

»Oder euch miteinander unterhalten«, fuhr Sophiechen fort.

»Das ist nichts.«

»Oder eine Geschichte erzählen.«

»Das ist auch nichts.«

»Oder irgendwo hingehen«, setzte Sophiechen hinzu, »zum Beispiel zu mir. Kommt mit, ich lade euch alle ein.«

»Du weißt ja nicht, wo du wohnst«, sagte das andere Mädchen.

»Wenn ihr mir helft, dann find ich's schon«, meinte Sophiechen.

Die Kinder schwiegen und nur der Junge mit dem Radio murmelte: »Wir haben keine Lust.«

»Wenn ihr zu nichts Lust habt«, rief Sophiechen ungehalten, »dann ist natürlich alles nichts.«

»Ja«, sagte der Junge gleichgültig, »alles ist nichts.« Danach drehte er das Radio lauter.

Sophiechen wandte sich ärgerlich ab und ließ die Kinder stehen. Sie ging weiter und begann nachzudenken.

Dass die Leute so waren, überlegte sie, das kam alles nur von dieser seltsamen Krankheit, über die man nicht reden durfte. Wenn sie alle gesund wären, dann wären sie ganz anders, bestimmt! Aber wenn es von der Krankheit kam, dann durfte man ihnen auch nicht böse sein, denn dann konnten sie ja nichts dafür. Man müsste ihnen einfach die richtige Medizin geben, damit sie wieder gesund wurden. Sophiechen wurde traurig, denn nun taten die Leute ihr Leid. Sie geriet wieder ins Träumen. Sie sah sich selbst in einem schönen weißen Kittel mit einem Löffel und einer großen Flasche, in der eine Medizin war, die nach Himbeersaft und Pfefferminz roch. Und vor ihr standen in einer endlosen Reihe alle Bewohner von *Norm*. Und einer nach dem anderen sperrte den Mund auf und bekam einen Löffel voll von der Medizin und wurde auf der Stelle gesund. Sophiechen freute sich sehr und war zugleich sehr stolz, weil sie so nützlich und hilfreich war.

Sie war eben dabei, sich auszumalen, wie die Bürger von *Norm* ein Freudenfest zu ihren Ehren veranstalteten, als sie etwas sah, das sie wie angewurzelt stehen bleiben ließ.

Ich glaube kaum, dass einer meiner Leser bei dem, was Sophiechen sah, etwas Ungewöhnliches finden wird, aber für sie, die eben in der großen Stadt *Norm* lebte, war es etwas, das sie einfach noch nie zuvor gesehen hatte.

Die endlos lange Reihe der immer gleichen Wohnblocks, die sich schnurgerade von einem Horizont zum anderen erstreckte, war nämlich plötzlich an einer Stelle unterbrochen. Dort fehlte ein Haus. Stattdessen war dort ein leerer Platz, der von einem hohen Bauzaun aus rohen Brettern umgeben war.

Was um alles in der Welt mochte hinter diesem Zaun sein?

Sophiechen näherte sich neugierig und spähte nach einer fehlenden Planke oder einem Astloch aus, durch das man einen Blick hineinwerfen konnte. Langsam wanderte sie um das ganze Geviert herum, aber sie wurde enttäuscht. Nirgends war eine solche Stelle.

Als sie schon fast zu ihrem Ausgangspunkt zurückgekommen war, entdeckte sie schließlich ein hohes Brettertor, auf dem ein Schild mit folgender Aufschrift befestigt war:

!Achtung!
Dieses Grundstück gehört niemand.
Niemand ist befugt, es zu betreten.
Für Unfälle haftet niemand.
Rehmot, Groß-Planer.

Staunend buchstabierte Sophiechen die Schrift. Dann drückte sie versuchsweise ein wenig gegen den einen Torflügel und stellte fest, dass er sich öffnen ließ, gerade weit genug, dass sie durchschlüpfen konnte. Ihr Herz begann schneller zu klopfen. Sie fühlte, dass hier ein Abenteuer auf sie wartete, vielleicht ein aufregendes oder sogar gefährliches Abenteuer, aber jedenfalls eines, das für sie, ganz allein für sie bestimmt war. Sie musste einfach hineingehen.

Einen Augenblick überlegte sie noch und schaute sich um. Wenn man sie nun erwischen würde? Dann würde sie einfach sagen, sie sei Niemand. Denn dann war sie ja befugt, das Grundstück zu betreten. Sie schob sich schnell durch den Spalt und machte hinter sich das Brettertor wieder zu.

Als sie sich umdrehte, war sie zuerst enttäuscht. Vor ihr lag die leere Fläche des Grundstücks, umgeben von dem Bauzaun.

Der Schnee lag hier unberührt und mehrere kahle, seltsam verkrümmte Bäume reckten ihre schwarzen Äste empor. In der Mitte der Fläche stand ein abgebröckeltes Stück Mauer, als sei dort einmal ein Haus gewesen, das abgerissen worden war. In diesem Mauerrest befand sich eine Tür, zu welcher drei schneebedeckte Stufen hinaufführten. Sie war geschlossen.

Es war eine ganz gewöhnliche dunkelgrüne Tür. Jedenfalls schien es zunächst so. Aber trotzdem war irgendetwas anders als an anderen Türen, die Sophiechen kannte. Aber was?

Das Mädchen begann in einem großen Bogen um den Mauerrest herum durch den Schnee zu stapfen. Als sie nun die Tür schräg von der Seite anblickte, entdeckte sie, dass die Farbe gewechselt hatte. Jetzt war die Tür plötzlich leuchtend blau.

Sophiechen ging wieder zurück und die Tür wurde wieder grün, wie vorher. Sie ging weiter, auf die andere Seite hinüber, und nun sah die Tür plötzlich gelb und schließlich orange aus.

Das war doch wirklich sonderbar! Etwas Ähnliches hatte Sophiechen noch nie gesehen. Langsam wanderte sie in einem großen Kreis um das Mauerstück herum und behielt dabei immer die Tür im Auge. Von der Rückseite war die Tür zuerst rot, dann wurde sie nach und nach violett und schließlich wieder blau.

Um eine gewöhnliche Tür, wie Sophiechen zuerst gedacht hatte, konnte es sich da ganz sicher nicht handeln, so viel stand fest. Aber was für eine Tür war es dann? Dass sie nirgendwohin führte, war klar, denn von dem Haus, das man früher vielleicht durch sie betreten hatte, war ja nichts mehr übrig.

Als Sophiechen näher heran ging, erblickte sie auf der Tür eine Aufschrift in etwas verblassten Buchstaben.

Hinein stand da zu lesen.

»Aha!«, sagte Sophiechen laut zu sich selbst, denn sie war beinahe ein bisschen erschrocken, als sie die Schrift gelesen hatte, fast so, als sei es eine persönliche Aufforderung gewesen.

Also hier, sagte sich Sophiechen, war man früher hineingegangen. Dann musste wohl auf der Rückseite *Hinaus* stehen. Sie ging wieder um die Mauer herum und las die Schrift auf der anderen Seite.

Hinein stand auch hier geschrieben.

»So was!«, sagte Sophiechen verdutzt. Das war ja wahrhaftig eine sonderbare Tür, durch die man von beiden Seiten aus in etwas hineingehen konnte. Ein Haus konnte es also wohl doch nicht gewesen sein, denn in ein Haus konnte man ja nur entweder hinein- oder aus ihm hinausgehen. Aber was war es dann gewesen? Oder war es überhaupt etwas gewesen? Vielleicht war es schon immer so, wie es jetzt war. Aber was war es dann?

Und wo kam man hin, wenn man *hinein*ging?

»Dumme Frage!«, schalt Sophiechen sich selbst aus, denn es war doch ganz klar, dass man einfach auf der anderen Seite der Tür herauskam, wenn man auf der einen Seite hineinging.

Sophiechen stieg beherzt die drei schneebedeckten Steinstufen hinauf und drückte auf die Klinke. Die Tür sprang mit einem leise singenden Ton auf und öffnete sich weit. Sophiechen blickte hindurch und ihre Augen wurden vor Staunen groß und rund.

Zögernd schritt sie über die Schwelle und die Tür fiel hinter ihr wieder ins Schloss.

Aber Sophiechen stand keineswegs, wie der Leser vielleicht erwartet haben mag, auf der anderen Seite des Mauerstücks. Für einen Beobachter hätte es so ausgesehen, als ob das kleine Mädchen bei Durchschreiten der Tür einfach verschwunden wäre. Aber es hatte niemand zugesehen. Nur die Spuren von Sophiechens Schritten im Schnee rund um die Mauer zeigten, dass da jemand gegangen war.

Der Garten, der niemand gehörte, lag wieder ebenso verlassen und schweigend da wie vorher.

DRITTES KAPITEL

Die Tür war schon vor einer Weile hinter ihr ins Schloss gefallen, doch Sophiechen stand noch immer da und schaute umher. Vor Staunen vergaß sie weiterzugehen.

So weit ihr Auge reichte, sah sie nichts als Farben, Farben und nochmals Farben. Es war eine Ebene, eine ganze Landschaft aus Farben. In sanften, welligen Hügeln erstreckte sie sich nach allen Seiten bis zum Horizont, ohne Baum, ohne Strauch oder irgendeine andere Unterbrechung.

Sophiechen bückte sich nieder und berührte den Boden vorsichtig mit der Hand. Es war feiner, weicher, trockener Sand. Also war es wohl eine Wüste. Aber im Gegensatz zu dem, was Sophiechen sich immer unter dem Wort vorgestellt hatte, war diese hier unbeschreiblich bunt und lustig anzusehen.

Der Sand zu ihren Füßen, den sie eben berührt hatte, war von einem samtigen Dunkelblau, aber schon einige Meter weiter schimmerte er leuchtend rot. Die beiden nächsten Hügel waren gelb und grün, dazwischen zog sich wie ein geschlängelter Bach ein Band aus silbernem Sand. Ferner und immer ferner glänzten die Hügel golden, orange, violett, himmelblau, schwarz, türkisgrün und rosa und alles, alles war feiner weicher Sand. Man wurde vom bloßen Hinsehen ganz vergnügt. Und über all dieser bunten Herrlichkeit spannte sich ein strahlend blauer Himmel, von dem die Sonne herniederstrahlte wie im Hochsommer.

Aber wie war denn das möglich, dass hier so viel freier Platz war, überlegte Sophiechen. Und sie selbst – war sie nicht vor wenigen Minuten noch ganz woanders gewesen, wo es keinen Platz gab? Wo war das nur gewesen? Irgendwo war sie doch hergekommen, denn es schien ihr sehr unwahrscheinlich, dass sie immer schon mitten in dieser unendlichen Farbenwüste gestanden hatte.

Sophiechen versuchte angestrengt sich zu besinnen, wo sie hergekommen war, und für einen Augenblick tauchte wie eine ganz ferne, undeutliche Erinnerung das Bild einer großen Stadt in ihrem Gedächtnis auf, aber dann erlosch dieses blasse Bild und Sophiechen konnte sich an gar nichts mehr erinnern. Sie hatte einfach alles vergessen, was vorher war, die Stadt, die Leute, den Winterwochentag, die Schule und dass sie sich verirrt hatte. Nur, dass sie soeben aus einer Tür gekommen war, hatte sie behalten.

Sophiechen drehte sich um und die Tür war noch da. Also beunruhigte sie sich nicht weiter, denn sie sagte sich, dass sie ja nur einfach wieder durch die Tür zurückgehen müsse, dann würde ihr schon wieder alles einfallen.

Nachdenklich betrachtete sie die verblassten Buchstaben auf der Tür und las *Hinaus*.

Irgendetwas an dieser Inschrift kam ihr seltsam vor, aber sie konnte nicht herausfinden, was es war. Sie ging um den Mauerrest herum und beguckte die Tür von der anderen Seite. Hier stand ebenfalls *Hinaus*.

Hätte Sophiechen sich erinnern können, dass sie erst vor kurzem, als sie noch nicht durch die Tür geschritten war, an derselben Stelle jeweils das Wort *Hinein* gelesen hatte, dann hätte sie schon gewusst, warum ihr an dieser Inschrift etwas seltsam vorkam. Aber all ihre Erinnerung war wie weggeblasen.

Da sie aber ein sehr vernünftiges und ziemlich beherztes kleines Mädchen war, sagte sie sich ungefähr Folgendes:

»Also, das ist doch wirklich mal ein seltsames und aufregendes Abenteuer. Wie mir scheint, hat es aber gerade erst angefangen. Jedenfalls habe ich überhaupt keine Lust, dass es schon wieder aufhört. Ich verstehe zwar ganz und gar nicht, was eigentlich los ist mit mir und überhaupt, aber schließlich tut es ja nicht weh. Und eines ist ja auf alle Fälle sicher: dass man durch diese Tür hinauskommt, denn das steht ja drauf und gleich von beiden Seiten. Ich kann also immer zurück, sobald ich will. Im Augenblick will ich aber noch nicht.«

Die Sonne brannte wirklich so heiß wie in einer Wüste und Sophiechen begann es, warm zu werden. Sie nahm den Schulranzen ab und zog den Wintermantel und den roten Wollschal aus und legte alles sorgfältig vor die drei Steinstufen der Tür auf den Boden. Dann begann sie mit dem bunten Sand zu spielen.

Erst wühlte sie nur einfach so darin herum, warf ihn mit beiden Händen hoch in die Luft, kugelte und wälzte sich darin herum und machte Purzelbäume den Hügel hinauf und hinunter. Dann holte sie Sand von leuchtend roter Farbe und schrieb damit in riesigen Buchstaben ihren Namen auf den samtblauen Grund, der die Tür umgab. Es sah wirklich ganz wunderhübsch aus. Begeistert von diesem Ergebnis begann sie ein großes Bild zu malen oder vielmehr zu streuen. Von allen Seiten holte sie farbigen Sand heran, um das Bild immer bunter zu machen. Es entstanden Häuser und Bäume und Leute und Hunde und Katzen und Vögel und allerlei andere Tiere, von denen man nicht so genau sagen konnte, was sie waren. Das Sandgemälde wurde immer breiter und länger, denn es kamen noch Wolken dazu und der Mond und die Sonne und Sterne aus Gold und Silber, kurzum, es war eine Pracht.

Es versteht sich von selbst, dass ein solches Gemälde nicht in ein paar Minuten auszuführen war. Sophiechen war so vertieft in ihr Werk, dass sie nicht darauf achtete, wie die Sonne langsam tiefer und tiefer herabsank und alle Schatten länger und länger wurden. Seltsame Wolken begannen am Himmel aufzuziehen und eine kühle Brise strich über die endlose Ebene daher.

Sophiechen blickte auf. Wie lang hatte sie wohl so gespielt? Eine Stunde, zwei, drei – oder mehr? Sie wusste es nicht mehr. Aber irgendetwas, so fiel ihr jetzt ein, hatte sie doch vorgehabt. Irgendwo hatte sie durchgehen wollen. Richtig, die Tür! Die Tür in dem Mauerrest! Aber wo war sie?

Der Ranzen, der Mantel und der Schal lagen noch immer an der gleichen Stelle, wo sie hingelegt worden waren, aber die Tür war nicht mehr da! Das konnte doch gar nicht sein, ein dickes Stück Mauer konnte sich doch nicht einfach in Luft auflösen!

Sophiechen schaute sich suchend um und schließlich entdeckte sie die Tür – klein und schwarz und sehr fern hob sie sich gegen den rot glühenden Horizont ab, gerade dort, wo die Sonne sich eben anschickte zu versinken.

Sophiechen erschrak ein wenig. Hatte sie sich denn beim Spielen, ohne es zu merken, so weit von ihrem ursprünglichen Platz entfernt? Aber da lagen doch noch ihre Sachen, die sie anfangs vor die Steinstufen gelegt hatte. Und da stand auch noch in großen roten Buchstaben auf samtblauem Grund das Wort *Sophiechen* in den Sand geschrieben. Es gab also keinen Zweifel: Die Tür war gewandert! Langsam und unmerklich wie ein Uhrzeiger musste sie weitergerückt sein und Sophiechen hatte, in ihr Spiel versunken, nichts davon gemerkt.

Sei es wegen dieser Entdeckung oder sei es wegen der kühlen Brise, die auf einmal wehte, Sophiechen fühlte, wie ihr plötzlich ein kleines Frösteln über den Rücken lief. Es schien ihr nun doch ratsam, so schnell wie möglich dieses aufregende Abenteuer zu beenden, ehe es vielleicht zu aufregend wurde.

Aber das war leichter gedacht als getan! Sophiechen raffte ihre Sachen zusammen und lief, so schnell sie konnte, hinter der Tür her, die immer kleiner und ferner erschien. Noch war sie zwar gut zu erkennen, weil sie sich gegen den Sonnenuntergang abhob, aber die Dämmerung brach rasch herein. Sophiechen lief und lief, aber sie kam nur mühsam vorwärts in dem weichen Sand, der außerdem schon nach wenigen Schritten ihre Schuhe füllte. Jedes Mal wenn sie stehen bleiben musste, um Luft zu schöpfen, kam es ihr so vor, als ob der Abstand zwischen ihr und der Tür sich kein bisschen verringert hätte. Im Gegenteil, je mehr Sophiechen sich anstrengte, desto weiter weg schien das Mauerstück zu rücken, ganz so, als liefe es vor ihr weg.

Und dann kam die Dunkelheit!

Buchstäblich von einer Minute zur anderen breitete sie sich über die Farbenwüste, fast so, als hätte jemand ein riesenhaftes schwarzes Tuch darüber geworfen.

»Fang jetzt bloß nicht an zu weinen!«, sagte Sophiechen laut und in strengem Ton zu sich selbst. »Das würde dir gar nichts nützen, weil ja doch niemand da ist, der dich hören kann, außer dir selbst. Und dich selbst würde es nur noch mehr erschrecken, also nimm dich gefälligst zusammen!«

Es half ein bisschen, das zu hören – wenigstens für den Augenblick.

Das Kind merkte sich die Richtung, in welcher es die Tür zuletzt noch gesehen hatte, und stolperte weiter durch die Stockfinsternis.

Aber es dauerte nicht lange, bis Sophiechen plötzlich stehen blieb und zu überlegen anfing, warum sie eigentlich so hastig immer in dieselbe Richtung rannte. Seit sie nämlich den Mauerrest mit der Tür aus den Augen verloren hatte, war ihr auch die Erinnerung daran geschwunden. Sie wusste einfach nichts mehr von der Tür und hatte zugleich alles andere vergessen, was sie bisher erlebt hatte. Glücklicherweise gehörte dazu auch die Angst, die sie eben noch empfunden hatte, die Angst, die

Tür nicht mehr zu erreichen, und die Angst vor der Dunkelheit. Sie setzte sich sorglos nieder in den Sand, der noch warm war, fühlte sich ganz behaglich und wartete einfach ab, was werden würde.

Sicherlich wird der verehrte Leser sich nun schon etwas beunruhigt gefragt haben, was es denn wohl mit dieser sonderbaren Vergesslichkeit von Sophiechen auf sich hatte. Hatte sie denn etwa von Natur aus einen so schwachen Kopf, dass sie einfach nichts behalten konnte? Ganz und gar nicht. Sophiechen hatte normalerweise sogar ein ganz ausgezeichnetes Gedächtnis und konnte lange Geschichten, die ihr besonders gefallen hatten, im Wortlaut genau wiedererzählen. Die Tatsache, dass sie in der großen Stadt *Norm* ihre Hausnummer vergessen hatte, beweist durchaus nicht das Gegenteil, denn bei einer so schwierigen, ellenlangen Nummer ist das ganz natürlich und könnte jedem passieren. Was also war der wahre Grund dafür, dass sie hier so rasch immer alles vergaß, was sie erlebt hatte?

Dieses Land – wir wollen es das *Niemandsland* nennen, weil das Kind es ja durch das Tor in jenem Garten betreten hatte, der niemand gehörte – dieses *Niemandsland* also hatte viele sehr seltsame Eigenschaften, Eigenschaften, die sich von denen anderer Länder, zum Beispiel dem unseren, ganz und gar unterschieden. Wir werden schon bald mehrere davon kennen lernen. Und zu diesen Eigenschaften gehörte es eben, dass es ein Land ohne Erinnerungen war. Und wer auch immer das *Niemandsland* betrat oder dort lebte, auf den begann diese Eigenschaft ihre Wirkung auszuüben, ob er wollte oder nicht. So wie bei uns zum Beispiel jeder Mensch sein bestimmtes Gewicht hat, ob er will oder nicht. Warum das im *Niemandsland* so war, werden wir später erfahren.

Sophiechen saß also im warmen Sand und wartete, was geschehen würde. Obwohl es schon Nacht war, fühlte sie sich noch kein bisschen müde. Mit großen Augen blickte sie in der Finsternis umher. Und nach einer kleinen Weile begann sie etwas zu sehen.

Zuerst dachte sie, sie könne vielleicht oben und unten nicht mehr ordentlich unterscheiden. Der Himmel war nämlich nach wie vor kohlpechrabenschwarz, aber auf dem Boden begannen allenthalben winzige Pünktchen zu glitzern, zu blitzen und zu funkeln, als sei der Sternenhimmel auf die Wüste gefallen.

Sophiechen beugte sich nieder und untersuchte die Lichtpünktchen, die unmittelbar neben ihr aus dem Boden kamen, und stellte fest, dass es winzig kleine Keime von Pflanzen waren. Sie leuchteten von selbst, so wie es bei uns die Glühwürmchen tun, nur viel heller und in allen Farben. Die Pflänzchen wuchsen sehr schnell aus dem Boden, man konnte geradezu zugucken. Schon nach kurzer Zeit entfalteten sie sich zu tausenden und abertausenden von verschiedenen Blumen, Gräser und allen nur erdenklichen Gewächsen, die zierlich und zerbrechlich aussahen wie aus buntem, leuchtenden Glas.

Sophiechen ging herum und begann die schönsten Blumen zu einem kleinen Strauß zu pflücken. Dabei gab sie sehr Acht nach Möglichkeit keine Pflänzchen zu zertreten, aber das war recht schwierig, denn immer neue Keime drangen aus dem Boden, so dicht, dass man fast keinen Platz mehr finden konnte, um den Fuß darauf zu setzen. Da und dort brachen nun schon die ersten großen Blütenkelche auf und spielten in allen Farben des Regenbogens. Dieses ganze geheimnisvolle Wachstum vollzog sich in tiefer Stille. Das Kind hörte keinen Laut, außer seinen eigenen Atemzügen. Der Duft, der dieser endlosen Blumenwiese entströmte, war so wunderbar, dass einem fast schwindelig davon wurde.

Aber die leuchtenden Pflanzen hörten nicht auf zu wachsen.

Nach kurzer Zeit hatten die meisten von ihnen schon die Größe von Sonnenblumen und ragten über Sophiechens Kopf hinaus. Einige waren sogar bereits zu kleinen Bäumen aufgeschossen. Das kleine Mädchen ging zwischen ihnen umher und betrachtete sie entzückt. Kaum ein Gewächs glich dem anderen und Sophiechen hätte niemals gedacht, dass es überhaupt so viele Formen und Farben gäbe, wie hier zu sehen waren. Manche Pflanzen breiteten sich aus wie große Spitzenfächer, andere bildeten lauter übereinander stehende Regenschirme, wieder andere bestanden aus zopfartig verflochtenen Stämmen, einige hatten Blüten wie große leuchtende Kugeln oder bunte Luftballons und an anderen Stellen hingen ganze Wasserfälle kleiner glitzernder Sternchen wie große Vorhänge hernieder. Dazwischen ringelten sich die absonderlichsten Schlinggewächse, glimmende Pilze schwollen an, farnartige Stauden schossen empor wie Springbrunnen. Sophiechen hatte es aufgegeben, Blumen zu pflücken. Sie ging nur noch mit großen Augen umher und schaute und schaute und konnte sich nicht satt sehen.

Inzwischen war es nun schon ein richtiger Wald, durch den sie wanderte, ein dichter, leuchtender Dschungel.

Und noch immer hörten die Pflanzen nicht auf zu wachsen. Sie wurden größer und größer und immer noch sprossen überall neue Keime aus dem Boden empor, als sei jedes einzelne Sandkörnchen ein Samenkorn. Lautlos, aber gewaltig und unaufhaltsam wucherte das geheimnisvolle Wachstum dieser leuchtenden Nachtpflanzen weiter und immer weiter.

VIERTES KAPITEL

Sophiechen hatte sich auf ein dickes großes Blatt gesetzt, um einer besonders schönen Blüte beim Entfalten zuzusehen. Plötzlich wurde ihr bewusst, dass sie schon seit einer Weile mit den Beinen baumelte und keinen Boden mehr unter den Füßen spürte. Sie blickte hinunter und sah, dass die Pflanze unter ihr inzwischen wie rasend gewachsen war und bereits die Höhe einer Telegrafenstange erreicht hatte. Die großen, steifen Blätter standen wie eine Wendeltreppe in einer Spirale um den Stamm herum und auf dem obersten dieser Blätter saß sie, Sophiechen selbst.

Rasch sprang sie auf und lief die Blätterwendeltreppe abwärts, was nicht ganz einfach war, denn die Blätter waren spiegelblank und senkten sich etwas nach außen zu. Aber Sophiechen hielt sich am Stamm fest und gelangte schließlich wieder auf den festen Boden hinunter.

Dort unten war der Urwald inzwischen noch dichter geworden. Es wurde allmählich schwierig, einen Weg durch das Dickicht zu finden. Und immer noch sprossen lichtpünktchenkleine Triebe aus dem Boden und wuchsen rasch zu Pflanzen empor. Sophiechen gab sich keine Mühe mehr die Keimlinge nicht zu zertreten, denn es war einfach unmöglich. Und um weiterzukommen, musste sie da und dort Zweige knicken und Schlinggewächse zerreißen. An manchen Stellen standen die Stämme der Pflanzen, deren größte nun schon Kirchturmhöhe erreichten, so dicht beisammen, dass das Kind nur noch mit knapper Not durchschlüpfen konnte.

Wenn das Wachsen nicht bald aufhört, dachte Sophiechen, während sie sich auf eine kleine Lichtung durchkämpfte, dann bleib ich noch stecken. Aber irgendwann wird es wohl mal wieder aufhören, denn schließlich kann es ja nicht einfach immer weitergehen.

Aber vorläufig ging es leider immer noch weiter. Das stille, unbändige Wuchern machte keinerlei Anstalten nachzulassen. Die Stämme wurden dicker, das Pflanzengewirr dichter und der freie Platz, auf dem das Mädchen stand, kleiner und kleiner.

Vielleicht, dachte Sophiechen, wäre es gescheiter gewesen, da oben zu bleiben. Da ist sicher mehr Platz. Ich werde lieber wieder hinaufklettern.

Aber die Pflanze mit den Wendeltreppenblättern hatte sie aus dem Auge verloren, die Stämme um sie her waren dick wie Türme, zu dick jedenfalls, um an ihnen emporzuklettern, und die dünneren Schlinggewächse hatten sich über Sophiechens Kopf mit ihren Blättern und Ranken so dicht ineinander verflochten, dass sie eine feste Decke bildeten. Und nun begannen zu allem Überfluss auch von dort oben herunter Lianen und Luftwurzeln zu wachsen, die das Kind zu umschlingen anfingen.

Sophiechen wehrte sich. Sie riss die Ranken ab und schlug um sich. Sie drehte sich im Kreis, um auf irgendeiner Seite ein Schlupfloch zu entdecken, durch das sie entkommen könnte. Aber es gab keines mehr. Alles war zugewachsen und immer mehr Schlingpflanzen wickelten sich um Sophiechens Glieder.

Jeder wird zugeben müssen, dass das kleine Mädchen sich bis jetzt bewundernswert tapfer gehalten hatte. Aber nun wurde es ihr doch zu viel. Sie überlegte sich nicht mehr, ob jemand sie hören konnte oder nicht, ob es Sinn hatte zu weinen oder nicht, sondern sie begann aus Leibeskräften um Hilfe zu schreien.

Und daran hatte sie gut getan, denn als sie einen Augenblick innehielt, um ein bisschen zu schluchzen und Luft zu holen, hörte sie ein Geräusch, das sehr tröstlich klang und ihr sofort neue Hoffnung einflößte: ein Knacken und Prasseln von brechenden Zweigen, als ob jemand sich durch den Urwald kämpfte, und dazwischen immer wieder ein Zischen und Rauschen wie von einer Sichel oder einer Sense, die durch dichtes Buschwerk fuhr. Und das Geräusch kam zweifellos näher!

»Hierher!«, schrie Sophiechen, so laut sie konnte. »Hier bin ich! Bitte, helft mir! Hierher!«

Das Geräusch verstummte, dann begann es wieder und kam geradewegs auf Sophiechen zu. Der Pflanzenvorhang teilte sich plötzlich, ein Arm kam zum Vorschein mit einem Schwert oder einem großen Haumesser. Unter den ruhigen, kräftigen Hieben fielen die Schlingpflanzen links und rechts zu Boden und nun stand vor Sophiechen ein Junge, der nicht viel älter sein mochte als sie selbst, aber größer und kräftiger war. Ohne einen Augenblick innezuhalten ging er um Sophiechen herum und zerhieb, immer mit diesen gleichmäßigen ruhigen Bewegungen, alle Ranken und Schlinggewächse, die das Mädchen gefangen hielten, bis sie wieder Platz und Bewegungsfreiheit hatte. Dann erst ließ er das Schwert sinken. Er war weder außer Atem, noch war ihm sonst irgendeine Anstrengung anzumerken. Er stand da, als ob er auf etwas lausche, und hatte Sophiechen sein Gesicht zugewandt, aber er sprach kein Wort.

Und auch Sophiechen betrachtete erst einmal stumm ihren Retter.

Er trug einen groben weißen Leinenkittel mit weiten Pluderärmeln, der an vielen Stellen zerrissen war und um die Taille von einem Stück Schnur zusammengehalten wurde. Auch die Hosen waren weiß und pluderig und steckten in Stiefeln aus feinem, weichen roten Leder, deren Schäfte bis über die Knie reichten. Sein schwarzes lockiges Haar hing wild und verwahrlost um seinen Kopf herum und war ganz offensichtlich seit langer Zeit weder mit einem Kamm noch mit einer

Schere in Berührung gekommen. Aber das Seltsamste war sein Gesicht und Sophiechen betrachtete es lange und versunken, ohne sich recht klar werden zu können, was an diesem Gesicht ihr eine ganz eigentümliche, nie gekannte Mischung von Freude, Zutrauen und zugleich so etwas wie Respekt einflößte. Es war blass, ein wenig schmal und sehr ernst, aber es war noch ein anderer Zug darin, den Sophiechen nicht deuten konnte.

Noch immer stand der Junge reglos und wie lauschend vor ihr und Sophiechen fand, dass es nun allmählich an der Zeit sei, irgendein Gespräch zu beginnen. Und da er offensichtlich nicht bereit war das erste Wort zu sagen, musste sie es wohl tun. Aber obwohl sie nicht eigentlich schüchtern von Natur war, fiel es ihr diesmal aus irgendeinem Grund schwer, den Anfang zu finden.

»Ich heiße Sophiechen«, brachte sie schließlich etwas verlegen und trotzig hervor, »und wer bist du?«

Der Junge bewegte die Lippen ein wenig, als ob er Sophiechens Namen wiederholte, aber es war nichts zu hören. Das Mädchen trat einen Schritt näher auf ihn zu und nun merkte sie plötzlich, dass er die ganze Zeit die Augen geschlossen hielt, als ob er schliefe. Auch seine Atemzüge waren ruhig und tief wie die eines Schlafenden. Aber es war nicht der Ausdruck eines gesunden, zufriedenen Schlafes, der über diesem Gesicht lag, sondern eher der einer fernen, geheimnisvollen Trauer.

»Vielen Dank«, begann Sophiechen nach einer Weile von neuem, »vielen Dank, dass du mich gerettet hast. Allein wäre ich wahrscheinlich für immer hier drin stecken geblieben.«

Der Junge neigte ein wenig den Kopf, aber es war nicht auszumachen, ob er das Mädchen überhaupt gehört hatte.

»Schläfst du eigentlich«, fragte Sophiechen schließlich geradeheraus, »oder warum hast du die Augen die ganze Zeit zu?«

Der Junge öffnete wieder ein wenig die Lippen und bewegte sie, als bemühe er sich zu sprechen. Aber es wurde nur ein leiser Seufzer daraus.

Sophiechen berührte mit der Hand zart seine Schulter und streichelte ihm dann die Wange. Und wieder trat der lauschende Ausdruck auf sein Gesicht.

»Also, jedenfalls nochmals vielen Dank!«, sagte Sophiechen

abschließend. Sie fand es allmählich ein bisschen schwierig, eine Unterhaltung ganz allein zu bestreiten. Offenbar konnte dieser seltsame Junge aus irgendeinem Grund nicht aufwachen. Vielleicht war er von einer Art Schlafkrankheit befallen. Umso erstaunlicher war es, dass er umhergehen und sich bewegen konnte. Und zweifellos hatte er ja sogar Sophiechens Rufe gehört und war ihr zu Hilfe gekommen. Vielleicht war er ein Schlafwandler. Wenn es so war, dann durfte man ihn nicht erschrecken oder plötzlich aufwecken, weil ihm das sehr schaden konnte. Das wusste Sophiechen. Man musste unbedingt warten, bis er von allein aufwachte.

All das war eigentlich ein wenig unheimlich, aber wenn Sophiechen in das Gesicht des Jungen blickte, dann verschwand sofort alle Bangigkeit aus ihrem Herzen und sie fühlte nur noch, dass er ihr sehr gut gefiel und dass er ihr sehr, sehr Leid tat. Sie beschloss auf alle Fälle sehr behutsam und fürsorglich mit ihm umzugehen.

»Sag mal«, fragte sie sanft, »sollten wir nicht besser woanders hingehen? Ich glaube, hier können wir nicht mehr lang bleiben.«

Inzwischen waren nämlich die abgehauenen Schlingpflanzen wieder nachgewachsen und das Dickicht begann sich wieder rund um sie beide zu schließen.

Wieder wusste Sophiechen nicht, ob der Junge sie überhaupt gehört hatte, denn er regte sich eine ganze Weile nicht. Dann plötzlich ergriff er die Hand des Mädchens und zog es hinter sich her, während er mit dem Schwert in der anderen Hand einen Weg durch das Pflanzengeschling bahnte.

Es wurde ein langer und mühsamer Weg. Stunde um Stunde verging und Sophiechen schien es, als kämen sie immer langsamer vorwärts. Es musste wohl schon längst Mitternacht sein und noch immer kämpfte der Junge für sich und das Mädchen einen Weg frei, ohne auch nur einen Augenblick zu erlahmen oder innezuhalten. Sophiechen wunderte sich über die unglaublichen Kräfte, die in diesem blassen Jungen steckten. Übrigens fiel ihr auf, dass sie selbst auch kein bisschen müde wurde, obgleich es doch schon so spät war. Manchmal kam es ihr so vor, als ob dadurch, dass der Junge sie immerzu ganz fest an der Hand hielt, etwas von seinen geheimnisvollen Kräften in sie überströmte.

Nach und nach merkte Sophiechen, dass mit dem Urwald ringsumher eine Veränderung vor sich ging. Kein Zweifel, das wuchernde wilde Wachstum hatte aufgehört! Keine neuen Keime drangen mehr aus dem Boden und die Pflanzen, die nun zum Teil ganz riesenhafte Ausmaße hatten, veränderten sich nicht mehr und blieben, wie sie waren.

Oder doch nicht? Gleichzeitig mit dem Stillstand des Wachstums begann das Leuchten und Glitzern der Pflanzen nachzulassen und zu einem schwachen, dämmerhaften Glimmen herabzusinken. Auch das gleichmäßige zischende Geräusch, welches das Haumesser des Jungen verursachte, wurde immer härter und klingender. Und als er schließlich vergeblich auf einige Äste einhieb, die ganz zu leuchten aufgehört hatten, sprühten sogar Funken auf, als habe er mit der Schneide auf Fels geschlagen.

Der ganze Urwald war dabei zu versteinern! Es war unmöglich, weiterzukommen.

»Und was jetzt?«, fragte Sophiechen.

Diesmal zögerte der Junge nicht lange. Ganz in ihrer Nähe stand eine Art Baum, ähnlich wie der mit den Wendeltreppenblättern, der Sophiechen hochgehoben hatte, nur dass dieser hier so riesenhaft war, dass von einem Blatt zum nächsthöheren der Abstand mehr betrug als Sophiechens doppelte Körpergröße. Trotzdem gelang es dem Jungen, hinaufzuspringen, sich mit den Fingern festzukrallen und sich hinaufzuziehen. Dann knüpfte er die Schnur los, die seinen Kittel zusammenhielt, legte sich bäuchlings auf das Blatt und ließ Sophiechen die Schnur hinunter. Das Mädchen klammerte sich fest und er zog sie zu sich hinauf. Dasselbe wiederholte er beim nächsten Blatt und beim übernächsten und immer wieder. Er schien es aus irgendeinem Grund, den Sophiechen nicht ahnte, plötzlich ziemlich eilig zu haben.

Nach und nach wurde der Abstand der Blätter in der riesigen Spirale kleiner und Sophiechen konnte dem Jungen rascher und ohne seine Hilfe folgen. Sie waren nun schon sehr hoch, aber die Spitze des Baumes ragte noch immer kirchturmhoch über ihnen in den schwarzen Himmel. Links und rechts und auf allen Seiten sah Sophiechen andere, ebenso hohe Pflanzen dunkel glimmend aufragen. Während sie auf ein nächsthöheres Blatt hinübersprang, sah sie unter sich in die schwindelnde Tiefe und sofort begann sich alles vor ihren Augen zu drehen. Aber schon hatte der Junge sie wieder an der Hand gefasst und das Schwindelgefühl verschwand. Sie fühlte sich vollkommen sicher.

Schließlich erreichten sie die oberste Spitze der Riesenpflanze und fanden dort eine erst halb geöffnete, aber inzwischen versteinerte Blüte, groß wie die Gondel eines Heißluftballons, in der sie es sich beide bequem machten.

Kaum war das geschehen, begann unten, in der Tiefe des Urwaldes, wo es nun schon fast ganz finster war, sich allerlei zu rühren. Erst war es nur ein knisterndes Umherhuschen, ein leises Getrappel wie von allerlei Tieren, da und dort ein Fauchen und Grunzen und Piepen. Es war, als erwache der ganze, bis dahin völlig schweigende Dschungel zu einem immer geräuschvoller werdenden Leben.

Sophiechen begann zu begreifen, warum ihr seltsamer Begleiter es plötzlich so eilig gehabt hatte. Schon nach kurzer Zeit nämlich schienen dort unten in der Finsternis ganze Herden von großen Tieren dahinzugaloppieren, kreuz und quer und aus allen Richtungen. Und ähnlich wie zuerst die Pflanzen, schienen nun auch die Tiere immer größer und größer zu werden. Man hörte Zweige und Bäume prasseln und niederstürzen, immer lauter wurde das Dröhnen stampfender Schritte und das Brüllen, Heulen und Röhren der Ungetüme. Der Baum, auf dem die beiden Kinder saßen, bebte und zitterte. Es hörte sich an, als ob dort unten unvorstellbare, gewaltige Wesen miteinander im Kampf lagen und in blinder Wut gegeneinander tobten.

Sophiechen hielt sich die Ohren zu und kuschelte sich dicht an den Jungen, der seinen Arm um sie legte. Und auch jetzt wieder wich sogleich alle Angst von ihr, sie wurde ganz ruhig und zuversichtlich, obgleich sie wahrnahm, wie nun sogar die meisten der Riesenpflanzen in der Nähe, die so hoch waren wie ihre eigene, eine nach der anderen von furchtbaren Stößen erschüttert umbrachen und mit Donnergetöse in der finsteren Tiefe aufschlugen.

Da wurde es mit einem Mal still. Das erste Morgengrauen dämmerte am Horizont auf. Sophiechen schaute umher. Von ihrem Ausguck aus konnte sie das Land weit überblicken. Der ganze Urwald sah wie ein Schlachtfeld aus. Weit und breit nichts als geknickte Bäume und zerstampfte Pflanzen, die nun freilich ganz zu Stein geworden und in Stücke zerfallen waren. Die Erde war um- und umgewühlt. Nur noch ganz vereinzelt ragten da und dort einige Riesenbäume in den Himmel, ungebrochen wie der, auf dem sie selber saßen.

Sophiechen stieß einen Seufzer der Erleichterung aus. Sie blickte sich nach dem Jungen um, aber sein schlafendes Gesicht ließ nicht erkennen, ob auch er erleichtert oder ob er noch immer besorgt war.

FÜNFTES KAPITEL

Langsam wurde der Himmel immer heller und heller. Bald würde die Sonne aufgehen. Über den verwüsteten Urwald zogen dichte Nebelschwaden dahin und verhüllten nach und nach den traurigen Anblick vor Sophiechens Augen. Bald ragten nur noch die wenigen Riesenpflanzen, die stehen geblieben waren, über die dunstige Decke empor. Es war nichts mehr zu sehen.

Sophiechen setzte sich wieder neben den Jungen, der sich noch immer nicht regte und tief zu schlafen schien. Und nun machte sie plötzlich eine Entdeckung, die ihr so verrückt und komisch vorkam, dass sie laut herauslachen musste. Aber gleich legte sie die Hand vor den Mund und beherrschte sich wieder. Das Schwert, das der Junge neben sich gelegt hatte, war nämlich in der Nacht offenbar von dem seltsamen Wachstum angesteckt worden, ohne dass sie beide bisher etwas davon bemerkt hatten. Aber was für eine sonderbare und unförmige Gestalt hatte es inzwischen angenommen! Es war riesig lang geworden und wirkte zugleich, als wäre es von innen aufgepustet. Kurz, es sah jetzt aus wie eine gewaltige, halbmondförmige Bohnenschote, die aber natürlich aus Eisen war.

Sophiechen berührte den Jungen an der Schulter und schüttelte ihn sanft. Aber er reagierte nicht. Sein Atem ging tief und ruhig.

Und nun machte Sophiechen eine zweite Entdeckung, die ihr allerdings sehr viel weniger lustig vorkam. In der versteinerten Blüte, in der sie saßen, wurde es nach und nach unangenehm feucht. Auf dem Boden der Blüte hatte sich sogar schon eine ziemliche Pfütze gesammelt und von den steinernen Kelchblättern rannen die Tropfen in kleinen Rinnsalen herunter.

»Hallo!«, sagte Sophiechen laut und schüttelte ihren Begleiter etwas kräftiger. »Ich glaube, wir müssen hier weg!«

Aber der Junge bewegte sich nicht.

Also beschloss Sophiechen erst einmal allein auszukundschaften, wie die Lage inzwischen aussah und ob es überhaupt noch eine Möglichkeit gab, auf die feste Erde hinunterzukommen. Vorsichtig kletterte sie die Wendeltreppe der Blätter hinab, die jetzt alle vor Nässe tropften und doppelt rutschig waren.

Als sie etwa zur halben Höhe der Riesenpflanze hinuntergelangt war, musste Sophiechen zu ihrem Schrecken feststellen, dass die meisten Blätter der tieferen Spirale abgerissen und heruntergebrochen waren, so als habe ein riesenhaftes Wesen den Versuch gemacht heraufzukommen. Aus dem kahlen Stamm ragten nur noch da und dort ein paar zerfetzte Blattstiele. Es war nicht daran zu denken, zu ihnen hinunterzukommen. Und der Stamm selbst war glatt wie Glas und außerdem lief nun immer strömender das Wasser an ihm hinunter. Wo kam nur plötzlich all dieses Wasser her?

Sophiechen beobachtete, wie sich in dem gewaltigen Stamm des Baumes kleine Höhlen bildeten, wie einzelne Stückchen sich ablösten und zerflossen oder fortgespült wurden, als seien es Eisblumen an einem erwärmten Fenster.

Und plötzlich begriff Sophiechen, was da vor sich ging: Das beginnende Tageslicht ließ diese versteinerten Nachtgewächse zerfließen, so wie Eis an der Sonne taut. Die dichte Nebeldecke zerteilte sich ein wenig und gab den Blick in die Tiefe frei. So weit das Kind sehen konnte, war dort unten Wasser, nichts als Wasser, das ganze Land war dabei, sich in ein Meer zu verwandeln!

Sophiechen machte auf der Stelle kehrt und lief die Blätterwendeltreppe wieder hinauf. Aber die abtauenden Blätter waren inzwischen an manchen Stellen schon ganz dünn geworden und knickten unter ihren Füßen weg. Wenige Augenblicke später wäre das Mädchen vielleicht nicht mehr über sie weggekommen, aber es gelang ihr mit knapper Not, die große Blüte auf der Spitze noch zu erreichen.

Auch diese hatte sich inzwischen sehr verändert. Sie war fast ganz abgeschmolzen, nur noch ein flacher Teller war übrig, auf dem der schlafende Junge lag. Und neben ihm lag die große eiserne Bohnenschote. Auch sie hatte sich noch weiter verändert, sie war noch größer geworden und an der Innenseite des Halbmondes aufgeplatzt. Und nun sah Sophiechen erst, was tatsächlich aus ihr geworden war: Eine Barke! Ein eisernes, sichelförmiges Boot!

Rasch richtete sie das Boot, das auf der Seite lag, so auf, dass es nun mit den beiden Spitzen nach oben zeigte. Dann zerrte sie unter großer Anstrengung den schlafenden Jungen in das Innere des Bootes und setzte sich schließlich selbst hinein. Jetzt brauchte sie nur noch abzuwarten.

Als die Sonne sich über den Horizont hob, ging alles sehr rasch. Erst beobachtete Sophiechen, wie die anderen Riesenpflanzen, die noch aufrecht gestanden hatten, schnell zerschmolzen und in sich zusammensanken und dann begann auch die, auf der sie selbst saß, sich erst langsam, dann immer schneller zu drehen und gleichzeitig hinunterzugleiten, sachte wie ein Fahrstuhl, und schließlich im Wasser zu versinken. Mit einem kleinen Platsch setzte das eiserne Boot auf den Wellen auf, drehte sich noch ein paar Mal um sich selbst und lag dann leise schaukelnd, aber sonst ruhig auf dem Wasserspiegel.

Der Dunst und Nebel hatte sich vollständig verzogen und von einem Horizont zum anderen glitzerte das Meer in der Morgensonne.

»So«, sagte Sophiechen zu dem schlafenden Jungen, »erst hast du mich gerettet und jetzt habe ich dich gerettet.« Und nach einer Weile fügte sie hinzu: »Ich wünschte nur, du könntest mir sagen, was ich jetzt tun soll, damit wir irgendwohinkommen. Mit der Seefahrt habe ich nämlich wenig Erfahrung und außerdem ist nicht mal ein Ruder oder so was da.«

Aber da der Junge fest und tief zu schlafen schien und keine Antwort gab, lehnte Sophiechen sich bequem in der hinteren, halbmondförmigen Biegung der Barke zurecht und schlummerte auch ein wenig ein.

Es konnte noch nicht viel Zeit vergangen sein, denn die Sonne stand nur wenig höher über dem Horizont als vorher, als Sophiechen munter wurde, weil der Bug des Bootes leise knirschend auf einen Strand auflief.

Sie stand auf und schaute umher. Vor ihr lag ein Strand und hinter dem Strand war eine grüne Wiese und mitten durch diese grüne Wiese lief eine breite Straße, die links und rechts von runden Apfelbäumen gesäumt war, schnurgerade auf ein seltsames Haus zu. Es war beinahe kugelrund und hatte ein hohes, spitzes Dach und sah aus wie ein großer Kürbis, der sich eine Zauberermütze aufgesetzt hatte.

Sophiechen stieg aus der Barke aus und ging ein paar Schritte auf die Apfelbaumallee zu. Dann blieb sie stehen und betrachtete das Haus. Trotz aller Seltsamkeit sah es eigentlich sehr freundlich und einladend aus. Aber ehe sie hineinging, wollte sie sich erst um ihren Begleiter kümmern.

Sie wandte sich wieder nach dem Boot um, doch es lag nicht mehr am Strand. Eine plötzliche Strömung musste es ergriffen haben, denn es schwamm schon ein ganzes Stück weit draußen auf dem Meer und entfernte sich ziemlich schnell. Jedenfalls war es viel zu weit fort, als dass Sophiechen ihm noch hätte nachwaten können.

»Hallo!«, rief sie durch die hohlen Hände. »Hallo, wach doch auf! Du treibst ja davon!«

Aber der Junge war nicht zu sehen und schien sie auch nicht zu hören. Und nun war die eiserne, halbmondförmige Barke auch schon außer Rufweite.

Zu ihrer Verwunderung fand Sophiechen ihren Schulranzen, ihren Mantel und ihren Schal sorgfältig an den Strand gelegt.

»Ich kann mich nicht erinnern«, sagte sie zu sich selbst, während sie den Mantel und den Schal anzog und den Schulranzen umschnallte, »dass ich die Sachen da hingelegt hätte. Aber wenn ich es nicht war, wer hat es dann getan?«

Wieder hatte das Vergessen, das in diesem Niemandsland herrschte, ihre Erinnerung ausgelöscht. Kaum war der schlafende Junge aus ihren Augen verschwunden, da wusste sie auch schon nichts mehr von ihm, so als wäre sie ihm nie begegnet.

Wohlgemut marschierte sie die Allee aus Apfelbäumen entlang, auf das kugelige Haus mit der Zipfelmütze zu. Während sie sich ihm näherte, kam es ihr so vor, als ob das Haus jetzt plötzlich Fenster hätte, die es vorher nicht gehabt hatte. Vorher war die Hauswand zwar bauchig und bucklig, eben wie bei einem Kürbis, gewesen. [1]

(...) Sophiechen schaute sich um. Hinter ihr, dort, wo sie hergekommen waren, dehnte sich endlos die bunte Wüste. Vor ihr aber lag eine schnurgerade Allee aus ganz gewöhnlichen Apfelbäumen. Und am Ende dieser Allee stand das seltsamste Haus, das Sophiechen je erblickt hatte. Es hatte ein ungewöhnlich

[1] *Hier endet die mit Schreibmaschine geschriebene Fassung von* DER NIEMANDSGARTEN. *Um die Fortsetzung der Geschichte zu erfahren, greifen wir zurück auf die handschriftliche Fassung, die der anderen vorausging, überspringen die Seiten, die im Wesentlichen, wenn auch mit leichten Änderungen das bisher Erzählte wiedergeben und setzen an jener Stelle wieder ein, wo sich Sophie einem neuen Abenteuer zuwendet. Der folgende Textauszug aus der handschriftlichen Fassung gibt nicht allein einen Einblick in die Fortsetzung der Geschichte, sondern auch in die Arbeitsweise von Michael Ende, der das Erzählen von Geschichten als ein Abenteuer begreift: Zu Beginn einer Erzählung war ihm in aller Regel unbekannt, wohin ihn seine Geschichte führen würde. Daher ist die folgende handschriftliche Erzählung von* DER NIEMANDSGARTEN *durchsetzt mit zahlreichen Reflexionen über die dramaturgische Entwicklung und mit neuen Einfällen, die sowohl den weiteren Handlungsgang betreffen wie auch rückwirkend für das bisher Erzählte Konsequenzen haben. Weiteres hierzu im Anhang des Buches.*

hohes, spitzes Dach, das wie der Hut eines Zauberers aussah; die Mauern darunter, die dieses Dach trugen, waren ganz absonderlich ausgebeult, hatten sozusagen dicke Bäuche, sodass das ganze Haus aussah wie ein riesiger Kürbis, in den man Fenster und eine Tür eingesetzt hatte und der eine steife Zipfelmütze trug. Es sah eigentlich sehr lustig und gemütlich aus.

Während Sophiechen durch die Allee auf das Haus zu ging, kam es ihr so vor, als ob dem Gebäude auf der rechten Seite ein kleines Erkertürmchen wüchse, auf der linken hingegen so etwas wie ein Balkon. Aber das war, wie das Mädchen sich sagte, natürlich nur eine Täuschung. Erst beim Näherkommen sah man eben manches, was man von fern nicht gesehen hatte.

Als sie schließlich vor der Haustür stand, drehte sie sich nach dem fremden Jungen um und fragte: »Wer mag hier wohl wohnen?«

Aber der Junge war nicht mehr da. Sophiechen spähte nach allen Seiten, aber sie konnte keine Spur mehr von ihm entdecken. Ebenso stillschweigend und plötzlich, wie er aufgetaucht war, hatte er sich wieder entfernt ohne sich zu verabschieden und ohne ein Zeichen zu hinterlassen.

»Aber wenn er mich hierher gebracht hat«, überlegte Sophiechen laut, »dann hat er mich sicher zu jemand Nettem geführt, der mir weiterhelfen kann.«

»Sehr richtig, sehr richtig!«, hörte Sophiechen plötzlich eine fröhliche Stimme aus dem Inneren des Hauses schallen. »Komm nur herein, Sophiechen. Du wirst einen ordentlichen Appetit haben. Das Frühstück ist schon fertig. Der Tee ist süß und die Semmeln sind knusprig. Hopp, herein mit dir, Kind!«

Sophiechen stieß einen erleichterten Seufzer aus. Sie hatte trotz ihrer eigenen zuversichtlichen Worte doch etwas daran gezweifelt, ob dieses Haus nicht schon wieder eine neue beängstigende Erfahrung für sie bereithielte, aber diese Stimme – sie hörte sich übrigens nach einer Frau an – klang so Vertrauen erweckend und freundlich, dass das Mädchen ohne zu zögern auf die Türklinke drückte und eintrat.

In einer urgemütlichen kleinen Stube, durch deren Fenster die Morgensonne hereinschien, stand ein appetitlich gedeckter Frühstückstisch, auf dem eine große dicke Teekanne dampfte. Daneben standen ein Körbchen mit frischen Semmeln und ein Topf mit goldenem Honig und ein Schüsselchen mit Butter. Es war für zwei Personen gedeckt. Und hinter dem Tisch saß eine Frau, die irgendwie der Teekanne ein bisschen ähnlich sah, denn auch sie war dick und mollig und behaglich und – wenn auch auf eine andere Art – sehr appetitlich anzusehen. Sie trug ein groß geblümtes Kleid und hatte einen riesigen Strohhut, der mit Blumen besteckt war, auf dem Kopf und eine kleine Brille auf der Nase, durch die ihre grundgütigen Augen dem kleinen Mädchen erwartungsvoll entgegenblickten.

»Nun steh nicht herum, Sophiechen«, rief sie, »sondern setz dich und fang an, sonst wird der Tee noch kalt. Du hast dich sowieso schon um zwei Minuten verspätet.«

»Haben Sie mich denn erwartet?«, fragte Sophiechen ziemlich verdutzt.

»Erstens«, antwortete die Frau und blickte jetzt über den Rand der Brille hinweg, »wollen wir gar nicht erst damit anfangen, ›Sie‹ zueinander zu sagen. Du sagst ›du‹ zu mir und ich zu dir, einverstanden?«

Sophiechen nickte.

»Und zweitens: Jawohl, ich habe dich erwartet, Sophiechen«, fuhr die Frau fort, »wenn auch, wie gesagt, schon zwei Minuten früher.«

»Woher kennst du denn meinen Namen?«, fragte Sophiechen.

»Gütiger Himmel!«, rief die geblümte Frau und schüttelte den Kopf. »Was dieses Kind alles noch vor dem Frühstück wissen will. Du hast doch selbst deinen Namen in den Sand geschrieben, kurz nachdem du aus der Tür gekommen bist, oder nicht? Das habe ich mit meinem Binokel gesehen. Aber nun setz dich und iss! Ich habe nämlich auch Hunger und möchte nicht alleine frühstücken müssen.«

Sophiechen setzte sich an den Tisch, die dicke nette Frau schenkte ihr Tee ein und strich ihr Honigbrötchen und dann schmausten sie erst einmal eine Weile gemeinsam. Es kam Sophiechen so vor, als habe sie noch nie zuvor so guten Honig und so knusprige Semmeln gegessen. Und der Tee schmeckte wie eine Mischung aus Sonnenschein und Schokolade, mit etwas Geburtstag und Himbeer dazwischen.

»Schmeckt's?«, fragte die Frau.

Sophiechen nickte, mit vollen Backen kauend.

»Das freut mich«, sagte die Frau, »mir schmeckt's auch. Ich freue mich, dass du da bist, weißt du.«

Sophiechen schluckte hinunter, denn sie wusste, was sich gehörte, und fragte dann: »Wie heißt du denn?«

Über das Gesicht der Frau flog ein Schatten, aber gleich lächelte sie dem Kind wieder zu und antwortete: »Ich habe keinen Namen.«

»Wieso?«, wollte Sophiechen wissen. »Jeder heißt doch irgendwie!«

»Hier bei uns«, erklärte die geblümte Frau und goss ihnen beiden noch einmal nach, »hat niemand und nichts einen Namen. Das ist es gerade.« Danach seufzte sie.

»Was ist es gerade?«, fragte Sophiechen.

»Weißt du«, sagte die Frau, »das muss ich dir ausführlich erklären. Am besten werde ich das tun, während ich dich zu der wandernden Tür zurückbringe. Da haben wir genügend Zeit.«

Die Gewissheit, dass die geblümte Frau sie zu der Tür zurückbringen würde, stimmte Sophiechen nicht ganz so vergnügt, wie sie selbst erwartet hatte und wie es wohl auch noch vor kurzem der Fall gewesen wäre.

»Du willst doch wieder zurück?«, fragte die geblümte Frau und blickte Sophiechen aufmerksam über die Brillenränder hinweg an.

»Ja«, antwortete Sophiechen. Und weil es ein wenig zögernd geklungen hatte, fügte sie hinzu: »Natürlich. Ich muss ja wieder nach Hause. Und in die Schule muss ich auch.«

»Oh«, sagte die Frau, »darum brauchst du dir keine Sorgen zu machen. Zur Schule kommst du immer noch zurecht. Und zu Hause wirst du gestern Abend sein.«

»Wieso?«, fragte Sophiechen verdutzt. »Ich war doch die ganze Nacht in dem leuchtenden Urwald, da kann ich doch nicht gestern Abend zu Hause sein.«

»Doch, doch«, antwortete die Frau und lachte vor sich hin, »die Tür wandert doch, wie du selbst bemerkt hast.«

»Ja, schon –«, sagte Sophiechen verwirrt, »aber – also das versteh ich nicht.«

»Ganz einfach«, erklärte die Frau, »bei euch drüben steht die Tür doch fest an einem Ort, nicht wahr?«

»Ja«, sagte Sophiechen, »ich glaub schon.«

»Dafür wandert sie bei euch aber in der Zeit«, fuhr die Frau fort. »Sie geht mit euch mit durch gestern, heute, morgen, nächste Woche. Mit einem Wort: Sie steht still am Ort und wandert in der Zeit.«

»Und hier?«, fragte Sophiechen mit offenem Mund.

»Hier tut sie das Umgekehrte«, sagte die Frau. »Deswegen ist sie dir ja weggelaufen, verstehst du?«

Sophiechen dachte eine Weile angestrengt nach, schließlich sagte sie etwas unsicher: »Aha!«

Die Frau schmunzelte. »Ja, sie tut hier das Umgekehrte. Sie wandert nämlich von Ort zu Ort, dafür steht sie aber in der Zeit still.«

»Aha«, sagte Sophiechen noch einmal etwas kleinlaut. Sie konnte sich unter dieser Erklärung gar nichts vorstellen. Deshalb fragte sie: »Bitte, aber was bedeutet das eigentlich, dass sie in der Zeit stillsteht?«

»Das bedeutet«, erklärte die geblümte Frau, »dass du in genau dem gleichen Augenblick aus der Tür herauskommen wirst, in dem du hineingegangen bist. So als wäre keine Zeit vergangen, verstehst du?«

»Aha«, sagte Sophiechen zum dritten Mal.

»Sag nicht immer aha, wenn du überhaupt nichts verstanden hast! Es ist keine Schande, wenn man etwas nicht versteht. Hier schon überhaupt nicht. Und du bist schließlich zum ersten Mal hier. Ich verstehe, dass du alle Mühe hast etwas zu verstehen.«

»Ja«, murmelte Sophiechen, »ich bin vielleicht nicht besonders hell. Das sagen alle.«

»Ich finde dich sehr hell«, antwortete die Frau, »ganz erstaunlich hell sogar. Wenn du hier bliebest, bräuchte ich wahrscheinlich keine Lampe mehr.«

Sophiechen wusste nicht recht, ob die Frau das ernst meinte oder spöttisch, und warf ihr einen forschenden Blick zu, aber die Frau schien es tatsächlich ganz so gemeint zu haben, wie sie es gesagt hatte.

»Wer war eigentlich der feine Junge«, fragte Sophiechen ermutigt, »der mich aus dem Schlingpflanzenwald errettet hat?«

„Das war … Warte mal einen Augenblick«, antwortete die Frau und blickte im Zimmer umher, »das erkläre ich dir gleich. Jetzt müssen wir erst rasch ins Nebenzimmer umziehen, hier wird es zu eng.«

Tatsächlich hatte sich das gemütliche Stübchen inzwischen auf erstaunliche Art verändert, ohne dass Sophiechen etwas davon bemerkt hatte. Die Zimmerdecke war jetzt sehr hoch hinaufgerutscht, während die Wände immer enger um den Tisch zusammengerückt waren, außerdem waren die Ecken verschwunden, das Zimmer war jetzt rund wie ein aufrecht stehendes Rohr.

Die geblümte Frau nahm eine große Einkaufstasche, die neben ihrem Stuhl auf dem Boden gestanden hatte, stellte sie sich auf den Schoß und packte alles, was auf dem Tisch stand, die Kanne, die Teller, die Tassen, den Brotkorb und alles andere, in die Tasche hinein. Dann steckte sie auch noch den Tisch selber in die Tasche und die beiden Stühle dazu.

»So«, sagte sie, »komm, wir gehen nach nebenan!«

Und da Sophiechen mit offenem Mund stehen blieb, fügte sie hinzu: »Mach den Mund zu und komm! Wundern kannst du dich nebenan.«

Sie gingen durch eine Tür ins Nebenzimmer hinüber. Dort war ein Raum, so groß wie eine ganze Turnhalle und so prächtig wie der Saal in einem Schloss. Der Boden war spiegelblank, an den Wänden hingen große Spiegel und kunstvoll verschnörkelte Leuchter und die Decke war mit wunderbaren Gemälden bedeckt.

»Schau, schau!«, sagte die geblümte Frau und schien selbst etwas überrascht. »Meinem Haus fällt doch immer wieder etwas Neues ein. Jetzt hat es uns sogar eine richtige Schlosshalle gemacht.«

»Wieso«, fragte Sophiechen perplex, »war dieser Saal denn früher nicht da?«

»Nein«, antwortete die Frau, »mein Haus verändert sich immerzu, weißt du. Es ist lebendig und es beteiligt sich gern auf seine Weise an der Unterhaltung. Ich glaube, diesen Prunksaal hat es uns gemacht, weil du gerade unseren kleinen Zaren erwähnt hast.«

»Wen habe ich erwähnt?«, fragte Sophiechen.

»Nun, den vornehmen Jungen, der dich aus dem Dickicht der leuchtenden Pflanzen gerettet hat«, sagte die geblümte Frau.

»Wie … wo? … Aber …«, stotterte Sophiechen verwirrt. Sie wusste gar nicht mehr, was sie fragen wollte, oder vielmehr, sie wollte eigentlich sechs Sachen gleichzeitig fragen und wusste nicht, was zuerst. In ihrem Kopf ging ein ganzes Fragekarussell herum. Es war ja auch wahrhaftig ein bisschen viel, was sie in so kurzer Zeit hier alles Neues kennen gelernt hatte.

»Abwarten und Tee trinken!«, sagte die geblümte Frau gemütlich. »Es wird sich alles klären, eins nach dem andern.«

Mit diesen Worten griff sie in ihre große Einkaufstasche und holte erst einmal Tisch und Stühle wieder heraus. Jetzt waren es aber ein anderer Tisch und andere Stühle als vorher. Es waren fein geschnitzte und vergoldete Möbel mit geschwungenen Beinen und die Stühle hatten Lehnen, die mit rotem Samt bezogen waren.

»Damit sie hier hereinpassen«, erklärte die geblümte Frau, als sie Sophiechens staunendes Gesicht sah.

Auch das Geschirr, das sie aus der Tasche holte, passte jetzt zum Übrigen. Die Teekanne war aus feinstem Porzellan und reich verziert, ebenso die Tassen und Teller. Die Löffel und Messer schienen aus blankem Gold. Nur die Brötchen, der Honig und die Butter waren noch genauso wie vorher und auch der wunderbare Tee selbst schmeckte noch ebenso gut, was Sophiechen sofort mit Genugtuung vermerkte.

»Hast du das alles in deiner Tasche?«, fragte Sophiechen, nachdem sie einen Schluck getrunken hatte.

»Ja«, antwortete die geblümte Frau, »alles, was man so braucht. Wie du siehst, muss ich sehr oft umziehen und deshalb ist es gut, wenn ich alles Nötige mit mir herumtragen kann. Diese Tasche ist sehr praktisch.«

»Das finde ich auch«, sagte Sophiechen überzeugt, »aber warum musst du so oft umziehen?«

»Na ja«, erklärte die geblümte Frau, »sehr oft ist vielleicht übertrieben, aber so drei- bis viermal am Tag bestimmt. Das kommt eben, weil ich in einem lebendigen Haus wohne, wie du gerade gesehen hast. Mal wächst dort ein Zimmer, mal da, dafür verschwinden andere Räume wieder. Manchmal macht es sich auch einen Spaß mit mir, dann sind auf einmal nur lauter Treppen da oder der Boden ist oben und die Decke unten. Aber es wird gleich wieder vernünftig, wenn ich ihm ins Gewissen rede und ihm sage, dass sich so was nicht gehört. Es ist ein sehr gutes Haus und ich fühle mich sehr behaglich darin, wenn ich auch nicht bestreiten will, dass es manchmal ein bisschen unbequem ist, dauernd umzuziehen.«

»Aber ist das denn nicht gefährlich?«, wollte Sophiechen wissen. »Ich meine, wenn zum Beispiel ein Zimmer immer kleiner wird und man schläft gerade und merkt nichts, könnte man dann nicht ersticken?«

»Wo denkst du hin, Kind!«, rief die geblümte Frau und sah beinah entrüstet aus. »Es ist doch ein liebes Haus und es mag mich doch gern. So etwas würde es nie tun! Schlimmstenfalls würde es mich vorher aufwecken. Aber das hat es auch erst einmal getan.«

»Und wenn es jemanden nicht mag?«, forschte Sophiechen.

»Keine Ahnung«, antwortete die geblümte Frau, »bisher hat es sich über jeden Besuch gefreut und sich alle Mühe gegeben, so wie bei dir jetzt.«

Sophiechen guckte sich in dem großen Saal um, den das Haus also ihretwegen gemacht hatte. Sie wusste nicht recht, wie man mit einem Haus redet, aber auf alle Fälle nickte sie den Wänden zu und murmelte: »Danke schön.«

Dann wandte sie sich wieder der geblümten Frau zu und sagte: »So ein riesengroßer Saal! Man sollte gar nicht glauben, dass er in das Haus hineinpasst. Von außen sah es eigentlich ziemlich klein aus.«

»Ja«, antwortete die Frau, als sei es die selbstverständlichste Sache von der Welt, »es ist innen größer als außen.«

Sophiechen versuchte eine Weile lang sich vorzustellen, wie

Die Sümpfe der Traurigkeit

M. Ende 88

so etwas überhaupt sein könne, aber sie gab es schließlich auf. Deshalb wechselte sie das Thema und fragte: »Was ist ein Pinogel?«

»Ein was?«

»Du hast doch gesagt«, erklärte Sophiechen, »dass du mich in deinem Pinogel gesehen hast, wie ich meinen Namen in den Sand geschrieben habe.«

»Ach so«, rief die geblümte Frau, »mein Binokel meinst du! Hier, das ist es.« Und sie griff in ihre Einkaufstasche und zog etwas heraus, das aussah wie ein ganz gewöhnlicher Operngucker. »Du willst doch nicht etwa sagen, dass du so was nicht kennst?«

Sophiechen nahm das Ding und betrachtete es und dann hielt sie es sich vor die Augen.

Das Erste, was sie erblickte, war ein laubfroschgrünes Känguru, das auf einer himbeerroten Wiese herumhüpfte und dabei auf einer kleinen Gitarre spielte.

Sophiechen setzte das Binokel ab, um zu sehen, wo sie überhaupt hingeguckt hatte. Es war die gegenüberliegende Wand gewesen, an der ein großer Spiegel hing. Hatte sie sich am Ende selbst gesehen oder was war dieses komische Tier gewesen? Das Mädchen hob das Binokel wieder an die Augen und schaute in eine andere Richtung.

Diesmal sah sie einen Mönch mit kahlem Kopf und langem Silberbart, der in einer Felsenhöhle saß. Vor ihm lag ein Einhorn, das er unter dem Kinn kraulte.

Wieder drehte sich Sophiechen mit dem Binokel in eine andere Richtung.

Jetzt erblickte sie eine Straße in einer höchst sonderbaren Stadt, denn dass es sich um eine Stadt handeln musste, war sofort an den vielen Menschen zu sehen, welche auf der Straße hin und her strömten. Aber was waren das für komische Häuser? Da gab es kugelrunde, die aussahen wie lustig bemalte Freiballons, und andere wie pilzförmige Türme. Manche waren klein und schienen aus bunten Kisten zusammengesetzt, dort stand eines, das wie ein Zirkuszelt aussah, und da eines, das auf hohen Stelzen stand. Es war ein unbeschreibliches Durcheinander. Nun fasste Sophiechen auch die Leute genauer ins Auge und musste sich bald eingestehen, dass diese fast noch lustiger anzusehen waren als die Häuser. Es schien schlechterdings nichts zu geben, was ihnen nicht in irgendeiner Form als Kleidungsstück taugte. Nicht nur, dass zum Beispiel als Kopfbedeckungen Zylinderhüte, Turbane, Dreispitze, Südwester, Kapuzen, Schlapphüte, bunte Kappen und Tirolerhüte getragen wurden, nein, es gab auch Leute, die sich Lampenschirme, Sandeimer, Suppenschüsseln, Papierkörbe oder Obsttüten aufgesetzt hatten. Und niemand schien etwas dabei zu finden! Und als Kleider gab es nicht nur ganz gewöhnliche, wie Fracks, Matrosenanzüge oder Trapperkostüme, sondern man sah auch Taucheranzüge, Ritterrüstungen, Bettvorleger, Tischtücher, Anzüge aus Silberpapier oder auch nur aus ein paar bunten Bändern. Jeder schien das zu tragen, was ihm Spaß machte und was er gerade schön fand. Alles in allem ergab das einen so lustigen Anblick, dass Sophiechen zu lachen anfing.

»Na, was siehst du denn?«, fragte die geblümte Frau.

Sophiechen erzählte es ihr.

»Das ist unsere Hauptstadt!«, erklärte die geblümte Frau ernsthaft. »Dort wohnt übrigens auch unser kleiner Zar in seinem Schloss aus buntem Glas. Du würdest staunen, wenn du es sähest. Es ist eine Pracht, sag ich dir!«

»Aber kann man denn mit dem Pinogel durch die Wände sehen?«, fragte Sophiechen.

»Natürlich«, antwortete die geblümte Frau, »dazu ist es doch da. Man kann überallhin sehen, ob nah, ob weit. Das ist eine feine Sache, es hat nur einen Fehler: Man kann nie etwas Bestimmtes sehen, das man gerade sehen will. Man weiß vorher nie, was man zu sehen kriegt. Es kann passieren, dass du hier zum Fenster hinausguckst, und alles, was du siehst, ist dein eigener Hinterkopf, wie du gerade zum Fenster hinausguckst. Aber sonst ist es eine feine Sache.«

»Das find ich auch«, meinte Sophiechen und setzte das Binokel wieder an die Augen.

Diesmal erblickte sie – ja, tatsächlich, das war ganz zweifellos die Tür! Die seltsame Tür aus dem Garten, der niemand gehörte, durch welche Sophiechen hierher gekommen war. Sie erkannte sie genau und konnte sogar die Aufschrift »Hinaus« lesen. Aber was war das nur für ein Raum, in dem sie stand? Die Wände und die Decke waren nach allen Seiten ausgehöhlt. Und all diese sonderbaren unregelmäßigen Säulen, die die Decke stützten! Und plötzlich erkannte Sophiechen, was für ein Raum das war: eine gewaltige Tropfsteinhöhle!

Atemlos erzählte sie der geblümten Frau, was sie sah.

»Ausgezeichnet!«, rief diese sofort erfreut. »Ich kenne die Höhle zwar nicht, aber das macht nichts: Jetzt wissen wir jedenfalls, wo die Tür sich gerade befindet. Das weiß man bei ihr nämlich nie vorher. Aus der Höhle wird sie wohl auch nicht so schnell wieder herausfinden und wir können uns gemütlich Zeit nehmen sie zu finden.«

Aber das lebendige Haus der geblümten Frau schien anderer Meinung zu sein. Ruhig und behutsam hatte sich während der letzten Unterhaltung der ganze Saal schräg gestellt, jetzt stellte er sich noch etwas schräger und langsam, beinahe ohne es zu bemerken, glitten die Beiden auf ihren Stühlen, mitsamt dem Tisch und der Teekanne, auf eine breite Tür zu und – flupp! – ins Freie hinaus wie auf einer Rutschbahn.

»So, so!«, sagte die geblümte Frau ungerührt, als sie draußen saßen. »Das bedeutet, dass wir sofort aufbrechen sollen, nach seiner Meinung.« Sie deutete mit dem Daumen über die Schulter auf das Haus. »Meistens hat es seine Gründe, wenn es so was behauptet. Wir tun gut daran, seinen Rat zu befolgen. Einverstanden?«

Sophiechen nickte zögernd. Je länger sie hier war, desto besser gefiel es ihr eigentlich. Jedenfalls hatte sie noch ganz und gar keine Lust derart hastig auf die Rückreise zu gehen. Vor allem auch, weil die geblümte Frau doch selbst erklärt hatte, dass Sophiechen im gleichen Augenblick aus der Tür herauskommen würde, in dem sie hineingegangen war. Wozu also die Eile?

Aber die geblümte Frau hatte Sophiechens Überlegung gar nicht abgewartet. Der Tisch, die Teekanne, die Tassen und die Stühle waren im Handumdrehen in ihrer Einkaufstasche verschwunden.

»Hör zu, Sophiechen«, sagte sie unternehmungslustig,

»schau doch bitte nach, ob alle Türen des Hauses geschlossen sind. Ich werde inzwischen den Wagen holen.«

»Mach ich«, antwortete Sophiechen.

Sie ging langsam um das ganze seltsame Haus herum, aber sie fand überhaupt keine Tür, weder die, aus der sie beide eben herausgerutscht waren, noch die, durch welche sie allein eingetreten war, noch irgendeine andere. Noch nicht einmal Fenster waren mehr da. Das Haus bestand rundherum aus geschlossenen Mauern ohne jede Öffnung.

Sophiechen kam zurück und erzählte der geblümten Frau voller Staunen, was sie gesehen hatte, aber die schien wieder einmal nicht das Geringste dabei zu finden. Sie nickte nur, wobei ihr großer Blumenhut wackelte, und sagte: »Gut, gut, das meinte ich ja, als ich sagte, schau nach, ob die Türen geschlossen sind. Sie haben sich also geschlossen. Jetzt kann niemand hinein. Gut, gut.«

»Aber du?«, fragte Sophiechen erschreckt. »Wie kommst du denn wieder hinein, wenn du zurückkommst?«

»Wenn ich zurückkomme, morgen oder in neunundsiebzig Jahren«, antwortete die geblümte Frau und blickte etwas zerstreut auf das Haus, »dann wird es mir schon wieder eine Tür machen. Das hat es fast immer getan, außer wir waren böse miteinander.«

Da die Frau sich nicht weiter zu beunruhigen schien, machte sich auch Sophiechen weiter keine Gedanken, sondern sah neugierig zu, wie die geblümte Frau nun anfing in ihrer großen Einkaufstasche herumzukramen, als suche sie etwas.

»Wo hab ich ihn denn nur, wo hab ich ihn nur?«, murmelte sie vor sich hin. »Ich weiß genau, dass ich ihn voriges Jahr noch hatte.«

Nun begann sie ihre Tasche auszuleeren, indem sie ein Stück nach dem anderen herausnahm und um sich her auf dem Boden verteilte. Es war völlig unglaublich, was da alles zum Vorschein kam: fünf andere Blumenhüte, ein Kochtopf, eine Menge Bücher, ein drei Meter langer Strickstrumpf, eine Standuhr, ein Fotoalbum, Taschentücher, eine Badebrause, eine andere Einkaufstasche, ein Globus, eine Thermosflasche, drei verschiedene Blumenvasen mit Blumen drin, ein Telefon, viele Schachteln, Bälle, Luftballons, Kreisel, eine Puppenstube, Kochlöffel, Kleider, ein gebratenes Huhn, eine Geburtstagstorte, mehrere Brillen ... es wurde immer mehr und mehr.

Sophiechen stand mit kugelrunden Augen dabei und musste sich das Lachen verbeißen. »Du hast aber viel dabei!«, sagte sie schließlich.

Die geblümte Frau zog gerade ein Bergseil, einen Eispickel und ein paar Reitstiefel aus der Tasche. »Ja«, antwortete sie, »ich habe immer alles bei mir, was mein ist. Man kann ja nie wissen, was man gerade braucht.«

»Was suchst du denn eigentlich?«, fragte Sophiechen.

»Na, den Schlüssel!«, sagte die geblümte Frau, während sie eine Küchenwaage und einen Rechen aus der Tasche zog. »Ich habe ihn doch voriges Jahr ganz bestimmt noch gehabt. Wo ist er nur?«

»Aber«, meinte Sophiechen nach einer Weile, »die Haustüren sind doch sowieso verschwunden. Wozu brauchst du da denn noch einen Schlüssel?«

»Doch nicht für das Haus«, rief die Frau und zog etwas unwillig an einem gewaltigen Federbett, das immer länger und länger wurde. »Den Schlüssel für den Wagen suche ich! Wie sollen wir denn sonst fahren, wenn wir ihn nicht aufziehen können?«

Sophiechen schaute sich in die Richtung um, in die die geblümte Frau gedeutet hatte, und tatsächlich – da stand eine Art Auto. Sophiechen hatte schon einmal Bilder von Autos aus früheren Zeiten gesehen und ganz ähnlich sah dieses hier aus: Es hatte hohe Räder und ein sehr hohes viereckiges Dach. Außen neben dem Fahrersitz war eine trompetenförmige Hupe mit einem großen Gummiball zum Drücken befestigt. Das Auto war in allen Farben angestrichen, hinter den Fenstern hingen Tüllgardinen und vor den Fenstern Blumenkästen mit Geranien.

»Hier ist er!«, hörte sie die Frau rufen. Sie drehte sich um und sah einen großen Aufziehschlüssel, den die Frau freudestrahlend mit beiden Händen hochhielt.

»Muss man das Auto denn aufziehen?«, fragte Sophiechen.

»Natürlich«, sagte die Frau, »wie soll es denn sonst fahren? Würdest du so gut sein und das machen? Ich packe inzwischen meine Sachen wieder ein.«

»Gern«, antwortete Sophiechen, nahm den großen Schlüssel und ging zu dem Auto hin. Sie musste nicht lange suchen: Hinten, dort, wo bei gewöhnlichen Autos ungefähr der Auspuff sitzt, fand sie das Schlüsselloch. Sie steckte den Schlüssel hinein und drehte ihn ohne Mühe mit beiden Händen so lange, bis es nicht mehr ging.

Die geblümte Frau hatte inzwischen alle Sachen in die Tasche gestopft und die Tasche im Innern des Autos verstaut. »So«, sagte sie und strahlte vor Vergnügen, »die Reise kann losgehen! Lass den Schlüssel ruhig stecken.«

»Es fragt sich nur«, wandte Sophiechen besorgt ein, »wie weit das Auto mit einem Aufziehen fahren wird.«

»Das kann man vorher nie wissen«, erklärte die geblümte Frau, während sie hinter dem Steuer Platz nahm, »manchmal kommt man damit hundert Meilen weit, manchmal auch nur zehn Meter. Man muss eben sehen.«

Dann beugte sie sich noch einmal aus dem Fenster und rief dem Haus zu: »Auf Wiedersehen – morgen oder in achtundsiebzig Jahren!«

Sophiechen nahm auf dem anderen Sitz Platz und die Fahrt begann. Das Auto schnurrte und surrte, es hörte sich sehr behaglich an. Zunächst fuhren sie eine lange Allee aus runden Apfelbäumen entlang, die schnurgerade vor ihnen lag und ganz ähnlich aussah wie die, auf der Sophiechen zu dem Haus gekommen war, nur dass sie in die entgegengesetzte Richtung führte.

»Warum in achtundsiebzig Jahren?«, fragte Sophiechen plötzlich. Sie war noch ganz in Gedanken an alles, was eben geschehen war.

»Was – in achtundsiebzig Jahren?«, fragte die geblümte Frau.

»Du hast zu deinem Haus gesagt«, erklärte Sophiechen, »auf Wiedersehen morgen oder in achtundsiebzig Jahren.«

»Habe ich wirklich achtundsiebzig gesagt?«, fragte die geblümte Frau überrascht. »Ich wollte eigentlich siebenundachtzig sagen.«

»Und warum in siebenundachtzig Jahren?«, wollte Sophiechen wissen.

»Ach, nur so«, antwortete die geblümte Frau und zwinkerte dem Mädchen zu, »ich hätte ebenso gut irgendeine andere Zahl sagen können. Ich denke doch, dass ich irgendwann mal zurückkomme, meinst du nicht?«

»Dann«, meinte Sophiechen, »ist es doch auch gleich, ob du siebenundachtzig oder achtundsiebzig gesagt hast.«

»Schon«, antwortete die Frau, »aber für irgendwas muss man sich eben entscheiden.«

Während Sophiechen noch darüber nachdachte und vergeblich versuchte den Sinn dieser Erklärung zu finden, kamen sie an eine Weggabelung. Die geblümte Frau drehte das Steuer nach links, aber das Auto fuhr nach rechts.

»Funktioniert denn das Lenkrad nicht?«, erkundigte sich Sophiechen, der etwas bang wurde.

»Doch, doch«, sagte die geblümte Frau unbekümmert, »manchmal schon. Aber manchmal fährt das Auto auch einfach so, wie es selber will. Das macht ja auch nichts, weil wir sowieso nicht wissen, wohin wir fahren sollen. Wir werden uns eben überraschen lassen.«

Sophiechen schwieg wieder eine Weile und plötzlich musste sie so lachen, dass die geblümte Frau angesteckt wurde und mitlachte. »Worüber hast du denn so gelacht?«, fragte sie schließlich und wischte sich die Tränen aus den Augen.

Sophiechen musste noch immer kichern. »Ich habe nur plötzlich daran denken müssen«, brachte sie schließlich heraus, »wie komisch das alles ist: Wir sitzen in einem Auto und wissen nicht, wohin es fährt, und wollen zu einer Höhle und wissen nicht, wo sie ist, und suchen dort eine Tür, und wissen nicht, ob sie überhaupt noch dort ist, aber wir haben sie zufällig gesehen in dem Pinogel, bei dem man nie wissen kann, was es einem zeigt.«

»Ja«, sagte die geblümte Frau und lächelte, »so ist das Leben. Was will man machen.«

»Mir gefällt es«, erklärte Sophiechen zufrieden.

»Mir auch«, sagte die geblümte Frau, »obwohl – manchmal wird es mir ein bisschen viel, ehrlich gesagt. Eigentlich liebe ich es nämlich, wenn alles seine Ordnung hat – so wie bei euch, auf der anderen Seite der Tür. Es muss wunderbar sein, wenn alles seinen Platz hat und seinen Namen – oder sogar seine Nummer.« Sie warf einen Blick auf den Schulranzen, den Sophiechen auf den Schoß genommen hatte. »Und wenn man immer alles schon im Voraus weiß, wann man wo sein wird und wer was tun wird und so weiter. Es muss sehr beruhigend sein, stelle ich mir vor.«

Sophiechen machte plötzlich ein bockiges Gesicht und sagte: »Mir gefällt es hier besser.«

»Ach, wirklich?«, fragte die Frau.

»Und wenn wir die Tür gefunden haben«, fuhr Sophiechen fort, »und ich wieder zu Hause war, dann werde ich ganz bestimmt bald wiederkommen.«

»Ich fürchte, das wirst du nicht tun«, sagte die geblümte Frau und ihre Stimme klang plötzlich ganz traurig.

»Doch werde ich es tun!«, behauptete Sophiechen.

»Du kennst das Geheimnis der Tür noch nicht«, meinte die geblümte Frau und seufzte.

»Was für ein Geheimnis?«, fragte Sophiechen.

»Wenn du zurückgehst durch die Tür«, erklärte die geblümte Frau, »dann wirst du im gleichen Augenblick alles vergessen haben, was du hier gesehen und erlebt hast. Auch mich und den kleinen Zaren, alles. Ja, das ist schlimm, aber es ist so. Du kannst die Erinnerung nicht mit hinübernehmen. Und da du im gleichen Augenblick zu der Tür herauskommen wirst, in dem du hineingegangen bist, wirst du meinen, du seist nur einfach durch die Tür durchgegangen und es sei gar nichts gewesen inzwischen. Das ist ja unser großer Kummer. Sonst wüsste man bei euch drüben ja noch etwas von uns und es wäre manches anders – hüben und drüben. Und unser kleiner Zar könnte endlich aufwachen.«

Sophiechen war bestürzt über das, was sie da gehört hatte, und auch über den Kummer, der plötzlich im Gesicht der geblümten Frau stand.

»Ich will aber nicht alles vergessen«, rief Sophiechen und war selber fast am Weinen, »nein, ich will nichts vergessen! Gibt es denn nicht irgendein Mittel dagegen?«

»Doch«, sagte die geblümte Frau und blickte Sophiechen ernst und groß in die Augen, »es gibt ein Mittel. Aber ich darf es dir nicht sagen, sonst würde ich alles verderben. Du musst es selbst finden. Wenn ich es dir sagen würde, dann würdest du es suchen. Und man darf es nicht absichtlich suchen, man muss es finden, verstehst du, Sophiechen?«

Sophiechen konnte sich auf diese Andeutungen der geblümten Frau jedoch ganz und gar keinen Reim machen. Sie sollte deren Bedeutung allerdings nur zu bald erfahren und zwar sehr handfest.

Änderung der bisherigen Ereignisse: [1]

Sophiechen vergisst die Tür in dem Augenblick, wo sie sie nicht mehr sieht. Sie vergisst den kleinen Zaren in dem Augenblick, wo er fort ist. Deshalb kann sie auch nicht nach ihm fragen.

Die geblümte Frau aber hat Sophiechens Namen gelesen, deshalb kann sie sich an sie erinnern.

Denn das Gesetz des Niemandslandes ist: Es gibt nur Gegenwart, keine Vergangenheit. Nur die Wesen und Dinge, denen man einen Namen gegeben hat oder deren Namen man weiß, behält man in Erinnerung. Sonst gibt es nur die reine Gegenwart ohne Kontinuität. Deshalb sind die Bewohner des Niemandslands so angewiesen auf die Bewohner von Norm, denn nur diese haben die Gabe Namen zu geben. Sie selbst können es nicht. Der wahre Name macht die Geschichte.

Übrigens: Das, was Sophiechen anfangs für einen Blumenhut bei der geblümten Frau hält, sind ihre Haare. Ihr wachsen anstelle von Haaren Blumen aus dem Kopf, und zwar jeweils solche, die ihrer Gemütsverfassung entsprechen.

Pränotation: Sophiechen wird durch einen Sturm entführt.

1 *Der Einschub, in dem Michael Ende über die Spielregeln der Geschichte reflektiert, wird auch im Heft, das die handschriftliche Fassung zum* NIEMANDSGARTEN *enthält, durch zwei Striche deutlich vom Rest des Textes abgesetzt.*

Sehr kleine Wesen, die so hässlich sind, dass sie, um ihre Existenz wieder gutzumachen, immerfort Wunderschönes bilden: Sterne, geometrische Figuren, alles fein und leuchtend.

Glockentiere, die läuten.

Es gibt ein Wesen im Niemandsland, das so alt ist, dass es noch einen Namen hat (aus der Zeit, als die Länder noch nicht getrennt waren). Aber es lebt in unvorstellbarer Einsamkeit, da es mit den anderen nichts teilen kann. Bei ihm jedoch kann man erfahren, wie dem kleinen Zaren usw. zu helfen ist.

Ein Wesen, das nur Gereimtes versteht. Alles Ungereimte hört es einfach nicht.

Der Leimsumpf, in dem man festklebt.

Sophiechen und die geblümte Frau fahren nicht im Auto. Sie gehen zu Fuß. Die geblümte Frau hat einen Kompass dabei, der allerdings immerfort woanders hinzeigt. Es ist ein »Irgendwohin-Kompass«. Denn irgendwohin müssen sie ja gehen, aber wo ist irgendwo? Der Kompass trifft die schwere Entscheidung. Die geblümte Frau könnte ja Rollschuhe aus ihrer Tasche ziehen, die zeitweilig dienen, später Bergstiefel etc.

Sie begegnen einer Räuberbande. Aber es genügt, ihnen aus der Sicht zu kommen, und schon haben diese sie vergessen. Dabei begreift Sophiechen endlich den Sachverhalt.

Dann kommen sie zu den hässlichen Wesen, die kleinen glitschigen Kartoffeln ähneln und immerzu weinen. Ihre Kunstwerke. Der Sturm kommt auf. Sophiechen will retten und wird fortgeblasen. Damit hat sie die geblümte Frau vergessen. Diese sie aber nicht.

Sophiechen und die geblümte Frau saßen auf einem Felsenvorsprung und ließen die Beine baumeln. Unter ihnen lag der Spiegel eines kleinen türkisgrünen Bergsees und rings um sie herum erhoben sich die rosigen, zerklüfteten Felswände bis in den Himmel. Es war schattig dort unten am Bergsee, wo sie saßen, und doch nicht kalt. Aus großer Höhe rauschte ein Bach als Wasserfall hernieder, brach sich an hundert Felsschroffen, verästelte sich und fand sich wieder zusammen, um von neuem über Klippen zu stürzen. Man konnte förmlich sehen, wie es dem Wasser Vergnügen machte, so zu spielen, und man wurde selbst ganz vergnügt dabei.

Die geblümte Frau hatte aus ihrer großen Einkaufstasche alles hervorgezogen, was zu einem gemütlichen Picknick im Freien notwendig ist: belegte Brötchen, hart gekochte Eier, Limonade, kalten Tee, Würstchen, Schinken und noch allerhand anderes, dazu ein Tischtuch, um es auf den Boden zu legen.

So saßen die beiden nun also auf ihrem Felsenvorsprung, zwischen sich das Tischtuch mit Speisen und Getränken, und schmausten. Dabei guckten sie sich die Welt an oder wenigstens den Teil, der um sie herumlag.

»Wo wollen wir eigentlich hin?«, fragte Sophiechen und stopfte sich noch ein Würstchen in den Mund.

»Das weiß ich auch nicht«, sagte die geblümte Frau.

»Ich habe das Gefühl«, fuhr Sophiechen fort, »als ob wir irgendwo hingewollt hätten.«

»Das ist sehr wahrscheinlich«, erwiderte die geblümte Frau und seufzte.

»Haben wir es denn vergessen?«, fragte Sophiechen verwundert.

»Natürlich«, antwortete die geblümte Frau ernst, »wir haben es vergessen.«

»Wieso?«, forschte Sophiechen beunruhigt. »Ich habe doch sonst immer ein sehr gutes Gedächtnis gehabt.«

»Das mag sein«, sagte die geblümte Frau, »aber hier bei uns ist das anders. Kannst du dich zum Beispiel erinnern, wo wir jetzt gerade herkommen?«

Sophiechen dachte angestrengt nach. Sie wusste, dass sie in dem Garten, der niemand gehörte, eine Tür gefunden hatte, auf der Hinein stand, und sie wusste, dass sie durch diese Tür gegangen war. Und sie wusste, dass sie jetzt hier war. Aber alles, was dazwischen lag, hatte sie vergessen und auch, wie sie hierher gekommen war.

»Nein«, murmelte sie schließlich mit großen Augen, »ich kann mich nicht besinnen, wo wir herkommen.«

»Siehst du«, antwortete die geblümte Frau, »ich auch nicht. Aber ich weiß etwas, was sonst niemand bei uns weiß: Ich weiß, dass es bei uns keine Erinnerung gibt. Das wissen die anderen nicht und deshalb wundern sie sich nicht einmal darüber, denn es kommt ihnen gar nicht in den Sinn, danach zu fragen.«

»Aber das ist ja schrecklich!«, rief Sophiechen entsetzt. »Das muss doch sehr traurig sein, wenn man sich nicht mal an jemanden erinnern kann, den man gern hat.«

»Nein«, sagte die geblümte Frau, »traurig ist es nicht, denn du weißt ja nicht mal, dass du den Betreffenden gekannt hast, also vermisst du ihn auch nicht, wenn er nicht da ist.«

»Mir kommt das aber doch schrecklich vor!«, meinte Sophiechen.

»Vielleicht ist es das«, antwortete die geblümte Frau, »vielleicht auch nicht. Es hat sicher auch seine guten Seiten, wenn man immer nur von einem Augenblick zum anderen lebt und nur das weiß, was jetzt gerade dran ist. Man macht sich keine Sorgen, man hat keine Sehnsucht, kein Heimweh, keine Enttäuschung. Man erwartet nichts.«

»Und die schlechten Seiten?«, fragte Sophiechen.

»Die schlechten Seiten kann ich dir nicht sagen«, antwortete die geblümte Frau, »denn dazu müsste ich ja wissen, wie es ist, wenn man sich an alles erinnert, was man erlebt hat.«

»Aber wenn ich jetzt weggehe«, fragte Sophiechen, »dann würdest du mich gleich vergessen haben?«

»Nein«, erklärte die geblümte Frau, »dich würde ich natürlich nicht vergessen, denn du hast ja einen Namen. Wenn man einen Namen hat, dann wird man nicht vergessen.«

Sophiechen dachte lange nach. Dass der Name etwas so Wichtiges sein könnte, war ihr noch nie in den Sinn gekommen.

»Nimmst du deinen Hut eigentlich niemals ab?«, wollte Sophiechen wissen.

»Welchen Hut?«, fragte die geblümte Frau erstaunt.

»Den Blumenhut, den du aufhast!«, sagte Sophiechen.

»Aber das ist doch kein Hut!«, rief die geblümte Frau lachend. »Hast du das denn noch nicht gemerkt? Das sind doch meine Haare!«

»Wieso?«, fragte Sophiechen und machte große Augen. »Wachsen dir denn Blumen aus dem Kopf?«

»Das kommt ganz darauf an, wie ich mich fühle und was ich gerade denke«, antwortete die geblümte Frau. »Wenn ich zum Beispiel traurig und unglücklich bin, dann habe ich lauter verwelkte Blätter auf dem Kopf; wenn es mir gut geht, dann sind sie saftig; wenn ich lustig bin, dann wachsen mir Ringelranken; und wenn ich jemand gern mag, dann blühen die Blumen, weil ich zärtliche Gedanken habe.«

»Und wen magst du jetzt gern, wo du so schön blühst?«, fragte Sophiechen neugierig.

»Na, dich!«, rief die geblümte Frau. »Wen denn sonst?«

Sophiechen freute sich. »Fein«, sagte sie, »ich mag dich auch gern, weißt du. Aber es ist recht unangenehm, dass du keinen Namen hast. Ich weiß immer nie, wie ich dich anreden soll.«

»Du musst mir eben einen Namen geben«, meinte die geblümte Frau leise und blickte Sophiechen ernst an.

Das Mädchen fühlte, dass hinter dieser Aufforderung noch etwas anderes steckte, etwas, das sie noch nicht verstehen konnte. Jedenfalls war sie entschlossen der geblümten Frau einen Namen zu geben. Sie dachte angestrengt nach, aber es wollte und wollte ihr einfach kein passender Name einfallen und schließlich konnte man sie ja nicht einfach »Elise« oder »Paula« oder »Wilhelmine« nennen. Aber sie wollte darüber nachdenken.

Aber das war leichter geplant als getan, denn nach wenigen Minuten hatte Sophiechen schon vergessen, was sie vorgehabt hatte.

So wanderten sie plaudernd den Bach entlang, bis sie nach einer Weile in ein weites, sonnendurchflutetes Tal kamen. Hier wuchsen keine Bäume und Büsche, nur ein samtiger, sattgrüner Rasen bedeckte den Boden. Aber die ganze Talebene stand voll der seltsamsten und wundervollsten Gebilde, die Sophiechen je gesehen hatte.

Im ersten Augenblick dachte das Kind, es müsse sich um eine Ausstellung von Kunstwerken handeln, von Kunstwerken allerdings, wie sie kein Mensch zustande bringen kann.

Es handelte sich um strahlende Sterne und allerhand ähnliche Figuren, große und kleine, aufrechte, liegende und in jeder Stellung, die aus einem Stoff gemacht waren, der wie gesponnenes farbiges Glas aussah. Tausend und abertausend hauchdünner, fast durchsichtiger Fäden formten Kreise, Kugeln, Sechsecke, Dreiecke, Fächer, Pyramiden, Kurven und Spiralen von solcher Vollkommenheit und Schönheit, dass die beiden Freundinnen eine ganze Weile sprachlos standen und nichts taten als nur umherschauen. An manchen Stellen waren die wunderbaren Formen auch zu ganzen Türmen und Wänden übereinander und aneinander gebaut und alles das glitzerte und funkelte im Licht der Nachmittagssonne.

»Wer kann so was Schönes wohl gemacht haben?«, flüsterte Sophiechen schließlich. »Das müssen ganz herrliche Wesen sein, dass sie so was fertig bringen!«

Wieder guckten sie eine Weile umher, dann gingen sie schweigend und Hand in Hand in diesen wunderbaren Wald aus schwebenden, glitzernden Formen hinein.

Plötzlich blieb die geblümte Frau stehen. »Hörst du nichts?«, fragte sie leise.

Sophiechen lauschte. Ja, jetzt hörte sie auch etwas. Es klang wie ein Rascheln von trockenem Laub, nein, es klang wie ein unterdrücktes Schluchzen oder vielmehr wie beides zugleich, sozusagen als ob trockene Laubblätter leise schluchzten.

Die beiden Freundinnen blickten suchend umher, um zu entdecken, woher der Klang wohl kommen mochte.

»Sieh mal, da«, flüsterte die geblümte Frau und zeigte mit dem Finger auf einige kleine Löcher im grasbedeckten Boden, »und da und da und dort!«

Tatsächlich, jetzt erst sahen sie, dass der Boden über und über und so weit das Auge reichte mit solchen kleinen Öffnungen übersät war. Und aus jedem dieser Löcher rieselte und tropfte ein wenig Wasser. Die einzelnen Tropfen sammelten sich zu winzigen Rinnsalen, die den Boden durchzogen, diese vereinigten sich zu kleinen Bächen und diese wieder strömten zu dem größeren Bach zusammen, an dessen Ufer die beiden Freundinnen entlanggegangen waren und der schließlich als der entzückende Wasserfall in den Teich rauschte.

»Seltsam«, raunte Sophiechen, »wo kommen die vielen winzigen Quellen her?«

Aber die geblümte Frau legte den Finger an die Lippen. »Wir wollen uns mal ganz still verhalten«, wisperte sie, »vielleicht kommen sie dann heraus und wir können ihnen bei der Arbeit zugucken.«

»Wem?«, fragte Sophiechen ebenso leise. Aber die geblümte Frau machte nur noch mal »Pst!« und setzte sich auf eine trockene Stelle nieder, wo kein Loch im Boden war. Sophiechen hockte sich neben sie.

Es dauerte eine ganze Weile, aber die beiden verloren nicht die Geduld.

Es war Sophiechen, die zuerst eines der Wesen erblickte, und vor Schreck und Entsetzen hätte sie beinahe laut aufgeschrien. Zum Glück war das Wesen ziemlich weit weg, sonst hätte sie sich vielleicht nicht beherrschen können. Es sah aus wie eine formlose Kartoffel, die mit dünnen schwarzen Haaren bedeckt war und auf verschieden langen, drahtartigen Beinchen aufrecht herumlief. Ebensolche Drähte bildeten Ärmchen und Händchen. Mitten auf der behaarten Kartoffel befanden sich zwei große dunkle Augen, aus denen beständig Tränen tröpfelten.

Sophiechen fühlte, wie sich ihr die Haare sträubten vor Abscheu und Ekel. So hässliche Wesen hatte sie noch nie in ihrem Leben zu sehen bekommen. Die Vorstellung, dass ihr ein solches Geschöpf nahe kommen könnte oder ihr gar auf den Schoß oder auf den Rücken krabbeln würde, ließ sie fast ohnmächtig werden.

»Komm«, brachte sie mit Mühe hervor, »schnell weg hier!« Und sie versuchte die geblümte Frau wegzuzerren.

Die aber schüttelte den Kopf und blieb sitzen. »Warte«, flüsterte sie, »das ist doch sehr interessant.«

Sophiechen fand es keineswegs interessant, aber andererseits traute sie sich auch nicht alleine wegzulaufen. Also blieb sie hocken und hielt sich die Hände vor die Augen, um nichts mehr sehen zu müssen, so sehr gruselte sie der Anblick.

Das Knistern und Wispern, das sich anhörte wie das Schluchzen von trockenen Laubblättern, wurde nach und nach mehr und schließlich klang es wie ein ununterbrochenes Rauschen. In Sophiechen kämpfte die Furcht vor dem Anblick mit der Neugier – und schließlich siegte natürlich die Neugier. Erst blinzelte sie durch die gespreizten Finger und dann ließ sie nach und nach die Hände sinken und blickte um sich.

In einem kleinen Abstand um sie herum hatte sich inzwischen ein ganzes Heer dieser seltsamen Tränenwesen angesammelt und es kamen immer noch mehr aus den entfernter liegenden Enden des Tals herbei. Zu hunderten und aberhunderten standen die kleinen behaarten Kartoffeldinger auf ihren Drahtbeinchen um sie her und blickten reglos und mit tränenvollen Augen zu den beiden Freundinnen auf.

Dass sie keine feindseligen Absichten hatten, war ganz deutlich zu sehen. Im Gegenteil, es schien eher, als müssten sie sich sehr überwinden näher zu kommen und als seien sie bereit beim kleinsten Anzeichen von Gefahr zu fliehen. Aber dieser Eindruck war falsch, wie Sophiechen gleich erfahren sollte. Die Bereitschaft, sich schleunigst zurückzuziehen, hatte ganz andere Gründe.

Nachdem Sophiechen die Wesen eine Weile betrachtet hatte, fand sie den Anblick nicht mehr ganz so schlimm. Sie gewöhnte sich offenbar nach und nach daran. Schließlich, so sagte sie sich, konnten die Dinger ja nichts dafür, dass sie so aussahen. Und dass sie beständig weinten, tat ihr schließlich sogar Leid. Warum mochten sie wohl so unglücklich sein?

»Warum weint ihr denn immer so?«, fragte sie endlich.

»Weil wir so hässlich sind«, antwortete eines der vielen Wesen, das in der vordersten Reihe stand. »Würdest du nicht weinen, wenn du so aussähest wie wir?«

»Ich weiß nicht«, antwortete Sophiechen verlegen, »vielleicht kommen wir euch ja auch hässlich vor.«

»Nein«, antwortete das Wesen, »ihr seid wunderschön. Vielen Dank, dass wir euch betrachten dürfen.«

Sophiechen wechselte einen Blick mit der geblümten Frau. Sie wussten beide nicht recht, was sie darauf erwidern sollten. Nach einer Weile ergriff die geblümte Frau das Wort.

»Diese wunderschönen Sterne und Figuren hier überall«, fragte sie, »wo kommen die her?«

»Die haben wir gemacht«, antwortete das Wesen, welches das Wort führte, und gleichzeitig ging ein freudiges Wispern und Rascheln durch die Menge der Kartoffeldinger. Das Schluchzen hörte für einen Moment auf. »Sie finden es schön! Sie finden es schön!«, hörte man sie einander zutuscheln.

»Vielen Dank, dass ihr unsere Arbeiten schön findet«, sagte das vorderste Wesen, »ihr macht uns sehr glücklich.«

»Aber warum habt ihr euch denn zuerst versteckt?«, rief Sophiechen.

»Weil wir uns schämen«, antwortete das Wesen, »wegen unserer Hässlichkeit.«

»Aber«, fragte Sophiechen, »wozu macht ihr diese schönen Sachen, wofür sind sie da?«

»Zum Ausgleich«, antwortete das Wesen.

Sophiechen tauschte wieder einen ratlosen Blick mit der geblümten Frau, die rasch weiterfragte:

»Das verstehen wir nicht. Was wollt ihr denn ausgleichen?«

»Wir wollen damit gutmachen«, erklärte das Wesen, »dass es uns gibt. Wir geben uns so große Mühe. Aber wir sind niemals sicher, ob es auch genügt. Glaubt ihr, unsere Arbeiten sind schön genug, um so viel Hässlichkeit wie die unsere wieder gutzumachen?«

Bei diesen Worten ging ein Aufseufzen durch das Heer der behaarten Kartoffelwesen und das Schluchzen wurde wieder zum Rauschen. Von neuem bildeten sich überall kleine Rinnsale und Bäche.

Sophiechen wurde plötzlich von einem heftigen Mitleid für diese seltsamen Wesen erfasst. Wie hatte sie sich nur vorher so albern anstellen können! Diese Tränenwesen machten also alle diese wunderbaren Gebilde, nur um einen Fehler wieder gutzumachen, für den sie selbst gar nichts konnten. Und sicher taten sie es mit allen ihren Kräften, die gewiss nicht groß waren. Sophiechen traten selbst die Tränen in die Augen vor Mitleid und vor Scham über ihre eigene vorherige Abscheu. Ehe sie sich selbst recht besonnen hatte, kniete sie sich zu den Wesen nieder, streckte die Hand aus und streichelte die, die ihr am nächsten standen.

Die Wesen waren erst wie vor Schreck gelähmt, aber nach und nach begriffen sie, dass ihnen nichts Böses geschah, sondern dass sie liebkost wurden. Ihre tränenfeuchten Augen blickten Sophiechen in namenlosem Staunen und voller Dankbarkeit an. Sophiechen fand übrigens, dass sie sich gar nicht so übel anfühlten – weich und pelzig und kein bisschen eklig. Schließlich nahm sie sogar einige von ihnen einfach auf den Arm. Und nun war kein Halten mehr, eine Art Jubelgezwitscher breitete sich im ganzen Heer der schwarzen haarigen Wesen aus und alle drängten herbei, um auch einmal gestreichelt zu werden oder wenigstens einen freundlichen Blick des wunderschönen Menschenkindes zu erhaschen. Die geblümte Frau folgte nach kurzem Zögern Sophiechens Beispiel und verteilte ebenfalls lachend Zärtlichkeiten. Es war ein Gezappel und ein Gewusel um die beiden Freundinnen her, das sich nicht beschreiben lässt. Und noch vor kurzem hatte Sophiechen gedacht, sie würde ohnmächtig werden, wenn eins dieser Dinger ihr auf den Schoß krabbeln würde.

Nach einer Weile sagte die geblümte Frau zu den sie umringenden Kartoffelwesen: »Hört mal, ich würde wirklich gerne zugucken, wie ihr diese Sterne und die anderen wunderschönen Formen eigentlich macht. Könntet ihr es uns nicht mal zeigen?«

»Ja«, rief Sophiechen, »das möcht ich auch sehen!«

Die Wesen berieten sich knisternd eine Weile, dann sagte eines: »Wir wollen es euch gerne zeigen, aber wir fürchten, dass wir es nicht recht fertig bringen, solange ihr da seid.«

»Ach, geht!«, meinte die geblümte Frau. »Ihr werdet doch nach allem jetzt keine Hemmungen vor uns haben.«

»Im Gegenteil«, antwortete das Wesen, »es ist nicht, weil wir Hemmungen vor euch haben, sondern weil ihr so nett zu uns seid.«

»Das verstehe ich nicht«, sagte Sophiechen.

»Nun, seht ihr«, antwortete das Wesen, »wir machen diese Sterne doch nur, weil wir uns so schrecklich hässlich fühlen. Aber ihr beide gebt uns das Gefühl, als ob es gar nicht so schlimm wäre mit uns. Deshalb sind wir weniger unglücklich. Und weil wir weniger unglücklich sind, gelingen uns nun vielleicht die Sterne nicht mehr so gut.«

»Wollt ihr's nicht wenigstens mal versuchen?«, fragte die geblümte Frau. »Ich kann nicht glauben, dass ihr Recht habt.«

»Aber natürlich versuchen wir's!«, riefen die Kartoffelwesen und rannten nach allen Seiten auseinander. Und sie sausten hin und her und her und hin wie die Weberschiffchen und kollerten und purzelten und hüpften in die Höhe. Es gelang Sophiechen und der geblümten Frau nicht, dahinter zu kommen, was sie eigentlich machten und woher sie den Baustoff nahmen, aber nach und nach entstand vor den staunenden Augen der beiden Freundinnen eine riesengroße Kugel aus tausend winzigen glitzernden Sechsecken. Aber noch ehe sie fertig war, geriet sie ins Wackeln und – krachte in sich zusammen.

»Es ist, wie wir gesagt haben!«, rief das Kartoffelwesen, das bisher das Wort geführt hatte. »Es gelingt uns nicht, solange ihr da seid. Wir sind zu froh.«

»So was«, murmelte Sophiechen, »hab ich wirklich in meinem Leben noch nicht gehört.«

»Das kann doch nicht sein!«, rief die geblümte Frau den Wesen zu. »Bitte, versucht es doch noch mal.«

»Gern natürlich«, riefen mehrere von ihnen. Und die Arbeit begann von neuem.

Den ganzen Nachmittag saßen die beiden Freundinnen in dem Tal der Tränenwesen und schauten zu, wie diese versuchten ihnen zu Ehren ein besonders herrliches Gebilde zustande zu bringen. Aber immer wieder misslang es. Wer weiß, wie lange sie noch mit diesen Versuchen fortgefahren hätten, wenn nicht ein Ereignis eingetreten wäre, das mit einem Schlag die ganze Lage änderte.

Die Sonne hatte sich schon hinter die Bergspitzen gesenkt, die das kleine Tal umgaben. Sophiechen und die geblümte Frau saßen gerade beim Abendessen, das natürlich wieder aus der großen Einkaufstasche stammte, und die Tränenwesen bemühten sich noch immer im Licht der einfallenden Dämmerung eines ihrer unvergleichlichen Kunstwerke zu errichten.

»Ich glaube«, sagte die geblümte Frau gerade, »ihr solltet es für heute aufgeben, liebe Freunde. Ihr scheint tatsächlich Recht gehabt zu haben. Ihr seid heute Abend nicht traurig genug. Aber zum Glück ist ja das ganze Tal voll mit den Zeugnissen eurer großartigen Kunst.«

Kaum hatte die geblümte Frau ausgeredet, da geschah etwas Merkwürdiges: Die Kartoffeltränen-Wesen rannten plötzlich wie in panischer Angst nach allen Seiten auseinander und waren im Handumdrehen in den vielen Löchern im Boden verschwunden. Nur ein Einziges flitzte noch eine Weile ratlos hin und her, als habe es vor Schreck vergessen, wo es wohnte, aber schließlich schlüpfte es auch in sein Loch.

Sophiechen und die geblümte Frau blickten sich verdutzt an.

»Nanu«, sagte die geblümte Frau, »hab ich denn irgendetwas Unfreundliches gesagt?«

»Nein«, antwortete Sophiechen, »bestimmt nicht.«

Sie sollten nicht lange auf die Lösung des Rätsels warten müssen. Aus dem vom Abendrot flammenden Himmel erscholl nämlich ein vielstimmiges silberhelles Gelächter, und als die beiden Freundinnen emporblickten, sahen sie hoch droben eine ganze Wolke großer bunter Schmetterlinge, die übermütig miteinander spielten und durcheinander tollten, wobei ihre Flügel in allen Farben blitzten und funkelten wie lauter Edelsteine. Die Wolke kam rasch näher und nun war zu erkennen, dass die Körper dieser Schmetterlinge menschliche Gestalt hatten, fast von der Größe Sophiechens, nur dass sie viel feingliedriger und zarter waren. Ihre Gesichter schienen bunt bemalt (später stellte Sophiechen fest, dass es allerdings ihre natürliche Hautfarbe war) wie die von Zirkusclowns. Auf dem Rücken trugen sie diese herrlichen schimmernden Schmetterlingsflügel. Sie waren so hübsch und lustig anzusehen, dass Sophiechen bei ihrem Anblick vor Vergnügen in die Hände klatschte und ihnen zuwinkte.

Kaum aber hatten die Schmetterlingswesen das kleine Tal der Kartoffeltränen-Wesen erspäht, als sie sich auch schon hernieder stürzten und in hellen Scharen auf den kunstvollen Gebilden Platz nahmen. Sie kicherten und lachten, sie turnten und tollten auf den feinen zerbrechlichen Sternen und Spiralen herum und nach wenigen Minuten schon hatten sie mehrere davon restlos zerstört.

»Nein!«, schrie Sophiechen. Ihr Gesicht war vor Zorn ganz rot. »Hört doch auf, ihr! Das ist gemein! Aufhören!« Und sie rannte wütend auf die nächsten Schmetterlingswesen zu. »Warum müsst ihr denn alles kaputtmachen«, rief sie, »die Sachen gehören euch doch nicht! Hört sofort auf!«

Aber die Wesen lachten nur und foppten Sophiechen, indem sie wieselflink vor ihr auswichen, sich wieder vor ihr niederließen, ihr die Hand hinstreckten und sie im letzten Augenblick ins Leere greifen ließen.

Immer mehr der Kunstwerke brachen zusammen.

Sophiechen weinte vor Zorn. Sie stand mitten unter den Schmetterlingswesen und stampfte mit dem Fuß. »Ihr abscheulichen, widerlichen, bösen ...« Ihr fiel kein Wort ein und einen Namen hatte ja nichts in diesem Land. Es war zum Verzweifeln, »Macht dass ihr fortkommt! Ihr Mottengesindel!«

Fröhliches Lachen war die Antwort.

Nun stand nur noch ein einziges der zarten kostbaren Gebilde. Eine ganze Traube von Schmetterlingswesen hing schon daran und schaukelte und hopste darauf herum, bis sich auch dieses mit einem Geräusch wie brechendes feines Glas in Staub und Trümmer auflöste. Aus den dunklen Löchern im Boden erscholl ein leises, verzweifeltes Aufschluchzen und die Rinnsale begannen doppelt so stark zu fließen wie vorher.

In diesem Augenblick war es Sophiechen gelungen, zwei der Schmetterlingswesen zu packen, eines am Arm, das andere am Fuß. Sie schüttelte sie und schrie: »Warum tut ihr denn das, ihr gemeines Pack?«

»Sophiechen!«, rief die geblümte Frau, die schon die ganze Zeit versucht hatte das Kind einzufangen. »Lass los, um Himmels willen! Komm hierher!«

Aber Sophiechen hörte nicht, sie war viel zu erbittert. Um keinen Preis der Welt hätte sie die Glieder losgelassen, die sie gepackt hielt. Sie tat es auch nicht, als der ganze Schwarm sich wie auf ein geheimes Zeichen plötzlich wieder in die Luft erhob und lachend und kichernd ins Abendrot hineinflog. Sie merkte erst, dass sie mitflog, als die Schar schon so hoch war, dass sie nicht mehr loslassen konnte, ohne sich bei dem Absturz Hals und Bein zu brechen.

»Bringt mich sofort zurück!«, schrie sie, nun aber in plötzlichem Entsetzen und gar nicht mehr zornig. »Ich will hinunter! Hört ihr denn nicht? Ich will wieder auf die Erde!«

Aber wieder war es nur das fröhliche Gelächter, was ihr antwortete.

»Ich kann mich nicht mehr fest halten!«, keuchte Sophiechen. »Bitte, bitte, setzt mich wieder ab! Ich – gleich falle ich!«

Die Schmetterlingswesen schienen sie überhaupt nicht zu hören. Oder vielleicht meinten sie auch, Sophiechen mache nur einen guten Spaß. Jedenfalls machten sie keine Anstalten zu landen, sondern stiegen höher und höher in den roten Himmel.

Sophiechens Kräfte waren am Ende. Ihre Hände erlahmten und sie ließ los.

Sie stürzte und stürzte und stürzte. Sie machte Purzelbäume in der Luft, der Atem verging ihr und sie drückte die Augen fest zu, um nichts mehr sehen zu müssen. Da fühlte sie plötzlich, wie sie von zarten, aber festen Händen gepackt wurde. Sie schlug die Augen auf und blickte in einige der lachenden bunten Clownsgesichter.

»Ho – hopp!«, rief eines von ihnen und dann warfen sie das Mädchen in die Höhe, wo sie von anderen Schmetterlingswesen aufgefangen wurde.

»Danke!«, wollte sie eben hervorstoßen. Aber das Wort blieb ihr im Halse stecken, denn –

»Ho – hopp!«, riefen die, die sie gerade hielten, und warfen sie im weiten Schwung einer anderen Gruppe zu, die sie kichernd auffing. Und so ging es immer weiter. Sie spielten regelrecht Fangball mit Sophiechen, hin und her und auf und ab, ließen sie fallen, holten sie wieder empor, wirbelten sie herum und begleiteten dieses herzlose Tun mit ununterbrochenem Gelächter. In rasender Geschwindigkeit entfernten sie sich von dem kleinen Tal, wo die geblümte Frau stand und ihnen nachblickte, bis sie ihren Blicken entschwunden waren.

»Sophiechen!«, rief sie noch ein letztes Mal, dann setzte sie sich ratlos auf den Boden nieder und wiederholte flüsternd: »Sophiechen ...« Sie griff in ihre große Einkaufstasche und holte ein riesiges, blauweiß kariertes Taschentuch hervor, mit dem sie sich die Tränen trocknete und die Nase putzte.

Nach und nach kamen nun die Kartoffelwesen wieder aus ihren Löchern hervor und betrachteten den Schaden, wobei sie ununterbrochen schluchzten und weinten.

»Alles ist zerstört«, flüsterten sie, »alles, was wir so mühsam aufgebaut haben. Aber wodurch? Wodurch ist das nur gekommen?

Die Sache war nämlich die, dass sie sich an die Schmetterlingswesen von dem Augenblick an, da diese verschwunden waren, nicht mehr erinnern konnten. Sie hatten sie vollkommen vergessen. Nur die Wirkung von deren Mutwillen sahen sie vor sich: die Trümmer all ihrer Mühen. Sie würden wieder ganz von vorne beginnen müssen.

Auch die geblümte Frau konnte ihnen nichts sagen, denn ihr erging es nicht anders. Von den Schmetterlingswesen wusste sie nichts mehr, ganz so, als wären sie überhaupt nie da gewesen. Nur an Sophiechen konnte sie sich erinnern und daran, dass das Kind auf seltsame Weise fortgeflogen war und sie hier allein zurückgelassen hatte, denn Sophiechen hatte ja einen Namen!

»Sophiechen ...«, murmelte die geblümte Frau, »wie soll ich dich nur wieder finden und was wird aus dir werden?«

Und ihre Blumenhaare waren ganz welk und farblos geworden.

Für Sophiechen war die Sache anders.

So sehr der verehrte Leser diesen Umstand vielleicht auch bedauern oder sogar missbilligen wird – Sophiechen hatte nicht nur die Kartoffelwesen, sondern auch die geblümte Frau, sobald sie sie aus den Augen verloren hatte, vergessen; dass dies nicht durch ihre Zerstreutheit oder gar durch Mangel an

Freundschaft so war, sondern auf die besondere Beschaffenheit dieses Landes zurückzuführen war, wissen wir ja nun. Die einzige Schuld, die Sophiechen dabei traf, war höchstens die, dass sie für ihre Freundin bis jetzt noch immer keinen Namen gefunden hatte. Aber auch dazu war es nun zu spät, denn nicht einmal an diese Möglichkeit konnte Sophiechen sich erinnern. Außerdem blieb ihr auch gar keine Zeit über irgendetwas nachzudenken, denn die Schmetterlingsclowns ließen sie überhaupt nicht zur Besinnung kommen.

Als sei sie ein Zirkusakrobat am fliegenden Trapez, so flog sie noch immer hin und her, aufwärts und abwärts, von einer Hand zur anderen. Zuerst hatte sie natürlich Angst bei dieser ungewohnten Fortbewegungsweise, sie wurde fast seekrank davon, aber nach einer Weile hatte sie sich daran gewöhnt und als sie merkte, dass ihr nichts dabei passierte, fand sie es eigentlich ganz lustig, so herumzufliegen. Sie lachte und schrie ebenfalls »Hei – hopp«, wenn sie durch die Luft wirbelte, sie machte von sich aus Purzelbäume in der Luft und trieb allerlei ausgelassene Späße, wodurch sie die Clownmotten zu immer größerer Begeisterung und stürmischem Jauchzen und Gelächter hinriss. An eine Gefahr dachten sie ebenso wenig wie das Kind.

Inzwischen war die Nacht völlig hereingebrochen. Es war Sophiechens zweite Nacht in dem Land hinter der Tür. Erschöpft vom Spielen und Toben, ließen die Clownmotten sich auf einem großen Baum nieder. Das Mädchen setzten sie in den obersten Wipfel in ein großes verlassenes Vogelnest.

»Wohnt ihr hier?«, fragte Sophiechen.

»Sie fragt, ob wir hier wohnen«, kicherte einer der Mottenclowns und die anderen sagten es weiter und alle schienen sich darüber zu amüsieren.

»Was gibt's denn darüber zu kichern?«, wollte Sophiechen wissen.

»Weil es komisch ist zu denken«, antwortete einer aus der Schar, »dass wir auf diesem Baum wohnen.«

»Na, wo wohnt ihr denn dann?«, gab Sophiechen etwas ungeduldig zurück.

»Nirgends«, riefen mehrere gleichzeitig und: »überall!«, riefen andere.

»Oder vielmehr«, erklärte einer, der dem Mädchen am nächsten saß, »wir wohnen überhaupt nicht. Wir flattern so herum, wie es sich eben gerade ergibt und wie es uns Spaß macht.«

»Mir«, sagte Sophiechen, »würde es keinen Spaß machen, nirgends zu wohnen. Man muss doch ein Zuhause haben.«

Die Mottenclowns wurden plötzlich still.

»Ja«, meinte einer von ihnen, »das wäre nicht übel. Aber es geht nicht, selbst wenn wir es wollten.«

»Warum?«, erkundigte sich Sophiechen.

»Warum, warum, warum!«, sagte ein anderer. »Weil es eben nicht geht, darum! Wir müssen immer herumziehen, wie es gerade kommt. Aber wir denken nicht darüber nach, weil es doch keinen Zweck hat.«

»Wenn wir einen König oder eine Königin hätten, wäre das alles anders«, rief einer, der entfernter saß.

»Und wieso?«, wollte Sophiechen wissen.

»Wieso, wieso, wieso!«, machten mehrere nach. »Was du alles wissen willst! Schlaf jetzt lieber. Wir wollen auch schlafen. Wir haben viel getan und sind müde.«

Sophiechen schwieg also und überlegte für sich, was das alles bedeuten mochte. Aber schon nach kurzer Zeit war sie eingeschlafen, zusammengekuschelt in dem warmen großen Vogelnest, das der Baum leise im Nachtwind hin und her wiegte. Auch die Clownmotten schliefen auf ihren Ästen in den verrücktesten Stellungen, auf dem Bauch mit hängenden Armen und Beinen, auf dem Kopf stehend oder mit den Knien an einem Ast hängend. Und auch sie alle schaukelte der Nachtwind hin und her, was sie aber, nach ihrem vielstimmigen Schnarchen zu urteilen, kein bisschen störte.

Zur gleichen Zeit saß die geblümte Frau noch immer im Tal der Kartoffeltränen-Wesen. Sie konnte nicht schlafen. Dass sie Sophiechen verloren hatte, erfüllte sie mit großem Kummer, aber noch schlimmer war es für sie, dass sie keine Möglichkeit sah, das Kind wieder zu finden. Sie hatte ja nicht die blasseste Ahnung, wo sie es überhaupt suchen sollte. Am allerärgsten aber empfand sie die Angst, die sie um das Kind ausstand, das da nun ganz allein und ohne Schutz irgendwo im Lande herumirrte und sich nicht zurechtfinden würde. Und überall lauerten Gefahren, die Sophiechen wahrscheinlich nicht einmal ahnte.

Ein schwerer Seufzer entrang sich der Brust der geblümten Frau und wieder musste sie sich die Augen mit dem großen karierten Taschentuch trocknen und die Nase schnäuzen. Als sie in ihrer Reisetasche nach dem Tuch fischte, geriet ihr zufällig ihr Binokel in die Hand. Sie zog es hervor und blickte es nachdenklich an.

»Nun ja«, dachte sie, wenig hoffnungsvoll, »versuchen kann ich es ja mal. Vielleicht ergibt es sich, dass ich Sophiechen sehe, wo sie jetzt gerade ist. Obwohl man ja mit diesem Ding gerade das, was man unbedingt sehen will, nicht sieht. Ich müsste vergessen, dass ich Sophiechen suche. Aber wie soll ich das anfangen. Ach ja, wie man's macht, ist's verkehrt.«

Sie setzte also das Binokel an die Augen und blickte hindurch. Erst sah sie eine ganze Weile gar nichts. Das war allerdings nicht weiter verwunderlich, denn es war ja stockdunkle Nacht, hier und im ganzen Land. Dann sah sie nach der Reihe einen Leuchtturm, ein Schloss mit hellen Fenstern, einige Leuchtkäfer, einen Lampion mit lachendem Gesicht, eine Sternschnuppe, ein Lagerfeuer mit einigen alten Frauen drum, die alle gemeinsam an einem riesigen Strumpf strickten (Gott weiß, wozu!), ein Feuerwerk, einige kleine Ferkel, die eine Geburtstagstorte mit brennenden Kerzen trugen, und so sah sie noch vieles, vieles andere, nur von Sophiechen sah sie nicht einmal deren rotblonden Dutt.

So waren vielleicht schon ein oder zwei Stunden mit nutzlosem Suchen vergangen, als die geblümte Frau plötzlich zusammenzuckte. Sie hatte genau gefühlt, wie sich ihr ganz leise eine Hand auf die Schulter gelegt hatte. Es war völlig dunkel rund um sie her und sie hatte keinen Schritt näher kommen hören. Zögernd wandte sie den Kopf und blickte hinter sich. Und trotz der Dunkelheit konnte sie die Gestalt eines schmalen, blassen Knaben erkennen, der einen seltsamen kurzen Mantel mit sehr weiten Ärmeln trug und eine Krone auf dem Kopf hatte. Und im gleichen Augenblick wusste sie auch, wer das war.

Sie stand auf, verbeugte sich tief und sagte leise: »Ich danke dir, dass du gekommen bist, kleiner Zar.«

Es war der selbe Knabe, der Sophiechen aus dem Wald der leuchtenden Pflanzen errettet hatte. Aber davon wusste die geblümte Frau nichts, denn Sophiechen hatte es ja vergessen und nichts davon erzählt. Aber jeder in diesem Land kannte den kleinen Zaren – freilich nur, sobald er vor ihm stand. Und jeder brachte ihm Liebe und Ehrfurcht entgegen, obwohl der kleine Zar, wie jeder wusste, an einer geheimnisvollen Krankheit litt, nämlich, dass er nicht aufwachen konnte. Er ging nur als eine Art Schlafwandler umher, tauchte plötzlich da oder dort auf und verschwand wieder. Aber wo er auftauchte, da brachte seine Gegenwart die Dinge in Ordnung und wendete alles zum Guten. Sicherlich hätten ihn viele Bewohner des Landes oft gern zu Hilfe gerufen, wenn sie in Not waren, aber das konnte man leider nicht, denn auch er hatte, wie alles hier, keinen Namen – und deshalb konnte man sich nicht an ihn erinnern, sobald er nicht mehr da war. Dies alles wusste die geblümte Frau im selben Augenblick, als sie den kleinen Zaren vor sich sah. Ihr ganzer Kummer war plötzlich verschwunden. Sie fühlte sich so voller Hoffnung und Freude, dass ihre Blumenhaare mit einem Schlag wieder saftig und frisch wurden und wie verrückt zu blühen und zu duften anfingen. »Sophiechen ist weg!«, sagte sie entsetzt. »Ich konnte es nicht verhindern. Was soll ich tun?«

Um die Lippen des ernsten Knaben, der immer die Augen geschlossen hielt, spielte einen Augenblick ein kleines Lächeln. Langsam ging er an der geblümten Frau vorüber in die Dunkelheit hinein. Hatte er ihr mit der Hand gewinkt? Es kam ihr so vor. Jedenfalls raffte sie schnell das Schnupftuch und das Binokel vom Boden auf, stopfte beides in ihre große Einkaufstasche und folgte ihm. Immer wieder dachte sie, sie hätte ihn aus dem Blick verloren, aber immer wieder sah sie plötzlich seine schmale Gestalt im Dunkeln vor sich aufschimmern.

Sie eilte sich so, dass sie ganz außer Atem kam, vor allem, weil der Weg bald über Felsschroffen und durch tiefe Abgründe, durch Gestrüpp und sumpfige Gegenden führte. Der Junge wartete nicht auf sie, auch schien ihn die Wanderung kein bisschen anzustrengen. Ruhig und gleichmäßig schritt er dahin, vorbei an Schwindel erregenden Abstürzen, durch Höhen und über handbreite Holzstege. Schnaufend und schwitzend, aber in bester Laune folgte ihm die dicke geblümte Frau. Jetzt wusste sie, dass sie Sophiechen wieder finden würde.

Am nächsten Morgen erwachte Sophiechen in ihrem Nest von einem allgemeinen lauten Schmatzen und Mampfen. Sie schlug die Augen auf und blickte als Erstes in einen Himmel, der mit schweren, dicken Regenwolken verhangen war, sodass die Sonne, die längst aufgegangen war, dahinter verborgen blieb. Aber es war warm und windstill.

Das Schmatzen und Mampfen dauerte fort und das Mädchen beugte sich über den Nestrand und guckte nach unten, um zu sehen, was die Ursache dieses Geräusches wäre. Sie erschrak etwas, als sie sah, dass die Clownmotten die Blätter des Baumes verschlangen, und zwar so gierig und eilig, als hänge ihr Leben davon ab. Gut die Hälfte des Baumes war schon völlig kahl und zeigte nur noch nacktes Astwerk.

»He!«, rief Sophiechen hinunter. »Was macht ihr denn da?«

Einer der Mottenclowns blickte zerstreut zu ihr hinauf und rief einem anderen zu: »Das Ding da oben will wissen, was wir machen. Was machen wir eigentlich?«

»Wir frühstücken«, antwortete der andere ohne sich in seiner Tätigkeit auch nur eine Sekunde unterbrechen zu lassen.

»Wir frühstücken!«, rief der erste Mottenclown zu Sophiechen hinauf. »Beeile dich und komm herunter, wenn du auch noch was haben willst.«

»Aber ihr fresst ja den ganzen Baum ratzekahl!«, rief Sophiechen hinunter.

»Das Ding da oben«, sagte die Clownmotte wieder zu ihren Nachbarn, »sagt, wir fressen den ganzen Baum kahl.«

»Na und?«, brummte die andere und die erste wandte sich wieder zu Sophiechen hinauf und rief: »Na und?«

»Davon geht der Baum doch kaputt«, antwortete Sophiechen aufgebracht, »so was darf man doch nicht machen!«

»Das Ding da oben«, wandte sich die Clownmotte wieder an die andere, »meint, so was darf man nicht machen.«

»Man darf alles«, schmatzte die andere, »was man einem nicht verbieten kann. Und wer will uns was verbieten?«

»Wer will uns was verbieten?«, rief die erste Motte zu Sophiechen hinauf.

»Ich!«, antwortete Sophiechen.

»Das Ding da oben«, meinte die Motte zu ihrem Nachbarn, »sagt ›ich‹.«

»Wieso denn du?«, fragte die andere Motte. »Du frisst doch selbst.«

»Doch nicht ich«, erklärte die erste, »das Ding da oben, sagt: sie.«

»Warum sagt das Ding da oben *Sie*«, fragte die andere Motte, »und zu wem sagt sie *Sie*?«

»Zu wem sagst du *Sie*?«, rief die erste Motte hinauf.

»Ich sagte nicht *Sie* und zu euch schon gar nicht«, antwortete Sophiechen wütend, »ich sage, dass ich euch verbiete den ganzen Baum ratzekahl zu fressen.«

»Sie verbietet uns«, erklärte wieder die erste Clownmotte, »den Baum ratzekahl zu fressen.«

»Wer?«, fragte die zweite.

»Das Ding da oben«, erwiderte die erste.

Die zweite, die wie alle anderen, außer der ersten, bis jetzt noch keinen Blick nach oben gewendet hatte, erinnerte sich deshalb natürlich nicht an das Mädchen und sagte: »Ich kenne das Ding da oben nicht. Wer ist das überhaupt.«

»Wer bist du überhaupt?«, fragte die erste Clownmotte hinauf.

»Ich bin kein Ding-da-oben!«, rief Sophiechen am Rande der Zorntränen. »Ich bin Sophiechen, dass ihr es nur wisst.«

Plötzlich hörten alle Clownmotten gleichzeitig auf zu schmatzen und zu mampfen und wendeten ihre Blicke nach oben. Es herrschte atemlose Stille.

»Was hat sie gesagt?«, flüsterte eine Motte, die weiter unten saß. Aber die anderen machten: »Psst!«

»Würdest du das bitte noch mal sagen?«, fragte die erste Motte.

»Ich bin Sophiechen!«, sagte Sophiechen.

»Wie meinst du das? Du bist ein – was?«, fragte die zweite.

»Ich bin nicht ein was, ich bin Sophiechen. Das ist mein Name und ich heiße so«, antwortete das Mädchen, jetzt ein wenig ängstlich, denn die Stille machte sie unsicher.

»Du meinst«, fragte eine dritte Motte, »du hast einen Namen?«

»Allerdings«, sagte Sophiechen.

»Und dieser Name«, fuhr die dritte Motte fort, »lautet Sophiechen?«

»Ganz richtig«, sagte Sophiechen.

Daraufhin brach eine ganz lächerliche Aufregung unter den Motten aus. Sie flatterten und krabbelten alle plötzlich in einem Knäuel durcheinander und jede schrie der anderen ins Ohr: »Sie hat einen Namen, habt ihr gehört? Einen Namen hat sie. Sophiechen! Sophiechen! Sie muss unbedingt unsere Königin werden. Jemand muss sie fragen, ob sie unsere Königin werden will. Frag du sie! Nein, du! Frag du doch selbst!«

Das ging eine ganze Weile so fort und Sophiechen musste sich schon wieder das Lachen verbeißen, weil diese Wesen so komisch und drollig durcheinander wirbelten.

Endlich hatten sie sich einigermaßen beruhigt. Die ganze Wolke erhob sich flügelflatternd und stieg zu der Baumspitze empor, wo das Nest war. Dort bildeten sie eine Art Reigen, der um das Nest kreiste, und alle schrien: »Bitte, bitte, Sophiechen, willst du nicht unsere Königin sein?«

Sophiechen hielt sich die Ohren zu, und als es etwas stiller geworden war, fragte sie vorsichtig: »Was muss ich denn machen, wenn ich eure Königin bin?«

»Du musst uns immerzu Befehle geben!«, riefen alle durcheinander. »Du musst kommandieren. Und jedem von uns Recht geben, wenn wir streiten.«

»Und ihr«, fragte Sophiechen weiter, »würdet ihr mir denn folgen und gehorchen?«

»Aber natürlich!«, schrien alle begeistert. »Das würden wir ganz bestimmt. Du hast doch einen Namen und deshalb hätten wir etwas, woran wir uns erinnern könnten, später, heute Abend, morgen, in der nächsten Woche! Auch wenn du uns wegschickst, um etwas zu holen oder zu vollbringen, wir wüssten immer, dass wir eine Königin haben. Das wäre herrlich, ach, wäre das wunderbar. Bitte, bitte, Sophiechen, werde unsere Königin!«

»Also gut«, sagte Sophiechen, »aber wehe, wenn ihr mir nicht gehorcht, dann gehe ich sofort weg und ihr könnt euch erinnern, so viel ihr wollt. Aber wenn ihr mir brav gehorcht, dann bleibe ich bei euch.«

»Hurra«, schrien die Clownmotten begeistert, »jetzt sind wir die glücklichsten Kerle weit und breit! Hurra! Vivat! Sophiechen, unsere Königin, sie lebe hoch! hoch! hoch!«

Gleichzeitig fühlte das Mädchen sich emporgehoben. Sie fürchtete schon wieder herumgeworfen zu werden wie gestern, aber das geschah diesmal nicht. Mehrere der Mottenclowns bildeten aus ihren Körpern eine Art Sänfte, auf der Sophiechen saß wie auf einem Sofa. Die Übrigen segelten um sie her und fragten immerfort: »Dürfen wir etwas für Eure Durchlaucht tun? Wünschen Eure Majestät etwas? Was haben Hoheit zu befehlen?«

So schwebte Sophiechen im Triumphzug hoch über das Land dahin und – um die Wahrheit zu sagen – es gefiel ihr gar nicht so übel.

»Also, Majestät«, rief nach einer Weile eine Clownmotte, »jetzt musst du uns etwas befehlen.«

»Ich weiß nicht«, gab Sophiechen zu, »was soll ich denn befehlen?«

»Du musst aber«, sagte die Clownmotte, »dafür bist du Königin. Wir wollen, dass du uns sagst, was wir tun sollen.«

Sophiechen dachte nach.

»Gut«, meinte sie schließlich, »dann befehle ich, dass sofort meine Krönung gefeiert wird. Denn eine Königin ohne Krönung ist überhaupt keine Königin.«

»Hurra«, schrien wieder alle Motten, »wir feiern die Krönung unserer Königin Sophiechen der Ersten!«

Kaum aber hatten sie das gerufen, da brach schon wieder Streit unter ihnen aus über die Frage, wie man eine Krönung überhaupt feiern müsse. Der eine meinte, bei einer Krönung müsse man die Königin in einen Topf mit Honig stecken; der andere schrie, er wisse ganz genau, dass man bei einer Krönung ein Loch in den Boden machen müsse, in das man Schnaps schüttet; der dritte beharrte dickköpfig darauf, eine Krönung könne ausschließlich in einem Schaltjahr gefeiert werden, deshalb müsse man sofort ein Schaltjahr herschaffen; ein vierter gab vor, ganz genau zu wissen, dass eine Krönung nach Pfannkuchen rieche; und ein fünfter behauptete, alle anderen seien Dummköpfe, weil sie nicht wüssten, dass eine Krönung von hinten nach vorn gefeiert werden müsse. Die einzige Schwierigkeit sei dabei, herauszubekommen, wo eigentlich hinten wäre. So zankten sie eine Weile, dann wandten sich alle gleichzeitig an Sophiechen und forderten sie auf, ihnen allen Recht zu geben, denn das sei ihre Pflicht als Königin.

»Schluss jetzt!«, rief Sophiechen, obgleich sie kaum ernst bleiben konnte. »Ich werde euch genau sagen, wie man eine Krönung feiert. Dazu braucht man vor allem drei Dinge: erstens jemand, der gekrönt werden soll, zweitens einen festlichen Saal, wo die Krönung stattfindet, und drittens eine Krone. Nummer eins haben wir schon, nämlich mich. Jetzt müssen wir also Nummer zwei suchen.«

»Habt ihr gehört?«, schrie eine Clownmotte. »Unsere Königin wünscht, dass wir Nummer zwei suchen!«

»Sofort alle Nummer zwei suchen«, riefen alle durcheinander. Dann guckten sich alle dumm an und eine fragte: »Wie sieht eigentlich eine Nummer zwei aus?«

»Nummer zwei«, erklärte Sophiechen geduldig, »ist ein festlich geschmückter Saal, wo die Krönung vollzogen werden kann, also mit einem Thron und Baldachin und Girlanden und einer Musikkapelle, versteht ihr?«

»Wir verstehen«, antworteten die Motten eifrig.

M. E.

GEGEN DIE INNENWELT-VERWÜSTUNG

Es gibt aber ein Phänomen, das viel weniger beachtet wird, das ist die Innenweltverwüstung, die genauso bedrohlich und genauso gefährlich ist. Und gegen diese Innenweltverwüstung können Sie mit einem inneren Bäumepflanzen anzugehen versuchen, und das ist zum Beispiel der Versuch, gute Gedichte zu schreiben, das ist ein innerer Baum, der da gepflanzt wird. Man pflanzt nicht nur einen Baum, um Äpfel davon zu haben, sondern ein Baum ist einfach schön, und es ist wichtig, dass er das ist, nicht nur, weil er zu etwas nütze ist. Und so ist das, was viele Schriftsteller, nicht viele, aber doch einige Schriftsteller und Künstler versuchen, nämlich einfach etwas zu schaffen, was dann da ist und was gemeinsamer Besitz der Menschheit werden kann – einfach, weil es gut ist, dass es da ist.

zur Entstehungsgeschichte siehe Seite 323

GEDICHT IM FENSTER

Es ist gewiss hübsch, wenn jemand, der die deutsche Sprache einwandfrei sprechen und schreiben kann, in ihr ein Gedicht schreibt. Aber von wenigen Ausnahmen abgesehen liest man das irgendwo, blättert weiter – und hat es wieder vergessen. Da muss einer schon ein richtiger Dichter sein oder ein besonders witziger Kerl, damit man sich am nächsten Tag plötzlich wieder dran erinnert, »Moment, wie war das noch mal?«, und zurückblättert und es noch mal liest und das mehrmals, bis man es behalten hat.

Aber viel schöner finde ich es, wenn jemand deutsch schreibt, der es kaum kann. (Halt! Ruhe! Ich meine ja gar nicht die deutschen Schriftsteller.) Wer kennt das Entzücken, das einen befällt bei der Lektüre gewisser Prospekte, die einem in Pisa oder Pompeji oder anderen sehenswürdigen Städten Italiens am Bahnhof in die Hand gedrückt werden? Da wird einem geraten, was man sich alles anschauen müsse (»Sie wären schade, nicht zu sehen den schiefen Turm …«), und der Redefluss rinnt so höflich dahin und so würdevoll wie der eines Chefportiers im Luxushotel. Aber man schaut einmal hin und schaut zweimal hin und wischt sich die Augen: Der Portier steht ganz schräg, genauso schwerelos wie sein Turm, den er anpreist.

zur Entstehungsgeschichte siehe Seite 324

SCHUHE

EINE VERÄNDERUNG

Der Zeiger sprang mit einem kleinen Ruck vor. Die elektrische Uhr über der Glastür zeigte nun achtzehn Minuten nach sieben. Drei Minuten über die gewohnte Zeit.

Der Geschäftsführer hielt sich zerstreut seine Armbanduhr ans Ohr und schüttelte sie, obgleich sie mit der großen Uhr übereinstimmte. Dann wandte er sich langsam in den Salon zurück. Sein Blick glitt über die Gestalt des Verkäufers, der dem Mädchen auf der Leiter die letzten Schuhkartons hinaufreichte. Sie ordnete sie rasch in die Regale ein.

Es war ein anstrengender Tag gewesen.

Eine Weile starrte der Geschäftsführer, ohne irgendetwas zu denken, auf die Beine des Mädchens und sah zu, wie jedes Mal, wenn sie sich streckte, der Minirock ein wenig höher rutschte und ihre Schenkel freigab. Dann, mit einem Ruck, erwachte er aus seiner Abwesenheit und klatschte in die Hände.

»Vorwärts«, rief er halblaut, »beeilen Sie sich bitte etwas, damit wir fertig werden!«

Der Stift hatte einige Aschenbecher geleert und lief mit Handschaufel und Putztuch in die hinteren Räume. Das Mädchen stieg von der Leiter, zog den Rock glatt und sagte: »So. Das wär's für heute.«

Der Verkäufer zwinkerte ihr zu. »Wollen wir zusammen zu Abend essen?«

Sie zog sich gerade die Lippen nach und streifte ihn mit einem prüfenden Blick. »Mhm!«, machte sie und nickte müde, während sie ihre Lippen auf einem alten Fahrschein abdrückte, den sie in der Tasche ihres Kostüms gefunden hatte.

Der Stift kam aus den hinteren Räumen zurück und

zur Entstehungsgeschichte siehe Seite 324

schleppte Mäntel und Hüte herbei. Er war für sein Alter etwas zu klein geblieben und konnte nur mit Mühe über den Kleiderberg auf seinen Armen hinwegblicken. Er legte alles über einen der herumstehenden Sessel, suchte den Mantel des Geschäftsführers heraus und half ihm hinein. Dann reichte er ihm mit einem Gesichtsausdruck, als erwarte er Dank, den er bescheiden ablehnen wollte, den Hut.

Der Geschäftsführer nahm keine Notiz davon, knöpfte langsam den Mantel zu, betastete nachdenklich seine Taschen, knöpfte den Mantel wieder auf und begann nach dem Schlüssel für die große Glastür zu suchen.

Währenddessen half der Verkäufer dem Mädchen in den Mantel. Sie setzte vor einer der Spiegelwände ihren Hut zurecht und betrachtete sich kritisch. Der Verkäufer, der hinter ihr stand, rückte an seiner Krawatte, zog eine Augenbraue hoch und schlüpfte dann, ohne den Blick von seinem Spiegelbild zu wenden, in seinen Überzieher, den der Stift ihm hinhielt.

Nachdem alle fertig waren, zog auch der Stift seinen Mantel an. Dann hielt er wieder aufmerksam den Hut des Geschäftsführers bereit. Der hatte endlich den Schlüssel gefunden, nahm den Hut und sagte: »Ja, also dann – guten Abend!«

»Guten Abend«, murmelten alle. Der Verkäufer hakte das Mädchen unter, das beide Hände in den Manteltaschen vergraben hatte. Sie blickte nicht einmal auf und schien es kaum zu bemerken. Der Stift hielt die Tür auf. Aber alle zögerten zu gehen, als ob sie etwas vergessen hätten. Sie warfen einen Blick in den Raum zurück; es war alles in Ordnung.

Der Geschäftsführer klimperte nervös mit den Schlüsseln und ging zum Schalter hinüber, um das Licht auszuknipsen. Aber er tat es nicht. Er zog die ausgestreckte Hand langsam wieder zurück, als sei er bei etwas Verbotenem ertappt worden.

Zur offenen Tür wehte es kalt herein. Ihn fröstelte und er blickte zu den drei Angestellten hinüber. Sie standen ganz ruhig und warteten. Jeder war ganz in sich versunken. Jeder war allein, unendlich fern von den anderen …

Der Geschäftsführer schüttelte ein wenig ärgerlich über sich selbst den Kopf. Noch einmal blickte er zu der elektrischen

Uhr hinauf. Natürlich durfte er das Licht ausknipsen! Im Gegenteil, er musste es sogar. Es war schon viel zu spät.

In diesem Augenblick stand plötzlich im Rahmen der Tür, die der Stift wie zum Empfang weit geöffnet hielt, eine sehr große, sehr dicke Dame, die in einen Nerzmantel gehüllt war. Unter beiden Armen hielt sie eine erstaunliche Menge von Paketen und Päckchen und in einer Faust trug sie, wie ein Zepter, einen ungeheuren, in Seidenpapier gewickelten Blumenstrauß. Im Ganzen war sie so breit, dass es unmöglich schien, ohne ihre Erlaubnis an ihr vorbeizukommen und ins Freie zu gelangen.

Die Angestellten starrten sie reglos an.

Der Geschäftsführer ging zögernd auf sie zu und sagte mit höflichem Lächeln: »Wie Sie sehen, gnädige Frau, haben wir bereits geschlossen.«

Die Dame, die fast einen Kopf größer war als er, sah auf ihn herunter. Ihr Gesicht war grell geschminkt.

»Wie ich sehe«, sagte sie langsam, »haben Sie noch geöffnet.«

Der Geschäftsführer hob abwehrend seine Hand. »Es tut mir Leid, gnädige Frau«, sagte er und schüttelte den Kopf, »aber es geht wirklich nicht mehr.«

Er fühlte sich gereizt und müde nach diesem anstrengenden Tag, doch er wollte höflich bleiben.

Die Dame trat in den Laden. Er stellte sich ihr in den Weg.

»Wir haben bereits Feierabend«, sagte er so energisch, wie es ihm möglich war. »Haben Sie bitte Verständnis.«

Die Dame sah ihn an. Er wollte ihrem Blick standhalten, aber da war etwas in ihren Augen, das ihn zum Nachgeben zwang. Er presste die Lippen zusammen und bekämpfte die Schwäche; es gelang ihm nicht. Das machte ihn wütend.

»Jetzt bin ich da«, sagte die Dame in eigentümlich schleppender Art, fast ohne die Lippen zu bewegen, »und jetzt werden Sie mich bedienen. Also, bitte!«

Der Geschäftsführer wollte widersprechen, trat aber stattdessen einen Schritt zurück und machte, gegen alle Absicht, eine kleine, devote Verbeugung. Jetzt hasste er die Dame.

Sie trat ein und schritt am Spalier der Angestellten vorüber, über die Köpfe hinweg musterte sie den Laden mit halb zugekniffenen Augen. Der Stift ließ die Tür zufallen. Die Dame nahm schweigend in einem Sessel Platz und türmte links und rechts von sich ihre Päckchen auf.

Die Angestellten schauten sich an, enttäuscht, müde und gottergeben. Der Geschäftsführer zuckte die Schultern und hob die Arme, um zu zeigen, dass es seine Schuld nicht sei. Dann nahm er sich noch einmal zusammen, straffte sich, zog sein Kinn hoch und ging entschlossen auf die Dame zu.

»Es tut mir wirklich sehr Leid, meine Dame«, sagte er lauter, als notwendig war, »aber selbst wenn wir wollten, dürften wir Sie nicht mehr bedienen. Es wäre ungesetzlich. Wenn die Polizei … Sie verstehen?«

Die Dame maß ihn nur leicht erstaunt mit den Blicken und erwiderte: »Sie sollen mir nichts erzählen, Sie sollen mich bedienen!«

Es war etwas an der Person, das den Geschäftsführer verwirrte. Zu seiner eigenen Verwunderung hörte er sich sagen: »Und … was wünschen Sie, gnädige Frau?«

»Schuhe natürlich«, sagte die Dame, »oder was dachten Sie?«

»Ah, ja …«, murmelte er, »ja, natürlich … Schuhe …« Er wandte sich um und rief dem Stift zu: »Fritz! Die Dame möchte Schuhe sehn. Bedienen Sie die Dame!«

Damit zog er sich in den Hintergrund zurück und begann ungeduldig auf und ab zu gehen. Der Verkäufer und das Mädchen schauten sich an, als erwarte jeder vom andern Rat darüber, ob auch sie bleiben müssten oder ob sie gehen dürften.

Der Stift zog zunächst ein gekränktes Gesicht, zuckte dann aber die Achseln und ging zu der Kundin hinüber. Ohne den Mantel abzulegen, stellte er sich vor sie hin und fragte: »Bitte sehr, die Dame?«

Die Dame schaute ihn ungläubig an – eine ganze Weile lang. Dann fragte sie plötzlich: »Wer ist denn das?«

Darauf war der Stift nicht vorbereitet. Sollte er nun seinen Namen sagen? Er grinste verlegen. Die Dame wartete seine Antwort nicht ab, sondern fragte streng:

»Soll der da mich etwa bedienen?«

»Ja … ich … gewiss …«, stotterte er.

Sie scheuchte ihn mit einer ungeduldigen Handbewegung

fort, als sei er eine lästige Fliege. Er zog sich sofort zurück. Die Dame drehte sich mühsam in ihrem Stuhl um und blickte zum Geschäftsführer hinüber, der auf den Fußspitzen wippend in einer Ecke stand und zu Boden sah.

»Sie da«, rief sie, »kommen Sie her!« Und als der Geschäftsführer abermals Anstalten machte zu protestieren und mit der Hand auf die Uhr wies, hieb sie mit beiden Handflächen auf die Armlehnen ihres Sessels, dass alle erschrocken zusammenfuhren.

»Also gut, gnädige Frau«, sagte der Geschäftsführer, während er den Mantel ablegte. »Aber wenn ich Sie bitten dürfte sich rasch zu entscheiden …«

Der Stift grinste schadenfroh in sich hinein und schlich zur Tür. Auch das Paar wandte sich zum Gehen.

»Halt!«, rief der Geschäftsführer. »Sie bleiben hier – alle drei! Sie werden mich nicht allein lassen. Helfen Sie mir.«

Die Angestellten tauschten bedauernde Blicke aus, dann legten sie langsam ihre Mäntel ab und stellten sich um die Dame.

»Was für Schuhe sollen es ungefähr sein, gnädige Frau?«, fragte der Geschäftsführer. »Was dürfen wir Ihnen zeigen?«

Die Dame warf einen langen Blick auf den Halbkreis der Angestellten und sagte dann: »Alle!«

Der Geschäftsführer setzte sich vor sie auf den Schemel und sah ausdruckslos zu ihr auf. Sie hielt ihm ihren Fuß hin und wiederholte: »Zeigen Sie mir alles, was Sie haben!« Dann schlug sie wieder auf die Armlehnen und rief: »Los, los, los!«

Während der Geschäftsführer ihr die Schuhe von den dicken, offenbar geschwollenen Füßen zog, begannen die Angestellten widerwillig Schachteln herbeizuholen und sie neben der Dame aufzustapeln.

Das erste Paar Schuhe, das der Geschäftsführer ihr zeigte, nahm sie in die Hand, betrachtete es zwei Sekunden mit unzufriedenem Gesicht und warf es achtlos beiseite. Dann schüttelte sie eine ganze Weile bei jedem Modell, das ihr gezeigt wurde, den Kopf. Plötzlich wollte sie eines anprobieren. Es war eine viel zu kleine Nummer. Trotzdem zwängte sie sich hinein, erhob sich mühsam und wankte damit im Salon auf und ab. Stöhnend ließ sie sich wieder in den Sessel fallen und betrachtete den Geschäftsführer mit funkelnden Augen, als sei er daran schuld. Dann ging es weiter.

Niemand sprach mehr ein Wort. In der Stille waren nur das Geräusch der hin und her eilenden Schritte, das Rascheln von Papier und hin und wieder ein Seufzen der Dame zu hören.

Nach und nach bemächtigte sich der Angestellten eine Art Betäubung. Die Müdigkeit, der unterdrückte Groll, das Unabsehbare ihrer Tätigkeit, vor allem aber die lähmende Wirkung, die von der Person ausging, alles das mischte sich und versetzte sie in einen dumpfen, halbwachen Zustand. Auf der einen Seite trugen sie Schachteln heran, auf der anderen nahmen sie Schachteln mit zurück und ordneten sie wieder ein. Ihr einziges Bestreben war es, fertig zu werden, endlich diese unangenehme Kundin los zu sein.

Dem Geschäftsführer ging es nicht anders. Er zog der Dame die Schuhe an und wieder aus, an und wieder aus, an und wieder aus ... Und da sie ohnehin jedes Mal den Kopf schüttelte, blickte er kaum noch auf, um ihr Urteil zu erfahren, sondern zog von sich aus jeden Schuh gleich wieder von ihrem Fuß. Er überließ es ihr, sich zu melden, falls je einer ihr gefallen sollte.

Auf den Nasenflügeln der Dame standen kleine Schweißperlen, obgleich es nicht mehr warm im Salon war. Irgendwann viel später schien auch sie müde zu werden. Ihr Gesicht verfiel unter der Schminke und es schien, als ob sie mit dem Schlaf kämpfe. Ihr Kopfschütteln wurde beziehungslos. Noch einmal raffte sie sich auf, dann sank der Kopf vornüber auf ihre Brust und der breite Rand ihres Hutes verdeckte ihr Gesicht.

Da keiner der Angestellten die Kundin mehr beachtete, setzten sie ihre Tätigkeit noch eine ganze Weile fort. Man war bei den hochhackigen Sonderanfertigungen angekommen, als der Geschäftsführer eine Veränderung bemerkte und innehielt. Und zwar spürte er, dass der dicke Fuß der Dame so merkwürdig feucht und kalt wurde. Er blickte langsam an ihr empor und da er unmittelbar vor ihr auf dem Schemel saß, schaute er ihr ins Gesicht. Sie starrte ihn glasig und maßlos erstaunt an. Ihr Mund stand offen, sie sah unglücklich aus, aber es war ein dummes Unglück, so, als hätte sie sich einer Zumutung fügen müssen.

»Gnädige Frau!«, sagte der Geschäftsführer leise. Sie sah ihn immer weiter an. Er ergriff ihre Hand, die ebenfalls schlaff und kalt war, und ließ sie wieder fallen. Sie fiel kraftlos in ihren Schoß.

Der Geschäftsführer stand auf und schaute die andern an, die verblüfft auf die Dame starrten. Dann nickte er langsam. »Ja«, sagte er, obgleich niemand ihn etwas gefragt hatte.

Das Mädchen bekreuzigte sich. Der Verkäufer ging leise zum Telefon an der Kasse und benachrichtigte die Funkstreife. Dann legte er auf und sagte: »Sie werden gleich hier sein.«

Alle zogen ihre Mäntel an. Dann stellten sie sich wieder im Halbkreis vor die Dame und betrachteten sie. Keiner von ihnen empfand Genugtuung, obgleich sie alle bis vor kurzem noch geglaubt hatten die Person ohne Skrupel vergiften zu können. Aber das hier war etwas anderes. Plötzlich war der Unterschied, der vorher zwischen der Dame und ihnen bestanden hatte, so klein, so völlig belanglos im Vergleich zu dem, was sie nun unterschied. Jetzt standen sie betroffen, verlegen, fast scheu vor ihr. Alle hatten, teils aus Überzeugung, teils aus Gewohnheit, die Hände übereinander gelegt.

Der Geschäftsführer trat vor und schloss ihr mit der Hand die Augen. Der Stift nahm den Blumenstrauß, der neben der Dame lag, wickelte ihn aus und legte ihn ihr in den Schoß. Niemand wies ihn zurecht, niemand fand es ungehörig. Im Gegenteil, es schien allen, als habe die Dame ihn eigens zu diesem Zweck mitgebracht.

»Wenn Sie wollen«, flüsterte der Geschäftsführer, »dann können Sie schon nach Hause gehen. Ich werde allein auf die Polizei warten.«

Die andern nickten ihm zu, warfen noch einen Blick auf die Tote und gingen. Draußen hatte es ein wenig zu regnen begonnen. Der Geschäftsführer trat vor die Tür und schaute ihnen gedankenverloren nach, aber sie waren schon in der Dunkelheit verschwunden.

Er zündete sich eine Zigarette an und blickte durch die Glastür in den leeren Salon zurück, wo ganz allein und seltsam verloren die Dame saß und geduldig wartete.

(November 1954)

DAS BILD DES GLÜCKS

Als König Erilon, Herrscher über das große Reich von Mahanar, die Zahl seiner Jahre erreicht hatte und fühlte, dass es ans Sterben ging, rief er seine beiden Söhne, Khanio, den älteren, und Leban, den jüngeren, an sein Lager und sprach zu ihnen:

»Hört mich an, meine Kinder. Ich hinterlasse euch dieses Königreich, das ich geschaffen habe, und lege alle Reichtümer und alle Macht in eure Hände, auf dass ihr sie getreulich teilt und gemeinsam zum Wohle unserer Völker verwendet. Ich liebe euch beide und weiß, dass ihr euch liebet, wie Brüder sich lieben sollen. Ich zweifle nicht daran, dass ihr die Versuchungen der Zwietracht meiden werdet. Doch ich habe den Lauf der Welt betrachtet und weiß, dass alles, was ich euch hiermit übergebe, so vergänglich ist wie ein Turm im Sand, den die Kinder am Meeresstrand errichten. Die Könige von Ägypten haben Gesetze für die Ewigkeit gemacht und Bauten errichtet, die das Ende der Zeiten überdauern sollten, doch heute weht der Sandsturm über jenen Stätten. Babylon ist in der Erde versunken und das atlantische Reich im Meer. Pestilenzen sind durch die Lande gegangen und haben gewütet und Zeiten der Fülle und des Lebens haben die Menschen träge und lässig gemacht. Wohltätige und Mörder kamen und gingen und nach hundert Jahren waren ihre Namen und Taten vergessen. Wo gebaut wird, zerfällt, was geboren wird, stirbt. Das Gesetz erzeugt das Böse und das Böse das Gute und alles ist nur ein Spiel von Licht und Schatten ohne Dauer. Darum bitte ich euch, meine lieben Söhne, die ihr durch die Macht und den Reichtum, den ich euch hinterlasse, alle Möglichkeiten habt etwas zu schaffen, das unvergänglich ist und jenseits aller Wechselfälle der Zeit: Es ist das Bild des Glücks und ihr müsst

zur Entstehungsgeschichte siehe Seite 324

es finden – und ihr müsst es gemeinsam aufrichten. Nur wenn ihr mir das feierlich versprechen wollt, kann ich in Frieden sterben.«

Die beiden Söhne gelobten unter Trauer des Vaters Willen und Wunsch getreulich zu erfüllen und König Erilon atmete seine Seele aus und sie bauten ihm ein Grabmal und setzten den Leichnam darin bei. Und das ganze Volk von Mahanar trauerte um den König.

Die beiden Brüder waren aber von ganz verschiedener Art. Leban, der jüngere, hatte ein fröhliches und unbekümmertes Herz, er war wohlgestalt und konnte lachen wie ein Kind und jeder, der ihn sah, hatte Freude an ihm. Khanio, der ältere, war dagegen von wildem und düsterem Wesen, grübelte viel, sein Leib war trocken und sehnig und seine Stirn schon in jungen Jahren von Furchen durchpflügt. Dennoch, oder gerade deshalb, liebten sich die beiden von ganzer Seele, denn jeder fand im anderen, was ihm selbst fehlte.

Als nun die gebotene Trauerzeit um war, sprach Khanio zu Leban: »Brüderchen, es ist an dem, dass wir uns aufmachen, um zu suchen, was der König uns geboten hat. Geh du nach Sonnenaufgang, so will ich nach Sonnenuntergang gehen. Und welcher zuerst das Bildnis findet, der mag dem anderen einen Boten schicken, damit wir es gemeinsam hier aufstellen.«

»Es soll so geschehen, wie du sagst«, antwortete Leban.

Da ging Khanio hin zu seiner anverlobten Braut Eria, Tochter des Statthalters Nzi, und nahm Abschied von ihr und sie weinte an seinem Hals und sagte: »Werde ich dich denn wieder sehn, mein Geliebter? So muss ich mein Leben als Witwe verbringen, wenn du nicht zurückkehrst.«

Doch Khanio verwies es ihr und antwortete: »Ich kehre wieder.«

Leban aber hatte keine Braut, denn er war noch zu jung.

Dann nahmen auch die Brüder Abschied und jeder ging seines Weges aus dem Palast, nach Morgen der eine und nach Abend der andere.

Leban aber hatte den Garten des Palastes noch nicht verlassen, da sah er Kinder, die spielten schöne Spiele, und er gesellte sich zu ihnen und sagte: »Es hat keine Eile. Finde ich's, so finde ich's. Wenn nicht, so nicht.«

Indessen war Khanio schon aus dem Lande gezogen und irrte durch eine Wüste aus Felsen und Dornen und er hatte großen Durst und Hunger. Und die wilden Tiere schlichen um ihn her.

Da verkroch er sich in einer Höhle, die war voller goldener und silberner Schätze, die alle mit Dämonenbildern gezeichnet waren.

»Ach, kaum dass ich begonnen habe, bin ich schon am Ende.«

Am Abend aber kam ein Zauberer, der in dieser Höhle wohnte, und gab ihm zu trinken und zu essen. Und ihm erzählte er, was ihn hergeführt hatte.

»Ich weiß wohl, was du suchst«, sagte der Zauberer. »Am anderen Ende der Welt gibt es ein Meer aus fließendem Feuer. Darin schwimmt eine Insel aus Eis, auf dieser wächst ein riesiger Baum in die Wolken des Himmels, dessen Äste aus Adern sind, darin du das Blut pochen fühlst. Zwischen den Wurzeln des Baumes liegt eine Höhle, in welcher man aufwärts stürzt in einen Abgrund der Höhe. Wer diesen Sturz überlebt, ohne seine Glieder zu zerschmettern, der gehe in einen Raum ohne Licht, in dem alle Dinge der Welt als Hohlformen vorhanden sind. Eine davon, eine einzige nur, ist das Bildnis des Glücks. In diese musst du dich legen. Irrst du dich aber und wählst eine andere in der völligen Finsternis, so löschest du im gleichen Augenblick aus, als seist du nie gewesen. Doch auch wenn du die rechte findest, so ist die Gefahr nicht geringer, denn nur der eine, dem diese Form ohne Makel und Fehl anliegt, als sei sie die Seine, kann sich mit ihr vereinen und wird so selbst zum Bildnis des Glücks. Wer aber der Unrechte ist, der wird selber zur Hohlform und gleich den zahllosen, die schon dort liegen.«

Als Khanio dies hörte, schwand ihm jeder Mut. »Schon den Anfang zu finden wird unmöglich sein. Wie soll ich ans Ende gelangen?«, rief er unglücklich aus.

»Nein«, erwiderte da der Zauberer, »du hast keinen Grund zu verzagen. Höre, was ich dir sage: Ich kann dir den Weg zum Meer aus fließendem Feuer beschreiben und die genaue Lage der Insel aus Eis. Ich kann dir das geheime Wort melden, das dich beim Sturz dort oben in jener Höhle vor Unheil bewahren wird, und ich kann dir sagen, welche der Hohlformen es ist, die du wählen musst.«

»Oh, dann tue es, heiliger und weisester aller Menschen«, rief Khanio, »und ich werde dir ewige Dankbarkeit bewahren. Denn an Mut alle diese Gefahren zu überwinden fehlt es mir nicht, wohl aber an Wissen. Also lehre es mich!«

»Das will ich«, antwortete der Zauberer mit funkelnden Augen, »doch zuvor musst du eine Bedingung erfüllen.«

»Ich werde alles tun, was du willst.«

»Das ist gut, mein Freund. So schwöre denn deinen Göttern ab, die mir ein Gräuel sind, und bekenne dich zu den meinen. Und du musst es ehrlichen Herzens tun.«

Da wurde Khanio traurig und warf sich auf sein Angesicht und weinte und sprach: »Alles, nur das nicht. Meine Götter sind freundlich und gut, die deinen aber sind grausam und böse. Darum verlange das nicht von mir.«

»So will ich dir das Geheimnis nicht sagen«, versetzte der Zauberer, »da du seiner nicht würdig bist. Geh aus meinen Augen.«

Aber Khanio bat bei ihm bleiben und ihm als Knecht und Gehilfe dienen zu können, denn er gedachte, den Zauberer durch treue Dienste milde zu stimmen. Und dies tat er viele Monate hindurch und verrichtete alles, was der Zauberer ihm gebot, darunter auch vieles, was er nur mit Abscheu tat, denn der Zauberer liebte es, in lebendem Fleisch zu schneiden und zu stechen.

Als aber ein Jahr um war, da bat Khanio den Zauberer von neuem ihm das Geheimnis zu sagen, doch der antwortete:

»Ich will es nicht, es sei denn, du bekennst dich zu meinen Göttern.«

Da ergrimmte Khanio und fasste ihn am Halse und würgte den Zauberer. Doch der schleuderte ihn ohne Mühe zu Boden und setzte seinen Fuß auf Khanios Nacken. Und Khanio rief seine Götter an, dass sie ihm beistünden, aber sie schwiegen und taten es nicht. Da schwur er ihnen ab und bekannte sich zu den Göttern des Zauberers.

»Nun bist du mein«, sprach der Zauberer und lachte, »solange ich lebe und solange du lebst, wirst du mir nicht entrinnen können. Nur der Tod kann dich befreien.«

»Sage mir nun das Geheimnis des Weges«, bat Khanio, »denn ich habe getan, was du wolltest.«

Aber der Zauberer lachte noch lauter und rief: »Höre, du Narr, es gibt keinen und ich weiß nichts davon, denn alles, was ich sagte, habe ich erlogen, um dich zu meinen Göttern zu bekehren, denn nur dadurch konnte ich deine Seele fesseln. Vorher, als du noch deine Götter hattest, wäre es dir ein Leichtes gewesen fortzugehen, aber du wolltest es nicht. Jetzt kannst du es nicht mehr, denn ich will es nicht.«

Und Khanio floh vor ihm und kehrte zur Höhle zurück. Und er floh von neuem und kehrte zurück und so viele Male. Da wurde seine Seele schwarz von Hass. Und eines Nachts, als der Zauberer betrunken war und schlief, nahm er einen Stein und schlug ihn auf dessen Kopf und Glieder und schlug viele Male zu, bis der einem Menschen nicht mehr ähnlich war. Und Khanio lief fort und konnte den Umkreis der Höhle verlassen.

Als er den Saum der Wüste erreicht hatte, sah er dort eine Säule aus wirbelndem Sand, die bis in den Himmel reichte und in Windeseile auf ihn zukam. Und die Säule heulte schrecklich, sodass Khanio vor Angst wie tot zu Boden fiel.

Der Wirbel blieb vor ihm stehen und war ein gewaltiger Dämon, der nun zu ihm redete:

»Stelle dich auf deine Füße und fürchte dich nicht länger. Ich bin nur gekommen, um dir zu danken, dass du Kschaffar, den Zauberer, getötet hast. Ich bin Iku-Esbani, einer der Dämonen des Todes, die er zu seinem Dienst gezwungen hat, und bin nun frei. Wünsche dir etwas!«

»Ich bin ausgezogen, das Bild des Glücks zu finden«, antwortete Khanio zitternd, »weißt du, wo ich es finde?«

»Von Glück weiß ich nichts«, erwiderte der Dämon, »denn es gibt nichts dergleichen in unserer Welt, aber ich kenne eine Stadt, da sind alle Menschen reich und leben im Überfluss. Wolltest du dorthin?«

»Ja«, sagte Khanio.

Da gab Iku-Esbani ihm seinen Mantel, der war überaus kostbar, mit Juwelen besetzt und aus einem Gewirk, wie kein Menschenauge es je gesehen. Der Mantel umhüllte Khanio wie Feuer, doch schmerzte es ihn nicht und als er um sich blickte, stand er auf einem Marktplatz und viel Volks trieb sich um ihn her. Die Leute waren reich gekleidet und wohlbeleibt, Männer und Frauen, Alte und Junge, und alle trieben Handel und kauften und verkauften für klingende Münze.

Als sie aber den Mantel sahen, da begehrten ihn viele und boten ihm Geld, einer immer mehr als der andere.

Khanio sprach: »Er ist mir nicht feil für euer Geld.«

Sie schrien: »Was willst du denn?«

»Wer mir sagen kann, wo ich das Bild des Glücks finde«, antwortete er, »dem will ich ihn schenken.«

Da erinnerte sich das Volk und schrie noch lauter: »Wer auf diesem Markt und in unsere Stadt kommt, der muss kaufen und verkaufen, was immer es sei. So bestimmt es unser Gesetz und das unserer Götter. Du bist ein Frevler!«

Und sie nahmen ihm den Mantel und stritten darum untereinander und da keiner verzichten wollte, zerrissen sie ihn in tausend Stücke und jeder trug seinen Teil davon. Aber ihre Hände brannten wie Feuer und sie jammerten und klagten vor Schmerzen und die Stücke verschwanden vor ihren Augen und wurden zu giftigen Dämpfen und an der Seuche starben mehr als die Hälfte der Bewohner der Stadt. Da ergrimmten sie erst recht gegen Khanio und bewarfen ihn mit Steinen und trieben ihn aus der Stadt und riefen: »Geh fort, denn du hast uns ins Unglück gestürzt!«

zur Entstehungsgeschichte von Die beiden Brüder *siehe Seite 324*

DIE BEIDEN BRÜDER (DER SCHLUSS)

Der Jüngere: »Mein Leben ist vergangen wie eine einzige Stunde des Glücks, ohne Schatten und Trübung. Ich habe keine Geschichte zu erzählen, alles hat sich mir gefügt und ist mir von selbst zugefallen. Ich wusste es nicht einmal, wie glücklich ich bin, ehe ich das Bildnis sah, das du von mir gemacht hast. Nun erst verstehe ich es. Doch du allein konntest das vollbringen, nur du konntest ein solches Bild von mir schaffen. Und ich segne dich dafür.«

Der Ältere: »Mein Leben ist vergangen wie ein endloser quälender Traum, alles Licht, das ich sah, war nur dazu da, um immer noch Entsetzlicheres zu beleuchten. Ich habe viel zu erzählen, aber ich werde schweigen, denn es wäre eine Geschichte der Bitternis und der Enttäuschungen ohne Ende. Alles ist mir misslungen, alles habe ich verloren, was ich mir erkämpft habe. Ich wusste nicht einmal, wie unglücklich ich war, bis ich dich, mein Bruder, sah. Doch ich liebte dich für dein Glück und dafür, dass du mir die Möglichkeit gabst dieses Bildnis zu machen. Nun erst verstehe ich es. Nur durch dich konnte ich es vollbringen, nur durch dich konnte ich dieses Bild schaffen. Und ich segne dich dafür.«

Viele Jahrhunderte sind seither vergangen. Große Reiche entstanden und zerfielen wieder, so auch das Reich, das der König Erilon geschaffen hatte. Große Gedanken wurden gedacht und wieder vergessen. Blutige Zeiten wechselten mit solchen des Friedens, wie Sommer und Winter. Geschlechter kamen und gingen. Doch das Bild des Glücks blieb auf wunderbare Weise erhalten. Zahllose Menschen haben es seither gesehen und während sie es betrachteten, spiegelte sich im Glanz ihrer Augen, und sei es nur für kurze Zeit, der Widerschein des Geheimnisses, das die Götter nur mit den Menschen teilen.

LEGENDE VON DER GERECHTIGKEIT DES LEBENS

»Ich bin der fünfte von neun Brüdern. Unser Vater war ein mächtiger Herrscher im Lande Malkuth. Alle Reichtümer und Herrlichkeiten des Himmels und der Erde waren unser, wir ritten auf Sphingen und Drachen, wir jagten in verzauberten Wäldern Einhörner und Greife, wir tranken das Wasser des Lebens und spielten mit dem Tod. Unsere Lehrer waren die Meister der Weisheit und unsere Diener die Salamander. Nichts mangelte uns, bis auf eines: Wir hatten keine Namen. Doch da wir nichts davon wussten, bedrückte es uns nicht.

Als unser Vater starb, beschlossen wir Malkuth gemeinsam zu regieren und die Herrlichkeit nicht zu zerstückeln. Eines Abends saßen wir und spielten mit Knöcheln. Der Übermut trieb uns die Einsätze jedes Mal zu erhöhen, aber da jedem alles gehörte, waren die Reichtümer eines jeden von uns unerschöpflich und das Spiel war ohne Gefahr, als spielten wir um nichts. Doch eben deshalb genügte es uns nicht und so bestimmten wir, derjenige von uns sollte allein das ganze Erbe des Vaters antreten, dem es gelänge, sich einen Namen zu erwerben. Die anderen sollten danach nicht mehr sein als seine Sklaven.

Dies war nicht unser Einfall gewesen. Unter unseren Lehrern war einer, den wir den *Spiegel* nannten, denn wer ihn anschaute, erblickte stets nur sein eigenes Gesicht, niemals das seine. Der hatte unserem Spiel zugesehen und schließlich den Vorschlag gemacht. Und er sagte uns auch, wie wir es anfangen müssten, uns einen Namen zu erwerben: Am anderen Ende der Welt gebe es ein Meer aus fließendem Feuer, in diesem Meer liege eine Insel aus Eis, auf dieser Insel wachse ein Baum aus Adern, in welchen man das Blut pochen fühle, in diesem

zur Entstehungsgeschichte siehe Seite 324

Baum sei eine Höhle, in welcher man aufwärts stürze. Gelinge es einem, diesen Sturz zu überstehen ohne sich die Glieder zu zerschmettern, so komme man in einen dunklen Raum voller Hohlformen. Eine davon sei die eines königlichen Mädchens, in diese müsse man sich legen. Irre man sich aber und wähle eine andere in der Finsternis, so lösche man selber im gleichen Augenblick aus und sei wie nie gewesen. Doch auch wenn man die rechte Form gefunden habe, sei die Gefahr noch nicht überwunden, denn nur der eine, dem die Form ohne Makel anliege, könne das Mädchen freien und werde eins mit ihr und erfahre durch sie seinen Namen. Wer aber der Unrechte sei, müsse selber zur Hohlform werden.

Wir blickten uns an und mancher hätte gern sein unbedachtes Wort zurückgenommen, aber dazu war es nun zu spät. So verabschiedeten wir uns voneinander und machten uns auf, jeder für sich allein und in eine andere Himmelsrichtung.

Mir ist es nicht einmal gelungen, das feuerflüssige Meer zu finden, obgleich ich schon tausend Tagesreisen weit gewandert war. Am ersten Abend traf ich einen Alten und fragte ihn nach dem Wege dorthin. Es ist nicht weit, sagte der, siehst du dort den Hügel, auf dem der alte Turm steht? Ersteige ihn in der Nacht, dann wirst du die Glut in der Ferne leuchten sehen. Ich tat, wie er mich geheißen hatte, und sah tatsächlich Feuerschein in der Ferne. Ich eilte darauf zu, doch es war ein brennendes Dorf. Auch der Alte war da. Er zeigte auf mich und schrie: ›Der hat es getan!‹ Die Bauern, die mich für den Brandstifter hielten, schlugen mich halb tot und nur durch ein Wunder entkam ich ihnen. Ein junges Mädchen fand mich Tage später im Wald. Sie wusch meine Wunden und pflegte mich. Ich erzählte ihr, was mir widerfahren war und wohin ich wollte. ›Dorthin‹, sagte sie, ›ist es nicht weit. Du musst nur diesen Wald durchqueren. Ich werde dir zwanzig meiner Knechte mitgeben, dass sie dich begleiten.‹

Sie ging fort und kehrte bald zurück mit zwanzig bewaffneten Männern von verwegenem Aussehen. Ich bedankte mich von ganzem Herzen bei ihr und machte mich mit meinen Genossen auf den Weg. Als wir auf der anderen Seite des Waldes anlangten, war dort allerdings kein Meeresstrand zu sehen, weder ein salziger noch ein brennender, sondern eine große Stadt. Die Männer weideten sich an meiner Enttäuschung und erklärten mir lachend, dass sie Sklavenfänger seien. Sie legten mich in Ketten, brachten mich auf einen Markt und verkauften mich dort an einen dickwanstigen alten Kaufmann. Viele Wochen und Monate musste ich dessen Nachtgeschirr leeren und seinen Speichel vom Boden aufwischen, denn er hatte die Gewohnheit alles zu bespeien. War ich nicht rasch genug bei der Hand, so setzte es Fußtritte und er spie auch auf mich. Eines Nachts jedoch konnte ich entfliehen, eilte in die Wüste hinaus, in der ich fast verschmachtet wäre, hätte ich nicht einen Eremiten angetroffen, der in einer Felshöhle bei einer Quelle lebte. Er nahm mich barmherzig auf und ich berichtete ihm meine ganze Geschichte.

›Ich weiß wohl den Weg‹, sagte er, ›und in weniger als einem Tag kannst du dort sein. Aber ich sage ihn dir nicht, ehe du mir nicht alle deine Sünden bekannt hast.‹ Ich begann also, ihm alle meine Missetaten und bösen Gedanken zu berichten, doch schien er niemals zufrieden. ›Das ist noch nicht alles‹, sagte er immer wieder, ›erforsche dich genauer, mein Sohn.‹ Ich grub in meiner Seele nach und fand in der Tat noch tiefere und verborgenere Übel in mir. Auch diese gestand ich ihm alle. Doch war er noch immer nicht zufrieden. Von Tag zu Tag bezichtigte ich mich wüsterer Sünden und nach und nach vermochte ich nicht mehr zu unterscheiden, welche ich wirklich begangen hatte und welche nur hätte begehen können, welche ich früher gehört und welche ich erst jetzt erfunden hatte. Als ich schließlich alle Achtung vor mir selbst verloren hatte und mich selbst für die elendeste, niederträchtigste Kreatur auf Gottes Erde hielt, sagte ich mir, dass es nun auf eine Untat mehr auch nicht mehr ankomme, griff den Alten, würgte ihn und bedrohte ihn mit dem Tode, wenn er mir nicht sogleich das Geheimnis verriete. In seiner Angst gestand er mir, dass er mich getäuscht habe, um mich so auf den Weg der Läuterung zu bringen, dass er aber von jenem anderen Weg nichts wisse. Da ergriff mich der Zorn und ich schlug mit einem Stein auf ihn ein, bis er tot und einem Menschen nicht mehr ähnlich war. Da floh ich von der Höhle und gelangte nach vielen Tagen in eine Hafenstadt.

Die Matrosen, denen ich von dem Meer erzählte, das ich suchte, lachten mich aus, schüttelten die Köpfe über mich und tippten sich an die Stirn. Aber eines Tages fragte mich ein riesiger Trunkenbold mit dem Gesicht eines Schweins, ob ich auf seinem Schiff anheuern wolle. Lohn könne er mir zwar nicht bezahlen, doch liege jene Insel aus Eis, die ich suchte, auf seiner Route. Ich schlug hochbeglückt ein und ging mit ihm auf sein Schiff, ein halb verfaultes Wrack mit einer Mannschaft aus Krüppeln, Blinden und Säufern. Wir stachen in See und nun zeigte sich, dass mir die Stelle des Kochs zugedacht war. Doch gab es nichts zu kochen als die Ratten, die in Scharen auf dem Schiff herumwimmelten. Von dieser eklen Speise ernährten wir uns fünf Monate lang, ohne dass je eine Küste in Sicht kam. Eines Tages geriet ich auf der Jagd nach Ratten – denn ich musste sie auch selber fangen – in den Raum, wo die Ladung verstaut war. Diese Ladung bestand aus Leichen. Es waren Tote, die ihrem Glauben gemäß in ihrer Heimat bestattet werden wollten, wohin wir angeblich unterwegs waren. Nur die wenigsten der Verstorbenen waren reich genug gewesen, diese letzte Reise in einem Sarg aus Holz oder Blech machen zu können, die meisten waren in Säcke genäht oder auch einfach so in Haufen übereinander geworfen. Von ihnen ernährten sich die Ratten, die wiederum uns zur Nahrung dienten. Nach dieser Entdeckung verfluchte ich mein Schicksal und meinen Plan, meinen Vater, meine Mutter, meine Brüder und mich selbst. Ich hätte mich ins Meer gestürzt, um zu sterben, wenn nicht noch immer die Hoffnung in mir geglommen hätte, dass wir tatsächlich eines Tages an jener Insel, die ich suchte, anlegen würden. Ich weiß nicht, ob auch der Kapitän dieses Schiffes mich betrogen hat, und werde es niemals wissen, denn eines Tages, bei völliger Windstille und ohne das kleinste Unwetter, fiel das Schiff in seine Teile auseinander und ging unter. Diesen lächerlichsten und schmachvollsten aller Schiffbrüche überlebte ich, weil ich einen der wohlhabenden Leichname aus seinem Sarg warf, mich selbst hineinlegte und den Deckel über mir schloss, sodass kein Wasser eindringen konnte.

Ich versank in einen totenähnlichen Schlaf und wollte nichts mehr sehen und hören. Doch diese Ruhepause war mir nicht lang vergönnt. Ich erwachte, weil ich das Poltern von Erdschollen und Steinen auf dem Deckel meines Sarges vernahm. Ich schrie und stemmte mich mit aller Kraft, die mir noch verblieben war, gegen den Deckel und es gelang mir, die Erdmassen zu heben und mich ins Freie zu wühlen. Morgengrauen umgab mich und leichter Schnee rieselte hernieder. Vor mir stand mein zweitältester Bruder, doch sein Haar und sein Bart waren schlohweiß geworden und er erkannte mich nicht, denn von seinen beiden Augen waren nur noch tiefe Höhlen geblieben. Ich fiel ihm in die Arme, doch konnte ich mich ihm nicht zu erkennen geben, da ich ja keinen Namen besaß. So dauerte es eine Weile, während welcher er mein Gesicht betastete, ehe er mir glaubte. Von ihm erfuhr ich, dass ich mich wieder in meiner Heimat, in Malkuth, befand. So war ich also heimgekehrt, wenn auch unverrichteter Dinge. Doch sollte ich sogleich erfahren, dass dies die schlimmste von allen Grimassen war, die mir die höhnischen Mächte des Schicksals schnitten.

Mein Sarg war, so erfuhr ich, unter allerlei Strandgut an die Küste von Malkuth geschwemmt worden und mein zweitältester Bruder, der inzwischen den verachteten Dienst des Totengräbers ausüben musste, hatte den Auftrag bekommen ihn zu begraben. Auch er war erst vor kurzem von einer Irrfahrt voll der entsetzlichsten Fehlschläge zurückgekehrt. Doch kam er nicht mehr dazu, mir diese zu berichten. Unser jüngster Bruder nämlich war, wie er mir erklärte, von seiner Suche schon nach wenigen Tagen als Freier mit der verheißenen Braut heimgekehrt. Seinen Namen zu erfragen habe ich vergessen, doch hatte er ihn sich erworben. Für ihn war alles ein Kinderspiel gewesen, denn so wie mir alles misslungen war, hatten sich ihm alle Begegnungen und Umstände hilfreich erwiesen. Die anderen Brüder waren wohl alle umgekommen bis auf jenen Zweitältesten, der nun die Toten begrub.

›Wenn ich gewusst hätte‹, sagte er, ›dass du es bist, Bruder, so hätte ich eiliger geschaufelt und es wäre ein Werk der Barmherzigkeit gewesen, denn es wäre dir besser, du lägst dort unten lebendig begraben, als dass du nun, rechtlos und unfrei wie ich, dem jüngsten Bruder dienen musst.‹

Ich habe niemals bis zu diesem Augenblick bedacht, ob das, was mein zweitältester Bruder mir sagte, die Wahrheit war. Vielleicht hat auch er mich belogen und betrogen. Ich jedenfalls war wie von Sinnen, als ich seine Botschaft hörte. Ich rannte fort, ich weiß nicht mehr, wie lang, Tage und Nächte, oder waren es auch nur Stunden, bis ich mich in dieser Straße fand. Und nun wisst ihr alles und ich weiß nichts mehr.«

Mit diesen Worten beendet der Jüngling seine Geschichte. Noch immer durchkämmen die silbernen Fingernägel der Dame sein Haar, doch langsamer und immer langsamer. Schließlich hört sie auf. »Wie fühlst du dich jetzt, mein Lieber?«, fragt sie. »Ist dir nicht leichter?«

»Viel leichter«, sagt er, »ich fühle mich leer wie neugeboren.«

»Was tut sie mit ihm?«, flüstert der Knabe.

»Sie hat ihm die Erinnerung genommen«, antwortet der Stik ebenso. Und damit fragt er: »Wie hieß das Land, aus dem du gekommen bist?«

»Welches Land?«, fragt der Jüngling erstaunt. »Ich habe von keinem Land gesprochen. Ich war immer in dieser Straße. Ich bin hier geboren.«

»Und wer war dein Vater?«

»Mein Vater?« Der Jüngling streicht sich über die Stirn. »Warte, mein Vater – ich erinnere mich nicht. Ist es hier nicht üblich, dass einer viele Väter hat?« Ein trostloses Grinsen erscheint auf seinem Gesicht. »Komm, Alte, gehn wir hinein. Jetzt ist mir schon viel besser. Ich habe meinen Rausch ausgeschlafen.« Er steht auf und will mit der Dame ins Haus. Aber der Knabe kann es jetzt nicht mehr mit ansehen. Er tritt ihm in den Weg.

»Aber du bist doch ein Königssohn«, sagt er empört. »Hat sie dir denn alles weggenommen, während du erzählt hast? Willst du dich denn selbst vergessen?«

»Was redet dieses Bürschchen?«, fragt der Jüngling. »Will es sich über mich lustig machen?«

DIE DRÄNGELNDEN

Nachdem der Mann dem Drängelnden gegeben hatte, was er brauchte, legte er sich wieder nieder, doch kurze Zeit später standen zehn Drängelnde vor seiner Tür. Als er auch denen gegeben hatte, was sie brauchten, legte er sich wieder nieder, doch kaum hatte er das getan, standen hundert Drängelnde vor der Tür. Als es endlich tausend Drängelnde waren, sagte der Mann: »Ihr müsst warten, bis ich wieder Brot gebacken habe, vorausgesetzt, dass mein Mehl noch reicht.« Denn die, die zuvor drängelten, hatten schon alles aufgegessen, was er besessen hatte. Da beklagten sich die tausend bitter und riefen: »All denen vor uns hast du gegeben, was sie brauchten. Warum bist du uns gegenüber so knauserig! Sind wir etwa weniger wert?« Da schwieg der Mann, weil er erkannte, dass es keinen Sinn hatte, ihnen irgendetwas zu erklären, und er trachtete bei sich, wie er des Nachts entweichen könne, um wenigstens sein Leben in Sicherheit zu bringen.

zur Entstehungsgeschichte siehe Seite 325

KULTUR UND DEMOKRATIE

Bildung ist nicht eine Anhäufung und Verfügbarkeit von lexikalem Wissen, sondern ein feines Unterscheidungsvermögen der Qualitäten. Sie sich anzueignen kostet jahrzehntelange, geduldige Mühe und ein nie versiegendes brennendes Interesse. Also Anstrengung. All die Menschen, die im Zuge der »Demokratisierung der Kultur« im Massentourismus nach Florenz oder Kyoto gebracht werden, sind im Grunde Betrogene. Sie glauben gesehen zu haben, aber sie konnten nichts sehen.

Demokratie hat nur dort einen Sinn, wo jeder gleichermaßen mitreden kann, weil jeder gleichermaßen betroffen ist.

zur Entstehungsgeschichte siehe Seite 325

SELTSAME SIGNIFIKANZ MEINES LEBENS

26. 8. 75, nachts

Seltsame Signifikanz meines Lebens: Was ich auch anstelle, immer hustet in meinem Haus, in meiner Wohnung, in meinem Nebenzimmer ein Greis oder eine Greisin auf genussvoll-ausführlich-unappetitliche Weise. Ich bin ständig umgeben von Greisen oder Greisinnen. Immer muss ich langsamer gehen, als ich möchte, weil ein Greis oder eine Greisin an meinem Arm hängt – physisch oder moralisch oder intellektuell. Nur meine bisherigen Bücher sind für die Jugend. In meinem Leben kommt sie nur sporadisch vor. Aber vielleicht sind auch meine Bücher für Greise und Greisinnen.

zur Entstehungsgeschichte siehe Seite 325

BUCKELCHEN

Sophiechen geht von der Schule nach Hause. Die Leute unterwegs werfen ihr erschreckte oder mitleidige Blicke zu, denn sie hat einen Buckel. Bei der Geburt war noch nichts zu merken, aber später … Auf dem Heimweg geht sie über einen Friedhof. Dort sitzt eine alte Frau, die aus einem Märchenbuch vorliest, obwohl niemand da ist. Sophiechen bleibt verwundert stehen und hört zu. Die Frau schaut sie freundlich an und sagt: »Ein schönes Buckelchen hast du da.« Sophiechen ist nicht beleidigt, nur verwundert, weil die alte Frau einen viel größeren Buckel hat als sie selbst. Deshalb sagt sie: »Sie haben aber einen viel größeren Buckel.« Die Frau erklärt ihr, dass in dem Buckel Flügel sind. Jeder Mensch hat einen irdischen Körper und einen Sternenleib – und vieles sieht von der anderen Seite ganz anders aus, bloß wissen es die Menschen nicht mehr. Früher wussten sie es. Sophiechen fragt, was sie da vorliest. »Ich lese ihnen Märchen vor.« »Wem?« »Meinen Toten.« »Hören sie denn zu?« »Oh ja. Sie hören das gern. Weißt du, vieles vergessen sie bald, wenn sie in die Sternenwelt hinübergegangen sind. Zum Beispiel, wie man ein Auto baut, oder was Bankzinsen sind – denn Autos und Geld gibt es dort nicht. Aber Märchen verstehen sie besser als die meisten Menschen hier. Märchen sind Brücken zwischen der Welt dort und der Welt hier. Ich meine die wirklichen Märchen.«

zur Entstehungsgeschichte siehe Seite 326

München, 23. August 1988

Lieber Herr N.,

vielen Dank für das Vertrauen, das Sie in Ihrem Brief in mich setzen. Es ist gewiss nicht leicht, auf die Fragen zu antworten, die Sie mir darin stellen. Zunächst einmal möchte ich Ihnen aber eines sagen: Die Tatsache, dass Sie glauben nicht lieben zu können, ist eigentlich bereits der beste Beweis dafür, dass durchaus eine starke Liebesfähigkeit in Ihnen schlummert. Die Frage, wie sie zu wecken ist, lässt sich wohl nicht mit irgendeinem einfachen Rezept beantworten. Die Leute, die immerfort predigen »Liebe deinen Nächsten« oder »Liebe die Menschen« kommen mir immer vor, als ob sie zu einem Ofen sagen würden »Sei warm, sei warm«, anstatt dass sie Holz und Kohle hineintun. Ich will damit sagen, dass man konkrete Menschen natürlich nicht lieben kann, wenn man nicht das in ihnen sehen und ausdrücklich ins Auge fassen kann, was sie eben liebenswert macht. Das bedarf ganz gewiss mitunter einer ziemlichen Anstrengung. Hinter der Maske eines Menschen, der sich meist überlegen und kalt gibt, die Hilflosigkeit und Verletzlichkeit zu sehen, kostet manchmal eine schöpferische Anstrengung. Das Negative an den Menschen springt uns ja zunächst immer ins Auge, das eigentlich Liebenswerte muss man sehen wollen, um es zu sehen. Das bedeutet natürlich, dass man sich selbst für diesen Augenblick vergessen muss. Ich weiß nicht (und kann aus Ihrem Brief auch nicht entnehmen), wie Sie über religiöse Vorstellungen denken. Ich frage das deshalb, weil ich mir nur schwer vorstellen kann, dass man im Menschen irgendetwas Liebenswertes findet, wenn man ihn nicht »sub specie aeternitatis« (unter dem Aspekt der Ewigkeit) sieht. Für wen der Mensch tatsächlich nur das ist, was uns die heutige Naturwissenschaft über ihn sagen kann, besteht, wie

zur Entstehungsgeschichte siehe Seite 326

mir scheint, keine Möglichkeit der Liebe, noch nicht einmal die des ganz gewöhnlichen Respekts. Ist die Seele des Menschen tatsächlich nur »die Summe aller elektrochemischen Prozesse im Hirn und Nervensystem«, dann gibt es keinen Grund, auf feinere Unterschiede dieser elektrochemischen Prozesse zu achten.

Aber diese Anschauung ist ungefähr ebenso gescheit, als wollte man behaupten, ein Buch bestünde in Wirklichkeit nur aus Papier und einer Menge komplizierter Flecken aus Druckerschwärze. Der Rat, den ich Ihnen also geben kann, besteht darin: Suchen Sie sich entweder durch entsprechende Lektüre oder durch eigene Gedanken eine Anschauung vom Menschen, die es Ihnen ermöglicht, dasjenige an ihnen wahrzunehmen, was Sie für Ihr eigenes Herz und Ihre eigene Seele brauchen.

Mit allen guten Wünschen
Michael Ende

ZUM THEMA »UNSCHULD«

Was bedeuten die beiden Worte »Hexerei« und »Zauberei«, die in der Apokalypse oft erwähnt werden? Sicherlich ist damit nicht das gemeint, was einige Frauen in den Bordellen treiben und was einige abergläubische Leute machen – jedenfalls nicht in erster Linie, denn das sind eher bedauernswerte Kreaturen.

Gemeint ist wohl etwas viel Allgemeineres und Gefährlicheres, etwas, das als Versuchung unserer ganzen Zivilisation zugrunde liegt. Dafür sind diese beiden Begriffe gleichsam Symbole. »Hexerei« bedeutet etwas zur Ware machen, das keine Ware sein darf – oder, noch deutlicher, etwas gegen Geld zu verkaufen (der Geldwert, d. h. Macht), das nur verschenkt werden darf. Das geschieht nun allerdings fortwährend und allenthalben in unserer kommerzialisierten Kultur. Und es macht eigentlich alle unsere »Werte« fragwürdig oder lügenhaft. Kunst, Religion, Erkenntnis, Güte, Liebe usw. – alles wird heute eigentlich unter dem Gesichtspunkt der Verkäuflichkeit gesehen. Wir sind da mitten in Babylon. Reklame.

»Zauberei« ist sozusagen das Gegenstück dazu: sich etwas aneignen oder aneignen wollen, das man nur als Geschenk empfangen darf. In diesem Sinne ist ein guter Teil unserer heutigen Wissenschaft und Technik »Zauberei« – gewaltsames und unerlaubtes An-sich-Reißen und zu materiellem Nutzen Auswerten geheimnisvoller (geistiger) Zusammenhänge. Auch dazu gehört die Reklame, wie unser ganzes politisches und wirtschaftliches Leben. Gehirnwäsche durch »Informationen«.

zur Entstehungsgeschichte siehe Seite 326

GUTER RAT

Ein Zitterrochen beim Zittern
ist ausgeglichen und froh.
Dahinter darf man nichts wittern,
auch sollte es niemand erbittern,
er zittert wirklich nur so.
Es ist seine Art, sich zu geben.
Man soll es nur lassen,
ihn anzufassen,
sonst kann man etwas erleben!

zur Entstehungsgeschichte siehe Seite 326

M. ENDE 1988

DIE TOCHTER DES AZUR UND DER PILOT

PHANTASTISCHES BALLETT
EXPOSITION[1]

ERSTES BILD

Im Garten des Himmelspalastes, einem phantastischen Park aus Glas und Nebelschleiern, geht die *Prinzessin der Lüfte*, die Tochter des Blauen Kaisers, mit ihren Hofdamen, den Wolken, spazieren. Sie trägt ein schimmerndes Brautkleid, denn heute ist der Tag, an dem ihr Vater sein Versprechen, sie einem der vier Winde zur Frau zu geben, einlösen wird. Die Prinzessin ist todunglücklich, alle Versuche ihrer Zofe, der Libelle, sie aufzuheitern, sind vergebens und bei der ersten besten Gelegenheit entwischt sie ihren streng zeremoniellen Begleiterinnen, um sich an einer einsamen Stelle des Parks ungestört ihrem Kummer zu überlassen. Doch bald haben die Hofdamen sie wieder aufgefunden und seufzend muss sie die Promenade fortsetzen.

Über den tausend Türmen und Dächern des Himmelspalastes, wie über einer bizarren Gebirgs- oder Wolkenlandschaft, fliegt ein einsames, kleines Flugzeug. Verwundert blickt

1 Bei Die Tochter des Azur und der Pilot *handelt es sich nicht um eine nach allen Regeln der Kunst erzählte Geschichte, wie der Leser sie von Michael Ende gewohnt ist, sondern um eine recht detaillierte Skizze des Stoffes. Zwei Fassungen liegen hierzu vor, die beide im Folgenden abgedruckt sind. Der erste Text beschreibt sehr anschaulich in Form einer »Exposition« das erste Bild der als »phantastisches Ballett« gedachten Geschichte. Der zweite Text, der sich dem ersten gleich anschließt, bietet ein klassisches Exposé über alle sechs Bilder mit den dazugehörigen Zwischenspielen. Aus Gründen eines möglichst ungebrochenen Leseerlebnisses haben wir die ausführliche Beschreibung des ersten Bildes an den Anfang gestellt.*
zur Entstehungsgeschichte siehe Seite 326

der Pilot auf den schimmernden Palast hinunter. Plötzlich bemerkt er, dass von Norden, Süden, Osten und Westen ungeheure Stürme heranziehen. Er versucht ihnen zu entrinnen, aber vergebens. Undeutlich erkennt man in den Unwettern große, wilde Gestalten mit riesenhaft wehenden Mänteln. Es sind die *vier Winde,* die Bewerber um die Tochter des Blauen Kaisers. Lachend begrüßen sie einander. Der Pilot, der sich, ohne von ihnen beachtet zu werden, zwischen ihnen befindet, verliert die Herrschaft über seine Maschine, das Steuer bricht und er springt mit dem Fallschirm ab.

Die Prinzessin und ihr Gefolge beobachten von ferne die Ankunft der Bewerber, die Prinzessin voller Angst und Abscheu. Eben wollen sie weitergehen, als das hässliche, schrille Heulen des abstürzenden Flugzeugs schräg über den Himmel zieht. Vor Schreck erstarrt schauen alle hinauf und sehen den herabschwebenden Fallschirm. Nachdem er unten angelangt ist, eilen sie hin. Der Pilot liegt reglos, ohne Besinnung. Die Hofdamen beraten aufgeregt, um was für ein Ungeheuer es sich hier wohl handeln mag, und raten zur Vorsicht. Aber die Prinzessin beugt sich zu dem Bewusstlosen und streichelt ihn.

Die vier Winde betreten den Thronsaal des Blauen Kaisers und verneigen sich. Der Thron des Kaisers, den die Statuen von vier weißen Sphingen umgeben, erhebt sich auf der Spitze einer riesigen Pyramide aus schwarzem Silber. Langsam schreitet *der Kaiser* die Stufen herab und begrüßt die Bewerber. Durch einen Spalt der Tür beobachten *Fomali und Fomalu,* zwei komische Vögel, die Spaßmacher der Prinzessin, den Vorgang. Sie werfen sich einen bedeutungsvollen Blick zu und laufen dann eilig in den Park hinaus.

Der Pilot kommt zu sich. Er hebt den Kopf und sieht das schöne Mädchen vor sich. Das Gefolge entflieht und beobachtet erschrocken aus Verstecken die folgende Szene. Der Pilot macht sich vom Fallschirm los, nimmt Brille und Kappe ab und nun sieht die Prinzessin zum ersten Mal sein Gesicht. Sprachlos schauen sie einander an. Bei beiden ist es Liebe auf den ersten Blick. Der Pilot erhebt sich und mit klopfendem Herzen flieht sie ein wenig vor ihm, er verfolgt sie bittend und es entsteht ein Liebes-Pas-de-deux, bei dem sich die beiden nicht berühren. Diese Szene wird unterbrochen durch die beiden Spaßvögel, die aufgeregt die Ankunft der Winde melden. Die Prinzessin bedeckt ihr Gesicht mit den Händen. Das Gefolge nimmt Aufstellung zum Empfang des Kaisers. Den Piloten, der von alledem nichts begreift, nehmen auf Befehl der Prinzessin die Wolken in ihre Mitte, um ihn zu verbergen. Aber nun ist es auch schon höchste Zeit, denn aus dem Hintergrund naht der Blaue Kaiser mit den Bewerbern. Alles verneigt sich, während der Kaiser auf einer Steinbank Platz nimmt. Die Prinzessin stellt sich neben ihn und nun beginnt die Werbung. Jeder der vier Winde tanzt einen Liebestanz vor der Prinzessin, jeder in seiner Art. Doch die Prinzessin weigert sich einen von ihnen anzunehmen. Der Kaiser wird furchtbar zornig, doch die Prinzessin, wenn auch schluchzend, bleibt standhaft. Mittlerweile entdecken die vier Winde, die sich von der Szene abgewandt haben, den Fallschirm, die Brille und die Haube des Piloten und bringen die Gegenstände dem Kaiser. Der schaut sich fassungslos um und, als er die ängstlichen Gesichter der Wolken sieht, begreift er alles. Wütend befiehlt er den Winden die Wolken auseinander zu treiben. Allein und aufrecht steht da der Pilot, der nun furchtlos auf den Kaiser zugeht und ihn um die Hand seiner Tochter bittet. In rasendem Zorn befiehlt der Kaiser den Winden den Piloten zu töten. Sie stürzen sich auf ihn, schleudern ihn herum, wirbeln ihn, werfen ihn einander zu. Er wird zum Spielball der Winde. Die Prinzessin, die zunächst gelähmt vor Entsetzen zuschaut, stürzt sich verzweifelt in das Gewühl, um den Piloten zu retten. Die Winde aber in blinder Wut bemerken es nicht und verfahren mit ihr genauso wie mit dem Piloten. Der Kaiser erschrickt und gebietet Einhalt. Die Prinzessin sinkt ihm besinnungslos zu Füßen. Der Pilot rollt beiseite und bleibt liegen. Der Kaiser hebt die Prinzessin auf, doch als er sie forttragen will, treten ihm die Winde entgegen und fordern Einlösung seines Versprechens. Mit seinem Blick treibt der Kaiser die Bewerber zurück und geht mit der Prinzessin auf den Armen, gefolgt vom Hofstaat, in den Palast zurück. Die Winde, die zurückbleiben, brüten vor sich hin und mustern einander finster. Sie beginnen zu streiten und beschuldigen einander, schuld an diesem Vorfall zu sein. Immer heftiger wird der Streit, bis sie schließlich alle vier wütend nach den verschiedenen Himmelsrichtungen davonstieben.

Es ist Nacht. Der Pilot kommt zu sich, richtet sich mühsam auf, wankt und stürzt wieder und schleppt sich so, mehr kriechend als gehend, durch den Park. Er sucht die Prinzessin. Doch vergebens. Hoffnungslos sinkt er zuletzt auf den Boden nieder.

Durch den Park vom Palast her nähert sich eine helle, schmale Gestalt. Es ist die Prinzessin, jetzt in einem hauchzarten Nachtgewand. Auch sie ist noch wie betäubt. Sie sucht ihren Geliebten, doch da sie ihn an der vorigen Stelle nicht mehr findet, beginnt sie zu klagen und zu weinen. Der Pilot hört es, hebt den Kopf, ruft und so finden sie sich schließlich.

Im Schlafgemach der Prinzessin entdeckt die Libelle, dass das Bett der Prinzessin leer ist. Aufgeregt läuft sie ins Vorzimmer und teilt es den dort schlafenden Hofdamen mit. Auch die beiden Spaßvögel hören es. Auf der Terrasse vor dem Gemach der Prinzessin aber steht eine dunkle Gestalt, die alles gesehen hat: der Nordwind. Er breitet seinen Mantel und fliegt in den dunklen Park hinaus.

Im Thronsaal machen die Ältesten der Hofdamen dem Kaiser Meldung vom Verschwinden der Prinzessin. Alle Wachen, phantastisch gekleidete Drachenreiter usw., werden ausgeschickt, auch die Hofdamen schwärmen aus, die Prinzessin zu suchen. Den anderen weit voraus sieht man die beiden Spaßvögel durch den nächtlichen Park laufen.

Die Liebenden ahnen nichts. In einem Tanz, den der Pilot halb liegend mittanzt, gestehen sie einander ihre Liebe. Doch sie werden beobachtet: In der Dunkelheit steht der Nordwind, mit vor Eifersucht verzerrtem Gesicht. Eben neigt die Prinzessin sich zu dem Piloten, um ihn zu küssen, da tritt er hervor und bläst das Paar mit seinem gewaltigen, eiskalten Atem an. Es erstarrt. Der Nordwind betrachtet höhnisch lächelnd sein Werk, doch plötzlich hört er etwas vom Palast her, packt die Prinzessin, die starr in ihrer Haltung bleibt, hebt sie über sein Haupt und fliegt mit ihr davon. Zurück bleibt der ebenfalls erstarrte Pilot.

EXPOSÉ

ERSTES BILD: IM GARTEN DES HIMMELSPALASTES

Das Bild beginnt mit einem Solo der Prinzessin. Die durchsichtige Prinzessin beklagt ihr Los, sich auf Befehl ihres Vaters mit einem der vier Winde vermählen zu müssen, obgleich sie keinen von ihnen liebt. Sie will frei bleiben und ohne Fessel. Aber ihre Freiheit soll nun zu Ende sein. Ihr Gefolge findet sie und bemüht sich sie zu trösten und zu erheitern. Fomali, der bucklige Vogel, Spaßmacher der Prinzessin, verspottet sie wegen ihrer Angst vor der Hochzeit und wird von den übrigen verjagt. Die Prinzessin bittet ihr Gefolge sie allein zu lassen. Da hört man das Getöse des abstürzenden Fliegers. Vor dem Piloten, der an einem Fallschirm herunterschwebt, verstecken sich alle. Der Pilot bleibt reglos liegen, alle untersuchen ihn und stellen Vermutungen darüber an, um was für ein Tier es sich handelt. Die Prinzessin hat Mitleid mit dem Piloten und streichelt ihn. Der Pilot kommt zu sich, richtet sich auf, wirft Brille und Haube von sich. Alle, außer der Prinzessin, fliehen. Liebe auf den ersten Blick zwischen Pilot und Prinzessin. Liebes-Pas-de-deux, bei dem sie jedoch immer wieder vor ihm flieht. Das Gefolge kommt wieder vorsichtig näher und schaut verwundert zu. Fomali kommt herbeigeeilt und teilt mit, dass der Blaue Kaiser auf dem Wege hierher sei. Alles wimmelt durcheinander und nimmt Aufstellung. Was aber soll mit dem Piloten geschehen? Man kann ihn nicht verbergen, da alles durchsichtig ist. Endlich nehmen ihn die Wolken in ihrer Mitte auf und verbergen ihn. Der blaue Kaiser tritt auf, alles verneigt sich tief. Im Gefolge des Kaisers befinden sich die vier Winde, wilde, unbändige Burschen. Die Prinzessin soll nun einen von ihnen wählen. Die vier Winde tanzen nacheinander ihre Werbung, aber die Prinzessin will keinen annehmen. Als der Blaue Kaiser zornig wird, gesteht sie ihm, dass sie einen anderen liebe. Sie gesteht, dass die Wolken ihn verbergen. Auf einen Wink des Kaisers fahren die Winde unter die Wolken und treiben sie auseinander. Der Pilot tritt vor und gesteht auf die Frage des Kaisers, dass er die Prinzessin liebe. Der Kaiser, rasend vor Zorn über diesen vorwitzigen Sterblichen, befiehlt den Winden ihn zu töten. Sie stürzen sich auf ihn und beginnen Fangball mit ihm zu spielen. Die Prinzessin, nach einer Weile verzweifelter Ratlosigkeit, stürzt sich, den Geliebten zu retten, in das Getümmel und wird von den blindwütenden Winden ebenfalls herumgeschleudert. Erschrocken gebietet der Kaiser Einhalt. Der Pilot rollt besinnungslos beiseite, die Prinzessin sinkt ihrem Vater ohnmächtig zu Füßen. Er hebt sie auf und will mit ihr fort, da treten ihm die Winde entgegen und fordern Einlösung des Versprechens. Der Kaiser fordert sie auf sich zu einigen, wem sie zustehe und trägt seine Tochter zurück in den Palast. Die Winde beginnen sich zu streiten, wem die Braut zustehe, und fahren zuletzt wütend nach den verschiedenen Richtungen auseinander. Der Pilot liegt nun allein auf der Bühne. Es wird Nacht, während die Nebelfrauen durch den Garten gehen und die Pflanzen erquicken. Sie finden den Piloten und erquicken auch ihn. Dann ziehen sie weiter. Der Pilot kommt zu sich und schleppt sich liegend über die Bühne. Er ruft nach seiner Geliebten. Nach einer Weile kommt die Prinzessin im Nachtgewand. Nun folgt ein Liebes-Pas-de-deux, nur umgekehrt, diesmal gesteht sie ihm ihre Liebe. Er tanzt dieses Pas-de-deux im Liegen. Als die Prinzessin sich ihm eben im Kuss zuneigen will, erscheint der Nordwind im Hintergrund, nimmt die Szene ingrimmig wahr und bläst die beiden, ehe sie sich noch küssen konnten, an. Sie erstarren. Der Nordwind packt die starre Prinzessin und fährt mit ihr von dannen, während der Pilot in der erstarrten Pose zurückbleibt.

ZWISCHENSPIEL

Der Pilot wird von den Clowns wieder zum Leben erweckt. Er teilt ihnen den Raub mit. Sie wollen den Kaiser benachrichtigen. Doch er bittet sie ihm beizustehen. Sie verkleiden sich alle drei. Die Clowns tragen den Piloten.

ZWEITES BILD

In der Eisgrotte des Nordwindes. Der Nordwind sitzt auf seinem Thron. Vor ihm, in der Mitte des Saales, steht die Prinzessin, noch immer in derselben starren Haltung wie zu Ende des vorigen Bildes. Langsam löst sie sich aus ihrer Starre und blickt sich um. Sie begreift, wo sie ist, und versucht zu fliehen, aber jedes Mal, wenn sie sich einem der vielen Ausgänge nähert, erscheinen dort Schneestürme, Blizzards und Fröste und treiben sie zurück, der Schneesturm umwirbelt sie, der Blizzard bläst sie zurück, sodass sie zum Thron des Nordwindes geblasen wird usw. Nun wirbt der Nordwind, der sich bis jetzt vor Lachen geschüttelt hat, um die Prinzessin, herein kommen die Eisblumen und huldigen ihr, sie bieten ihr glitzernde Juwelen, alle aus Eis. Zuletzt versuchen sie, sie mit einer Eiskrone zu krönen, sie aber wirft die Krone von sich, sodass sie in Stücke zerspringt. Der Nordwind wird zornig, er versucht es mit Gewalt, eine wilde Jagd beginnt, doch die Prinzessin ergibt sich nicht. Zur Strafe und um ihren Trotz zu brechen, beschließt der Nordwind, die Prinzessin gefangen zu halten, und zwar friert er sie in der Mitte des Saales in einen riesigen Eiskristall ein. Dort drin steht sie nun, reglos und verloren. Der Nordwind begibt sich mit seinen Gefolgsleuten hinaus, um zu jagen.

Nachdem er eine Weile fort ist, kommt Fomali, der den Piloten trägt, herein. Sie schauen sich um, der Pilot geht durch die verschiedenen Gänge und sucht. Komisches Intermezzo Fomalis auf dem glatten Eisboden. Dabei entdeckt er die Prinzessin. Er ruft den Piloten herbei. Sehnsuchtstanz des Piloten vor der undurchdringlichen Eismauer, die ihn von seiner Geliebten trennt und die sich trotz seiner glühenden Liebe nicht schmelzen lässt. Pötzlich hören sie ein Geräusch und verbergen sich. In seinen Mantel gewickelt schleicht der Südwind herein. Für ihn ist es ein Leichtes, das Eis zu schmelzen. Die Prinzessin sinkt ihm in die Arme und er jagt mit ihr davon. Der Pilot und Fomali kommen aus ihrem Versteck. Der Pilot äußert seine Enttäuschung und seinen Kummer, aber Fomali fordert ihn auf sich auf seinen Rücken zu setzen und den beiden nachzufliegen.

ZWISCHENSPIEL

Notlandung des Fomali, der den Piloten und den anderen Clown nicht mehr tragen kann. Restlose Erschöpfung. Der Pilot will allein fort, doch die Vögel halten ihn zurück. Er lädt sie sich auf und wandert durch die Wellen (?).

DRITTES BILD

Der Tanzplatz des Südwindes. Das Bild beginnt in der Morgendämmerung. Die Farben des Bildes strahlen glimmende Hitze aus. Die Prinzessin liegt auf einem prächtigen Lager. Sie dürstet. Hinter ihr steht der Südwind. Er wirbt um sie, sie aber verlangt immer nur nach Wasser. Auf einen Wink des Südwindes taucht die Fata Morgana auf und spiegelt der Prinzessin Wasser vor, Gestalten halten ihr gefüllte Krüge hin, doch jedes Mal, wenn sie danach greift, verschwinden sie. Die Prinzessin wird fast wahnsinnig vor Durst. Der Südwind versucht sie abermals zu verführen, wenn sie ihm angehört, wird er ihr alles das in Wahrheit schenken. Sie aber lehnt ab. Da ruft der Südwind zornig nach seinem Sklaven Samum. Samum, ein riesiger Neger, kommt mit seiner Zaubertrommel. Jeder, der diese Trommel hört, muss tanzen, ob er will oder nicht. Das Gefolge des Südwindes blickt sich ängstlich an, einige fliehen bereits. Auf des Südwindes Befehl beginnt nun der Samum zu trommeln und alles, auch der Südwind, beginnt zu tanzen. Es ist ein wilder, wirbelnder Tanz. Mittendrin tanzt die Prinzessin. Sowie das Tempo ein wenig nachlässt, bemerkt man die Erschöpfung der Prinzessin. Der Südwind unterbricht den Samum und fragt abermals. Die Prinzessin verneint. Wieder beginnt die Trommel, doch zuvor sind noch etliche geflohen. Der Südwind unterbricht abermals den Samum, aber die Prinzessin, die zu Boden sinkt, verweigert sich ihm wieder. Da fährt auch der Südwind davon, nachdem er zuvor dem Samum befahl, so lange zu trommeln, bis der Sinn der Prinzessin gebrochen sei. Er hebt sich davon und Samum beginnt zu trommeln. Nun folgt ein Wahnsinnstanz der Prinzessin. Als der Tanz auf dem

Michael Ende 79

Höhepunkt angelangt ist, kommt plötzlich der Ostwind hereingeschlichen. Auch er muss tanzen, doch er führt ein Räucherbecken mit sich und umtanzt den Samum. Dessen Rhythmus wird langsamer. Der Ostwind umtanzt die Prinzessin, sie beginnt zu taumeln. Samum schläft über seiner Trommel ein, die Prinzessin sinkt dem Ostwind in die Arme, der mit ihr davonjagt. (Eventuell können auch der Südwind und sein ganzes Gefolge weitertanzen, bis sich der Ostwind unbemerkt einschleicht und alle in Schlaf versetzt.)

Nun erscheint der Pilot mit Fomali. Sie suchen die Prinzessin, finden aber nur die Schlafenden. Der Pilot ist außer sich. Fomali will sofort weiter, aber da taucht wieder die Fata Morgana auf und der Pilot versucht sie zu erreichen. Fomali will den Piloten fortziehen, aber es gelingt ihm nicht. Plötzlich verdunkelt sich die Szene etwas, die Fata Morgana verschwindet und der Westwind tritt auf. Der Pilot und der Westwind stehen sich gegenüber. Der Westwind sieht sich langsam um, überblickt die Lage und begreift. Er schaut den Piloten tückisch lächelnd an, dann gießt er sich aus einem Schlauch Wasser ins Maul. Er winkt dem Piloten. Fomali will ihn festhalten, aber der Pilot geht zum Westwind hin, der gibt ihm zu trinken, legt dann freundschaftlich den Arm um ihn herum und plötzlich hat er den Piloten um den Hals, presst ihn an sich und saust mit ihm davon. Fomali überlegt, was zu tun ist. Er blickt zum Himmel hinauf. Dann setzt er sich nieder, um zu warten.

Pause

VIERTES BILD

Im Labyrinth des Ostwindes. Die Mitte eines Irrgartens, halb Park, halb indischer Tempel. Es ist Nacht. In der Mitte der Bühne befindet sich ein Teich, in welchem sich der Mond spiegelt. In der Mitte des Teiches sieht man ein großes Lotosblatt, auf welchem der Ostwind sitzt; vor ihm liegt, den Kopf in seinem Schoß, die schlafende Prinzessin. Narkotische Flöten- und Gongmusik. Die Prinzessin erwacht und schaut sich um.

Sie kann sich kaum aufrecht halten, so erschöpft und krank fühlt sie sich. Der Ostwind ruft einige Diener, die mit einer langen dünnen Pfeife kommen. Dies sei ein Heilmittel, das sie gesund machen werde, sagt der Ostwind nun zur Prinzessin und nach einigem Zögern raucht sie aus der Pfeife. (Besser wäre vielleicht ein Becken, aus dem die Dämpfe quellen.) Nun beginnt der Haschischtraum. Zunächst beginnen die Gestalten an den Tempelmauern sich zu bewegen. Die bronzenen Göttinnen, außer einem kleinen Schamgürtel und edelsteingeschmückten Kronen sind sie ganz nackt. Ein Eremit, der skelettartig auf einem Sockel sitzt, hebt die Hände und lächelt. Immer mehr Gestalten kommen herein, doch alle bewegen sich langsam und schlangenhaft, wie ziehende Rauchschwaden. Die Leiber winden sich umeinander. Eine schreckliche vielarmige Göttin beginnt sich zu regen. Ein Wesen mit menschlichem Leib und Elefantenkopf kommt herein, die nackten Mädchen scharen sich um ihn. Zwei Schlangen tanzen einen Liebestanz. Und immer wieder verneigen sich alle vor der Prinzessin. Eine riesige Spinne naht und bringt Schätze. Dämonen, Tempelwächter kämpfen mit anderen Dämonen. Ein blauer, strahlender Gott tritt ein, die nackten Mädchen versuchen ihn festzuhalten, er aber naht sich der Prinzessin und tanzt einen Liebestanz. Der Ostwind bietet ihr den Gott an. Die Prinzessin aber weigert sich. Sie sehnt sich nach dem Piloten. Der Ostwind lächelt und gebietet Stille. Alles verharrt regungslos. Durch eine Gasse kommt der Pilot, doch er sieht anders aus als bisher, seltsam bleich und düster. Er scheint die Prinzessin zu suchen, doch als er die nackten Göttinnen sieht, wendet er sich erst zögernd, dann ungestüm ihnen zu. Er verschwindet förmlich in einem langsam sich drehenden Strudel. Die Prinzessin blickt versteinert zu. Die Szenen des Piloten mit den Göttinnen werden immer schwüler und rasender. Da springt die Prinzessin auf und eilt zu ihm hin. Er scheint sie nicht zu bemerken, sie will ihn fortziehen, da blickt er auf und schaut sie fremd an. Die Prinzessin verbirgt ihr Gesicht vor diesem Blick. Er wendet sich wieder den Göttinnen zu. Die Prinzessin wirft sich ein letztes Mal dazwischen und wird vom Piloten brutal fortgestoßen. Gebrochen wankt sie zurück und erblickt den Ostwind, der sich vor ihr, eine Hand auf dem Herzen, leise lächelnd verneigt und vor ihr niederkniet. Langsam und widerstrebend geht sie auf ihn zu, er schließt sie in seine Arme und küsst sie, aber sie wendet ihr Gesicht ab. Es folgt nun ein Pas de deux zwischen beiden, in welchem er sie langsam umstrickt und ihr Widerstand immer kleiner wird.

Da plötzlich, in letzter Sekunde sozusagen, fährt der Westwind unter den Traum mit großem Ungestüm und bläst ihn im Augenblick auseinander. Auch der Ostwind ist überrumpelt. Eine Sekunde ist die Bühne fast ganz leer, außer der Prinzessin, dem Westwind und dem am Boden liegenden Ostwind. Der Westwind packt die Prinzessin und jagt davon. Der Ostwind erhebt sich, sein Gesicht entstellt sich vor Wut, doch er beherrscht sich und überlegt, dann fasst er einen schrecklichen Entschluss.

ZWISCHENSPIEL

Der Blaue Kaiser schickt seine Boten aus.

FÜNFTES BILD

Die Hauptstadt des Westwindes. Im Hintergrund Wolkenkratzer, im Vordergrund eine perspektivische Fläche. Der Himmel ist mit Telegrafendrähten und Maschinenteilen aller Art übersät. An einer Stelle laufen all diese Drähte wie ein Spinnennetz zusammen und dort hängt gefangen der Pilot. Der Westwind tritt mit der Prinzessin auf und wird von seinem Gefolge begrüßt. Das Gefolge besteht aus fast ganz nackten indianischen Gestalten. Die Musik des Folgenden ist symphonischer Jazz. Zunächst erblickt die Prinzessin den Piloten nicht, sie steht mit dem Rücken zu ihm. (Die Landschaft könnte auch eine erstarrte Meereslandschaft sein, halb im Hintergrund befindet sich ein großer Dampfer.) Bei der Begrüßungszeremonie treten die Regentänzer auf, während deren Tanz die Bühne sich verfinstert und der Regen zu fallen beginnt. Dann folgen Reiterszenen und akrobatische Boogie-Woogies etc. Der

Westwind wirbt stürmisch um die Prinzessin, doch sie weist ihn ab. Seine Werbung wird gewaltsam, brutal, die Prinzessin wehrt sich, so gut sie kann. Schließlich hört die Prinzessin etwas. Sie wendet sich um und erblickt den Piloten, der zornig und ohnmächtig an seinen Fesseln rüttelt. Die Prinzessin macht sich vom Westwind los und geht allein, während alle ihr gespannt nachblicken, klein und zierlich auf den Piloten zu. Dann begreift sie, dass sie betrogen ist. Einen Augenblick bricht sie weinend zusammen, dann aber bemächtigt sich ihrer der Zorn. Sie verflucht den Westwind, der aber nur grinsend und frech ihrem Rasen zusieht. Er will auf sie zugehen, doch sie funkelt ihn so an, dass er sich duckt und für einen Moment der Sklave wieder ist, der er ja eigentlich wäre. Sie befiehlt nun, den Piloten freizulassen. Die Gefolgschaft weicht vor ihr zurück, der Westwind aber, der sich wieder aufgemuntert hat, schüttelt den Kopf. Der Pilot ist sein Pfand. Er soll sterben, vor ihren Augen, wenn sie nicht die Gemahlin des Westwindes werden will. Sie wird starr vor Entsetzen.

Da treten die Blitze des Westwindes auf. Da die Prinzessin noch immer nicht nachgibt, beginnen sie auf einen Wink des Westwindes ihre zuckenden Strahlen auf den Piloten zu schleudern. Der Pilot schreit auf und krümmt sich. Die Prinzessin fällt dem Westwind zu Füßen und bittet um Gnade. Sie ist bereit nachzugeben. Der Westwind gebietet Stille. Nun nimmt die Prinzessin Abschied von ihrem Geliebten, Abschied für immer. Am Schluss dieses Tanzes sinkt sie zu Boden. Der Westwind triumphiert, er hebt sie auf und tanzt den Hochzeitstanz mit der Willenlosen. Eben, als er sie küssen will, fährt er auf und horcht. Man hört, rasch sich nähernd, die Samumtrommel des Südwindes und schon stehen der Südwind und Samum auf der Bühne. In diesem Augenblick nähert sich die Gong- und Flötenmusik des Ostwindes und auch er kommt herein. Und schließlich ertönt das Thema des Nordwindes und auch er steht da. Der Westwind blickt sich um, er ist von drei Seiten umringt. Bis auf die Blitze flieht sein Gefolge. Die vier Winde mustern einander finster. Die Prinzessin verbirgt sich voll Angst. Und nun bricht der Kampf los, der Kampf der Winde untereinander, der sich zum immer rasenderen Wirbel steigert, die Trommel gellt, die Gongs dröhnen, die Blitze peitschen dazwischen. Es entsteht ein regulärer Wirbelwind, ein Hurrikan. Es ist wie ein Weltuntergang, die Wolkenkratzer im Hintergrund brennen auf und stürzen ein, das Gestänge wird verbogen, die Drähte zerreißen, das Schiff liegt als Wrack da. Auch die Drähte, die den Piloten fesselten, werden zerrissen und er stürzt herunter. Die Szenerie ist finster geworden, der Himmel ist mit dicken Rauchwolken bedeckt. Die Winde erledigen sich gegenseitig. Sie liegen zwischen den Trümmern. Ab und zu raffen sich noch einmal zwei oder drei auf und fahren gegeneinander, doch sinken sie sogleich, ineinander gekrallt, wieder zu Boden. Eine lange Stille folgt. Endlich erhebt sich hinten eine dunkle Gestalt und geht suchend über das verwüstete Land. Es ist der Pilot. Er ruft nach seiner Geliebten. Nach langer, erfolgloser Suche, findet er sie schließlich. Sie scheint tot. Er nimmt sie auf die Arme und wankt mit ihr davon.

ZWISCHENSPIEL

Der Geier findet die Clowns.

SECHSTES BILD

Der Thronsaal des Blauen Kaisers. Nach hinten führt eine riesige Treppe, einer Himmelsleiter gleich, hinauf zum Thron, in dem der Blaue Kaiser sitzt, das Haupt in die Hand gestützt. Er trauert um seine Tochter, die verloren ist und die niemand bisher gefunden hat. Er will kein Licht mehr sehen und keine Farben, die einzigen Diener, die er noch zu sich lässt, sind die Fledermäuse, die nun in dichten Klumpen herumhängen und geräuschlos hin und her fliegen. Die ausgesandten Boten werden angemeldet. Der Kaiser richtet sich auf und beugt sich gespannt vor. Herein treten nacheinander der Adler, der Geier, die Eule und der Rabe. Aber keiner von ihnen hat etwas gefunden. Der Kaiser entlässt sie und versinkt in Trauer. Plötzlich erstarren die Fledermäuse und weichen zurück. Herein kommt der Pilot, die Prinzessin auf dem Arm. Er kann sich kaum noch aufrecht halten, er wankt und stolpert. Sein Gesicht ist völlig bleich und ausgezehrt, seine Kleidung zerrissen. Aber er geht weiter. Der Kaiser blickt ihm sprachlos entgegen. Der Pilot schleppt sich die Stufen empor. Dann bricht er vor dem Kaiser zusammen und legt ihm die Tochter zu Füßen. Der Kaiser zieht seine Tochter zu sich empor und liebkost sie unter Tränen. Doch sie scheint nicht mehr zu sich zu kommen. Da erhebt sich der Kaiser zu seiner ganzen Größe, er reckt seine Hände und macht eine Gebärde von großer Magie, die Schöpfergebärde. Da beginnen die vier Sphingen, die als Bildsäulen seinen Thron umgaben, sich zu regen. Es sind alabasterne Gestalten mit Frauenkörpern und -köpfen, Löwenpranken und gewaltigen Schwingen. Der Pilot weicht schaudernd vor ihnen zurück. Sie aber beugen sich, eine nach der anderen, über die Tochter und geben ihr aus ihren Brüsten zu trinken. Da erwacht die Tochter, schlägt die Augen auf, richtet sich auf und umarmt ihren Vater. Dann erklärt sie, wo sie war, und verklagt die Winde. Der Vater wird von einem unendlichen Grimm erfüllt und gebietet den Sphingen die Winde herzuschaffen. Die Sphingen gehen davon.

Nun wendet sich die Prinzessin dem Piloten zu, zieht ihn zu sich empor und beide fallen dem Kaiser zu Füßen. Der Kaiser blickt sie beide an und segnet sie dann. Nun beginnt der Liebestanz und Hochzeitstanz des Paares, der mit einem langen Kuss endet. Als die Prinzessin aber den Piloten loslässt, da rollt dieser sterbend die Treppe hinunter, richtet sich noch einmal auf, schaut die Prinzessin an und stirbt. Denn wenn ein Sterblicher eine Unsterbliche küsst, so muss er sterben. Der Kaiser erschrickt, die Prinzessin eilt zu dem Toten. Nun tanzt sie ihre Totenklage und endlich setzt sie sich auf die unterste Stufe, den Geliebten im Schoß, in trostloser Trauer. Die Sphingen kehren zurück, eine jede führt vor sich einen der Winde, die mit schweren Ketten gefesselt sind. Sie stehen mit trotzigen Gesichtern da und erwarten ihre Strafe. Die Strafe überlässt der Kaiser der Prinzessin und sie fordert, dass die Winde ihre Mäntel geben müssen, die Mäntel ihrer Kraft und Macht. Die Sphingen reißen einem nach dem anderen den Mantel von den Schultern, die Winde brechen in die Knie. Sie sind arm und kraftlos geworden. Mit den Mänteln wird der tote Pilot bekleidet. Die Sphingen heben ihn hoch empor, da ertönt ein unterirdisches Dröhnen (hier fehlt noch irgendwas!), der Pilot beginnt zu leben, er ist in einen Unsterblichen verwandelt. Er sieht die Winde und befiehlt, dass man ihnen die Ketten abnehme. Es geschieht und die Winde kriechen auf ihn zu und umfassen seine Füße. Da nimmt er nacheinander die Mäntel von seiner Schulter und hängt sie den Winden wieder um. Die Winde spielen nun mit ihm, wie in Bild eins, aber diesmal tragen sie ihn, er ist ihr Meister. Die Prinzessin jubelt, die Winde nehmen auch sie auf ihre Schultern, das Liebespaar umarmt sich, getragen von den Winden. Alles Gefolge strömt herein und jubelt, der Saal wird wieder licht, der Blaue Kaiser aber lächelt.

zur Entstehungsgeschichte von Krempel Rümpel siehe Seite 327

KREMPEL RÜMPEL

Wer dreimal rund um die ganze Erdkugel herummarschiert (in welcher Himmelsrichtung ist gleich, da die Erde ja eben rund ist), der kommt zuletzt in eine große Stadt. Sie heißt Krempel Rümpel und das ist gewiss ein ungewöhnlicher Name für eine Stadt. Aber es ist auch eine ungewöhnliche Stadt und insofern trägt sie ihren Namen zu Recht.

In Krempel Rümpel leben alle Einwohner – Krempelfropolitaner – ganz so, wie es ihnen Spaß macht. Zum Beispiel gibt es nur wenige solcher langweiligen viereckigen Häuser wie bei uns, die man kaum voneinander unterscheiden kann. Dafür wohnen die Leute dort beispielsweise in einem Karussell oder in einem Zirkuszelt oder in einem alten Autobus ohne Räder oder in einer Hütte aus bunten Kisten oder ganz oben in einem Turm im Gehäuse der großen Turmuhr oder in einem Viermastschoner auf dem Trockenen, kurz und gut, es gibt kaum etwas, das den Leuten dort nicht vorübergehend oder auf die Dauer als Wohnung dient. Meistens nur vorübergehend, denn das Umziehen ist eine ihrer Lieblingsbeschäftigungen und man sieht fast immer einen großen Leiterwagen auf der Straße fahren, der hochgetürmt bepackt ist mit dem ganzen kunterbunten Hausrat einiger Bewohner, die gerade mit anderen Bewohnern ihre Wohnung getauscht haben.

Natürlich sind auch die Leute selber sehr lustig anzusehen, denn auch im Anziehen sind sie äußerst einfallsreich und unbekümmert. Nicht nur, dass man Turbane, Dreispitze, Südwester oder Tirolerhüte sieht, nein, sie setzen sich auf, was ihnen gerade gefällt: Lampenschirme, Sandeimerchen, Suppenschüsseln, Papierkörbe oder Obsttüten. Und niemand findet etwas dabei. Und ebenso hängen sie sich alles um, was sie schön finden und was ihnen Spaß macht, Tischtücher, Bettvorleger und große Stücke Silberpapier, aber natürlich tragen manche auch ganz gewöhnliche Anzüge wie – Fracks und Matrosenkleider.

NACHTS IN EINEM ARCHITEKTUR-BÜRO

Jemand arbeitet in einem Architekturbüro. Er bemerkt eines Nachts, dass in einem Modell die Zimmer erleuchtet sind. Er beobachtet nun die Welt, lernt aber die Bewohner des Modells nie kennen. Sie bleiben unsichtbar, nur ihre Lebensäußerungen sind unzweifelhaft.

zur Entstehungsgeschichte siehe Seite 327

WIE »MOMO« UND »DIE UNENDLICHE GESCHICHTE« ENTSTANDEN

Zunächst muss ich gestehen, dass ich sehr ungern schreibe, ich bin das Gegenteil eines Grafomanen; man könnte auch ganz einfach sagen, ich bin schrecklich faul. Jedenfalls brauche ich, um mich auf eine größere Arbeit einzulassen, immer jemanden, der mir einen herzhaften Tritt gibt: Wenn ich nur auf mich selbst angewiesen bin, so erfinde ich täglich neue Ausreden, um mich vor der Arbeit zu drücken. Mir fehlt ganz einfach jegliches Sendungsbewusstsein oder wie auch immer man das nennen will, was andere Schriftsteller dazu bringt, alljährlich einen neuen Tausendseitenroman zu verfassen. Bei »Momo« war es so: Ein Fernsehsender hatte bei mir angefragt, ob ich die Bilderbuchgeschichte eines Kollegen als einstündiges Fernsehspiel bearbeiten wolle. Obwohl ich das Honorar mehr als notwendig hätte brauchen können, schrieb ich zurück, dass ich nicht einsähe, weshalb ich nicht einen eigenen Stoff nehmen sollte. Die Herrschaften erklärten sich damit einverstanden und so begann ich nun also nach einem Stoff zu suchen, aber mir fiel einfach nichts Rechtes ein. Eines Tages besuchte ich meine Mutter, die bei einer Bekannten auf dem Land ihre Ferien verbrachte. Ich erzählte natürlich von meinen Sorgen. Die Bekannte verschwand für einen Augenblick aus dem Zimmer und kehrte nach kurzem mit einer alten, silbernen Taschenuhr ohne Zeiger zurück, die sie mir mit der Bemerkung schenkte, dass mir dazu bestimmt eine gute Geschichte einfallen würde. Diese Uhr wirkte tatsächlich wie der berühmte Faden, den man in eine übersättigte Zuckerlösung hält: Von allen Seiten kristallisierten die Bilder und Ideen an – und vierzehn Tage später schickte ich ein erstes Exposé an den Fernsehsender. Natürlich war es noch unvollkommen, enthielt

zur Entstehungsgeschichte siehe Seite 327

aber doch schon die Hauptszenen des späteren Buches. Ein halbes Jahr hörte ich nichts mehr, dann, nach immer dringlicheren Fragen meinerseits, teilte man mir mit, dass mein Exposé abgelehnt sei und zwar, weil es zu »zeitkritisch« sei. So steckte ich das Manuskript also in eine Schublade und dachte nicht weiter daran. Einige Jahre später, als ich nach Italien umgezogen war, kam meine Frau immer wieder auf den Stoff zu sprechen und beschwor mich wenigstens ihr zuliebe ein Buch daraus zu machen. Ich ging also an die Arbeit. Als das Manuskript schließlich fertig war, suchte ich noch einen Grafiker, denn ich hatte eine ganz bestimmte Vorstellung, wie die Illustration in diesem Fall aussehen müsste. Da ich keinen finden konnte, machte ich sie schließlich selbst. Vom ersten Entwurf bis zum fertigen Buch waren sechs Jahre vergangen. Übrigens erhielt es den Deutschen Jugendbuchpreis nur mit einer Stimme Mehrheit.

Die »Unendliche Geschichte« entstand folgendermaßen: Mein Verleger Hansjörg Weitbrecht weilte für 14 Tage in meinem Landhaus in der römischen Campagna zu Besuch. Eines Abends am Feuer des Kamins und nach einigen Flaschen guten Weines meinte er streng, es sei endlich an der Zeit, dass ich wieder einmal ein Buch schriebe. Ich solle ihm doch einmal von meinen vorrätigen Ideen erzählen. Nun habe ich tatsächlich einen Zettelkasten, einen alten Schuhkarton, in den ich alle Notizen zu Einfällen stecke, die mir bei irgendeiner Gelegenheit gekommen sind. Ich holte also den Karton und las einen Zettel nach dem anderen vor. Schließlich geriet ich zu einem, auf dem stand nur: »Ein Junge gerät beim Lesen eines Buches buchstäblich in die Geschichte hinein und findet nur schwer wieder heraus.« Weiß der Teufel, warum und wo ich den geschrieben hatte. Der Verleger horchte auf und meinte (wenn auch schon mit etwas schwerer Zunge): »Das hört sich gut an. Du solltest das machen.« Ich erwiderte zögernd, dass meiner Ansicht nach in diesem Plot nicht viel drinstecke und dass man daraus höchstens eine Hundertseitengeschichte machen könne. »Umso besser«, meinte Weitbrecht, »dann schreibst du endlich auch mal ein Buch, das nicht so schrecklich dick ist.« Meine Bücher waren nämlich nach Ansicht aller meiner Verleger – auch der ausländischen – immer zu dick und schreckten deshalb die Leser ab. Nun, diese Meinung hat sich ja inzwischen geändert.

(Schriftliche Antwort auf Fragen eines Interviews, Dezember 1994)

WAS ZEIGT EIN SPIEGEL, DER SICH IN EINEM SPIEGEL SPIEGELT?

DER ALTE VOM WANDERNDEN BERG

Wenn zwei Leser das gleiche Buch lesen, so lesen sie dennoch nicht dasselbe. Jeder von beiden bringt in die Lektüre sich selbst ein, seine Gedanken und Assoziationen, seine Erfahrungen, sein Vorstellungsvermögen, sein Niveau. Man kann also durchaus sagen, das Buch sei ein Spiegel, in welchem sich der Leser spiegelt.

Freilich gilt auch das Gegenteil: Wenn ein Leser zwei verschiedene Bücher liest, so werden sie letzten Endes trotz allem so verschieden nicht sein – aus genau denselben Gründen. Also kann man ebenso gut sagen, der Leser sei ein Spiegel, in welchem sich das jeweilige Buch spiegelt.

Es handelt sich da um einen höchst bedenkenswerten Vorgang, wie mir scheint; denn was für einen Leser und sein Buch gilt, lässt sich ja ganz generell vom Menschen in der Welt sagen.

Die Antwort auf die Frage könnte lauten: Wenn die beiden Spiegel unendlich groß sind, zeigen sie – nichts; sind sie aber begrenzt, so ergibt sich ein »regressus ad infinitum«, ein unendlicher, wenn auch imaginärer Korridor nach beiden Seiten. Aber diese Antwort erscheint mir voreilig; sie bezeichnet das Ergebnis und lenkt unsere Aufmerksamkeit von dem eigentlichen Prozess, dem erstaunlichen Vorgang ab, der ja seinerseits auch wieder unendlich ist.

Wo findet denn statt, was zwischen dem Leser und seinem Buch (dem Menschen und der Welt) vorgeht? Im Buch allein ja nicht, denn es besteht nur aus schwarzen Zeichen auf weißem Papier. Es bedarf des Lesers. Im Leser allein aber auch

zur Entstehungsgeschichte siehe Seite 328

nicht, denn ohne das Buch würde der ganze Vorgang nicht zustande kommen. Was geschieht denn da eigentlich, wenn das Lesen dieser schwarzen Zeichen in uns Freude oder Trauer, Sympathie oder Antipathie, Interesse oder Überdruss, Gelächter oder Rührung auslöst?

Um die Aufmerksamkeit des Lesers auf diesen geheimnisvollen Vorgang zu lenken, habe ich versucht Geschichten zu schreiben, die ihn auf sich selbst zurückverweisen, Geschichten, an denen man sich nicht festhalten kann (indem man meint sie »verstanden« zu haben, was ja nur bedeutet, dass man das gewohnte Bekannte wieder erkennt), die nach allen Seiten hin offen sind, die den Leser in den schwerelosen Zustand des freien Falls versetzen, gleichsam in einen Orbit um eine nicht anders zu beschreibende Mitte, die weder da noch nicht da ist (wie Gott oder das menschliche Ich oder der Sinn des Daseins). Jeder erzählte Vorgang enthält, deutlich oder versteckt, den Anstoß zu einem neuen Vorgang und so immer fort, bis die Umkreisung von neuem beginnt …

Der ideale Leser, der Mut oder Übermut genug besitzt, sich auf eine solche Welt(innen)raumfahrt einzulassen, sollte, wie ein Musikhörer, ganz einfach zur Kenntnis nehmen, was an harmonischen oder dissonanten Empfindungen, an Gedanken und Bildern in ihm angeregt wird und wieder verschwindet, Ahnungen und Erinnerungen, Farben, Formen und Bewegungen, und er sollte bemerken, was er selbst bei all dem hinzutut. Dann würde er, vielleicht, die Antwort auf die Frage des »Alten« erfahren.

VERSUCH,
MICH SELBER ZU VERSTEHEN

Lichtenberg schreibt einmal, er habe oft beobachtet, dass er über dieselbe Sache im Liegen eine andere Meinung habe als im Sitzen oder im Stehen. Das ist nur allzu wahr und ich kann dem höchstens noch hinzufügen, dass ich, wenn ich über mich und meine Arbeit Auskunft geben soll, je nach der Person, die mich befragt, ganz verschiedene, oft sogar entgegengesetzte Behauptungen aufstelle. Manchmal begegne ich Menschen, in deren Gegenwart ich völlig dumm werde, und dann wieder anderen, die mich inspirieren; dann bin ich selbst manchmal ganz verblüfft und entzückt über die klugen Gedanken, die ich plötzlich in beliebiger Menge produzieren konnte. Deshalb liebe ich die üblichen Interviews nicht sonderlich, in denen man mich über mich und meine Bücher ausfragt. Meistens habe ich danach ein ziemlich übles Gefühl, denn ich muss mir eingestehen, dass ich unter anderer Voraussetzung ebenso gut das Gegenteil von dem hätte sagen können, was ich gesagt habe. Alle solche »Statements« sind sowieso nichts anderes als nachträgliche Rechtfertigungsversuche für das, was man aus ganz und gar anderen Beweggründen heraus gemeint hat, die einem meist selbst nicht so völlig klar sind. Man schreibt, weil einem zum Thema etwas einfällt, und nicht, weil man die Absicht oder den Drang verspürt dem Publikum eine wichtige weltanschauliche Lehre zu erteilen. Aber natürlich hängt das, wozu einem etwas einfällt, mit dem Welt- und Anschauungsbild zusammen, das man sich gebildet hat. Nur ist es mir nie gelungen, alles, was in meinem Kopf vorgeht, auch unter einen Hut zu kriegen. Ich habe kein philosophisches System, das mir auf jede Frage eine Antwort bereithält, keine Weltanschauung, die fertig ist – ich bin immer unterwegs. Es gibt zwar einige

zur Entstehungsgeschichte siehe Seite 328

Name	Michael Ende	Geb.-Tag	12. 11. 1929		
Geb.-Ort	Garmisch	Geb.-Zeit	5 h 15 m	Sternzeit	15 h 24 m 31 s
Geogr. Länge	11	Ortszeit	4 h 59 m	+/– Ortszeit	4 h 59 m s
				+/– Korrekt.	h m 48 s
Geogr. Breite	+ 47 1/2	Greenwich Weltzeit	4 h 15 m	Stzt. der Geb.	20 h 24 m 19 s

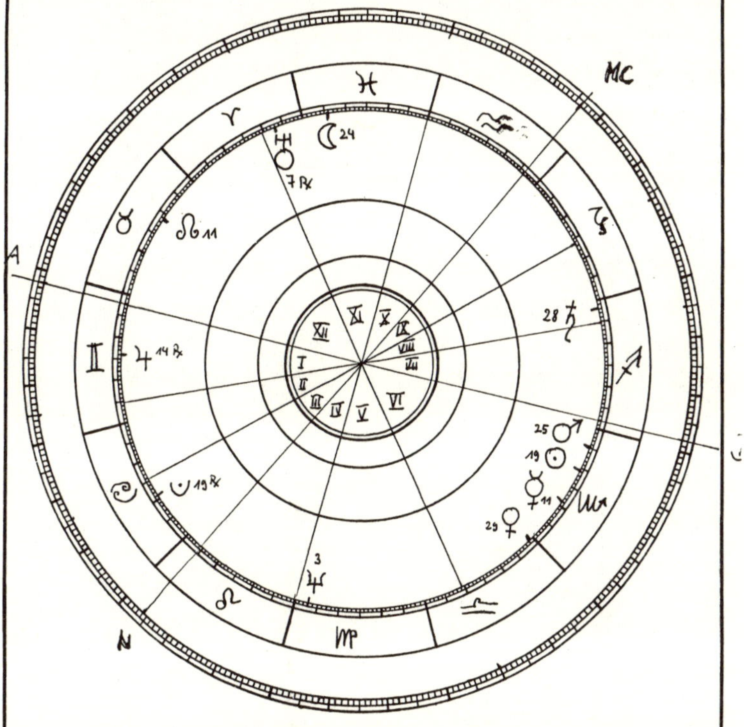

Planetenstände		Aspekte	Halbsummen	Häuser	
☉	0 '			MC	Asc
☾	0 '			XI	II
☿	0 '			XII	III
♀	0 '			Verteilung der Gestirne	
♂	0 '			üb. d. Horizont	
♃	0 '			unt. d. Horizont	
♄	0 '			Osthälfte	
♅	0 '			Westhälfte	
♆	0 '			Feuer	Kard.
♇	0 '			Erde	Fest.
☊	0 '			Luft	Veränd.
	0 '			Wasser	

BH 17,5 Ebertin-Verlag Aalen

Konstanten, die sozusagen im Zentrum stehen, aber nach den Rändern hin ist alles offen und vage.

Eigentlich habe ich niemals für irgendein Publikum geschrieben, sondern alles ist ein Gespräch mit Gott, in dem ich ihn nicht um irgendetwas bitte (da ich annehme, er weiß sowieso, was wir brauchen, und wenn er's uns nicht gibt, dann aus gutem Grund), sondern um ihm zu erzählen, wie es ist, ein unzulänglicher Mensch unter unzulänglichen Menschen zu sein. Ich denke, das könnte ihn interessieren, da es eine Erfahrung ist, die er nicht gemacht haben kann.

AUFLÖSUNG DER RÄTSEL

Seite 164
Rätsel 1: Das Morgen
Rätsel 2: Der Schatten
Rätsel 3: Der Eiszapfen
Rätsel 4: Das Feuer

Seite 165
Das Rätsel der drei Frauen: Sie war die einzige ohne Tau.

Seite 166
Der Ja-Sager: Da der erste Eingeborene auf jeden Fall »Ja« gesagt haben muss, hat der zweite wahr geantwortet. Eine ganz andere Frage ist allerdings, wieso der erste Eingeborene auf die Frage des Forschers überhaupt antwortet, da er doch nicht Deutsch spricht. Und hat der Forscher in der Landessprache gefragt, so muss er ja auch verstanden haben, wie die Antwort hieß.

BLICK IN DIE WERKSTATT

Eine Nachbemerkung

Jedes Buch war für ihn eine »unendliche Geschichte«: Bevor Michael Ende eines seiner Manuskripte für »druckfertig« erklärte, arbeitete er in der Regel jahrelang daran. Dabei war nicht der Schreibprozess das Zeitraubende, sondern das Nachdenken über die Spielregeln, aus denen sich die jeweilige Handlung entwickeln sollte. Der Stoff stand üblicherweise fest, die (*Bedeutungs-*)Idee entstand während der Arbeit, doch musste beides sich in einem präzis funktionierenden Regelwerk verkörpern – dem Mechanismus eines Uhrwerks ähnlich, in dem ja auch die Idee der Zeit eingefangen ist. An dem Märchenroman MOMO beispielsweise hat er sieben Jahre lang gearbeitet. Das lag an seiner ganz persönlichen Art Geschichten zu erfinden: Das Schreiben war für ihn buchstäblich ein Abenteuer und in der Regel kannte er am Anfang nicht viel mehr als einen ersten Einfall. Michael Ende vertraute auf die Dynamik der Geschichte. Irgendwann entwickle jede Geschichte ihr Eigenleben und, sobald die Spielregeln einmal feststünden, ergebe sich ein Einfall nach dem anderen, zwangsläufig und schlüssig. Was geschah aber, wenn sich einmal kein Einfall einstellen wollte? Michael Ende hat in einer solchen Situation die Flinte nie ins Korn geworfen. Weder zauberte er – wie ein Zauberer das Kaninchen aus dem Zylinder – eine Lösung herbei, die sich nicht schlüssig aus dem bisherigen Regelsystem ergab, noch strich er, wie das eigentlich üblich ist, die Szene, die ihn in eine solche Sackgasse geführt hatte. Er hat ganz im Gegenteil so lange über das Problem nachgedacht, in seinem Freundeskreis mögliche Lösungen und Alternativen durchgesprochen, bis sich irgendwann endlich der Einfall einstellte, der die Geschichte – der Idee gehorchend und sich aus den bestehenden Spielregeln ergebend – wieder vorantrieb. Und das konnte, wie gesagt, schon mal einige Jahre dauern – zur Verzweiflung seines Verlegers Hansjörg Weitbrecht und auch meiner, der ich sein Lektor war.

In der Regel arbeitete Michael Ende gleichzeitig an mehreren Büchern, mit ganz unterschiedlicher Intensität. Erstaunlich ist, dass eine ganze Reihe von Stoffen für ihn schon zu Jugendzeiten feststanden. Sie tauchen in verschiedenen Fassungen immer wieder auf, einmal als kurze Projektskizze, dann womöglich in einer dramatischen Fassung für das Theater oder als Erzählung, schließlich fließen einzelne Episoden oder sogar ganze Handlungsstränge in einen seiner großen Romane ein. Diese Arbeitsweise erinnert an die seines Vaters Edgar Ende, der als Maler phantastischer Kunst eine allererste Bildidee in einem extra zur Steigerung seiner Imaginationskraft verdunkelten Raum schnell mit Bleistift skizzierte, um sie anschließend von der Zeichnung über die Gouache bis hin zum großformatigen Ölgemälde weiterzuentwickeln [1].

Zum ersten Mal im ZETTELKASTEN hatte sich Michael Ende entschlossen, in einem Buch Meinungen und Überzeugungen persönlicher Art gemeinsam mit seinen literarischen Arbeiten zu veröffentlichen. Diese Mischung aus Reflexion und Fiktion, die ihn persönlich und damit auch seinen literarischen Nachlass kennzeichnet, prägt auch das vorliegende Buch. Das literarische Spiel und das Begreifen unserer Wirklichkeit sind die beiden Pole des poetischen Konzeptes eines Autors, über dessen Leben und persönliche Sichtweise bei seinen Lesern kaum etwas bekannt ist.

Entsprechend dem Zettelkasten sind auch in dem vorliegenden Band ganz unterschiedliche Arten von Texten versammelt: Da aber in diesem Fall nicht der Autor selbst das Buch einer Schlussredaktion unterziehen und für den Druck freigeben konnte, wie das noch für den Zettelkasten der Fall war, möchte ich nachdrücklich darauf hinweisen, dass die hier abgedruckten Entwürfe, Notizen und Skizzen als unvollendet zu betrachten sind. Ihr Zustand wurde bei der Herausgabe dieses Buches auch nicht verändert. Gerade deswegen ist es aber sinnvoll, den interessierten Lesern in kurzen Worten über deren Hintergrund und/oder Entstehungsgeschichte zu informieren: Möglicherweise verhilft der eine oder andere Hinweis dazu, den Stellenwert des jeweiligen Textes aus der Sicht Michael Endes besser zu verstehen.

Raubritter Rodrigo Raubein

Die vorliegenden Kapitel zu diesem leider unvollendet gebliebenen phantastischen Abenteuerroman für Kinder sind exakt aus jenem Stoff, den wir Leser an Ende-Büchern besonders lieben. Geheimnisvolle Situationen um Grunderfahrungen menschlicher Existenz – schließlich geht es in dieser Geschichte um die Erfahrung des Bösen in der Welt –, voller Witz und Humor erzählt, haben Michael Ende immer fasziniert. Er kehrt in seiner letzten Schaffensphase dorthin zurück, wo er angefangen hat: zu der spielerischen Leichtigkeit des JIM KNOPF. An RAUBRITTER RODRIGO RAUBEIN arbeitete er in den letzten Jahren vor seinem Tod, doch leider

1 *Hocke, Roman; Kraft, Thomas: MICHAEL ENDE UND SEINE PHANTASTISCHE WELT. DIE SUCHE NACH DEM ZAUBERWORT, Stuttgart 1997, S. 19 ff, S. 65 ff.*

wurde die Geschichte für Kinder, die vom Humor wie auch vom erzählerischen Tonfall in der Folge vom WUNSCHPUNSCH zu sehen ist, nicht mehr fertig. Michael Ende ließ sie liegen. Warum nur?

Jeder, der die Geschichte liest, wird erkennen, welche Möglichkeiten des Fabulierens in ihr enthalten sind, und bedauern, dass es keine Fortsetzung mehr geben wird. So erzähltechnisch gekonnt aber Michael Ende die Geschichte des Raubritters Rodrigo auch erzählt, so unzufrieden war er damit. Er konnte darin noch nicht die Idee erkennen, die anhand ihrer Bedeutung die endgültige Gestalt festlegen würde. Es wäre für ihn kein Problem gewesen, den Einfall, der den Motor der Geschichte bildet, phantasiereich durchzuspielen. Das reichte ihm aber nicht aus: Er suchte das Sinnbild, das sich hinter der Oberfläche all seiner Geschichten verbirgt, und fand es nicht. Es wird dem Leser und Freund der Bücher von Michael Ende sicherlich schwer fallen, diese Unzufriedenheit des Autors zu teilen, wird er doch die Erzählung mit großem Vergnügen lesen. Die hier abgedruckten Kapitel hatte Michael Ende selbst mit Schreibmaschine aus diversen handschriftlichen Entwürfen umgeschrieben. Die Geschichte hat schriftlich keine Fortsetzung gefunden, obwohl Michael Endes Phantasie immer wieder damit beschäftigt war.

Die Kinder und das Lesen

Die hier abgedruckte Gedankennotiz sollte bereits in dem Buch Michael Endes ZETTELKASTEN[1] abgedruckt werden, fand aber aus Platzgründen darin keinen Eingang mehr. Diesen Auszug aus einem Interview, das Michael Ende auf einer seiner zahlreichen Lesereisen einmal gegeben hatte, hatte er für den ZETTELKASTEN selbst ausgewählt, wollte ihn allerdings noch einmal umformulieren. Auf vielen Lesungen hatte er Eltern diese Antwort gegeben, wenn sie besorgt um Rat fragten, was sie denn unternehmen sollten, um ihre Kinder zum Lesen zu animieren. Bei Rückfragen stellte er in der Regel fest, dass die Eltern selbst nur selten ein Buch in die Hand nahmen.

Wie die Illustrationen zu »Momo« entstanden

Nur wenige Leser von Michael Ende wissen, dass das Motiv auf dem Schutzumschlag wie auch sämtliche Illustrationen in dem Märchenroman MOMO vom Autor selbst stammen. Der vorliegende Auszug aus

1 *MICHAEL ENDES ZETTELKASTEN, Stuttgart 1993.*

einem längeren Brief an seinen Onkel Helmuth Ende, dem Bruder seines Vaters, in Genzano di Roma 1973 verfasst, zeigt, wie bewusst Michael Ende jedes Detail seiner Bücher gestaltet hat, wie viele Gedanken bei dem Entstehungsprozess berücksichtigt wurden. Auch die Anregung, das Buch durchgehend statt mit üblicher schwarzer Tinte in Sepia-Farbe zu drucken, um die Zeichnungen besser zur Geltung zu bringen, stammt von Michael Ende selbst. Aus dem mit Schreibmaschine geschriebenen Brief haben wir nur jene Textpassage abgedruckt, die von den MOMO-Illustrationen handelt.

Gigis Loblied auf Momo

Den Text zu diesem Lied hat Michael Ende vermutlich um das Jahr 1975 herum für das Libretto der Oper MOMO UND DIE ZEITDIEBE geschrieben, die mit der Musik des Komponisten Mark Lothar im November des Jahres 1979 im Landestheater Coburg uraufgeführt worden ist. Mit nur wenigen Pinselstrichen kommt in diesen mit Schreibmaschine geschriebenen Zeilen das rätselhafte Wesen von Momo zum Ausdruck.

Brief an E. C.

In der Regel hat Michael Ende jeden Leserbrief selbst beantwortet, vor allem wenn es darum ging, Missverständnisse aus dem Weg zu räumen oder seine Sichtweise auf das eine oder andere Problem präzise zu formulieren. Offensichtlich nutzte er die Gelegenheit sich beim Schreiben von Briefen selbst über Gedanken klar zu werden. In einer ganzen Reihe von Briefen finden sich interessante Bemerkungen zu Sinn und Zweck von Kunst und Literatur. Selten hat Michael Ende allerdings so dezidiert Stellung zu seinem künstlerischen Anliegen bezogen wie in diesem Schreiben. Der mit Schreibmaschine geschriebene Brief ist einem Ordner mit Leserpost entnommen und ist ohne Kürzungen hier abgedruckt.

Der verlorene Mensch

Solche Skizzen mit Einfällen zu möglichen Handlungen oder Erzählwelten gibt es zahlreich in dem Nachlass von Michael Ende. Sie wurden handschriftlich auf die unterschiedlichsten Unterlagen notiert. Auf einem ähnlichen Zettel war auch der Einfall zu DIE UNENDLICHE

Geschichte notiert: »Ein Junge gerät beim Lesen einer Geschichte buchstäblich in die Geschichte hinein und findet nur schwer wieder heraus.« Die vorliegende Notiz stammt aus einem kleinen Heft mit handschriftlichen Eintragungen zu ganz unterschiedlichen Themen.

Die Päonienlaterne

Das Hörspiel Die Päonienlaterne, 1959 als Typoskript fertig gestellt, ist niemals durch den Äther gegangen und wird hier zum allerersten Mal veröffentlicht. Es handelt sich um eine japanische Geistergeschichte, die Michael Ende sehr frei nach einem gleichnamigen japanischen Schauspiel erzählt, wie er es aus einer Sammlung Lafcadio Hearns[1] (1850–1904), des frühen Erforschers Japans, kennen gelernt hatte. Tiefe menschliche Beziehungen, davon handelt diese unheimliche Erzählung, sind ja vielleicht doch nicht von dieser Welt, stammen womöglich aus der »geistigen Welt«, wie Michael Ende Gott und seine Welt nannte. Kann tatsächlich ausgeschlossen werden, dass sie nicht in dieser Welt eine Vorgeschichte haben, die schon mehrere Leben alt ist? Japan und seine Kultur übten auf Michael Ende von Kind an eine besondere Faszination aus.

Melodie der Herzen

Die Gedankennotiz war bereits für Michael Endes Zettelkasten vorgesehen, hat aber darin aus Platzgründen keinen Eingang finden können.

Für Ingeborg

Das Gedicht, eine handschriftliche Notiz aus einem persönlichen Tagebuch, ohne jede Verbesserung, hat Michael Ende anlässlich des Todes seiner ersten Frau Ingeborg Hoffmannn im Jahre 1985 geschrieben. Nach ihrem Tod, der Michael Ende buchstäblich erschütterte, verließ er das gemeinsame Haus in Genzano di Roma, wo Momo, Die Unendliche Geschichte und viele andere Werke entstanden waren, und kehrte nach über zwanzigjährigem Aufenthalt in Italien in seine Heimatstadt München zurück.

1 *Lafcadio Hearn: Japanische Geistergeschichten, 1899; deutsche Übersetzung 1925.*

Die Absteige

Michael Endes große Liebe galt von Anfang an dem Theater.[1] Immer wieder schrieb er im Laufe seiner schriftstellerischen Karriere Stücke für die Bühne, doch nur in den beiden letzten Jahrzehnten seines Lebens kam es zu Aufführungen, und diese hatten beachtlichen Erfolg. Auch den Stoff der PÄONIENLATERNE hat Michael Ende, vermutlich in den Sechzigerjahren, als Vorlage zu einem neuen Theaterstück benutzt und mit dem Titel DIE ABSTEIGE völlig umgeschrieben. Zwar sind die Personen und deren Konstellation vollständig verändert worden, auch der Schauplatz der Geschichte liegt nicht mehr in Japan, sondern ist nach Rom, in die Ewige Stadt versetzt worden. Trotzdem sind die Grundmuster der Handlung wieder zu erkennen. Ich finde sogar, die PÄONIENLATERNE und DIE ABSTEIGE erhellen gegenseitig ihr Geheimnis, indem sich für den Leser durch eine reizvolle Spiegelung zusätzliche Bedeutungen entfalten. Man muss nur beide Geschichten genügend einwirken lassen und zuhören, was sie in der eigenen Innenwelt an Zusammenhängen und Bedeutungen auslösen. Trotzdem verlieren aber beide Geschichten ihre Eigenständigkeit nicht. Ihr Geheimnis, der Zauber bleibt erhalten.

In DIE ABSTEIGE verlagert Michael Ende die Geschichte des Ineinandergreifens von Himmel und Erde, von vergangenen und gegenwärtigen Leben, nach Rom, in die Ewige Stadt, und zwar in das volkstümliche Stadtviertel von Trastevere. »Schicksalshieroglyphen« nannte er solche Geschichten, die von den geheimnisvollen, rätselhaften Lebenswegen der Menschen in der Welt erzählen. DIE ABSTEIGE ist übrigens einer der wenigen Texte dieses Schriftstellers phantastischer Literatur, die in einer realen, gegenwärtigen Umgebung spielen.

Die ersten zwei Akte von DIE ABSTEIGE sind mit der Schreibmaschine geschrieben und können als fertig angesehen werden. Allein der dritte Akt scheint Michael Ende beträchtliche Kopfschmerzen bereitet zu haben. Das Grundmuster der Geschichte, wie wir sie aus DIE PÄONIENLATERNE kennen, setzt sich fort, den Leser vorerst im Unklaren lassend, ob Wahn oder Wirklichkeit: Wer ist die Frau namens Maja, die Manuele trifft? Unbedingt will Manuele die Wahrheit erfahren. Die Adresse, die er von Maja erhalten hat, führt zu einem Friedhof. Kein Grab mit ihrem Namen ist aber dort zu finden. Auch die Friedhofsverwaltung kann nicht weiterhelfen. Handelt es sich doch nur um einen peinlichen Irrtum? Da stößt Manuele auf ein frisches Grab, ohne Stein. Auf ihm liegt ein Fächer. Manuele erkennt ihn: Es ist sein eigener Fächer.

1 *vergleiche hierzu: Hocke; Roman; Kraft, Thomas: MICHAEL ENDE UND SEINE PHANTASTISCHE WELT. DIE SUCHE NACH DEM ZAUBERWORT, Stuttgart 1997, S. 76 ff.*

Maja ist offensichtlich schon lange tot. Daraus ergibt sich eine Reihe von neuen Fragen: Soll Manuele ihr Mörder gewesen sein? Ist er hierzu durch irgendwelche okkulten Kräfte benutzt worden? Wenn ja, von wem? Und vor allem: warum? Welche Rolle spielen der Doktor und Sandro in Wirklichkeit? Sind sie tatsächlich das, was sie vorgeben zu sein, oder verbergen sie ihr wahres Wesen? Wenn ja, aus welchem Grund? Bei allen offenen Fragen scheint eines sicher zu sein: Die Liebe zwischen Maja und Manuele ist so groß und leidenschaftlich, dass sie über den Tod hinaus fortdauert. Was für eine merkwürdig finstere Geschichte ist aus jenem ursprünglichen Gedanken von der Liebe entstanden, die sogar den Tod besiegen kann!

Wenn Maja tatsächlich einer Zwischenwelt angehört, zwischen Leben und Tod angesiedelt – was für eine Erklärung gibt es hierfür? In einer der vielen handschriftlichen Exposé-Skizzen versucht Michael Ende der magischen Geschichte einen kriminalistischen Schluss zu verpassen. Ganz offensichtlich war er aber damit unzufrieden, wie das immer neue Entwürfe dokumentieren. Wir wollen deshalb keine der von Michael Ende angedachten Lösungen hier veröffentlichen, die Geschichte vielmehr offen lassen: Soll jeder Leser sich selbst eine Variante ausdenken, wie er diese geheimnisvolle Geschichte gerne zu Ende bringen würde. Falls sie überhaupt zu Ende gebracht werden sollte …

Die Andern

Diese Notiz eines Einfalls stammt aus einer großformatigen Kladde, voll geschrieben mit Projektideen und Buchplänen, Einfallsskizzen und Gedankennotizen. Aus dieser Kladde sind mehrere Einfallsskizzen entnommen worden, die in diesem Buch abgedruckt sind.

Das Einhorn

Die Überlegungen zur Bedeutung des Einhorns als Fabelwesen stellen einen Auszug aus einem Schreiben Michael Endes an eine Leserin seiner Bücher vom 14. August 1984 dar. Die Ausführungen machen den wesentlichen Teil des Briefes aus. Gestrichen haben wir nur kürzere Passagen zu anderen Themen, die der Leser ohne Kenntnis ihrer Vorgeschichte nicht verstehen würde. Das Einhorn als Sinnbild für die schöpferische Kraft des Menschen, für dessen Phantasie, ist ein zentraler Begriff in dem poetischen Konzept von Michael Ende. Nicht zufällig hatte er sein Haus in Genzano di Roma den Namen *Casa Liocorno* (»Haus Einhorn«) gegeben.

Die Existenz Gottes

Der paradoxe Satz steht handschriftlich ganz für sich allein auf einem DINA-4-Blatt, das mit dem Datum vom 13. Juni 1994 versehen ist. Er stammt aus einer Zeit, als Michael Ende bereits mit seiner Krankheit konfrontiert war, die sich bald als unheilbar herausstellen sollte.

Das Verborgene

Die Gedankennotiz vom 20. Mai 1993 war bereits für MICHAEL ENDES ZETTELKASTEN vorgesehen, hat aber darin aus Platzgründen keinen Eingang finden können.

Gleichnis

Der Gedanke, der Mensch existiere in Art eines Buches in zwei unterschiedlichen Welten, hat Michael Ende sehr früh in seinem Leben beschäftigt. Es gibt mehrere Versionen dieses Gleichnisses, vom Aphorismus bis hin zum ausformulierten Text. Zuletzt spielt der Gedanke als Schlüssel zu seinem labyrinthischen Erzählband DER SPIEGEL IM SPIEGEL eine wichtige Rolle. Der vorliegende Text ist mit Schreibmaschine geschreiben und mit zahlreichen handschriftlichen Korrekturen versehen.

Das Umstellen der Lichter

Das Gedicht war bereits für MICHAEL ENDES ZETTELKASTEN vorgesehen, hat aber darin aus Platzgründen keinen Eingang mehr finden können.

Meine Tante Agathe

Diese sehr frühe Erzählung von Michael Ende, vermutlich aus dem Jahre 1954, ist bisher nicht veröffentlicht worden. Noch hat Michael Ende seinen ureigenen Stil, die für ihn charakteristische phantastische Welt, nicht entdeckt. Das geschieht erst Ende der Fünfzigerjahre, als Michael Ende sich mit seinem JIM KNOPF »freischreibt«. Sein Interesse für unerhörte Begebenheiten kommt aber in der Erzählung über die Tante Agathe bereits deutlich zum Ausdruck: Obwohl sich Michael Ende innerhalb der

Grenzen des realen Lebens bewegt, erzählt er eine wahrhaft phantastische Begebenheit, deren Faszination ihn einfängt. Das Typoskript ist nur mit wenigen handschriftlichen Verbesserungen versehen, sodass es als »druckfertig« angesehen werden kann.

Wuschel geht die Wände rauf

Die Erzählung für Kinder ist, nach den Schreibmaschinentypen zu urteilen, in der Zeit geschrieben worden, als Michael Ende in Genzano di Roma lebte. Das Typoskript enthält keinerlei handschriftliche, sondern nur mit Schreibmaschine ausgeführte Verbesserungen.

Der geheimnisvolle Sekretär

Die handschriftliche Einfallsskizze stammt aus dem bereits erwähnten großformatigen Kladdenheft, das nur handschriftliche Eintragungen enthält.

Kinder, lasst uns Unsinn machen

Diese Verse stammen gemeinsam mit den folgenden aus einem Heft mit handschriftlichen Notizen, die möglicherweise aus der gleichen Zeit stammen, als Michael Ende an dem SCHNURPSENBUCH[1] arbeitete, das 1969 veröffentlicht wurde. Offensichtlich sollte das Kindergedicht mehrere Strophen erhalten, allerdings ist davon nur der erste Vers der zweiten Strophe geschrieben worden: »Bloß weil wir gut aufgelegt sind …«. Wir benutzen diese Verse als Signal, um den Wechsel zu einem neuen Thema anzukündigen.

Kindergeschichte

Handschriftliche Einfallsskizze aus einem kleinformatigen Ideenheft, das unter anderem mehrere Aufzeichnungen zum Romankomplex DER TRAUMDIEB enthält. Das ist aber eine Geschichte, die ein andermal erzählt werden soll …

1 *Michael Ende, DAS SCHNURPSENBUCH, Stuttgart 1969*

Im Lande Mala-Sule

Das Kindergedicht stammt aus einem Heft mit handschriftlichen Notizen. Es stammt aus der Zeit, als Michael Ende an den Nonsens-Gedichten und Zaubersprüchen für Kinder arbeitete, die 1969 im SCHNURPSENBUCH veröffentlicht wurden. Das Gedicht war wohl für das SCHNURPSENBUCH vorgesehen, fand aber aus Platzgründen darin keinen Eingang.

Was das Kind des großen Zauberers Mirakandra in seiner Spielkiste hat

Für dieses Kindergedicht gilt Entsprechendes wie für obiges Gedicht IM LANDE MALA-SULE.

Vier Rätsel aus dem Volksmund
Das Rätsel der drei Frauen
Der Ja-Sager

Rätsel – wie alles Verschlüsselte und Verborgene – spielen in der phantastischen Literatur zu allen Zeiten eine große Rolle. Michael Ende ist da keine Ausnahme: Er hat Rätsel aller Art gesammelt, darunter auch zahlreiche Volksrätsel, und viele von ihnen in seine Geschichten verwoben. Rätsel kann man nur lösen, wenn man die verborgenen Eigenschaften erkennt, die ein Gegestand oder Sachverhalt aufweist. Dieses Umdenken bzw. Neueinstellen bewirkt ganz von allein eine neue Sichtweise, die nicht der normalen Konvention entspricht. Alle hier abgedruckten Rätsel sind in einer Schreibmaschinen- und in handschriftlicher Fassung vorhanden.

Da er den Meister nirgends fand
Ein Verrückter, Karl der Sechste
Sieben alte Kaffeetanten

Vom Kindervers über das Rätsel bis hin zum Nonsensgedicht: Alle drei oben aufgeführten Texte sind handschriftlich auf Konzeptpapier festgehalten, teilweise mit mehreren Verbesserungen versehen.

Schlamuffen: Variationen

Selbst die unsinnigen Sprach- und Wortspiele, die die Clownmotten oder die Schlamuffen in Der Niemandsgarten und später dann in Die unendliche Geschichte in ihren Reden verwenden, werden von Michael Ende über lange Listen und Tabellen systematisch erzeugt, wie das vorliegende Textbeispiel zeigt. Von den zahlreichen, über viele Seiten handschriftlich durchgespielten Möglichkeiten ein einziges Beipiel zur Kenntnis.

Exakte Phantasie

Handschriftliche Notiz vom 6. Juli 1990 auf einem eigenen Blatt.

Der Niemandsgarten

Das umfangreiche Romanfragment, das hier abgedruckt ist, besteht aus zwei verschiedenen Stücken: Den ersten Teil bilden fünf von Michael Ende selbst mit Schreibmaschine abgetippte Kapitel, die wir im Nachlass gefunden haben. Diesem haben wir einen weiteren Text angehängt, der, in mehreren großformatigen Notizheften handschriftlich festgehalten, offenkundig eine Fortsetzung der Geschichte darstellt, auch wenn sein Einstieg einige Abweichungen zum Schreibmaschinentext enthält, die aber nicht als wesentlich zu bezeichnen sind. Der Übergang von einer Fassung zur anderen ist deutlich mit einer Fußnote gekennzeichnet.

Wie der Leser mühelos feststellen wird, handelt es sich bei Der Niemandsgarten um eine Vorstufe zu Die unendliche Geschichte. Wir erkennen darin eine beeindruckende Verbindung zwischen der Welt Momos und der phantastischen Reise von Bastian Balthasar Bux. Während der Anfang von Der Niemandsgarten noch an die Welt der Momo erinnert – *Norm* heißt hier die Stadt, die von ihren Grauen Herren zu einem Muster an Effizienz umgestaltet wurde -, beginnt mit Eintritt in das "Niemandsland", das niemand oder eben allen gehört, die Schilderung einer Phantasiewelt, in der der Leser rasch die wesentlichen Konturen des Phantásien aus der Unendlichen Geschichte erkennt.

Ist der Niemandsgarten tatsächlich mit Phantásien gleichzusetzen? Deutlich sind im letzten Teil der mit Schreibmaschine geschriebenen Erzählung Goab, die Wüste der Farben, und Perelin, den Nachtwald zu identifizieren, die wir aus Die unendliche Gechichte kennen. In der Fortsetzung der Geschichte, dem handschriftlichen Manuskript entnommen, gibt es eine Reihe von hochinteressanten Begebenheiten, die Sophie in der Märchenwelt erlebt. So kommt das Mädchen - wie sein offensichtliches Vorbild Alice ebenfalls in einer Wunderwelt gelandet - zu einem seltsam lebendigen Haus, das sich ständig verändert: das »Änderhaus« also, das wir aus der UNENDLICHEN GESCHICHTE kennen. Auch in der Frau, die Sophie freundlich empfängt und »irgendwie der Teekanne ähnlich sieht, die sie in Händen hält«, denn auch sie ist »dick und mollig und behaglich«, erkennen wir »Dame Auriola«. Statt Haare wachsen ihr je nach Gemütszustand Blumen auf dem Kopf. Wie Auriola Bastian so weiht auch die geblümte Frau aus dem NIEMANDSGARTEN Sophie in die Geheimnisse von Niemandsland ein: Sophie lernt beispielsweise, dass sie in genau dem gleichen Augenblick durch das ständig seinen Ort wechselnde Tor in ihre *normale* Welt zurückkehren können wird, in dem sie hineingegangen ist, so als wäre keine Zeit vergangen. Sophie erfährt auch, dass im Niemandsgarten nichts und niemand einen Namen besitzt und es deswegen keine Erinnerungen gibt. Denn im Niemandsland gibt es nur Gegenwart und keine Vergangenheit. Nur Wesen und Dinge, die einen Namen haben oder deren Name bekannt ist, leben in der Erinnerung fort. Ohne Namen gibt es nur die reine Gegenwart ohne Kontinuität. Deshalb sind die Bewohner von Niemandsland angewiesen auf die Bewohner von Norm, denn nur diese haben die Gabe Namen zu geben, d. h. selbst schöpferisch zu sein.

Die Entsprechungen zwischen den beiden Geschichten setzen sich weiter fort: In späteren Episoden begegnet Sophie oder Sophiechen, wie die geblümte Frau sie nennt, behaarten Kartoffelwesen von abgrundtiefer Hässlichkeit. Sie stellen wunderschöne Kunstgegenstände her, um auf diese Weise einen Ausgleich zu ihrer Hässlichkeit zu schaffen. Und natürlich gibt es tagsüber auch den Überfall von merkwürdigen großen Schmetterlingswesen mit Clownsgesicht, die alle die von den Kartoffelwesen hergestellten Kunstwerke wieder zerstören. Diese »Clownmotten«, wie sie Sophie nennt, haben nur Unsinn im Kopf, sprechen reinen Nonsens und erheben Sophie schließlich zu ihrer Königin, ist sie doch die Einzige, die einen Namen hat.

Bei all diesen Parallelen zwischen DER NIEMANDSGARTEN und DIE UNENDLICHE GESCHICHTE gibt es aber auch auffällige Unterschiede: Die geblümte Frau fährt beispielsweise mit Sophiechen in einem Auto, das in allen Farben angestrichen ist. Hinter den Fenstern dieses Fahrzeugs hängen Tüllgardinen und vor dessen Fenstern Blumenkästen mit Geranien. Ein Auto in Phantásien? Undenkbar in DIE UNENDLICHE GESCHICHTE: Da war Michael Ende bereits zu der Überzeugung gelangt, dass alle technischen Gegenstände modernen Lebens in einer Geschichte, zumal in einer Phantastischen, Fremdkörper bleiben, weil ihnen keine Innenbilder entsprechen. Auch gibt es in der Wunderwelt des Niemandslandes keine Kindliche Kaiserin, sondern einen kleinen Zaren, der in einem Palast aus buntem Glas lebt. Es ist niemand anders als jener Junge, den Sophiechen im wuchernden Urwald traf – man vergleiche hierzu das fünfte Kapitel.

Betrachtet man aber die Bedeutungsebenen der beiden Geschichten, so stellen wir fest, dass dem NIEMANDSGARTEN noch keine ausgeprägte Bedeutungsidee zugrunde liegt. Michael Ende war erst dann mit seiner Arbeit zufrieden, wenn nichts mehr in seinen phantastischen Welten beliebig war, nichts Selbstzweck oder bloßer Effekt. Deswegen sind alle seine wundersamen Geschichten und Gestalten von bedeutungsvoller Symbolik und in jedem Detail mit künstlerischem Bedacht komponiert.

Allein um das Erzählen einer Geschichte ist es Michael Ende in seinen Texten nicht gegangen. Für ihn wurde ein Stoff erst interessant, wenn er daran eine Bedeutung festmachen konnte. So fing er in der Regel ein neues Manuskript damit an, sich selbst, handschriftlich und noch ganz »absichtslos«, wie er es nannte, eine Geschichte zu erzählen. Sobald sich ihm dann in der Konstellation der Figuren und in dem Regelsystem der neuen Geschichte eine Bedeutung, ein Sinn, erschloss, wurde es für ihn eine Herausforderung, die Geschichte nach der im Stoff erkannten Idee zu gestalten. Auch diese Arbeitsweise erinnert sehr an die eines Malers, dessen Gemälde in aller Regel aus dem Schaffungsprozess heraus ihre endgültige Gestalt erhalten.

Ohne Zweifel hat es von DER NIEMANDSGARTEN wesentlich mehr als die hier abgedruckten Textpassagen gegeben. Ich vermute, der große Rest des Typo- und Manuskripts, mit all seinen phantastischen Ideen und Einfällen, ist in DIE UNENDLICHE GESCHICHTE eingeflossen – umgestaltet und verwoben in den neuen tragenden Einfall des Romans, der die Geschichte eines Jungen erzählt, der »beim Lesen einer Geschichte buchstäblich in die Geschichte hineingerät und nur schwer wieder herausfindet«.

Gegen die Innenweltverwüstung

Der Gedanke stammt aus dem veröffentlichten Gespräch über Kunst und Politik, das Joseph Beuys und Michael Ende[1] geführt haben, und war von Ende selbst für eine Veröffentlichung im ZETTELKASTEN vorgesehen. Hierzu wollte er den Text umformulieren und ergänzen, was ihm aber nicht mehr gelungen ist. Da es sich um einen zentralen Gedanken in Michael Endes Weltbild handelt, soll er trotzdem in unveränderter Form in dieses Buch übernommen werden.

1 *Joseph Beuys, Michael Ende: KUNST UND POLITIK. EIN GESPRÄCH, Wangen, 1985*

Gedicht im Fenster

Typoskript auf einzelner Seite. Offensichtlich hat es sich dabei um den Anfang einer Erzählung gehandelt, die Michael Ende, aus welchen Gründen auch immer, wieder verworfen hat. Das Blatt ist deutlich mit der Seitenzahl »1« gekennzeichnet. Da es sich hierbei um einen originellen Gedanken handelt, verdient er in die vorliegende Textsammlung aufgenommen zu werden.

Schuhe. Eine Veränderung

Die Erzählung stammt aus dem November 1954 (datiert von Michael Ende selbst), ist also ungefähr zur gleichen Zeit wie MEINE TANTE AGATHE entstanden. Auch hier steht – wie in der erwähnten Erzählung – eine unerhörte Begebenheit im Mittelpunkt einer realen und normalen Welt. Die Erzählung SCHUHE ist Mitte der Fünfzigerjahre im Bayerischen Rundfunk gesendet worden.

Das Bild des Glücks
Die beiden Brüder (Der Schluss)
Legende von der Gerechtigkeit des Lebens

Diese drei handschriftlichen Erzählfragmente sind hintereinanderweg zu lesen, denn sie bilden eine Einheit. Auch diese Erzählungen sind miteinander verwoben, spiegeln sich ineinander wider. Sie bieten noch einen zusätzlichen Reiz, denn sie lassen der Phantasie des Lesers Freiraum, Zusammenhänge und Querverbindungen herzustellen, um sich das Muster dieser »Schicksalshieroglyphe«, so wie Michael Ende sie literarisch erlebbar machen wollte, bewusst zu machen.

Den ersten Einfall zu dieser Geschichte hatte Michael Ende in bewährter Manier auf einem Zettel in nur wenigen Zeilen notiert: »Zwei Brüder, einer, der Erstgeborene, schön, weise, glücklich, der andere verwachsen, unglücklich usw. Aufgabe ist es, ein Bild des Glücks zu machen. (Wozu?) Der erste Bruder regiert das Land in Weisheit, da er selbst glücklich ist, ist auch das Land glücklich. Der andere erlebt entsetzliche Dinge, zuletzt vermag er das Bild des Glücks zu malen: nämlich seinen Bruder.« Anschließend schrieb Michael Ende den Schluss der Geschichte, so wie er in dem Fragment DIE BEIDEN BRÜDER (DER SCHLUSS) abgedruckt ist. Erst als Letztes erzählte er mit DAS BILD DES GLÜCKS, leider unvollendet geblieben, die Geschichte, die zu deren vorgefasstem Ende führt. Bewusst sind wir von dieser chronologischen Reihenfolge abgewichen, um dem Leser den Effekt dieses überraschenden Schlusses nicht zu zerstören.

Bei der LEGENDE VON DER GERECHTIGKEIT DES LEBENS handelt es sich dagegen um eine vollständig neue Fassung von DAS BILD DES GLÜCKS, die eine Zeit lang sogar Bestandteil des Komplexes von labyrinthischen Geschichten war. Michael Ende hatte daran seit den Siebzigerjahren gearbeitet und die Erzählungen wurden schließlich – zwar ohne die vorliegende Geschichte – 1983 in DER SPIEGEL IM SPIEGEL. EIN LABYRINTH veröffentlicht. Darauf verweist die Rahmengeschichte, die im letzten Absatz des Textes erzählt wird.

Laut Michael Endes eigenem Editionsplan sollte DIE LEGENDE VON DER GERECHTIGKEIT gemeinsam mit DIE VOLLMONDLEGENDE und DIE LEGENDE VOM WEGWEISER in einem eigenständigen Band mit dem Titel LEGENDEN veröffentlicht werden. Der Plan wurde aber wieder fallen gelassen: Im Jahre 1992 erschienen diese Legenden gemeinsam mit anderen phantastischen Erzählungen in dem Band DAS GEFÄNGNIS DER FREIHEIT.

Die Drängelnden

Auszug aus einer längeren, handschriftlich notierten Erzählung, von Michael Ende selbst zur Veröffentlichung im ZETTELKASTEN ausgewählt. Immer erfindet Michael Ende ein *(Sinn-)*Bild, um von einer Erfahrung aus unserer Wirklichkeit zu berichten.

Kultur und Demokratie

Die Gedankennotiz war bereits für MICHAEL ENDES ZETTELKASTEN vorgesehen, hat aber darin aus Platzgründen keinen Eingang mehr finden können.

Seltsame Signifikanz meines Lebens

Gedankennotiz vom 26. August 1975, vermutlich während einer Reise. Handschriftliche Notiz auf einem eigenständigen Blatt.

Buckelchen

Handschriftliche Einfallsskizze vom 13. März 1993, die für den Zettelkasten vorgesehen war, aber aus Platzgründen entfallen musste. Die Idee zu einer Geschichte um das Buckelchen ist wesentlich älter als das oben angegebene Datum, dürfte aus dem Anfang der Siebzigerjahre stammen. Michael Ende erzählte öfter davon, dass er diese Geschichte entweder in Form einer Novelle oder eines kurzen Romans verwirklichen wollte. Lange hatte er überlegt, in welcher Welt er diese Handlung spielen lassen sollte. Als er allerdings diese Einfallsskizze schrieb, hatte er entschieden, diesen Buchplan nicht mehr zu realisieren. Stattdessen zog er die beiden großen Romanprojekte DER KRIEG DER ZAUBERER und DER TRAUMDIEB vor, die er unbedingt in seinem Leben noch verwirklichen wollte. Aber das ist, wie bereits erwähnt, eine andere Geschichte, die in einem weiteren Band erzählt werden soll.

Brief an Herrn N.

Brief an einen Leser vom 23. August 1988, vollständig abgedruckt.

Zum Thema »Unschuld«

Handschriftlicher Eintrag aus einem Notizbuch, datiert auf den 16. März. Das Jahr allerdings lässt sich nicht mehr mit Sicherheit bestimmen.

Guter Rat

Nonsensgedicht. Typoskript ohne Korrekturen, abgeheftet im Ordner mit anderen Gedichten und Liedern.

Die Tochter des Azur und der Pilot

Eine überraschende Entdeckung bei der Sichtung des literarischen Nachlasses sind die Aufzeichnungen zu DIE TOCHTER DES AZUR UND DER PILOT, einer Geschichte, die die Grundlage zu einem phantastischen Ballett bilden sollte, das niemals aufgeführt wurde. Die Entstehungszeit ist unbekannt, vermutlich in den Sechzigerjahren. In sechs Bildern mit entsprechenden Zwischenspielen erweist sich Michael Ende als der phantasie- und kunstvolle Fabulierer, den wir seit den Zeiten des JIM KNOPF kennen und schätzen gelernt haben. Michael Ende behauptete zwar, es könne nicht gelingen, die Welt der Industriegesellschaft, geschweige denn die der modernen Informationsgesellschaft zu poetisieren, weil den äußeren Erscheinungen keine Innenbilder mehr entsprächen. Doch in DIE TOCHTER DES AZUR UND DER PILOT ist ihm dies mit dem Flugzeugpiloten und seinem Kampf mit den Winden überzeugend geglückt.

Während der erste hier abgedruckte Text einem Typoskript entnommen ist, das eine ausführliche Exposition des ersten Bilds beinhaltet, gibt das anschließend abgedruckte Exposé einen Überblick über den Handlungsverlauf aller sechs Bilder wieder. Beide Typoskripte sind nur mit wenigen handschriftlichen Verbesserungen versehen.

Krempel Rümpel

Offensichtlich handelt es sich hier um das Einstiegskapitel in einen Roman, der – aus welchen Gründen auch immer – die erste Seite niemals überschritten hat. In zwei kurzen Absätzen entführt Michael Ende den Leser in eine Welt, in der das Phantastische nicht nur möglich, sondern auch absolut glaubwürdig geworden ist. Jedenfalls wäre nach der kurzen Einführung der Leser gerne bereit, dem Erzähler überallhin zu folgen. Handschriftlicher Entwurf auf einem Blatt.

Nachts in einem Architekturbüro

Einfallsskizze aus einem sehr persönlichen Notiz- oder Tagebuch.

Wie »Momo« und »Die Unendliche Geschichte« entstanden

Der Auszug stammt aus einem Interview aus dem Dezember 1994, dessen Fragen Michael Ende handschriftlich beantwortet hat. Diese heute unübliche Form zog er in der Regel einem Telefoninterview vor, da ihm – so seine Worte – »am Telefon nichts Gescheites einfalle«.

Was zeigt ein Spiegel, der sich in einem Spiegel spiegelt?

Die Gedankennotiz vom 5. Februar 1994 eignet sich nicht nur hervorragend als Einführung in Michael Endes Erzähllabyrinth DER SPIEGEL IM SPIEGEL, sondern stellt auch eine sinnvolle Ergänzung zu dem in diesem Band auf Seite 135 abgedruckten Gleichnis: DER MENSCH IST EIN BUCH dar. Typo- und Manuskript vorhanden.

Versuch, mich selber zu verstehen

Die handschriftliche Gedankennotiz vom 7. November 1993 war bereits für MICHAEL ENDES ZETTELKASTEN vorgesehen, hat aber darin aus Platzgründen keinen Eingang mehr finden können.

BIOGRAFIE DES HERAUSGEBERS

Roman Hocke

1953 in Rom geboren, studierte Germanistik, Italianistik und Linguistik in Zürich, Rom und München. Von 1981 bis 1996 arbeitete er für den K. Thienemanns Verlag in Stuttgart. Dort war er Verlagsleiter des Weitbrecht Verlags, wo er u. a. zahlreiche Werke phantastischer Literatur herausbrachte. In diesen Jahren arbeitete er als Lektor auch eng mit Michael Ende zusammen, mit dem er sehr gut befreundet war.

INHALT

Die Deutsche Bibliothek – CIP-Einheitsaufnahme

Ende, Michael:
Der Niemandsgarten / Michael Ende.
Aus dem Nachlass ausgewählt und hrsg. von Roman Hocke. –
Stuttgart; Wien; Bern: Weitbrecht, 1998
ISBN 3-522-72005-9

Umschlagillustration: Andreas Weische in Neuenrade
Umschlagtypografie: Michael Kimmerle in Stuttgart
Reproduktionen: Die Repro in Tamm
Satz: KCS GmbH in Buchholz/Hamburg
Schrift: ITC Giovanni
Druck und Bindung: Friedrich Pustet in Regensburg

5 4 3 2 1* 98 99 00 01 02

Gedichte, Balladen und Lieder
voller Poesie und Phantasie

Michael Endes
Zettelkasten
Skizzen & Notizen, 320 Seiten, ISBN 3 522 71380 X

Michael Endes *Zettelkasten* ist ein aufschlussreiches Lesebuch aus der Werkstatt eines Autors, der in den beiden so gegensätzlichen Welten zu Hause ist: in der realen Welt der Menschen und in der Welt der Vorstellungen, die er selbst Phantásien genannt hat.
Das Lesebuch vermittelt eindrucksvoll den Kosmos des Denkens und Dichtens Michael Endes.

Weitbrecht